Eine wahre Geschichte voller Tragik und Emotionen, die sich allen Bundesbürgern unvergesslich ins Gedächtnis eingebrannt hat.

Am 7. November 1963 erblickte Franz Wolbert nach 14 Tagen völliger Dunkelheit wieder das Sonnenlicht. Er war der Letzte von elf längst tot geglaubten Kumpels, die bei dem wohl größten Grubenunglück in der deutschen Nachkriegszeit im niedersächsischen Lengede gerettet werden konnten. Seine Rettung und die der anderen Kumpel ging als das Wunder von Lengede in die Geschichte ein. Rund 440 Reporter aus aller Welt berichteten Tag und Nacht von dem Unglück und den Rettungsarbeiten. Es war das erste große Ereignis dieser Art, das Millionen Menschen live am Fernsehbildschirm mit verfolgten. Als die letzten Kumpel gerettet waren, läuteten in ganz Deutschland die Kirchenglocken, in den Schulen wurden Durchsagen gemacht, und eine ganze Nation atmete auf.

Manfred Meier, geboren 1951, war Reporter für diverse Zeitungen und Zeitschriften in Deutschland, dann langjähriger Unterhaltungschef der *Bild*-Zeitung. Er ist nun freiberuflich tätig und lebt in Belgien bei Lüttich.

Unsere Adresse im Internet: www.fischer-tb.de

Manfred Meier

Das Wunder von Lengede

Der Roman zum großen SAT.1-Film
Mitarbeit Alexander Schuller

Fischer Taschenbuch Verlag

Für Magda, Monika,
meinen Freund Michael Souvignier
mit Noah und Gala

2. Auflage: November 2003

Originalausgabe
Veröffentlicht im Fischer Taschenbuch Verlag,
einem Unternehmen der S. Fischer Verlag GmbH,
Frankfurt am Main, Oktober 2003

Mit freundlicher Genehmigung der
Zeitsprung Film und Produktions GmbH
in Co-Produktion mit der
German Filmproduktions GmbH & Co. KG

Typografie und Satz:
Farnschläder & Mahlstedt Typografie, Hamburg
Druck und Bindung:
Druckerei C. H. Beck, Nördlingen
Printed in Germany
ISBN 3-596-16141-x

Vorwort **Witwen, die keine waren**

Das Jahr 1963 war eines der aufregendsten Jahre für die Welt, vor allem auch ein besonders ereignisreiches für die inzwischen erwachsene Republik. Zu diesem Zeitpunkt, 18 Jahre nach dem Ende des Zweiten Weltkriegs, befand sich Deutschland auf dem Höhepunkt seines Wiederaufbaus. Die Konjunktur lief prächtig, »wir waren wieder wer«! Deshalb versuchte man, auch die letzten Wunden zu schließen, die von den Naziverbrechern aufgerissen worden waren: So versöhnten sich am 22. Januar die »Erzfeinde« Frankreich und Deutschland. Mit dem Elysee-Vertrag wurde eine neue deutsch-französische Freundschaft offiziell beschlossen. Bei der Vertragsunterzeichnung umarmten sich Bundeskanzler Konrad Adenauer und Frankreichs Staatspräsident Charles de Gaulle herzlich.

Rund acht Monate später, am 15. Oktober, ging die Ära Adenauer zu Ende: Der erste deutsche Bundeskanzler nach dem Krieg trat im Alter von 89 Jahren von seinem Amt zurück. Einen Tag später wurde Ludwig Erhard vom Deutschen Bundestag zu seinem Nachfolger gewählt. Das Zeitalter der »sozialen Marktwirtschaft« in Deutschland begann.

International standen die politischen Zeichen des Jahres 1963 dagegen auf Krieg: So hatten sich die schon lange schwelenden Unruhen im südostasiatischen Raum inzwischen zu einem wahren Flächenbrand entwickelt, und die USA traten aktiv in den vietnamesischen Bürgerkrieg ein. Sie versuchten, eine Machtübernahme durch die nordvietnamesischen Kommunisten zu verhindern, die von China und der damaligen Sowjetunion militärisch unterstützt wurden. Gut ein Jahr nach der »Kubakrise«, bei der die Welt nur haarscharf an einem Atomkrieg der Supermächte vorbeigeschrammt war, wurde auf diese Weise der »Kalte Krieg« zwischen den so grundverschiedenen politischen Systemen auf fremdem Territorium weitergeführt.

Am 22. November stand die Welt unter Schock: Denn in Dallas, Texas, starb mit John F. Kennedy der größte politische Hoffnungsträger der westlichen Welt. Auf der Fahrt vom Flughafen in die Innenstadt wurde der amtierende amerikanische Präsident in einem offenen Auto von mehreren Schüssen getroffen und verblutete in den Armen seiner Frau Jackie. Bis heute wird darüber spekuliert, ob es sich mit Lee Harvey Oswald – der seinerseits am Tag nach seiner Verhaftung vom Barbesitzer Jack Ruby vor den Objektiven der Fernsehkameras erschossen wurde – tatsächlich um einen Einzeltäter handelte oder ob Kennedy einem tödlichen Komplott zum Opfer gefallen sein könnte.

Die Schüsse von Dallas lenkten jedoch die Aufmerksamkeit weg von einem Ereignis, das seit dem 24. Oktober des Jahres 1963 die Menschen nicht nur in Deutschland in Atem gehalten hatte und noch heutzutage im deutschen Sprachgebrauch Verwendung findet; meistens dann, wenn etwas besonders Großartiges, etwas kaum Vorstellbares passiert – ein Ereignis eben, das man als »Wunder« bezeichnet. »Das Wunder von Lengede«.

In den Abendstunden jenes milden Herbsttages wurde der deutsche Bergbau durch die größte Katastrophe seiner Geschichte erschüttert: In der Erzgrube »Mathilde« im niedersächsischen Städtchen Lengede, ungefähr in der Mitte des Städtedreiecks Braunschweig, Salzgitter und Peine gelegen, sackte gegen 20.00 Uhr der Boden eines Klärschlammteiches durch, dem die Behörden noch kurz zuvor eine außerordentliche Stabilität bescheinigt hatten. 500 000 Kubikmeter Wasser und Schlamm schossen mit ungeheurem Druck in das kilometerweit verzweigte Tunnelsystem. Zu diesem Zeitpunkt arbeiteten 128 Bergarbeiter der Nachmittagsschicht und ein Siemens-Elektriker, der wegen Wartungsarbeiten in die Grube eingefahren war, auf insgesamt drei Solen in 60, 70 und 100 Metern Tiefe. 79 Kumpel konnten sich wenige Stunden nach dem

Wassereinbruch selbst zur rettenden Oberfläche durchschlagen. Die meisten entkamen dem Inferno zu Fuß über den Hauptbremsweg, einige andere über die Strickleitern, die von den alarmierten Rettungskräften in die Wetterschächte hinabgelassen worden waren.

Für 50 Männer aber schien zunächst alle Hoffnung verloren. Ihre verzweifelten Angehörigen, Freunde und Bekannten strömten auf dem Zechengelände zusammen. Die Mitglieder der Grubenleitung sowie der Grubenfeuerwehr konnten nur mit Mühe ein paar waghalsige Kumpel davon abhalten, auf eigene Faust in die überflutete Grube einzudringen und einen riskanten Rettungsversuch für die Eingeschlossenen zu unternehmen, von denen man ja nicht einmal wusste, ob sie noch am Leben waren.

Dafür wurde so schnell wie möglich mit Suchbohrungen begonnen. Die Steinkohlebergwerke aus dem Ruhrgebiet stellten Spezialgerät zur Rettung Verschütteter zur Verfügung – unter anderem auch die berühmte »Dahlbusch-Bombe«, eine torpedoförmige Rettungskapsel mit Platz für einen Mann, mit der man bereits in ihrem Erfindungsjahr 1955 auf der Gelsenkirchener Zeche »Dahlbusch« drei Kumpel aus 812 Metern Tiefe geborgen hatte.

Doch jetzt sollte in Lengede die größte und spektakulärste Rettungsaktion des deutschen Nachkriegs-Bergbaus anlaufen.

Gleichzeitig wurde das Grubenunglück aber auch zu einem Großereignis für die Medien, vor allem fürs Fernsehen. Durch seine relativ neue Technik der Liveübertragung konnte plötzlich die ganze Welt bei den verzweifelten Rettungsbemühungen hautnah dabei sein. Und als dann 14 Tage später »Das Wunder von Lengede« geschah, berichteten knapp 500 Reporter, Fotografen und Kameraleute aus dem In- und Ausland darüber. Das bis dahin kaum bekannte Städtchen im Peiner Land befand sich endgültig im Zentrum des weltweiten Interesses. Aber geschah in Lengede wirklich ein Wunder? Oder war es nicht viel eher das Know-how der Ingenieure und die vorbildliche deutsche Bergbautechnik, die schließlich noch 21 Kumpeln das Leben rettete?

Werfen wir einen Blick auf die Chronologie der Ereignisse: Um 10.23 Uhr vormittags des 25. Oktober, rund 18 Stunden nach dem verheerenden Wassereinbruch, stieß bereits die erste Suchbohrung in einer Tiefe von 60 Metern auf eine Gruppe von sieben Bergleuten, die sich auf den Hauptbremsweg, direkt neben dem überfluteten Hauptschacht, geflüchtet hatte. Eine Rettungsbohrung von 65 Zentimetern Durchmesser wurde sogleich in Angriff genommen; passend für die »Dahlbusch-Bombe«, die inzwischen auf dem Zechengelände eingetroffen war. Doch die Männer unter Tage hielten die nervenzermürbende Warterei nicht mehr aus. Auf einem Zettel, der durch das Loch der Suchbohrung hinuntergelassen wurde, teilten sie den verblüfften Rettungsmannschaften mit, dass sie nun doch einen Ausbruchsversuch wagen würden. Daraufhin beschlossen vier erfahrene Steiger, ihren Kollegen trotz des strikten Verbots heimlich entgegenzugehen.

In der abgesoffenen Grube kamen sie mehr schwimmend und tauchend als watend voran. Teilweise reichte der Wasserspiegel bis an die Stollendecken. Doch nach einer Stunde trafen sich die tapferen Bergleute im überschwemmten Hauptschacht. Die sieben Eingeschlossenen hatten inzwischen aus rohem Grubenholz ein behelfsmäßiges Floß gezimmert, mit dem sie nun ihren lebensgefährlichen Rückweg zur Oberfläche antraten. 30 Stunden nach Schichtbeginn konnten sie – im wahrsten Sinne des Wortes – wieder aufatmen.

Jetzt wurden »nur« noch 43 Männer vermisst. Aber die Rettung der sieben verstärkte die Hoffnung auf die Bergung weiterer Überlebender. Mittlerweile nahm auch die übrige Bevölkerung großen Anteil an diesem Drama; nicht nur daheim oder vor den Schaufenstern der Rundfunkfachgeschäfte in ganz Deutschland, sondern auch vor Ort in Lengede selbst, wo sich Tausende von Schaulustigen eingefunden hatten.

Sie alle sollten Zeugen des »Wunders« werden, das 72 Stunden nach dem Unglück seinen Anfang nahm.

Dieses »Wunder« begann mit einer genauen markscheiderischen Berechnung der Vermessungsingenieure. Danach wurde am äußersten Ende eines Streckenvortriebs, der unter einem Acker des benachbarten Dorfes Barbecke verlief, in einer Tiefe von rund 80 Metern eine Luftblase vermutet. Gleichzeitig wurde die gesamte Schachtanlage systematisch nach Klopfzeichen abgehorcht. Am Sonntag, dem 27. Oktober, wurde nach einer neuerlichen Suchbohrung die Vermutung der Rettungsexperten bestätigt: Drei Männer saßen in einer Tiefe von 79,6 Metern – 15 Meter unter dem Wasserspiegel – fest. Über eine Gegensprechanlage, die mit Hilfe der Rundfunktechniker installiert wurde, erfuhren die Rettungskräfte, dass ein vierter Kumpel kurz vorm Erreichen des rettenden Hohlraums ertrunken war.

Innerhalb der Luftblase herrschte ein Überdruck von 1,4 Atmosphären. Dadurch wurden die Rettungsbohrungen zu einer ausgesprochen schwierigen und riskanten Angelegenheit, denn es war ja gerade dieser Überdruck, der ein weiteres Ansteigen des Wassers verhinderte. Deshalb musste das Bohrloch mit einem so genannten »Preventer« (ein Ventilverschluss, der vor allem bei Öl- und Gasbohrungen zum Einsatz kommt) luftdicht verschlossen werden. Darüber hinaus durften aber auch die Bohrmeißel nur mit allergrößter Behutsamkeit vorangetrieben werden. Die Höhle konnte jeden Moment einstürzen.

Am 1. November, um 4.30 Uhr morgens, stieß die Bohrung durch. Ein Rettungssteiger wurde zu den Eingeschlossenen hinuntergelassen. Um 12.09 Uhr schlüpfte dann der Erste der drei Bergleute in die enge »Dahlbusch-Bombe«. Um 12.32 Uhr befand sich auch der dritte Mann wieder auf der Erde. Nach insgesamt 190 langen Stunden in empfindlicher Kälte, totaler Dunkelheit und Todesangst empfanden sie die nun folgenden drei Stunden in der Druckkammer geradezu als Vergnügen.

Aber auch diese zweite spektakuläre Rettungsaktion war noch immer nicht das eigentliche »Wunder von Lengede«. Sondern nur ein kleiner Teil davon.

Zu diesem Zeitpunkt gab es noch immer 40 Frauen, die letztlich fest damit rechnen konnten, ihre Männer verloren zu haben. Und es gab nur noch sehr wenige auf der Zeche »Mathilde«, die an weitere Überlebende glauben wollten. Am Freitag, dem 1. November, neun Tage nach dem Unglück, war jedenfalls nur noch eine Suchbohrung im Gange. Das Spezialgerät befand sich zum Teil schon wieder auf dem Rückweg ins Ruhrgebiet.

Dafür liefen die Vorbereitungen für die Trauerfeier auf Hochtouren: In der Montagsausgabe der *Peiner Allgemeinen Zeitung* sollte eine Todesanzeige erscheinen. Der Landesbischof und der Bischof von Hildesheim formulierten bereits ihre Predigten; Bergwerksdirektor Stein, Arbeitsminister Blank und der Gewerkschaftschef Guthermuth feilten an ihren Gedenkreden. Im Festsaal waren 40 Grubenlampen zum Gedenken an die Opfer entfacht worden. Und die Belegschaft der Zeche »Mathilde« war angewiesen worden, zur angesetzten Trauerfeier am Montag in feierlicher Knappentracht zu erscheinen.

Nur ein paar altgediente, erfahrene Hauer äußerten unermüdlich ihre abenteuerliche Vermutung, dass sich die vermissten Kollegen vielleicht in einen alten Bruchstollen hatten flüchten können, der direkt unter dem Zechengelände verlief. Allerdings wussten auch sie, dass sich kein Kumpel, der noch seine fünf Sinne beieinander hatte, jemals freiwillig in einem »alten Mann« aufhalten würde. Denn dort gab es weder stützende Streben noch Stempel, sondern nur poröses, nacktes und ausgebeutetes Gestein. Brüchige, tonnenschwere Mergelplatten, die alle Augenblicke lang von der Decke fallen konnten. Denn die Erde arbeitet ununterbrochen. Wer sich in den Alten Mann geflüchtet hatte, wollte eben nur nicht ertrinken, sondern sich lieber erschlagen oder zerquetschen lassen.

So sah es auch die Geschäftsführung der »Ilseder Hütte«, die Betreibergesellschaft der Zeche »Mathilde«. Sie erklärte die Lage der Vermissten für hoffnungslos und die 40 Männer damit offiziell für tot. Schließlich hatten der Produktionsausfall und die Rettungsarbeiten inzwischen eine gewaltige Menge Geld verschlungen. Aber die wilden Spekulationen und Gerüchte um den Alten Mann wollten einfach nicht verstummen. Sie wurden von den verzweifelten Angehörigen ebenso begierig aufgesogen wie vom anwesenden Journalistenheer, das sofort ein Schlagzeilenfeuerwerk gegen die Bergbaugesellschaft inszenierte. Damit wurde die Konzernleitung unter solch starken Druck gesetzt, dass sie sich am Ende – nach einer zweitägigen Diskussion – endlich zu einer weiteren Suchbohrung bereit erklärte. Allerdings nur mit dem Hintergedanken, das Gerede endlich verstummen zu lassen und sich niemals eingestehen zu müssen, doch nicht alles für eine Rettung unternommen zu haben.

Am 4. November 1963 schrieb die *Hannoversche Presse*: »Noch in Trauerkleidung stürzen die Frauen zum neuen Bohrloch. Sie wollen nicht mehr von der Stelle weichen ... In diesem Moment soll die Trauerfeier für 40 Todesopfer stattfinden, aber sie fällt aus. Nicht weit von dem Saal entfernt, wo zum Gedächtnis an die Grubentoten bereits 40 Bergmannlampen brennen, frisst sich der nach Lengede zurückbeorderte Großbohrer einer neuen Rettung entgegen ...«

Das »Wunder« war geschehen: Einen Tag zuvor, am Sonntagmorgen um 6.30 Uhr, dem zehnten Tag nach dem Unglück, hatte die allerletzte Suchbohrung exakt den Hohlraum getroffen, in dem jetzt noch elf von ursprünglich 21 Bergleuten, die vor der Flut in den Alten Mann geflüchtet waren, mit ihrem Leben abgeschlossen hatten. Zehn ihrer Kameraden waren inzwischen von herabstürzendem Mergel erschlagen oder eingeklemmt worden und bei vollem Bewusstsein im langsam steigenden Wasser ertrunken. Seit 224 Stunden saßen sie nun in 56 Metern Tiefe, in rabenschwarzer Dunkelheit, fest. Sie froren entsetzlich, aber sie weigerten sich, den Toten die Kleidung auszuziehen, um sich besser vor der feuchten Kälte zu schützen.

Wieder wurde eine Gegensprechanlage installiert. Die eingeschlossenen Männer konnten mit ihren Frauen sprechen. Die Rettungskräfte drehten warme Kleidung zu dünnen Stoffwürsten zusammen und schoben sie zusammen mit Nahrung und heißen Getränken durch das Loch der Suchbohrung nach unten.

Doch erst als dann vier weitere, nervenzermürbende Tage später, am 7. November 1963, exakt um 14.20 Uhr, die Seilfahrt Nummer 13 auch den zweiten der beiden Rettungssteiger mit der »Dahlbusch-Bombe« ans Tageslicht befördert hatte, war die schwierigste Rettungsaktion der deutschen Bergbaugeschichte endgültig beendet. Es hatte zum Glück keinen weiteren Toten gegeben. Das Gestein hatte gehalten.

Auf der ganzen Welt läuteten damals die Kirchenglocken. Die Deutschen wurden von einem kollektiven Glücksgefühl erfasst, das noch stärker war als nach dem Gewinn der Fußballweltmeisterschaft 1954 oder der Heimkehr der letzten Kriegsgefangenen aus Russland im Jahr darauf.

Vor Ort aber, auf der Zeche »Mathilde«, brandeten weder Jubel noch Freudenschreie auf. Es gab nur einen lang anhaltenden, gedämpften Applaus, der sich entlang der Straßen, die vom Konvoi der Krankenwagen passiert wurden, erstreckte. Denn 29 Bergmannslampen hatten zu Recht geleuchtet. 29 Ehefrauen hatten bis zuletzt, aber dann doch wieder vergeblich gehofft, ihre Männer könnten unter den Geretteten sein. Die anderen elf bezeichnete der *Spiegel* als »Witwen, die keine waren«. Sie alle hatten jedoch zusammen eine furchtbare Achterbahnfahrt der Emotionen überstehen müssen.

Erst ein dreiviertel Jahr später, als man den Unglückshergang und die verschiedenen Rettungsaktionen genauer analysierte, sollte sich herausstellen, wie viele außerordentliche Zufälle und glückliche Fügungen gleichzeitig zusammengekommen waren, die am Ende das »Wunder von Lengede« möglich machten:

1. Die ursprünglich 21 Bergleute hatten sich ausgerechnet in den einzig noch verbliebenen, begehbaren Hohlraum mit relativer Stabilität, zwei Meter oberhalb der Wasserlinie, flüchten können.
2. Eine defekte Pressluftleitung hatte die Männer mit Sauerstoff

versorgt. Wäre sie nicht zerborsten gewesen, wären die Bergleute erstickt.

3. Der Ansatzpunkt für die entscheidende Suchbohrung war wegen fehlender genauer Messpunkte von den Vermessungsingenieuren lediglich geschätzt und dann auch noch wegen eines störenden Bahngleises nachträglich um zwei Meter verschoben worden. Darüber hinaus war aber auch der Ausgangspunkt für diese Schätzung auf den offiziellen, alten Lageplänen fälschlicherweise um sechs Meter zu weit nach Westen eingetragen gewesen.

4. Nur durch einen weiteren, kapitalen Messfehler der Eingeschlossenen selbst kam die Rettungsbohrung für die »Dahlbusch-Bombe« an der günstigsten, weil stabilsten Stelle des Hohlraums an.

Ob dort unten überhaupt auch nur einer der elf Bergleute noch logisch denken oder gar rechnen konnte, darf bezweifelt werden. Die Männer waren zum Zeitpunkt ihrer wundersamen Errettung so zermürbt, dass sie weder Schmerzen noch Hunger oder Durst verspürten. Die einen phantasierten bereits, andere waren wie in Trance, aber keiner von ihnen glaubte noch ernsthaft an ein gutes Ende. Einer hatte zufällig ein kleines Taschenmesser dabei. Viele von ihnen dachten öfter daran, sich mit der scharfen Klinge die Pulsadern aufzuschneiden, anstatt womöglich wochenlang zu krepieren. Sie wussten ja, dass sie nicht verdursten konnten, sondern nur verhungern, wenn das Gestein halten sollte: Ein starker Körper kann jedoch bis zu 50 Tage ohne Nahrung auskommen.

Aber kann der Mensch auch ohne Licht existieren?

Die Antwort lautet: »Nein«. Anfang der 50er Jahre hatten kanadische Wissenschaftler der McGill-Universität einige freiwillige Versuchspersonen für 48 Stunden in schalldichte Dunkelzellen eingeschlossen. Die ersten Probanden drehten bereits nach weniger als 20 Stunden völlig durch. Sie litten an Halluzinationen, brachen in hysterische Weinkrämpfe aus und verloren ihr sämtliches Koordinierungs- und Orientierungsvermögen.

An diesem Beispiel lässt sich wahrscheinlich nicht nur der psychische Durchhaltewille, sondern auch die Leidensfähigkeit der elf Eingeschlossenen von Lengede am besten erahnen.

Doch was sonst noch alles in diesem Drama, unter wie über der Erde, wirklich geschah; was die Überlebenden in Wahrheit fühlten, dachten und erleiden mussten und unter welch schrecklichen Umständen die Opfer ums Leben kamen, geriet erst nach und nach ans Tageslicht. Auch wenn sich die elf Geretteten in den Krankenhäusern erstaunlich schnell von den Strapazen ihrer Gefangenschaft erholten; auch wenn sie immer und immer wieder ihre Geschichte erzählen mussten, so gab es viele weitere Begebenheiten und Momentaufnahmen, über die es selbst diesen rauen Kerlen – sofern sie inzwischen nicht verstorben sind – bis heute schwer fällt, zu sprechen.

Von diesen Ereignissen handelt dieses Buch. Es stützt sich unter anderem auf die persönlichen Erinnerungen des Bergmanns Bernhard Wolter, der zu den elf Geretteten gehörte und der als Letzter den »alten Mann« verließ.

Was wir nun erzählen wollen, oder besser, was jetzt nach 40 Jahren erzählt werden kann, ist endlich die ganze tragische und bewegende Geschichte des »Wunders von Lengede«. Es sind die Erlebnisse und Eindrücke der zahlreichen Heldinnen und Helden, aber es geht auch um das Versagen und die katastrophalen Versäumnisse, über die man lieber einen Mantel des Schweigens ausgebreitet hätte. Aus Rücksicht auf die Betroffenen, die Opfer und deren Familien und Freunde, haben wir deshalb die Namen aller Beteiligten verändert.

Gleichwohl ist diese Geschichte des »Wunders von Lengede« auch nach fast einem halben Jahrhundert noch immer aktuell. Denn das Unglück auf der Zeche »Mathilde«, die im Jahr 1977 ihren Betrieb endgültig einstellte, war und ist sicherlich nicht die letzte Katastrophe unter Tage gewesen. Geht man dabei ganz nüchtern von der Zahl der Opfer aus, dann war das Unglück nicht einmal das schwerste in der Geschichte des Bergbaus: So waren zum Beispiel 16 Monate zuvor, am 7. Februar 1962, bei einer Schlagwetterexplosion in der saarländischen Grube »Luisenthal« 299 Kumpel gestorben. Und nicht einmal zwei Wochen nach dem »Wunder von Lengede« fanden bei einem ähnlichen Unglück in Japan 448 Bergleute auf einmal den Tod.

Überall, auf der ganzen Welt, wo der Mensch versucht, dem Boden seine Schätze zu entreißen, läuft er Gefahr, seine Gesundheit oder gar sein Leben zu verlieren. So wie diese 29 Männer aus Lengede:

Heinrich Bartella, geb. 31.01.1925
Walter Betti, geb. 14.01.1910
Günter Bühner, geb. 15.08.1933
Bernhard Bürgel, geb. 28.07.1909
Erhard Dreyer, geb. 14.01.1935
Karl Eull, geb. 25.11.1918
Max Franz, geb. 19.01.1913
Erich Giebel, geb. 04.12.1929
Reinhard Guth, geb. 17.05.1930
Heinz Hanisch, geb. 17.05.1930
Helmut Heimberg, geb. 01.02.1932
Paul Hollesch, geb. 17.10.1909
Erich Klomfass, geb. 06.03.1937
Wilhelm Kocem, geb. 02.07.1919
Karl Lautemann, geb. 02.02.1931
Bernhard Lenser, geb. 10.05.1924
Alfred Nayda, geb. 05.07.1929
Friedrich Ross geb. 02.06.1922
Heinrich Schindler geb. 17.11.1909
Walter Schleng geb. 22.07.1926
Erich Schnabel, geb. 12.05.1925
Bruno Scholz, geb. 03.04.1908
Hans Schnerwitzki, geb. 05.03.1936
Fritz Schulz geb. 26.07.1928
Hans-Werner Stephan, geb. 06.08.1931

Karl Störmer, geb. 30.03.1929
Albert Stolze, geb. 15.10.1910
Karl-Heinz Vorhold, geb. 24.04.1934
Walter Zühlke, geb. 26.12.1911.

Diesen Männern – vor allen anderen – ist diese Geschichte gewidmet.

Prolog

Schröders Gasthof« war ein liebevoll restauriertes Fachwerkhaus mit einem romantischen Biergarten unter alten Kastanien. Aber es war Herbst, der 24. Oktober, die Blätter der Bäume leuchteten in rötlichen Farben, und die leichte Brise, die über das Peiner Land strich, war zu kühl, um draußen feiern zu können. Trotzdem hatten die Wirtsleute zwischen den Kastanien Lampions aufgehängt. Auch über dem Eingang leuchtete eine bunte Lichterkette, und auf einem handgemalten Schild darunter stand »Alles Gute zum Geburtstag, Helga Wolbert!«.

Helga Wolbert fröstelte, denn sie stand nicht gerne im Mittelpunkt. Aber heute, an ihrem 65. Geburtstag, konnte sie sich dagegen nicht wehren. Sie hatte sich bei ihrer Tochter Veronika untergehakt und ging vorsichtig über den groben Kies des Biergartens, damit sie sich ihre teuren, neuen Schuhe ja nicht zerschrammte. Sie konnte es auf den Tod nicht leiden, wenn irgendwelche Dinge nicht richtig funktionierten oder nicht perfekt waren. Und dazu gehörten nun mal auch zerkratzte Schuhe zu einer schönen Abendgarderobe.

»Wir sind doch viel zu früh«, sagte sie ein wenig vorwurfsvoll, als sie den geschmückten Festsaal betraten, »mindestens zwei Stunden!«

»Aber nachher ist dann alles so, wie du es willst, und du meckerst wieder!«, entgegnete Veronika. Sie war mit den Marotten ihrer Mutter bestens vertraut. Seit über 40 Jahren schon.

Helga machte sich von ihrer Tochter los, trat vor das üppige Büfett, stemmte ihre Hände in die Hüften und musterte die dekorierten Delikatessen mit einem prüfenden Blick. Vielleicht ein bisschen zu wenig Aal und Lachs, dachte sie im ersten Moment. Aber da standen ja auch noch ein halbes Dutzend Rechauds herum und dampften vor sich hin. Putengeschnetzeltes mit Paprika und Reis, Burgunderbraten und Gemüsebratlinge mit Kräuterschaum für all diejenigen, die kein Fleisch mochten.

Helga ging die bestellten Speisen systematisch in ihrem Kopf noch einmal durch. Sie gelangte zu der Erkenntnis, dass niemand verhungern würde. Franz hatte sich wirklich nicht lumpen lassen.

In diesem Augenblick stieß eine Kellnerin mit ihrem Fuß routiniert die chromglänzende Schwingtür zur Küche des Gasthofs auf und trug eine imposante Torte hinein. Schwarzwälder Kirsch.

»Mensch, Hannelore«, meinte Helga, »die sieht ja gut aus!«

»Nicht wahr?«, strahlte die Kellnerin und platzierte das sahnige Prachtstück neben der Käseplatte. Dann wischte sie sich ihre rechte Hand an ihrer weißen Servierschürze ab und streckte sie Helgas Hand entgegen

»Herzlichen Glückwunsch zu Ihrem 65.!«, sagte die Kellnerin, »und der Butterkuchen kommt natürlich auch gleich, Frau Wolbert.«

»Sehr schön«, antwortete Helga, »dann ist ja alles so, wie's sein soll. Jetzt müssen nur noch die Gäste kommen.«

»Machen Sie sich darum man keine Sorgen, Frau Wolbert!«, rief die Kellnerin und verschwand rasch wieder in der Küche.

Helga sah sich um. Warum sollte sie sich Sorgen machen? Aus den Lautsprecherboxen, die der Alleinunterhalter auf der gegenüberliegenden Seite des Festsaals aufgestellt hatte, dudelte leise Musik. Es war irgendetwas Schmalziges, mit vielen Streichern. Perfekt für einen Spielenachmittag im Altersheim, dachte Helga. Aber so weit waren sie und ihr Mann ja noch lange nicht. Helga strich mit den Sohlen ihrer neuen Schuhe zärtlich über den Tanzboden. Schon früher hatten sie diese Dielen malträtiert. Regelrecht krumm getanzt hatten sie das Holz. Zu den wilden Rock'n'Rolls von Bill Haley, Elvis und Chubby Checker. Später natürlich auch zu den Beatles. Diese Musik aus den 50er und 60er Jahren mochte Helga bis zum heutigen Tag, auch wenn sie inzwischen Großmutter war.

»Und nun?« Sie schaute auf ihre goldene Armbanduhr, die sie zum Abschied von den Stadtwerken bekommen hatte. Für immerhin 18 Jahre, die sie dort als Sekretärin in der Personalabteilung gearbeitet hatte. Seit dem Jahre 1977, dem Jahr als die Zeche dichtgemacht hatte, ihrem ursprünglichen Arbeitsplatz, wo sie ihre Lehre als Bürokauffrau absolviert und vor allem auch ihren Mann Franz kennen gelernt hatte. »Was machen wir jetzt? Die Gäste kommen erst in anderthalb Stunden! Ich hab's dir ja gesagt: Wir sind viel zu früh!«

»Ein Gast ist schon da«, sagte Veronika plötzlich ernst. Sie hatte erstaunlich leise gesprochen. »Beziehungsweise eine«, verbesserte sie sich und hüstelte.

»Nun tu doch nicht so geheimnisvoll. Wer ist es denn?«, fragte Helga misstrauisch.

Veronika hob mit gespielter Ahnungslosigkeit ihre Schultern und deutete hinüber zum Gastraum, der an den Festsaal grenzte.

In diesem Moment lief Helga ein Schauer über den Rücken. Sie glaubte zu wissen, wem sie jetzt gleich gegenüberstehen würde. Aber das konnte ja eigentlich nicht sein.

Mit klopfendem Herzen betrat sie die schummrige Gaststube. Sie war leer, doch hinter einer dunkel gebeizten Trennwand aus Holz stieg der gekräuselte Rauch einer Zigarette empor. Helga linste vorsichtig um die Ecke. Dort, in der gemütlichen Nische am Stammtisch, saß eine Frau. Eine Frau, die in ihrem Alter war und die sie sofort erkannte. Helga hielt sich erschrocken die rechte Hand vor den Mund. Sie war also tatsächlich gekommen. Den ganzen weiten Weg über den Ozean.

»Hallo Helga«, sagte Renate Reger und nippte an ihrer Kaffeetasse. Ihre Begrüßung klang so, als ob sie sich gestern Vormittag im Supermarkt an der Fleischtheke getroffen hätten. Dabei hatten sie sich seit fast 39 Jahren nicht mehr gesehen. Seit damals. Seitdem das Unglück geschehen war.

»Renate, mein Gott!«, rief Helga, obwohl der Schrecken eigentlich schon längst vorbei war.

Veronika legte ihrer Mutter die Hand auf die Schulter.

»Na, Mutti, ist das nun eine Geburtstagsüberraschung, oder nicht?«

Helga sah ihre Tochter durchdringend an.

»Das hast du eingefädelt, Veronika?« Aber es hörte sich nicht nach einer Frage an, sondern eher nach einem Vorwurf.

Veronika nickte. Sie merkte, wie verlegen ihre Mutter plötzlich geworden war.

»Jetzt setz dich doch erst mal, Helga!«, sagte Renate lächelnd.

Fast mechanisch ließ Helga ihren Trenchcoat an sich hinuntergleiten. Veronika fing den Mantel gerade noch rechtzeitig auf, bevor er den Boden berührte. Helga trat zögernd an den Tisch heran, zog umständlich einen Stuhl heran und nahm Platz. Dabei starrte sie ununterbrochen ihre Jugendfreundin an.

»Gut siehst du aus!«, meinte Renate.

»Du aber erst«, antwortete Helga, die natürlich sofort registriert hatte, dass die fast gleichaltrige Renate nicht nur eleganter gekleidet war, sondern auch schlanker und jünger aussah als sie selbst. Sie hatte ja schon immer einen Kleiderfimmel gehabt. Doch das konnte doch nicht der Grund sein, warum sie sich jetzt auf einmal so hilflos fühlte! Vielleicht, hoffte sie, ging es Renate ja ähnlich!

Aber ihre Jugendfreundin nippte gelassen an ihrem Kaffee, inhalierte den Zigarettenrauch, sah Helga in die Augen und wartete offenbar darauf, dass sie was sagen – den Anfang machen würde.

Bloß was sagt man, wenn man sich so lange nicht gesehen hatte und auch der letzte Brief schon eine halbe Ewigkeit zurücklag?

»Ich kümmer mich dann mal um die Feier«, meinte Veronika diplomatisch, warf den Mantel ihrer Mutter über den Arm und verließ rasch den Gastraum.

Helga atmete tief ein.

»Tja, nun bist du wieder hier«, stellte sie zögernd fest.

»Ich hab dich sofort wieder erkannt«, sagte Renate und drückte ihre Zigarette im Aschenbecher aus. »Aber sonst hat sich ja einiges verändert.«

»Ich hab mich doch wohl auch verändert«, antwortete Helga, »ich bin zum Beispiel älter geworden.«

Renate lächelte.

»So meinte ich das nicht. Ich meine hier, in Lengede, seitdem sie ›Mathilde‹ geschlossen haben.«

»Das ist jetzt ein Erholungspark. Die Stadt ist mächtig stolz drauf.«

»Ich weiß. Ich hab's in einer Broschüre gelesen.«

Helga bemerkte, dass Renate mit einem leichten amerikanischen Akzent sprach.

»Jedes Jahr hab ich mir von neuem fest vorgenommen zu kommen! Aber ich habe es einfach nicht *geschafft*.«

»Ist aber auch ein ziemlich weiter Weg von Kanada hierher!«, stellte Helga überflüssigerweise fest. Sie wusste, dass es Renate ganz bestimmt nicht wegen der Entfernung bisher versäumt hatte, nach Lengede zurückzukehren. Nein, da musste sie erst 65 werden.

»Warum hast du eigentlich aufgehört, meine Briefe zu beantworten?«, fragte Renate plötzlich.

»Na ja«, antwortete Helga, »irgendwann wusste ich eben nicht mehr, was ich dir noch schreiben sollte.«

Renate verzog ihren Mund zu einem süffisanten Lächeln.

»Dass ich damals weggegangen bin, wirst du mir wahrscheinlich nie verzeihen!«

»Ach, Renate, das ist doch nun schon alles so lange her. Das meiste davon hat man vergessen.« Helga beugte sich vor. »Und weißt du«, sagte sie mit gedämpfter Stimme, »eigentlich bin ich auch froh darüber!«

»Ich finde, es gibt Dinge, die man nie vergessen sollte«, entgegnete Renate Reger knapp in einem Ton, der keinen Widerspruch duldete.

Helga schluckte und musste eine ganze Weile über ihre Antwort nachdenken. Schließlich nickte sie bedächtig.

»Ja, Renate, ich glaube, du hast wohl Recht. Solche Dinge gibt es.«

Sie sah, dass Renates Augen jetzt verdächtig glitzerten.

»Heute vor genau vierzig Jahren haben wir beide hier gesessen. Hier, an diesem Tisch. An deinem 25. Geburtstag!« Renate versuchte, ein Schniefen zu unterdrücken.

»Ist das lange her! Du hattest dein tolles rotes Kleid an«, erinnerte sich Helga lebhaft, »und was hab ich dich darum beneidet, denn so was Enges konnte ich ja nie und nimmer anziehen!«

»Wie denn auch, wo du doch gerade Veronika zur Welt gebracht hattest!«

»Na ja«, lächelte Helga und sah zweifelnd an sich herab, »in Wahrheit wär's Franz wohl auch zu teuer gewesen.«

»Und wie wir damals getanzt haben«, stelle Renate fest.

»Weißt du noch? Auf Socken sind die beiden Verrückten reingekommen, weil sie ihre guten Schuhe auf der Zeche liegen gelassen hatten!«, rief Helga aufgeregt und lachte laut auf.

In diesem Moment veränderte sich Renates Miene schlagartig. Im Bruchteil einer Sekunde legte sich ein Schleier aus Traurigkeit über ihr fein geschnittenes Gesicht.

»Das war das letzte Mal, dass wir alle gemeinsam gefeiert haben«, sagte Renate leise.

»Ja«, antwortete Helga sanft.

Sie langte quer über den Tisch hinüber und ergriff Renates linke Hand. Dabei stieß sie fast die Kaffeetasse um. Ein paar Spritzer landeten auf der Tischplatte. Doch in diesem Moment war das den beiden Frauen völlig egal.

Erster Teil **Die Suche**

1. Kapitel **Zukunftsmusik**

Nur weil Helga Wolbert in ihren Geburtstag hineinfeiern wollte, hatte sie der Steiger beide nach vorne zur Grubenlok durchgewinkt, und ihre Kollegen, bis auf den ständigen Nörgler Moritz, hatten nicht einmal gemurrt. Stattdessen hatte Pit Spieker in väterlichem Ton gebrummt:

»Nu geht bloß hin zu euren Mädels, bevor euch hier noch einer abgeht.«

Dann hatte er Franz und Bruno unter dem Gegröle der Bergleute ins erste Abteil des Personenzugs geschubst. Erst danach waren die anderen, so wie es die Tradition vorsah, in der umgekehrten Reihenfolge ihres Einfahrens zu Schichtbeginn in den Zug gestiegen, der sie zum Förderkorb bringen würde. Sie wussten beide, dass sie diese Vorzugsbehandlung mindestens eine Runde kosten würde. Vermutlich sogar zwei, denn wenn es was umsonst gab, entwickelten die Kumpel der Zeche »Mathilde« immer einen bemerkenswerten Durst.

Dabei waren ihre Frauen längst keine Mädels mehr. Doch jetzt bloß keinen lockeren Spruch riskieren, dachte Franz, der für seine Kodderschnauze bekannt war. Sondern einfach bloß die Gnade des Steigers und ihrer Kumpel nutzen und nichts wie raus aus dem Erz und rein in »Schröders Gasthof«.

Franz und Helga waren schon über sechs Jahre verheiratet; auf den Tag genau so lange wie Bruno und Renate. Doch während die beiden mit der sechsjährigen Lisa und dem vierjährigen Thomas bereits eine richtige Familie waren, war Franz erst vor sechs Monaten Vater geworden und musste sich an den kleinen Schreihals noch gewöhnen. Zum Glück lebte seine Mutter mit ihnen im Haus und passte auf Veronika auf.

Was die Kinder betraf, war ihm sein drei Jahre älterer Freund also voraus. Ansonsten aber waren Franz und Bruno seit der vierten Klasse immer gemeinsam durchs Leben gegangen. Waren ihre Leben parallel verlaufen. Sie waren fast schon so was wie Zwillinge, jedoch mit höchst unterschiedlichen Charaktereigenschaften, Ansichten und Begabungen. In der Schule zum Beispiel war Franz viel besser als sein Freund gewesen, der nicht nur ein Jahr später eingeschult, sondern auch zweimal sitzen geblieben war. Bruno war als Kind ein richtig fauler Hund gewesen. Aber dann hatte es bei ihm »klick« gemacht.

Während sie jetzt auf der Grubenbahn durch den Stollen schaukelten, begann Franz in Gedanken bereits das Geld in seinem Portemonnaie zu zählen, das in seiner Anzughose steckte, die oben unterm Dach der Kaue hing. Je länger er rechnete, desto sorgenvoller wurde seine Miene.

Bruno, der ihn grinsend von der Seite ansah, wusste genau, was Franz in diesem Augenblick dachte, als sich der Korb polternd und ächzend durch sechzig Meter Gestein ans Tageslicht quälte. Wahrscheinlich erwartete sein Freund von ihm, dass er sich finanziell an der Runde beteiligen würde. Und zwar mindestens zur Hälfte! Bruno beschloss, Franz noch ein wenig zappeln zu lassen. Diesen alten Geizkragen.

Andererseits war er wirklich an ihrer Verspätung schuld gewesen. Weil er sich beim Mittagessen mit Renate kurz in die Wolle gekriegt hatte, wegen ihres neuen, roten Kleides, das sie im »Modehaus Wolf« erstanden hatte, dem teuersten Bekleidungsgeschäft in Lengede. Franz hatte vorwurfsvoll den Kopf geschüttelt, als er ihm von seinem Streit mit Renate erzählt hatte. Klar, denn Helga hätte nie und nimmer mit einem solch teuren Fummel bei ihm ankommen dürfen. Sonst hätte ihr Franz aber auch was erzählt. Geburtstag hin, Geburtstag her: Helga hätte das Kleid sicherlich sofort ins Geschäft zurückbringen müssen. Renate hätte das niemals getan. Stattdessen hatte sie ihn wie immer unmissverständlich darauf hingewiesen, dass sie schließlich nur deswegen beim »Schröder« kellnern würde, um sich eben ab und zu eine solche Extrawurst leisten zu können.

»Bin ja gespannt, ob sich euer Streit auch gelohnt hat«, sagte Franz.

»Doch, doch«, antwortete Bruno, »wirst sehen!«

Manchmal fragte sich Franz, wie sein Leben in den vergangenen sechs Jahren wohl verlaufen wäre, wenn er Renate und Bruno seine Helga geheiratet hätte. Was ja damals, vor sechs Jahren, auch eigentlich so geplant gewesen war, kurz nachdem beide ihre Bergmannslehren abgeschlossen hatten.

Aber dann war was Verrücktes passiert: Jedenfalls hatte sich die stille und ziemlich schüchterne Helga wochenlang nicht getraut, seinen Kumpel Bruno anzusprechen, der zugegebenermaßen einen weitaus größeren Schlag bei den Mädchen hatte als er. Auch Helga hatte ihm natürlich immer wieder schmachtend hinterhergeschaut, während er selbst, die leibhaftige Stimmungskanone und bessere Tänzer, mit der quirligen Renate den Tanzboden unsicher machte. Aber zu mehr war es zwischen ihnen beiden damals nicht gekommen, was ihn geärgert hatte.

Auf einer dieser Veranstaltungen hatte Helga dann endlich einmal ihr Herz in die Hand genommen und Franz mehr oder weniger darum gebeten, bei Bruno mal ein gutes Wort für sie einzulegen. Aber in dem Krach hatte er verstanden, dass sie auch mal mit ihm tanzen wollte. Einen Korb hatte sie seiner Meinung nach jedoch nicht verdient. Also hatte Franz eher ein wenig lustlos mit der verwunderten Helga geschwoft, während sich Renate plötzlich den verblüfften Bruno geschnappt und ihn ebenfalls über die Tanzfläche geschoben hatte. Ein paar kesse Sprüche und ein hinreißendes Lächeln später war es dann passiert: Renate wollte Bruno fortan nicht mehr loslassen. Tja, hatte Franz damals gedacht: erstens kommt es anders und zweitens als man denkt. Aber dann hatte er schnell gemerkt, dass sich Helga in seinen Armen gar nicht so schlecht angefühlt hatte.

Das Missverständnis hatte seine Freundschaft zu Bruno nicht

beschädigen können, im Gegenteil: Die missglückte »Damenwahl« hatte ein paar Monate später in einer fröhlichen Doppelhochzeit gemündet, die sie natürlich auch in »Schröders Gasthof« gefeiert hatten, wobei ihnen der dicke Gerhard einen sehr fairen Preis gemacht hatte.

Nur noch ganz selten entwickelte Franz so etwas wie eine heimliche Sehnsucht nach seiner verflossenen Jugendliebe Renate. Denn mit Helga war er mehr als nur zufrieden. Sie war ihm eine gute Frau geworden, und die paar widrigen Stürme, die ab und zu mal zwischen ihnen aufbrausten, hatten sie bisher immer wieder in den Griff bekommen. Franz war in den vergangenen Jahren längst bewusst geworden, dass er mit Renate garantiert häufiger aneinander geraten wäre als mit Helga. Und schon oft hatte er sich über Bruno wundern müssen, denn es gab da so einiges, was sich Franz von einer Frau niemals hätte gefallen oder sagen lassen. Hauptsache aber, sie waren alle vier glücklich.

Der Korb kam oben auf der Hängebank federnd zum Stehen. Die Sicherheitstüren flogen auf. Von hier aus wurde das geförderte Erz aus den Loren gekippt und über ein breites Laufband hinüber in die tiefer gelegene Aufbereitungsanlage transportiert. Bergab, so besagte eine alte Bergmannsregel, schob es sich nun mal viel leichter als bergauf.

Die Kumpel drängelten sich aus der Kabine heraus in die frische Herbstluft. Der erste Atemzug über der Erde war immer ein ganz besonderes Erlebnis, aber ein paar ihrer Kollegen begannen wie immer sofort über das Wetter zu fluchen. Denn während ihrer Schicht hatte es offenbar kräftig geregnet, jedenfalls waren überall auf dem Grubengelände große Schlammpfützen zu sehen.

»Dann gehen wir eben mit unseren Stiefeln rüber zum Schröder und nehmen unsere Schuhe in die Hand«, meinte Bruno, als sie herüber zur Kaue liefen, und legte ihm im Gehen seine Hand vertraulich auf die Schulter, »ach ja, und dann noch was: Die zweite Runde für die Kollegen geht selbstverständlich auf mich. Bin ich dir ja wohl schuldig!« Franz fiel ein großer Stein vom Herzen.

Als sie die Kaue nach der wahrscheinlich schnellsten Dusche ihres Lebens verließen, wurden Franz und Bruno zur Lachnummer. Zum zweiten Mal an diesem Abend. Sie sahen aber auch zu albern aus, denn die Anzughosen hatten sie bis knapp unter ihre Knie hochgekrempelt und ihre Füße steckten in den klobigen, schlammverkrusteten Stiefeln. Wie zwei Störche mit Klumpfüßen staksten sie los; runter von der Zeche, an ihrer Siedlung vorbei und dann noch die zweihundert Meter die Grubenstraße runter bis zu »Schröders Gasthof«. Dabei passten sie höllisch auf, um ja nicht mit Schmackes in eine der Pfützen zu treten und den guten Stoff im letzten Moment einzusauen.

Es traf sich gut, dass Helgas Geburtstag in diesem Jahr auf den allwöchentlichen Tanzabend am Donnerstag fiel, der vor allem von denjenigen, die am nächsten Tag die Spätschicht hatten, gerne angenommen wurde. Diese Veranstaltung war eine moderne Variante der alten Bergmannssitte, die Wochenhalbzeit nach der Schicht mit einem Schnaps zu begießen; ein Brauch, der noch aus der Zeit der Sechstagewoche stammte.

»Schröders Gasthof« war für die meisten seiner Gäste mehr als bloß eine Kneipe. Für die jüngeren Kumpel der Zeche »Mathilde«, die meistens noch bei ihren Eltern in der Bergmannsiedlung lebten, war die Kneipe so was wie ein zweites Wohnzimmer, in dem sie auch in der Woche ordentlich Krach machen konnten. Denn wer jung war und wer so hart arbeitete und dabei gutes Geld verdiente, wollte öfter als nur zu den offiziellen Anlässen die Sau rauslassen. Denn fernsehen konnte man schließlich auch später, im Alter.

Noch kein Lengeder hatte den knurrigen Wirt, der selten mehr als nur das Notwendigste redete, jemals ohne die erkaltete, zerkaute Zigarre im Mund gesehen. Seine Schnitzel mit Bratkartoffeln waren legendär, seine Schallplattensammlung war einzigartig. Gleichzeitig fungierte Gerhard Schröders Gasthof aber auch als ein florierendes Eheanbahnungsinstitut, als ein nie versiegender Quell des neuesten Stadtgesprächs und als das inoffizielle Vereinsheim der Lengeder Fußballvereine.

Franz und Bruno blieben an der Eingangstür auf der überdachten Terrasse stehen, stellten ihre Taschen auf die feuchten Planken, betrachteten die beiden Reihen Motorroller und Motorräder, die vor dem Gasthof parkten, und warfen einen prüfenden Blick durchs Fenster, hinein in die überfüllte und verräucherte Gaststube. Die Stadtjugend war an diesem Mittwochabend offenbar ebenfalls vollständig angetreten. Manchmal gab es dann Ärger, meistens nach dem fünften oder sechsten Bier. Was jedoch eigentlich weder Franz noch Bruno in irgendeiner Weise irritieren konnte. Denn wer sich mit ihnen anlegte, hatte wahrscheinlich schon länger vorgehabt, sich ein neues Gebiss verpassen zu lassen.

»Wie sitzt meine Krawatte?«, wollte Franz wissen. Er reckte seinen Hals und tippte Bruno auf die Schulter, aber der hatte ganz was anderes im Blick.

»Ist das nicht ein schöner Anblick!«, seufzte er schmachtend.

»Donnerwetter«, entfuhr es Franz, als er erneut durch die beschlagene Scheibe spähte.

Renates neues Kleid war in der Tat bemerkenswert. Neben ihr tauchte jetzt Helga auf. In ihrem dunkelgrünen Cocktailkleid, das sie sich aus einem Versandhauskatalog ausgesucht hatte, wirkte sie längst nicht so mondän wie ihre Freundin. Aber für Franz war sie inzwischen die schönste Frau der Welt.

Helga blickte nervös auf ihre Armbanduhr. Für die beiden Freunde war es das Signal, ihre Frauen jetzt nicht noch länger warten zu lassen.

Sie stiegen ächzend aus ihren schweren Stiefeln, krempelten die Anzughosen hinunter und strichen sie flüchtig glatt.

»Gib mal die Schuhe!«, sagte Franz zu Bruno, der nur Augen für seine Renate hatte.

»Gib Schu-he!«, wiederholte Franz ungeduldig. Er dehnte das Wort »Schuhe« absichtlich in zwei Silben. Denn der Bergarbeiter, das hatte er während seiner Lehrzeit eingetrichtert bekommen, funktionierte am besten, wenn die Befehle und Anweisungen kurz und knapp gehalten wurden.

»Du hast sie doch!«, meinte Bruno erschrocken.

»Nee, du!« Franz schüttelte den Kopf.

»Quatsch. Ich?«

»Ja, nu guck doch endlich mal in deine Tasche!«

Schweren Herzens ließ Bruno seine Frau aus den Augen, bückte sich nach seiner Sporttasche, öffnete den Reißverschluss und griff hinein. Was er jedoch Sekunden später mit einem gequälten Gesichtsausdruck aus der Tasche herausholte, waren lediglich seine Plastiklatschen, mit denen er sich in der Kaue vorm gefürchteten Fußpilz schützen wollte. Franz verdrehte die Augen.

»Scheiße«, sagte Bruno kleinlaut, warf die Latschen ärgerlich in die Tasche zurück und zog den Reißverschluss ganz schnell wieder zu, »dann hab wohl ich unsere Schuhe im Spind vergessen.«

»Ja und nu?«

»Na ja«, meinte Bruno, kniff seine Augenlider zusammen und tat einen Augenblick lang so, als würde er angestrengt überlegen, »dann schleichen wir uns eben an. Wie die Indianer auf'm Kriegspfad, verstehste?«

»Das ist nicht dein Ernst!«

»Ist es wohl.«

Bruno zögerte keine Sekunde. Er stellte seine Bergmannsstiefel extra ordentlich neben der Eingangstür ab. Mit den Stiefeln von Franz verfuhr er ebenso. Dann breitete er grinsend seine Hände aus.

»Auf Socken?«, fragte Franz, aber es hörte sich eher an wie eine Feststellung.

»Hast du vielleicht 'ne andere Idee?«, fragte Bruno zurück.

Er riss die Eingangstür auf und stürzte sich ins Getümmel. Franz ging ihm leidlich entschlossen hinterher. Er hatte überhaupt keine Lust, erneut zu einer Lachnummer zu werden. Zum *dritten* Mal an diesem Abend. Und wieder mal nur wegen Bruno. Andererseits fand er das Gelächter der anderen Gäste auch schon wieder komisch. Außerdem, so stellte er fest, konnte man in den dicken Socken auf dem glatten Boden wahrscheinlich prima twisten. Vielleicht würde er ja zukünftig nur noch in Socken mit Helga zum Tanzen gehen.

In diesem Moment stürzte sie schon auf ihn zu, schlang ihre Arme um seinen Hals und küsste ihn direkt auf den Mund. Komisch, dachte Franz, denn so ausgelassen war sie eigentlich ziemlich selten.

Kurz vor Mitternacht kochte der Festsaal. Franz und Bruno hatten zwar, wie viele der wackeren Tänzer auch, eine anstrengende Schicht unter Tage in den Knochen, aber wer arbeiten konnte, konnte auch feiern. Und umgekehrt. Bruno hatte mal wieder unverschämtes Glück gehabt, denn es war bloß bei *einer* Runde Bier für die Kollegen der Spätschicht geblieben, und die hatte natürlich Franz zähneknirschend gezahlt.

Bruno zeigte allen, die es nicht wissen wollten, sein wahres Talent. Schweißüberströmt rutschte er vor Renate auf Knien über die Dielen, wackelte dabei mit seinem muskulösen Oberkörper, dann mit dem Hintern und brüllte jeden Refrain mit. Im nächsten Augenblick sprang er dann schon wieder auf und tanzte weiter. Zwischendurch fielen sie sich in die Arme und knutschten. Aber nur bis zum nächsten Refrain.

Renate zeigte dabei keine Hemmungen, obwohl sie normalerweise in »Schröders Gasthof« an drei Tagen in der Woche bediente. Aber auf diese Weise konnten die anderen Männer wenigstens sehen, dass sie besetzt war.

Franz und Helga trieben es weniger wild. Sie waren stolz darauf, dass sie neben dem Gewackel die klassischen Standardtänze beherrschten, und hier nahm ihnen niemand einen Foxtrott übel. Hinter ihrem Rücken blickte Franz verstohlen auf seine billige Armbanduhr mit dem zerkratzten Glas. Es war soweit. Mitternacht! Er zog seine Helga an sich heran, blieb mitten auf der Tanzfläche abrupt stehen und gab ihr einen herzlichen Kuss auf den Mund.

»Also dann«, sagte er feierlich, »herzlichen Glückwunsch zum

Geburtstag!« Helga strahlte ihn an und gab ihm den Kuss zurück. »Dein Geschenk kriegste natürlich auch – aber erst morgen früh!«

Helga vergrub ihren Kopf an seiner Schulter und wiegte sich verliebt im Takt.

Auch Renate und Bruno hatten inzwischen gemerkt, was die Uhr geschlagen hatte. Sie schoben sich an Franz und Helga heran und gratulierten ihr herzlich. Dann löste sich Renate aus Brunos Umarmung, tippte Franz mit dem gestreckten Zeigefinger auf den Oberarm und rief: »Damenwahl!«

Franz lachte laut auf. Das ließ er sich nicht zweimal sagen. Er merkte nicht einmal, dass ihn Helga nur unwillig ziehen ließ. Bruno, der jedoch sofort den säuerlichen Ausdruck in Helgas Gesicht gesehen hatte, beeilte sich, ihr ein zweites Mal zum Geburtstag zu gratulieren, und versuchte im selben Augenblick, ein paar Tanzschritte anzubringen. Aber da sich Helga nicht von ihm mitreißen lassen wollte, sondern offensichtlich bloß schmollen, bugsierte er sie mit sanftem Druck von der Tanzfläche hinunter.

Ihm war es ja völlig gleich, wenn Franz von Renate im Kreis herumgewirbelt wurde. Aber er hatte schon häufig gemerkt, dass Helga damit nicht so richtig klar kam. Dass ihr Renates *Eskapaden* immer einen Stich ins Herz versetzten. An ihrem Geburtstag wahrscheinlich erst recht. Dagegen gab es seiner Meinung nach nur ein Mittel: einen Doppelten.

Bruno führte sie in eine frei gewordene Nische neben dem Eingang zur Gaststube, setzte Helga an den Stammtisch und brüllte seine Bestellung über die Köpfe der Feiernden hinweg in Richtung Tresen. Ein kaum wahrnehmbares Nicken des dicken Schröder signalisierte ihm, dass er seine Order verstanden hatte. Er hoffte, dass jetzt eins von beiden ganz schnell an ihren Tisch kommen würde: entweder der Schnaps, besser aber noch Renate und Franz. Dann nahm Bruno neben Helga Platz und versuchte erfolglos, sie mit einem Witz zum Lachen zu bringen.

Zum Glück entschlossen sich aber Renate und Franz rascher als erwartet dazu, eine Pause einzulegen. Renate ließ sich theatralisch auf Brunos Schoß fallen. Franz, dem die Zunge heraushing, setzte sich keuchend auf den Stuhl neben seiner Frau und griff nach ihrer Hand. Helga ließ es geschehen, aber sie wich seinem Blick aus.

Doch dann geschah etwas, mit dem weder Bruno noch Renate und erst recht nicht Franz gerechnet hätten. Helga nämlich, ausgerechnet die normalerweise so zurückhaltende Helga, erhob sich plötzlich und setzte sich, ebenso kokett wie Renate auf den Schoß ihres Mannes. Sie schlang ihre Arme um seinen Hals und gurrte ihm ein einziges Wort ins Ohr: »Mallorca.«

»Was?«, fragte Franz entgeistert.

Helga sah ihn ruhig an und wiederholte so laut, dass sie es alle verstehen konnten: »Mallorca!«

»Hab ich ja noch nie gehört!«, kicherte Renate.

Sofort wurde sie von Helga belehrt.

»Ist im Mittelmeer. 'ne Insel, von Spanien.«

Renate winkte lachend ab. Klar wusste sie das.

»Und wie kommt ihr da hin«, fragte Bruno, »mit'm Bus?«

Renate gab ihm einen zärtlichen Klaps auf die Stirn. »Das is' doch 'ne Insel!«

In diesem Moment servierte ihnen der dicke Schröder höchstpersönlich die vier Schnäpse. Einen fünften hatte er für sich selbst mitgebracht, obwohl er nur sehr selten Alkohol trank. Wenn überhaupt, dann nur mit seinen allerbesten Stammgästen. Was für das Quartett eine hohe Auszeichnung bedeutete.

»Alles Gute zum Geburtstag, Helgalein«, nuschelte der Wirt und bedeutete Franz mit einem energischen Nicken, dass diese Runde aufs Haus ging. Das bedeutete, dass sie in diesem Augenblick in den Adelsstand erhoben worden waren. Franz schenkte dem Wirt ein dankbares Lächeln. Die fünf Schnapsgläser kamen über der Mitte des Tischs zusammen.

»Sternförmig!«, schrie Bruno, »umsonst!«

Dann musste Helga tapfer, gleichzeitig mit den anderen, den beißenden Schnaps hinunterstürzen. Sofort begannen ihre Wangen zu glühen, und sie verzog ihr Gesicht. Dieser Anblick amüsierte vor allem den dicken Schröder. Zufrieden wackelte er hinter seinen Tresen zurück.

Als sich Helga wieder gefangen hatte, sagte sie: »Mit'm Flugzeug. Wir fliegen mit 'm Flugzeug dahin.«

Jetzt verzog Franz unmerklich sein Gesicht. Bruno grinste. Denn so ein Urlaub war im Vergleich natürlich viel teurer als ein Kleid und bot darüber hinaus jede Menge Diskussionsstoff.

»Warum fahren wir dann nicht einfach mit?«, wollte Renate wissen.

»Mit'm Flugzeug? Nee, das ist nix für mich, da hätt ich Schiss!«, sagte Bruno schnell. »Und was is' mit unseren Kindern?«

Renate nickte und wandte sich an Franz: »Wann fliegt ihr denn?«

»Weiß noch nicht«, antwortete Franz ausweichend.

Helga sah ihn vorwurfsvoll an: »Du hast aber neulich noch gesagt, wir fahren im Mai!«

»*Vielleicht* hab ich gesagt, vielleicht!«

»Nein. Du hast es versprochen!«, insistierte Helga.

Bruno und Renate hielten sich lieber zurück. Das hier ging sie jetzt nichts mehr an. Franz hob Helga entschlossen von seinem Schoß herunter und setzte sie neben sich auf den Stuhl wie ein ungezogenes, trotziges Kind.

»Was weiß ich, was im Mai ist«, meinte er, »vielleicht sind wir ja dann schon alle tot – im Mai!«

Er lachte gekünstelt, kippte die Neige aus dem Schnapsglas hinunter und schien noch immer nicht zu spüren, wie sehr er Helga mit seiner Stieseligkeit traf.

»Mensch, Franz«, sagte Bruno leise, »sie hat doch Geburtstag!«

Helga erhob sich gefasst. Sie war auf einmal völlig nüchtern.

»Das wäre unser erster Urlaub gewesen! Andere fahren ja schließlich auch mal weg.«

Ihre Lippen bebten. Dann konnte sie ihre Tränen nicht mehr zurückhalten. Doch damit Franz ihre Heulerei nicht mitbekam, drehte sie sich um und rannte aus dem Gastraum. Franz sah ihr verwundert hinterher, wirkte aber gleichzeitig ziemlich verunsichert.

»Hab ich was falsch gemacht?«, fragte er, obwohl er die Antwort auf diese Frage kannte.

»Du hast doch nichts dagegen, wenn ich mal nach Helga sehe, oder?«, sagte Renate und warf ihm einen abschätzigen Blick zu.

Franz winkte ab. Renate erhob sich und folgte ihrer Freundin auf die Damentoilette, wohin sich Helga erfahrungsgemäß immer verzog. Bruno schüttelte hilflos den Kopf. Er konnte genau sehen, dass in diesem Augenblick über seinem besten Freund das schlechte Gewissen mit voller Wucht hereinbrach.

Als Renate die Damentoilette betrat, stand Helga vor dem Waschbecken. Ihre Arme hingen schlaff hinunter und sie heulte Rotz und Wasser. Renate trat an sie heran, legte ihr beide Hände auf die Schultern und versuchte, sie zu trösten.

»Lass mich ja in Ruhe!«, stieß Helga hervor.

»Franz meint das doch nicht so! Kein Grund zu heulen!«

»Jetzt lass uns doch endlich mal in Ruhe! Du hast doch den Bruno!«, Helga war laut geworden.

Renate nahm die Hände von ihren Schultern, trat neben ihre Freundin und kramte aus ihrem Handtäschchen einen Lippenstift heraus.

»Hast du etwa immer noch Angst, dass ich dir deinen Mann wegschnappen könnte?« Sie betrachtete sich im Spiegel und zog sich dann in aller Seelenruhe die Lippen nach. »Wenn's darum geht, Helga: Den Franz hätt ich mir schon genommen. Wenn ich gewollt hätte, damals.«

»Man kriegt nicht immer alles, was man will«, antwortete Helga schniefend.

Sie versuchte, sich zu sammeln und ihre Frisur wieder in Form zu zupfen. Renate packte ihren Lippenstift weg.

»Wenn man was will, Helga«, sagte sie, »muss man es nehmen.«

»Du bist manchmal einfach schrecklich!«, rief ihre Freundin. Sie kämpfte mit einer widerspenstigen Strähne, die ihr immer wieder ins Gesicht fiel. »Du bist genau so schrecklich wie meine Haare!«

Renate lächelte. Sie griff nach der Strähne und bog sie gekonnt hinter Helgas rechtes Ohr.

»Bist du denn nicht glücklich mit Franz?«

»Doch. Ich bin glücklich«, stotterte Helga, »aber ...«

»Aber was?«

»Er ist oft so lieblos. Manchmal denk ich, wenn ich alt bin – und der Franz ist dann auch alt – wie unsere Liebe dann wohl sein wird? Und dann werd ich immer ganz traurig.«

»Liebe! Liebe ist auch nicht alles«, meinte Renate sachlich und wandte sich ab zum Gehen. In der Tür drehte sie sich um und fragte: »Kommst du auch?«

Helga nickte stumm. Das war ja wirklich ein toller Geburtstag. Der Abend konnte eigentlich nur noch besser werden.

Auf dem Heimweg durch die Bergmannssiedlung versuchte Franz mit bewundernswerter Hartnäckigkeit, sich bei Helga zu entschuldigen. Aber der Stachel saß noch zu tief bei ihr. Außerdem war sie keine Frau, die einfach wieder zur Tagesordnung übergehen konnte, wenn sie erst einmal richtig getroffen worden war.

Vor ihnen stolperten Bruno und Renate eng umschlungen, knutschend und kichernd, über den nassen Asphalt. Brunos Socken waren hinüber. Franz trug beide Taschen, in denen sich auch die Stiefel seines Freundes befanden.

Sie wohnten praktisch Tür an Tür, nur einen Steinwurf voneinander entfernt, schräg gegenüber in der Koloniestraße. Hier lebten ausnahmslos Kumpel von der Zeche »Mathilde«. Die Häuser waren in den zwanziger Jahren erbaut worden, sie waren alle gleich geschnitten, gleich groß und gleich teuer. Nur die Gärten und die Farben der Fenster unterschieden sich voneinander. Renate drehte sich nach Franz und Helga um. Dabei musste sie Bruno festhalten, damit er nicht umfiel.

»Wir müssen die Kleinen noch von euch holen!«, rief sie.

»Die können auch bei uns schlafen. Ich schick sie dann morgen früh zur Schule!« Helga wollte nur noch ins Bett.

»Dann sind wir heut Nacht ja ganz allein. Nur du und ich sozusagen!«, lallte Bruno, umarmte Renate erneut und küsste sie übers ganze Gesicht.

Renate schob ihn lachend von sich weg.

»Seit ich die Pille nehm, hab ich vor dem Kerl gar keine Ruhe mehr!«, meinte sie und gab ihm einen neckischen Klaps auf den Kopf.

»Helga verträgt die Pille nicht«, warf Franz ein.

Mit dieser Bemerkung hatte er einen weiteren Kriegsschauplatz eröffnet.

»Muss das jetzt sein?«, fauchte Helga.

Sie ging schnurstracks an ihrem Haus vorbei und verschwand hinten im Garten.

»Was hab ich denn jetzt schon wieder gesagt?« Franz verstand die Welt nicht mehr.

»Jetzt lass sie doch einfach mal in Ruhe«, lächelte Renate verbindlich, »gute Nacht!«

»Feiert noch schön!«, rief Bruno, aber diesen Satz hätte er sich auch sparen können.

Franz sah sie für einen kurzen Moment irritiert an, bevor er sich auf den Weg machte, Helga von der Kinderschaukel zwischen den Gemüsebeeten herunterzuholen. Eigentlich konnte niemand Helgas sporadische Eifersuchtsanfälle verstehen.

Während sich Renate und Bruno nicht einmal drei Minuten später bereits im Hausflur die Kleider vom Leib gerissen, aufs Zähneputzen verzichtet und beschlossen hatten, es mal auf ihrer neuen Couch im Wohnzimmer auszuprobieren, hatte sich Franz große Mühe geben müssen, Helga wenigstens davon zu überzeugen, drinnen in der Küche weiterzustreiten, anstatt im Garten, wo es doch alle Nachbarn mitbekommen konnten. Jetzt saßen sie endlich am Küchentisch, und er konnte sich in aller Ruhe eine Zigarette anzünden und ihre Strafpredigt erwarten.

»Warum bist du so?«, fragte sie.

»Wie bin ich denn?«, fragte er kühl zurück.

»Mit Renate bist du jedenfalls ganz anders. Aufmerksam und nett.«

»Du musst nicht eifersüchtig sein auf Renate.« Franz blies den Rauch aus den Nasenlöchern.

»Bin ich auch nicht«, sagte Helga trotzig.

»Bist du doch.«

Helga wollte mit der Faust auf den Tisch hauen, aber sie besann sich im letzten Moment. Ein heulendes Kind hätte ihr jetzt gerade noch gefehlt.

»Meinetwegen«, sagte sie, »bin ich doch!«

Franz drückte seine Zigarette im Aschenbecher aus, stand auf, zog Helga von ihrem Stuhl hoch und nahm sie in den Arm.

»Ich hab dich geheiratet«, lächelte er, »nicht die Renate.«

»Weil sie dich nicht wollte. Ich bin doch nur zweite Wahl.« Sie versuchte, sich aus seiner Umarmung zu befreien, aber Franz ließ sie nicht los.

»Wie kommst du bloß immer darauf?«

»Sie hat dich von Anfang an nicht gewollt, sie wollte den Bruno!«

»Ja, genau: deinen Bruno!«

Damit hatte Franz natürlich ins Schwarze getroffen. Denn, ja es war die Wahrheit: Damals hatte sie sich den Bruno ausgeguckt. Jetzt aber nur nicht den Streit eskalieren lassen. Nicht an ihrem Geburtstag! Aber entschuldigen wollte sie sich auch nicht bei ihm, denn im Grunde waren sie jetzt quitt.

Helga riss sich von Franz los und lief rasch nach oben in den ersten Stock, um nach den Kindern zu sehen. Nach ihrer Tochter Veronika und natürlich auch nach den beiden Kindern von Bruno und Renate. Das war eben der Vorteil, wenn man mit der Schwiegermutter unter einem Dach zusammen lebte. Wobei es natürlich auch eine Menge Nachteile gab.

Während sie die Kinder der Reihe nach zudeckte, hörte sie, wie Franz unten in der Küche den Wasserhahn aufdrehte und das Wasser extra lange laufen ließ, damit es auch schön kalt war.

Plötzlich aber stiefelte ihr Mann aus der Küche hinaus und stellte sich unten an die Treppe in Positur. »Da ha'm wir ja was gemeinsam«, rief er halb laut zu ihr herauf, »ha'm wir doch tatsächlich beide nicht das bekommen, was wir wollten!«

Helga brach erneut in Tränen aus. Unten erschien plötzlich Helene Wolpert im Flur.

»Kannste nicht schlafen, Mutter?«, fragte Franz.

Seine Mutter schlurfte wortlos in die Küche, nahm sich eine von Franz' Zigaretten aus der Schachtel auf dem Küchentisch und zündete sie an. Oben konnte sie ihre Schwiegertochter rüber ins Badezimmer trippeln hören. Helene Wolpert sah kurz hoch an die Zimmerdecke.

»Hab wohl bös geträumt.«

»Wovon?«

Aber seine Mutter seufzte nur. Also hatte sie den Streit in voller Länge mitbekommen. Schöne Scheiße, dachte Franz und griff nervös zur Zigarettenschachtel.

»Und wie war der Geburtstag sonst?«, wollte seine Mutter wissen.

»Lustig«, antwortete Franz.

Aber der Blick seiner Mutter sprach Bände.

»Geh man!«, sagte sie, »und leg dich ins Bett. Mal 'ne Nacht drüber schlafen – egal, was es auch gewesen ist.«

So hatte es Helene Wolpert in ihrem Leben immer gehalten: Erst mal eine Nacht drüber schlafen. Alles sacken lassen. Damit aus kleinen keine großen Probleme entstehen konnten. Von denen hatten die Frauen von Bergleuten reichlich. So verging zum Beispiel kein Tag, an dem sich eine solche Frau nicht wenigstens einmal fragte, ob ihr Mann auch hoffentlich wieder nach oben kommen würde.

Vor zehn Jahren hatte Helene Wolpert vergeblich gehofft. Ihr Mann, der Vater ihres Sohnes, war nach einem schweren Unfall unter Tage geblieben. Geblieben und gestorben. Aber auch das hatte Franz nicht davon abhalten können, auf »Mathilde« arbeiten zu gehen. Denn wer aus Lengede stammte und was erreichen wollte, für den gab es nur die Wahl zwischen dem Erz und einem Umzug.

Erschöpft, verschwitzt und schwer atmend rollte sich Bruno von Renate herunter. Er rollte ein Stückchen zu weit, von der Couch hinunter und knallte mit seinem Schädel auf die Kante des massiven Wohnzimmertischs. Es schepperte mächtig.

»Hier is' es ja gefährlicher als im Bergwerk«, sagte er stöhnend und hielt sich den Kopf. Aber es war ja nur eine Kleinigkeit. Nicht mal eine Beule würde es geben.

»Viel gefährlicher!«, lächelte Renate.

Sie streckte ihm den Arm hin. Bruno zog sich mühsam an ihm hoch, kniete sich vor seine Frau und legte seinen Kopf auf ihre Brust. Renate streichelte ihn durchs nasse Haar. Sie liebte den Geruch, den er verströmte, wenn sie Liebe gemacht hatten. Dann roch Bruno nach einer Mischung aus Schweiß, Kernseife und »Pitralon«. Und jeder Menge feuchter Erde.

»Gefall ich dir?«, fragte Renate.

»Du bist mein Traum«, murmelte er, gar nicht mehr betrunken, und küsste zärtlich ihr Dekolleté. Plötzlich richtete er sich jedoch auf und sah sie mit ernster Miene an. »Ich will, dass du bei Schröder aufhörst!«

Renate pustete ihre Wangen auf.

»Ach, Bruno«, erwiderte sie gelangweilt, »leg doch mal 'ne andre Platte auf.«

»Ich mein das ernst! Ich will nicht, dass alle meine Frau anstarren!«

»Ich näh mir dann also 'n Sack und versteck mich im Keller«, grinste Renate.

»Kellnerin ist doch nix für 'ne verheiratete Frau und Mutter!«

»Was du so redest, Bruno: Du lebst ja noch in der Steinzeit!« Renate zog ihn wieder zu sich herunter. Für einen Moment herrschte völlige Stille zwischen den beiden. Dann fragte sie: »Wie lang willst du noch machen, Bruno? Wie lang?«

Er begriff, was sie meinte.

»Tja, mal sehen«, antwortete er ausweichend.

Renate drehte seine Haare zu kleinen Löckchen zusammen.

»Im Fernseher war neulich wieder so ein Bericht über Kanada. Da suchen sie Bergleute, im Übertagebau!«

»Ja, und?«

»Mensch, Bruno, in Kanada hat man ein Haus und ein Auto – allein schon wegen der Entfernungen. Kanada ist ja so riesig. Und das Leben ist dort ganz anders, Bruno, nicht so eng und klein wie hier!«

»Aber Kanada ist am anderen Ende der Welt!«

»Ich glaube, du willst hier doch gar nicht weg«, sagte Renate, vollkommen ernüchtert.

»So schlecht ist es hier in Lengede auch nicht!«

»Aber, wenn man sich verbessern kann! Ich meine, wenn man mehr haben kann vom Leben!«

Bruno richtete sich auf und sah sich in seinem Wohnzimmer um.

»Besser, besser, ich hör immer nur besser!«, sagte er. »Wir haben doch hier alles. Arbeit, Kinder, sogar einen Fernseher. Und wir haben uns. Das ist doch was!«

»Du redest manchmal schon wie dein Freund Franz!«

Bruno versuchte, Renate an sich zu drücken. Aber sie wand sich aus seinen Armen heraus und hob ihren rechten Zeigefinger:

»Eins musst du wissen, Bruno: Ich bleib nicht mein Leben lang in Lengede. Und das ist ein Versprechen!«

Sie sahen sich fest in die Augen. Keiner wich dem Blick des anderen aus.

Bruno lachte als Erster. Renate begann zu kichern. Dann sagte sie:

»Und jetzt küss mich endlich noch einmal, du Idiot.«

Ein paar Minuten später liebten sie sich ein zweites Mal. Und als Bruno danach in ihren Armen eingeschlafen war, dachte Renate, dass ihnen beiden im Grunde doch die ganze Welt gehörte. Wobei für sie schon lange feststand, dass mit der Welt nicht einzig und allein Lengede gemeint war. Nur musste sie Bruno davon leider noch endgültig überzeugen. Irgendwie. Aber Renate war sich sicher, dass sie dies schon bald geschafft haben würde.

Von einem Kuss war Franz zu diesem Zeitpunkt kilometerweit entfernt. Helga hatte ihm den Rücken zugedreht und tat so, als ob sie bereits schlafen würde. Aber Franz wusste, dass sie nur den Mond anstarrte, der sein fahles Licht in ihr Schlafzimmer warf. Er räusperte sich, denn er war zu einer Entscheidung gelangt. Zu einem Entschluss, um des lieben Friedens willen.

»Helga?«, fragte er leise in den Raum hinein.

Aber sie gab ihm keine Antwort.

Er räusperte sich erneut.

»Also mit dem Urlaub, mit Mallorca, also: wir machen das!«

Ein leichtes Zucken in ihrem linken Bein signalisierte ihm, dass sie ihn gehört hatte. Helga war keine Frau, die auf gute Nachrichten überschäumend reagierte, die in Jubelschreie ausbrechen oder wie eine Verrückte durch die Gegend hüpfen konnte. Seine Frau freute sich am liebsten in aller Stille. Er akzeptierte das auch, und heute Nacht konnte er sowieso nicht mehr erwarten. Also tätschelte er kurz ihre nackte Schulter, zog dann zärtlich ihre Bettdecke hoch, legte sich auf den Rücken und schloss seine Augen.

»Im nächsten Mai«, nuschelte er, »versprochen.«

Dann schlief er ein.

2. Kapitel **Glückauf!**

Brunos schwerer Bohrmeißel ratterte wie ein Maschinengewehr. Feiner Staub sprühte wie Nieselregen aus dem Bohrloch, aber irgendetwas war anders als sonst. Gleißendes Licht aus vielen hundert Scheinwerfern erhellte die Abbaukammer, sodass Franz die Augen zusammenkneifen musste. Überhaupt erschien es ihm, als sei die Kammer so hoch wie ein Kirchenschiff. Plötzlich ließ Bruno seinen Bohrhammer sinken und machte ihm hektisch Zeichen: Schneller, Franz, du musst viel schneller schaufeln, sollte es wohl heißen: sieh doch bloß, mit was für einem höllischen Tempo das Förderband läuft! Von oben fielen jetzt ununterbrochen Mergelplatten herunter. Aber nein, sie fielen nicht, sondern sie *prasselten* auf den Boden und zersprangen dabei in Tausende von kleinen Brocken, die sich wie von Geisterhand zu meterhohen Bergen aus matt schimmerndem Erz auftürmten. Der Lärm war ohrenbetäubend, aber Franz hatte keine Angst, von einer der Platten getroffen zu werden. Wie besessen schippte er Schaufel um Schaufel auf das Band, aber die Erzhaufen wollten einfach nicht kleiner werden. Auf einmal bemerkte er, dass etwas Klebriges, Warmes am Stiel seiner Schaufel hinunterlief, und als Franz sah, dass es Blut war, das zwischen seinen Fingern hervorquoll, ließ er mit einem erschrockenen Aufschrei die Schaufel fallen und starrte entsetzt auf seine Handflächen, die eine einzige schwärende Wunde waren. Er hob hilflos die Hände, zeigte sie Bruno, aber sein Freund, der eine Dynamitstange wie eine Zigarre zwischen den Zähnen hielt, grinste ihn nur höhnisch an und deutete auf einen unbestimmten Punkt hinter seinem Rücken. Franz drehte sich langsam um. Im nächsten Augenblick erblickte er seine Frau. Was machte Helga denn hier unten? Wollte sie ihm etwa seine Stullen bringen? Er erschrak mächtig, denn sie hatte es nicht einmal für nötig gehalten, Sicherheitsschuhe anzuziehen, geschweige denn, einen Helm aufzusetzen. Dafür wedelte sie ihm mit einem bunten Neckermann-Katalog vorm Gesicht herum. Er packte sie an den Schultern und begann, sie zu schütteln, aber sie lachte ihn aus und ihre Lippen formten nur ein einziges Wort: Mallorca.

Franz schlug die Augen auf, um sie schon im nächsten Moment wieder zuzukneifen: denn die Oktobersonne knallte mit voller Wucht durchs Schlafzimmerfenster und blendete ihn. Also war er ja gar nicht unter Tage. Also war es ein Traum gewesen. Nur langsam kam Franz zu sich. Neben ihm, auf dem Nachtschrank, rasselte sein Wecker. Er lag schräg in seinem zerwühlten Ehebett und hielt mit beiden Armen ein Kissen umklammert; das Kopfkissen seiner Frau, die schon seit acht Uhr auf Arbeit in der Zeche Mathilde war. Er erinnerte sich dunkel daran, dass sie Geburtstag hatte. Hatte er ihr eigentlich gratuliert? Wo war bloß sein Geschenk, der neue Kochtopf? Und: Hatte er ihr tatsächlich versprochen, im Mai nach Mallorca zu fliegen?

Franz stöhnte und ekelte sich schon im nächsten Moment vor seinem biersauren Atem. Daraufhin riss er sich zusammen, schlug die Augen auf und schaute, wie viel Uhr es war. Die Zeiger standen auf zwei Minuten nach 12, und so wie es aussah, rückten sie auch heute unerbittlich vor.

Franz ließ das Kissen los, rollte sich auf den Rücken und starrte an die Zimmerdecke. Er musste dringend pinkeln; er war schweißgebadet und er spürte, wie sehr ihm sein Schädel brummte. Kein Wunder, nach den vielen Halben und Doppelten in der vergangenen Nacht. Kein Wunder, dass er einen solch idiotischen Traum gehabt hatte. Er wünschte sich jetzt, einfach liegen bleiben und weiter schlafen zu können. Aber es half nichts: Er musste schleunigst raus aus den Federn, denn er konnte und wollte es sich keinesfalls leisten, seine Spätschicht sausen zu lassen, womöglich sogar zu spät zu kommen! Denn unter Tage wurde er zwar nicht nach Stunden, dafür aber nach Kubikmetern bezahlt. Nur das Erz zählte, Tonne um

Tonne. Außerdem war der Oktober der *Weihnachtsmonat*. Was er in diesen vier Wochen verdiente, würde sich im November auf sein Weihnachtsgeld niederschlagen. Und wer am Abend saufen konnte, konnte am nächsten Tag auch arbeiten. Also, denn man vorwärts, Onkel Otto, sagte Franz zu sich im Stillen, erhob sich ächzend aus dem Bett, streckte sich, taperte ins Badezimmer, um seine Blase zu erleichtern, und hielt dann seinen dröhnenden Kopf ein paar Minuten lang unter eiskaltes Wasser.

Eine gute Viertelstunde später, nach einer sorgfältigen Rasur, gründlichem Zähneputzen und noch mehr kaltem Wasser weilte der Schießmeister Franz Wolbert wieder unter den Lebenden. Im Stehen schlang er in der Küche sein Frühstück hinunter, das ihm Helga auf dem Küchentisch vorbereitet hatte, stürzte fast einen ganzen Liter Milch direkt aus dem Kühlschrank hinterher, rülpste ebenso kräftig wie ungeniert, da er ja allein zu Hause war, und packte dann rasch seine Brotdose und eine Thermoskanne mit Kaffee in den stabilen Leinenbeutel. Von draußen drangen gedämpfte Stimmen an sein Ohr. Die Kollegen, die wie er in der Siedlung wohnten und ebenfalls Spätschicht hatten, machten sich also bereits auf den Weg. Im nächsten Moment schellte die Türglocke.

Franz ließ das schmutzige Geschirr auf dem Küchentisch stehen, schlüpfte in seine ausgelatschten Halbschuhe und öffnete die Haustür. Das war ja nett, dass ihn Bruno abholte.

»Siehst ja mächtig lädiert aus!«, sagte sein Freund zur Begrüßung.

»Is bloß dein Spiegelbild«, knurrte Franz, »außerdem hatte ich mehr als du.«

»Im Traum vielleicht!«

»Na meinetwegen, einigen wir uns eben auf pari!«

»Würd ich auch so sehen«, antwortete Bruno, »und sonst? Hattest du noch lange Knatsch mit Helga?« Statt einer Antwort winkte Franz ab und zog die Haustür zu. Sie fiel ein wenig zu heftig ins Schloss. »Oha!«, meinte Bruno und klopfte seinem Freund auf die Schulter, »da is ja wohl noch immer mächtig dicke Luft.«

»Red du man«, sagte Franz.

Er gab ihm einen leichten Stoß, sodass Bruno auf der Straße fast in Karl hineinstolperte, einen hünenhaften Sachsen, dem zwischen seinen stets wässerigen, traurigen Augen ein zerfurchter Riesenzinken aus dem Gesicht wuchs. Mit seinen 49 Jahren war Karl einer von den älteren Hauern auf »Mathilde«; einer, der hier schon vor dem Krieg das Erz geschrappt hatte, bis ihm Hitlers Eroberungsdrang dazwischengekommen war. Karl hatte Polen, den Kaukasus und den Balkan, ohne einen einzigen Kratzer abzubekommen, überlebt. Erst 1944 hatten ihn die Amerikaner bei Monte Cassino geschnappt. Seit jener Zeit als Kriegsgefangener kaute er Kaugummi.

»Wat für 'n herrlicher Tach!«, sagte er, als er Bruno auffing.

»Dann warte mal bis Schichtende«, knurrte Willi, der ungefähr im gleichen Alter wie Karl war, aber mindestens um einen halben Meter kürzer. Ihn hatten die Russen erst vor acht Jahren aus der Kriegsgefangenschaft entlassen. Willi war damals sofort nach Lengede zurückgekehrt. Seit der ersten gemeinsamen Schicht waren die beiden unzertrennlich und nichts, so schien es jedenfalls, konnte sie jemals aus der Ruhe bringen.

Karl hielt Franz und Bruno zwei Kaugummistreifen entgegen, aber die beiden schüttelten die Köpfe.

»Tut aber mächtig gut«, sagte Karl und musterte die beiden von oben bis unten, »vor allem, wenn man 'n Suffkopp hat.«

»Später vielleicht«, lächelte Franz.

Karl legte ein paar schnelle Schritte ein, um wieder zu Willi aufzuschließen. Von hinten sahen die beiden aus wie »Pat und Patachon«, das Lieblingsprogramm von Brunos Tochter Lisa. Nach »Fury« vielleicht oder dem »Sandmännchen«. Bruno war sich da jedoch nicht so sicher. Er sah sowieso wenig fern. Der Zappelkasten machte ihn nämlich ganz nervös. Außer natürlich, wenn Fußball kam.

Sie waren jetzt vielleicht zwei Dutzend Kumpel, die in losen Grüppchen von drei oder vier Mann dem mächtigen Förderturm der Zeche entgegenmarschierten, der hoch in den blitzblauen, herbstlichen Himmel ragte. Bruno verlangsamte seinen Schritt und ließ sich ein paar Meter zurückfallen.

»Was is 'n los?«, fragte Franz scheinheilig, denn er sah sofort, dass Bruno etwas auf dem Herzen hatte. Er wusste auch, was es war. »Sag jetzt nicht«, meinte er, »Renate? – Kanada?«

»Was sonst? Sie redet ja von nix anderem mehr.«

»Aber in Kanada gibt's keinen Fußball«, sagte Franz bestimmt.

»Fußball gibt's auf der ganzen Welt.«

»In Kanada nich!«

»Und wieso gibt's da keinen Fußball?«

»Weil es viel zu kalt ist. Die spielen Eishockey!«

Bruno sah seinen Freund scheel von der Seite an.

»Willste also nich mit. Gut, dann spielen wir eben Eishockey!«

»Du bist und bleibst ein Träumer, Bruno.«

Bruno zuckte mit den Schultern.

»Dann bin ich eben ein Träumer. Na und?«

»Lass dir doch bloß nix von ihr einreden. Und tu nich immer so, als ob du auf 'm gepackten Koffer sitzt. Wieso wollen eigentlich alle immer von hier weg ... und gehen dann doch nicht?«

»Was weiß ich?«, sagte Bruno, »vielleicht, weil keiner hier mal so richtig nachdenkt, weil irgendwie das ganze Leben so schön einfach verläuft. Regelmäßig, verstehste?« Aber Brunos Stimme klang nicht überzeugend.

Mit seinem Brummschädel verspürte Franz jedoch keine Lust, diese Diskussion jetzt noch weiter zu vertiefen. So wie ihm Helga mit ihrem Mallorca inzwischen mächtig auf die Nerven ging, ergriff Renate jede sich bietende Gelegenheit, Bruno davon zu überzeugen, mit ihr nach Kanada auszuwandern. Sollte doch bloß mal einer diese Frauen verstehen! Es war jedoch beileibe nicht so, dass er den beiden eine Zukunft jenseits des Atlantischen Ozeans nicht gegönnt hätte. Aber Bruno war mehr als sein bester Freund, er war so etwas wie ein geliebter Bruder, mit dem er – bis auf seine Helga natürlich – alles geteilt, für den er wahrscheinlich sogar sein Leben geopfert hätte. Und in Wahrheit beneidete ihn Franz sogar um seinen Traum, den sich der wankelmütige Bruno vielleicht doch irgendwann einmal erfüllen würde. Irgendwann eben. Gleichzeitig aber fürchtete Franz den Tag, an dem ihm sein Freund dann doch ein Flugticket ins gelobte Land vor die Nase halten würde.

Die letzten 500 Meter bis zum Werkstor legten sie schweigend zurück. Aus allen Richtungen strömten die Kumpel der Nachmittagsschicht zusammen, sahen auf ihre Uhren, steckten sich Zigaretten an, traten auf der Stelle und quatschten. Der Pförtner trat vors Wachhäuschen und grüßte den Bohrmeister der Zeche; einen der wenigen Angestellten der Zeche, die keine Schichtarbeit verrichten mussten.

Jürgen Grabowski war 46 Jahre alt und genoss unter den Kumpeln auf »Mathilde« einen hervorragenden Ruf als umsichtiger, verantwortungsvoller Bohrmeister, der die unterschiedlichsten Beschaffenheiten des Bodens unter ihren Füßen verinnerlicht zu haben schien. Früher war er einer der ihren gewesen, bis ihm eine außer Kontrolle geratene Lore das linke Bein knapp unterhalb des Knies zerquetscht hatte. Die Ärzte hatten damals jedoch ein kleines Wunder vollbracht, und das gleich in zweifacher Hinsicht: Zum einen musste Grabowski nicht amputiert werden, zum anderen hatte ihn diese schlimme Verletzung vor einem Fronteinsatz bewahrt. Daraufhin hatte er die lange Zeit, in der er körperlich nicht arbeiten konnte, sinnvoll genutzt und sich zum Bohrmeister ausbilden lassen.

Wer seine Geschichte nicht kannte, wäre nicht im Traum darauf gekommen, dass sein linker Unterschenkel vor 25 Jahren nur an ein paar Sehnen, Bändern und Hautfetzen gehangen hatte. Jetzt zog er das Bein nur unmerklich nach. Darüber hinaus war er einer der gefürchtetsten Skatspieler auf »Mathilde«, der sich inzwischen den unerhörten Luxus einer Tiefkühltruhe leistete, um die halben Schweine, die er auf den verschiedenen Preisskats im Peiner Land gewann, nicht verschenken zu müssen.

»Hey, Bohrmeister, wie is es mit ’nem Spielchen am Samstag?«, rief Stubb Petersen, der ebenfalls ein scharfes Kontra-Re beherrschte und niemals ohne ein 32er Blatt sein Haus verließ. Der Hauer zog die Karten aus der Brusttasche seines Hemds und tänzelte um Grabowski herum, der sich mit stoischem Gesicht einen Weg durch die Kumpel bahnte.

Vor zwei Jahren waren die beiden am Kartentisch in »Schröders Gasthof« einmal heftig aneinander geraten. Damals hatte Grabowski einen todsicheren Grand ohne Vier mit 60 Punkten in der Bockrunde verloren. Mit Kontra-Re, beim Pfennigskat. Die Kiebitze, die damals dabei gewesen waren, schworen bis heute Stein und Bein, dass Stubb, der eigentlich Steven hieß, hinter Grabowskis Rücken einen heimlichen Helfer gehabt haben musste. Nur wer dieser Helfer gewesen sein konnte, das wusste niemand.

»Der Stubb braucht wieder Kohle!«, rief Willi und alle lachten.

Grabowski blieb stehen. 32 Mark hatte ihn das verlorene Spiel damals gekostet. Eine Menge Geld. Und er hatte diese Schmach bis heute nicht vergessen.

»Such dir 'nen anderen Dummen. Mit dir spiel ich nich mehr, dat weißt du, Stubb!«

»Wennste nich spielst, kannste auch nicht gewinnen!«, grinste Stubb.

»Würdest du denn mit einem Karten kloppen, der dauernd mogeln und bescheißen tut?«

»Nee«, antwortete Stubb mit gespielter Unschuldsmiene, »natürlich nich!«

»Siehste«, knurrte Grabowski und stiefelte weiter, »ich auch nicht.«

Die lachenden Kumpel gaben ihm eine schmale Gasse frei. Das kleine Wortgefecht zwischen dem Bohrmeister und dem Hauer war inzwischen zum Ritual geworden. Egal wann und wo sich Grabowski und Stubb auch begegneten, frotzelten sie sich gegenseitig über den schon legendären, verlorenen Grand ohne Vier. Unter Tage aber, auch das wusste jeder, würden sie sich immer hundertprozentig aufeinander verlassen können.

In solchen Momenten kam es Franz vor, als seien sie, die Kumpel auf »Mathilde«, eine große Familie. Aber nicht das Blut hielt sie über zwei Generationen zusammen, sondern ihr stolzes Bewusstsein, als Bergmann zu arbeiten. Wenn die Männer das Zechengelände betraten, gingen sie automatisch aufrecht und streckten ihre Brust heraus. Sie wussten genau, dass ein großer Teil des begonnenen Wirtschaftswunders auf ihren kräftigen Schultern ruhte. Auch auf dem Festakt zum hundertjährigen Bestehen der Zeche hatte der Aufsichtsratsvorsitzende der »Ilseder Hütte AG« eine flammende Rede gehalten und gemeint, *seine* Kumpel seien so etwas wie die Gladiatoren des Wiederaufbaus. Franz hatte damals allerdings nicht ganz so laut geklatscht wie einige andere. Und Bruno sowieso nicht. Denn sie beide waren der Meinung, dass sie niemandem *gehören* würden – vor allem nicht so einem geschniegelten Lackaffen im Anzug.

»Sieh mal da rüber, unser Küken!«, meinte Bruno plötzlich, als es höchste Zeit war, in die Kaue zum Umziehen zu gehen. Er deutete mit seinem ausgestreckten Zeigefinger auf das Wartehäuschen des Busses in der Kehre vor dem Werkstor. Franz wandte den Kopf herum. Draußen, am Wartehäuschen lehnte ein Fahrrad. Drinnen, kaum verborgen vom Schatten, waren zwei junge Leute intensiv damit beschäftigt, voneinander Abschied zu nehmen.

»Ihre Mutter schlägt sie tot, wenn sie rauskriegt, dass die Anneliese mit 'nem Bergmann geht«, sagte Franz trocken.

Bruno wiegte bedächtig seinen Kopf hin und her. »So, wie's aussieht, muss das aber 'ne ziemlich große Liebe sein.«

»Man müsste nochmal siebzehn sein«, feixte Franz.

Bruno lachte laut auf. Er winkte Hennes zu, zeigte auf seine Armbanduhr, dann auf die anderen Kumpel, die bereits geschlossen zur Kaue marschierten, und machte ihm so begreiflich, dass es nun allerhöchste Eisenbahn wurde.

Hennes nickte ihm zu. Dann küsste er das Mädchen ein letztes Mal. Anneliese Stegmeier aber wollte ihn nicht loslassen. Noch nicht. Er strich ihr zärtlich übers Haar.

»Hast du mit deiner Mutter schon geredet?«

Sie schüttelte den Kopf.

»Warum denn nicht?«

»War noch keine Zeit.«

»Du schämst dich doch bloß wegen mir!«

»Quatsch«, sagte Anneliese und umarmte ihn fester.

»Nu komm schon endlich, Hennes«, rief Franz ungeduldig, denn der junge Lehrhauer gehörte zu seinem Trupp, und er wollte heute möglichst als Erster einfahren, um auch als Erster wieder rauszukommen. So wie es seine Art war.

Hennes hatte ihn offenbar gehört. Franz sah, wie sich der Junge mit sanfter Gewalt aus Annelieses Armen befreite und auf ein Plakat deutete, das an der Ziegelmauer des Werkstors klebte.

»Die Hollies?«, strahlte Anneliese.

»Nächsten Samstag in Hannover«, grinste Hennes zurück, »und wir beide fahren hin!« Er nestelte zwei Konzertkarten aus seiner Jackentasche und hielt sie dem hübschen Mädchen vors Gesicht. Annelieses Stupsnase kräuselte sich immer so lustig, wenn er sie freudig überraschen konnte. »War'n die letzten zwei«, fuhr er fort, nicht ohne Stolz in der Stimme.

»Du bist ein Schatz!«, rief Anneliese und küsste ihn erneut.

»Nun komm endlich!«, rief Franz.

Bruno war bereits genervt losgetrottet. Franz entschloss sich, seinem Freund zu folgen. Heute würde er Hennes ordentlich triezen. Der Bursche würde was erleben!

»Glückauf!«, grüßte der Pförtner. Franz grüßte zurück.

Hennes blieb nun keine Wahl. Er musste sich erneut von Anneliese losreißen.

»Wir bleiben dann auch über Nacht!«, zwinkerte er ihr zum Abschied zu und stopfte sich sein Hemd in die Manchesterhose.

»Über Nacht?«, fragte Anneliese unsicher.

»Hast du etwa Schiss?«

Sie überlegte, küsste ihn und schüttelte dann lächelnd ihren Kopf.

»Unsre erste Nacht!«, flüsterte sie und gab ihm einen leichten Stoß.

Hennes rannte los, denn er musste sich nun wirklich sputen. Franz und Bruno hatten schon fast hundert Meter Vorsprung. Im Laufen drehte er sich noch einmal zu Anneliese um, die inzwischen auf ihr Fahrrad gestiegen war und kräftig in die Pedale trat. Ihre Mutter, die den kleinen Lebensmittelladen in der Siedlung betrieb, wartete sicherlich auch schon ganz ungeduldig auf sie. Aber was zählte das schon. Sie war so schön. Ihre langen blonden Haare wehten im Fahrtwind, ihr Rock umspielte ihre schlanken Beine. Was hatte er bloß für ein Glück. Hennes fühlte sich regelrecht beschwingt. Dann war sie aus seinem Blickfeld verschwunden. Vor ihm lagen jetzt die Spätschicht – und leider auch ein paar dumme Sprüche seiner Kollegen.

»Du bist ja ganz blass«, sagte Franz, als Hennes, ein wenig außer Atem, endlich zu ihnen aufgeschlossen hatte. Er hielt seinem Lehrling mit einem breiten Grinsen die schwere Stahltür auf, hinter der sich die große Eingangshalle zum Haupthaus befand, deren hinterer Teil aus der Waschkaue bestand.

»Kommt sicherlich vom Rumknutschen«, nickte Bruno und hob mahnend seinen rechten Zeigefinger.

Hennes verdrehte die Augen. Franz gab ihm einen freundschaftlichen Klaps auf die Schulter.

»Nur nichts überstürzen, Hennes: das mit den Schmetterlingen im Bauch, das geht vorbei, glaub mir!«

»Ihr habt doch keine Ahnung«, stieß Hennes hervor und marschierte voraus, auf den Eingang zur Kaue zu.

Franz und Bruno sahen sich an und kicherten. Aber ihr Lachen erstarb schon fast im selben Moment, als sie gleichzeitig Helga erblickten, die mit einem Stapel Akten aus einem der Steigerbüros im Erdgeschoss auf die breite Treppe zusteuerte, die aus der Halle nach oben in den Verwaltungstrakt führte. Bruno hielt es für besser, sich rasch zu verziehen.

»Helga!«, rief Franz. Helga blieb stehen und drehte sich zu ihm um. Sein eben noch vorhandenes Selbstbewusstsein war plötzlich verschwunden. Verlegen stand er nun vor ihr, trat von einem Fuß auf den anderen.

»Na, ausgeschlafen?«, fragte sie leicht schnippisch.

Franz nickte. Im Gegensatz zu ihm konnte man in ihrem Gesicht keine Spuren der vergangenen Nacht erkennen. Sie sah frisch und fröhlich aus wie immer. Aber sie war es nicht, und Franz wusste das. Warum hatte er sich auch bloß auf diesen dämlichen Mallorca-Streit eingelassen. An ihrem Geburtstag, ausgerechnet. Und jetzt kriegte er plötzlich keinen Ton heraus.

»Hast du schon dein Geschenk ausgepackt?«, krächzte er.

Helga musterte ihn von oben bis unten und schüttelte ihren Kopf.

Das geschah ihm ganz recht, dachte sie, ein bisschen schlechtes Gewissen würde ihm sicherlich nicht schaden. Dabei war sie eigentlich gar nicht nachtragend. Aber jetzt hätte es keinen Sinn gehabt, ihren Zwist hier, zwischen Tür und Angel, zwischen all den Menschen fortzuführen. Oder zu begraben. Deshalb deutete sie entschuldigend auf die Aktenmappen in ihrer linken Armbeuge.

»Keine Zeit, bei uns oben ist dicke Luft!«, sagte sie, nickte Franz zu und ging dann eilig die Treppen hinauf. Kein Kuss, keine liebevolle Geste, kein einziges nettes Wort. Wo war heute eigentlich *keine* dicke Luft? Und er, dieses Rindvieh, hatte auch noch vergessen, ihr noch einmal zum Geburtstag zu gratulieren. Vielleicht hätte sie das ein wenig besänftigen können. Aber jetzt war die Luft zwischen ihnen wahrscheinlich noch viel dicker als oben unter den Anzugträgern. Was die sich wohl wieder einfallen ließen, um die Rentabilität von »Mathilde« zu erhöhen. Seine gute Laune war jetzt restlos verflogen. Er sah Helga mit ziemlich gemischten Gefühlen hinterher, verrenkte seinen Hals dabei und wartete, bis sie hinter der Glastür, in der »Teppichbodenabteilung«, verschwunden war.

Helga hatte nicht geschwindelt. Im Verwaltungstrakt herrschte tatsächlich dicke Luft. Genauer gesagt, im Arbeitszimmer ihres Chefs, des Bergbaudirektors Dietz, wo Hansen, der Markscheider der Erzgrube, einmal mehr glaubte, seinem Vorgesetzten eine Nachhilfestunde in Sachen Bergbau erteilen zu müssen. Denn niemand kannte »Mathilde« so gut wie er. Hansen war mit der Zeche verheiratet. Er wusste genau, wo die Schächte und Stollen unter der Erde verliefen; wusste, wo die stillgelegten Abraumhalden durch die ständigen Erdbewegungen gerade zusammenstürzten, und er hatte auch den genauen Überblick darüber, aus welchem Gestein sich die einzelnen Bodenschichten über und unter den verschlungenen Pfaden unter Tage zusammensetzten. Wenn er mit seinem 1200er Käfer über das Gelände raste, brachte man sich besser in Sicherheit, denn Hansen war ständig im Galopp und ein miserabler Autofahrer.

Helga steckte den Kopf ins Zimmer ihres Chef hinein und sah ihn mit einem fragenden Blick an. Dietz winkte sie ungeduldig hinein.

»Haben Sie das Gutachten, Frau Wolbert?«, flüsterte er.

Helga nickte und reichte es ihm.

Der Markscheider hatte den kompletten Schreibtisch ihres Chefs mit Karten zugedeckt. Eine weitere Karte des gesamten Zechengeländes hing zusätzlich an einem Kartenständer. Hansen tippte nervös mit einem Zeigestock auf die Karte und raufte sich die Haare. Das war ein sicheres Zeichen dafür, dass er angestrengt überlegte. Dietz räusperte sich, und Helga sah, dass ihr Chef kurz vorm Platzen war. Es gab nämlich keinen anderen Menschen, der ihn so ungeduldig werden lassen konnte wie sein Markscheider. Aber es gab wahrscheinlich auch keinen besseren Vermessungsingenieur zwischen Lengede, Peine, Braunschweig und Salzgitter. Endlich pochte Hansen mit dem Stock auf die Generalkarte. Dietz trat einen Schritt vor und machte ein interessiertes Gesicht.

»Hier ist Klärteich 12«, sagte Hansen und zeigte auf eine blau schraffierte Fläche, »und da sind unsere Männer.«

»Das ist mir bekannt, Herr Hansen«, sagte der Direktor ungeduldig, »aber um was geht's Ihnen denn genau?«

Die blau schraffierten Flächen umgaben das gesamte Zechengelände. Es waren vierzehn Klärteiche, randvoll mit Schlamm und Wasser, die anfielen, wenn das geförderte Eisenerz abgewaschen wurde, und die natürlich irgendwo aufgefangen werden mussten. Und weil »Mathilde« die produktivste Zeche im gesamten Konzern war, mussten immer wieder neue Teiche ausgebaggert werden. Hansen schüttelte den Kopf und presste seine Lippen zusammen.

»Warum sind Sie denn jetzt plötzlich so besorgt?«, fragte der Direktor. »Oder sind Sie einfach immer nur besorgt, Hansen – sozusagen aus Prinzip?«

Hansen wandte sich an Dietz und sah ihn scharf durch seine runden Brillengläser an.

»Die Kumpel haben nasse Füße, weil die Plörre jetzt schon ständig in die Stollen drückt!« Er tippte erneut auf die Karte. »Und den Teich Nummer 12 hier wollen Sie jetzt noch aufstocken lassen?«

»Zwei Meter, Hansen, nur zwei Meter«, lächelte der Bergbaudirektor.

»Zwei Meter wären 200 000 Kubikmeter Wasser und Schlamm zusätzlich, Herr Doktor Dietz!«

Der Zechendirektor konnte, wenn es darauf ankam, sehr verbindlich sein. Er schlug daher jetzt gelassen die Aktenmappe auf, die ihm Helga gebracht hatte, und legte ein par zusammengeheftete Seiten vor seinen Markscheider auf den Tisch.

»Ich verstehe ja Ihre Bedenken, Hansen – dafür sind Sie ja berühmt«, meinte er süßlich, »ja, Sie machen sich immer Sorgen um die Kumpel. Aber ich mach mir auch Sorgen – und zwar um das Ganze hier. Wir müssen Mathilde konkurrenzfähig machen, aber wir wissen doch inzwischen alle, dass wir im Moment zu teuer produzieren!«

»Ja, ja, ich weiß auch, was die Konzernleitung denkt«, rief Hansen erbost.

Das weiß doch hier jeder, dachte Helga im Stillen, leider. Sie hatte in den vergangenen Wochen auffallend viele Gespräche aus der hannoverschen Zentrale zu ihrem Chef durchstellen müssen. Aber wenn es um die Sicherheit der Bergleute ging, dann hörte sie immer aufmerksam zu. Denn davon war sie mindestens genauso betroffen wie ihr Mann; wie Franz und die anderen Kumpel.

»Nun kommen Sie mir mal nicht frech, Herr Hansen!«, schimpfte Dietz. Sein süßlicher Ton war verschwunden. Er trat noch einen Schritt vor, nahm das Gutachten vom Tisch und hielt es Hansen vor die Nase. Aber der Markscheider sah demonstrativ vorbei.

»Mit mir werden Sie den Teich nicht vergrößern. Jedenfalls nicht auf Kosten der Sicherheit, Herr Direktor!«, sagte Hansen energisch.

»Dann sehen Sie sich das Gutachten doch bitte einmal an!« Die Stimme des Direktors überschlug sich. »Hier, lesen Sie, dann wissen Sie auch, dass der Konzern nicht an der Sicherheit spart. Bitte – lesen Sie es sich in aller Ruhe durch.«

Der Markscheider seufzte.

»Ich habe es bereits mehrmals gelesen«, sagte er leise.

»Dann wissen Sie ja auch, was es aussagt«, blaffte Dietz, »es sagt nämlich aus, dass der Teich Nummer 12 hält.«

»Theoretisch vielleicht!«

Dietz schlug mit der flachen Hand auf den Schreibtisch.

»Es ist sogar unser erster Klärschlammteich, der fachtechnisch errichtet und begutachtet wurde.«

Helga sah, dass Hansen für den Moment resignierte. Der Markscheider wusste genau, wann es an der Zeit war, sich zurückzuziehen.

»Darüber werden wir noch mehr als einmal reden müssen«, kündigte er an und begann, seine Karten zusammenzurollen. Helga half ihm dabei.

Der Direktor atmete erleichtert aus.

»Das glaube ich weniger«, sagte er, ging herüber ans Fenster und sah auf das Zechengelände heraus. Als Hansen jedoch aus Versehen seinen Zeigestock vom Tisch rollen ließ, fuhr Dietz erschrocken herum. In diesem Augenblick stieg in Helga plötzlich ein ungutes

Gefühl hoch. Denn normalerweise hätte man neben dem Direktor eine Schrotflinte abfeuern können. Nein, so erregt hatte sie ihn eigentlich noch nie erlebt. Nicht, seitdem sie für ihn halbtags arbeitete. Aber der Druck, der zur Zeit auf ihm lastete, war sicherlich vergleichbar mit dem Druck des Wassers auf die Wände dieser blöden Klärschlammteiche.

Endlich, nach einer kleinen Ewigkeit, hatten sie gemeinsam die Karten zusammengepackt. Hansen steckte seine Brille ein, klemmte sich die Papprollen unter den Arm und verließ eilig das Zimmer. In der Tür drehte sich der Markscheider noch einmal um.

»Theoretisch hält er, Herr Dietz«, sagte er.

Dietz funkelte ihn an. Doch noch ehe er etwas darauf erwidern konnte, war der Markscheider aus seinem Blickfeld verschwunden.

»Brauchen Sie mich noch, Herr Dietz?«, fragte Helga.

»Nein, Frau Wolbert«, antwortete er seufzend, »vielen Dank … aber das heißt: eigentlich brauche ich Sie doch noch. Für einen ganz kurzen Augenblick!« Dietz zwang sich zu einem Lächeln und blickte auf die große Wanduhr über einer Anrichte, in der sich neben seinen Unterlagen auch immer seine Zigarren befinden mussten und, für Notfälle, eine Flasche Kognac. Es war Viertel vor Zwei. In 15 Minuten genau begann die Nachmittagsschicht. Ob Franz und Bruno und die anderen wirklich manchmal nasse Füße hatten?

»Ich wollte Sie nämlich noch was fragen!«

»Ja, was denn?« Er machte es ja mal wieder ziemlich spannend, dachte sie.

»Können Sie sich vorstellen, ganztags bei mir zu arbeiten?«

»Ganztags!«, rief Helga überrascht.

Dietz nickte.

Sie lächelte ihn an. Damit war alles gesagt.

»Na prima! Ab nächsten Montag fangen Sie dann an. Ich werde die Personalabteilung darüber in Kenntnis setzen. Schönen Feierabend, Frau Wolbert!«

Er setzte sich hinter seinen Schreibtisch und griff zum Telefonhörer. Helga verließ wortlos das Zimmer, aber ihr Herz klopfte bis zum Hals. Denn ganztags arbeiten bedeutete doppelt so viel Gehalt, bedeutete ein bisschen mehr Wohlstand, bedeutete Urlaub – bedeutete, dass sie sich Mallorca ganz bestimmt leisten konnten. In diesem Moment war sie überzeugt davon, dass Franz nichts dagegen haben würde, wenn sie länger arbeitete. Seine Mutter war ja schließlich auch noch da, um auf Veronika aufzupassen. Eilig räumte Helga ihren Schreibtisch auf. So langsam begann ihr dieser Geburtstag doch zu gefallen.

Franz hatte versucht, den Streit mit Helga abzuhaken. Während er sich routiniert umzog, hatte er kurz gerechnet; hatte im Kopf überschlagen, was ihn so ein Mallorcaurlaub kosten würde, und war zum Ergebnis gekommen, dass er sich in den nächsten Schichten für Helgas großen Traum einfach bloß den Arsch abarbeiten musste. Eigentlich war es immer dasselbe. Er schuftete wie ein Schwein – alle schufteten wie die Schweine –, und am Ende kam irgendwie immer zu wenig raus. Aus dem Boden oder aus der Lohntüte. Trotzdem aber ging Franz gerne arbeiten. Er kannte nur wenige, die man unter Tage ständig antreiben musste, damit sie mit ihrer Faulheit nicht den Akkordlohn nach unten drückten.

Otto war so ein Kandidat. Der Schönling mit der Riesenklappe, aber stark fühlte sich Otto nur, wenn sein kräftiger Kumpel Moritz mit von der Partie war. Franz tippte Bruno auf die Schulter, der gerade seine zivilen Kleidungsstücke mit der Kette nach oben unter die Decke der Kaue zog. Wenn sich erst einmal die ganze Schicht umgezogen hatte, hing dort ein »Himmel voller Kleider«. Das war Bruno irgendwann einmal rausgerutscht. Manchmal war sein Freund fast so was wie ein richtiger Dichter.

Bruno hatte stolz gegrinst in seiner Nacktheit. Hier, in der Kaue, waren alle nackt. Fast niemand schämte sich, und wenn es doch einer tat, kriegte er ein paar Sprüche an den Kopf, bis er sich daran gewöhnt hatte. Aber der junge, magere Gregor, dem Franz vom Steiger als Lehrhauer zugeteilt worden war, hatte noch Probleme damit.

»Mensch, Gregor, unten haste Platzangst, in der Kaue schämste dich – was machst du bloß auf Lengede?«, fragte Bruno.

Gregor schlüpfte so schnell es ging in seinen hellgrauen Overall.

»Lass ihn man«, sagte Franz grinsend und stupste Bruno erneut an, »guck mal lieber dort rüber!«

Bruno traute seinen Augen nicht: Otto brachte es doch tatsächlich fertig, zur Schicht seine prächtige Elvis-Tolle mit Klarlack zu einer bretthartenFrisur zu formen. Da konnte er auf seinen Helm glatt verzichten. Und jetzt drehte Moritz auch noch sein kleines Kofferradio auf volle Lautstärke. Der King sang *Love me tender.* Bruno prustete los.

»Kann mal einer das Weibergeheule abstellen?«, schrie Franz.

Einige der Kumpels lachten.

»Reiß deine Klappe nicht so auf, Wolbert, wir waren zuerst hier!«, schrie Moritz zurück.

Otto schickte ihnen einen verächtlichen Blick herüber. Franz streckte ihm kurz die Zunge heraus und grinste provozierend.

»Päckchen 'ne Mark – willste kaufen?«, fragte plötzlich eine krähende Stimme neben ihm.

Die Stimme gehörte Erwin, der Verwandte in Holland hatte und von dort immer die billigen Zigaretten mitbrachte, um sie gegen einen geringen Aufpreis unter seinen Kollegen zu verscheuern. Er hielt Franz eine geöffnete Stange unter die Nase. Franz schüttelte den Kopf.

»Na, Erwin, mal wieder auf Hamsterfahrt gewesen? Ich nehm gerne eine«, sagte Bruno und wollte zulangen, aber Erwin riss die Stange zurück.

»Für dich zwei Mark«, sagte er voller Verachtung und ging in entgegengesetzter Richtung rasch davon.

Bruno zuckte mit den Schultern. Es war ihm völlig schleierhaft, warum Erwin ihn nicht mochte. Deshalb probierte er es auch immer wieder, bei ihm billige Zigaretten zu kaufen, obwohl inzwischen jeder wusste, dass dies ein hoffnungsloses Unterfangen war.

»Biste endlich fertig?«, fragte Franz.

Bruno nickte.

»Nur noch die Brotdose!«, sagte er, »und meine Uhr!«

Franz seufzte. Die meisten Kumpel der Nachmittagsschicht schlenderten bereits aus der Kaue heraus in Richtung Laderampe, wo sie ihre Atemschutzmasken und Grubenlampen nahmen. Aber Bruno hatte eben seine Prinzipien. Er fuhr nie zu einer Schicht ein, bevor er nicht nachgesehen hatte, was ihm Renate in seine Brotdose eingepackt hatte. Genauso sorgfältig überzeugte er sich vom Zustand seiner Taschenuhr, die ihm sein Vater vererbt hatte. Die Uhr war aber auch das Einzige, was von ihm nach der Schlagwetterexplosion im Saarland in der Grube gefunden worden war. Bruno zog die Taschenuhr jedes Mal vor der Schicht auf und polierte das Glas, bevor er sie in seine Brusttasche steckte, die er dann sorgfältig zuknöpfte. Er betrachtete die Uhr als seinen Glücksbringer.

»Mach zu, Bruno«, sagte Franz ungeduldig.

Bruno öffnete seine Brotdose und verzog sogleich das Gesicht.

»Oh, nee! Renate weiß doch, dass ich kein Gemüse mag«, rief er klagend und zog eine leuchtend-orange Möhre aus der Blechbüchse.

Franz zuckte amüsiert mit den Schultern. Bruno legte die Möhre zurück, verschloss die Dose und begann das Ritual mit seiner Taschenuhr.

»Hast du bei deinem Renatchen letzte Nacht was falsch gemacht?«, fragte Moritz im Vorbeigehen.

»Halt die Klappe«, antwortete Bruno, ohne aufzuschauen.

»Ja, ja, die Renate steht auf Möhren!«, wieherte Otto.

»Und die in Lengede, die kennt sie schon alle!«, fügte Moritz hinzu.

Jetzt wieherten beide. Bruno erhob sich und machte sich gerade.

»Sag nochmal was über meine Frau und ich reiß dir die Eier ab, du Arschloch!«

Er ballte seine rechte Hand zur Faust. Seine Augen blitzten zornig auf. Moritz, der zunächst stehen geblieben war, kam nun grinsend auf ihn zu. Franz stellte sich ihm in den Weg. Sofort sprang Otto hinzu und packte Franz am Ärmel.

»Probleme?«, fragte der Schönling mit näselnder Stimme.

»Trau dich doch«, antwortete Franz ruhig und lächelte.

Er konnte es mit jedem hier aufnehmen.

»Ich nehm an, deine Frau hat letzte Nacht ihre Haare auf deiner Birne vergessen!«, sagte er und wuschelte Otto durch dessen kunstvolle Frisur.

In der nächsten Sekunde wich er dem gewaltigen Schwinger mit einem tänzelnden Schritt zur Seite aus und verpasste dem vorbeifliegenden Otto dafür einen groben Wischer über den Scheitel. Otto riss Bruno mit zu Boden. Der versuchte, sich an Moritz festzuhalten, und wurde dafür mit einem Faustschlag belohnt, der sein Kinn zum Glück jedoch nur streifte.

Plötzlich aber merkte Bruno, dass er seine Uhr verloren hatte. Er schrie auf, aber Franz, Otto und Moritz waren jetzt nur noch damit beschäftigt, sich zu verprügeln.

»Passt auf, Leute, meine Uhr!«, rief Bruno. Er kroch verzweifelt auf allen vieren auf dem Boden zwischen den Beinen der drei raufenden Männer herum und versuchte, seinen Schatz zu retten. Otto trat ihm dabei mit dem Absatz seiner Stiefel auf die Finger. Es tat ungeheuer weh. Aber die anderen Tritte und Knüffe, die er jetzt ununterbrochen kassierte, spürte Bruno kaum.

»Hier ist Kaue, nicht Keile!«, donnerte auf einmal die Stimme des Steigers durch die Halle.

Pit Spieker schob seinen massigen Körper zwischen die Streithähne und riss sie auseinander.

»Mensch, Wolbert, Reger! Was fällt euch ein? Soll ich euch beide etwa rausschmeißen? Wohl verrückt geworden!«

Die anderen Kumpel, die eben noch neugierig die Prügelei beobachtet hatten, sahen verlegen zu Boden und machten, dass sie aus der Kaue rauskamen. Otto und Moritz atmeten schwer. Der Schönling blutete aus der Nase und seine Frisur war total im Eimer.

»Scheiße, meine Uhr!«, sagte Bruno tonlos, »die is weg!«

Spieker half ihm vom Boden auf.

»Was ist mit deiner Uhr?«, fragte Spieker.

»Hier, Bruno«, sagte der alte Willi, trat in die Runde und hielt die Taschenuhr hoch, sodass jeder sie sehen konnte, »hier is doch deine Uhr!«

»Danke, Willi!«, sagte Bruno erleichtert, und steckte das Erbe seines Vaters rasch in seine Brusttasche.

»Und was ist mit euch los?«, rief der Steiger ungehalten.

»Nur ein Missverständnis, Steiger, wegen die Uhr eben. Der Moritz und der Otto wissen nicht, dass dem Bruno sein Vater schon die Uhr hatte – und was das angeht, da ist der Bruno empfindlich«, sagte Willi ruhig, der zu den Altgedienten auf der Zeche zählte. Die Kumpel wussten, dass Spieker, ihr Sklaventreiber, den erfahrenen Kumpel respektierte und schätzte.

Bruno nickte. Franz, Otto und Moritz sahen betreten zu Boden.

»Na schön«, sagte Spieker und sah die Raufbolde einen nach dem anderen scharf an, »gebt euch jetzt die Hand!«

»Dank dir, Willi«, flüsterte Bruno und schüttelte widerwillig die Hand von Moritz.

Franz ging es genauso, als er die Hand von Otto schüttelte. Aber er wusste, irgendwann würde sich garantiert wieder eine prima Möglichkeit ergeben, den beiden Großmäulern mal richtig die Schnauze zu polieren. Bis dahin würde er den beiden mit seinem Bohrhammer zeigen, wer die Nummer eins unter den Kumpeln auf »Mathilde« war.

Hier oben, von der Ladebrücke aus, genossen die Kumpel einen traumhaften Ausblick über das Zechengelände, über Lengede, über das ganze Peiner Land. Die Sonne schien. Ihre Strahlen spiegelten sich in der Wasseroberfläche der Klärteiche und blendeten sie. Was für ein prachtvoller Tag, dachte Franz, aber sie von der Spätschicht hatten leider nichts davon.

Die Männer stiegen im Gänsemarsch die Stahltreppe hoch. Ihre schweren Schritte dröhnten, das vom Handschweiß korrodierte

Metallgeländer vibrierte. Neben ihnen kamen die mit Erz beladenen Loren aus der Erde, wurden über ihnen ausgekippt und verschwanden wieder im Boden. Dort hinunter würden sie auch gleich fahren. Auf der Ladebrücke herrschte ein Höllenlärm, aber die Männer hatten sich daran gewöhnt. Außerdem waren die Pressluftbohrer vor Ort noch viel lauter.

Franz, Bruno, Hennes und Gregor, die unter Tage eine Arbeitsgruppe bildeten, hatten es trotz allem doch noch geschafft, als Erste die Plattform auf der Ladebrücke zu erreichen.

»Siehste auch, was ich sehe?«, fragte Bruno und deutete durch die verdreckte Fensterscheibe nach unten, wo mehrere Männer in Anzügen am Ufer eines Klärteichs standen und offensichtlich lebhaft miteinander diskutierten.

»Ich erkenn nur Dietz und Hansen«, meinte Franz, »die anderen kenn ich nicht. Was machen die da?«

»Angeln«, lachte Bruno.

»Hab gehört, die wollen den Klärteich zwei Meter aufstocken«, warf Gregor schüchtern ein.

»Donnerwetter, was du so alles hörst!«, sagte Franz.

»Aber ist das nicht gefährlich?«, fragte der Lehrhauer.

Bruno und Franz machten sich über Gregor lustig.

»Schrecklich gefährlich«, nickte Bruno, »der Teich tritt über die Ufer, das Wasser überschwemmt Lengede und reißt uns alle in die Nordsee!«

Stubb, der direkt hinter ihnen stand, lachte laut auf, stolperte über seine eigenen Füße und rempelte Müller von der Grubenfeuerwehr an. Bruno sah, wie Müllers rechtes Schienbein voll gegen den gezackten Rand der Stufe knallte. Allein das Hinsehen tat schon weh.

»Verdammt, pass doch auf!«, schrie Müller und hielt sich das schmerzende Bein.

»'Tschuldigung«, murmelte Stubb.

»Geht's auch mal weiter da vorne?«, fragte eine ungeduldige Stimme.

»Ja, ja – nu drängelt man nicht so«, rief Franz nach unten und wandte sich an Müller. »Lass mal sehen – du blutest ja schon durch.«

Er bückte sich, schob vorsichtig das Hosenbein hoch und verzog das Gesicht. Die Wunde war so lang wie sein Zeigefinger. An einigen Stellen schimmerte Müllers Schienbein durch.

»Feierabend«, meinte Bruno, »hoffentlich ist das nicht angeknackst.«

»Scheiße«, fluchte Müller.

»Ja, ja – wo der Stubb hintritt, wächst kein Gras mehr«, meinte Moritz.

Aber außer ihm lachte keiner von denen, die den Unfall mitbekommen hatten. Denn für Müller war der Weihnachtsmonat gelaufen.

»Halt doch endlich deine Fresse, Moritz«, sagte Franz, aber das sagte er eher zu sich selbst.

Moritz und Otto, die sich zwei Treppenwindungen unter ihm befanden, hatten es trotzdem gehört.

»Ach, der Wolbert schon wieder, haste etwa noch nich genug?«

Die Frage hatte Otto gestellt. Franz ignorierte ihn.

»Du gehst am besten gleich rüber zum Werksarzt«, meinte er zu Müller.

»Sieht wohl ganz danach aus!«, quetschte der Mann von der Grubenwehr heraus. Er verzog vor Schmerzen jetzt doch das Gesicht.

»Tut mir echt Leid«, sagte Stubb, der auf einmal ganz blass geworden war. Er wandte sich um und schrie nach unten: »Macht euch mal nicht so breit, da unten!«

Er klopfte Müller zum Abschied auf die Schulter. Aber was sollte er noch sagen. Passiert war eben passiert. Die Kumpel bildeten eine Gasse. Unter ihren mitleidigen Blicken humpelte Müller langsam die Treppe hinunter.

In diesem Moment öffneten sich rasselnd die Türen des Förderkorbs. Der Anschläger schob die Sicherheitsgitter zur Seite. Die

Kumpel drängten in den Korb. Auf einmal tauchte Moritz neben Franz auf und stellte sich ihm demonstrativ in den Weg.

»Hau bloß ab«, sagte Franz leise.

»Darf ich?«, fragte Spieker, der schon die ganze Zeit ein Auge auf die beiden Streithähne geworfen hatte und sich nun erneut gezwungen sah einzuschreiten. Er schob sich zwischen die beiden und grinste.

»Na, alles klar, Kumpels?«

Moritz trat mürrisch zurück und nahm seinen Platz an der Fahrstuhlwand ein.

»Alles klar, Steiger«, sagte Franz ruhig.

»Na denn.« Spieker gab dem Anschläger ein Handzeichen. Die Gitter wurden geschlossen, dann die Tür des Fahrstuhls. An der Decke ihrer Kabine flammten drei starke Glühbirnen auf. Die Männer hörten, wie die starken Elektromotoren zu summen begannen.

»Glückauf, Männer!«, sagte Spieker.

»Glückauf, Herr Steiger!«, antworteten die ersten 30 von 128 Männern der Nachmittagsschicht.

Dann rauschten sie ab in die Tiefe.

Pünktlich auf die Minute.

Es war 14 Uhr.

3. Kapitel **Die Flut**

Unten, auf der 60-Meter-Sohle, wurden sie nach wenigen Sekunden Fahrzeit von den Kumpeln der Frühschicht empfangen. Denjenigen, die es bereits hinter sich hatten und in wenigen Minuten den Rest des Tages genießen durften. Die einen stiegen aus, die anderen stiegen ein. Der zweite Anschläger läutete die Glocke, und der Förderkorb raste wieder nach oben.

So erschöpft wie die Männer der Frühschicht aussahen, hatten sie offenbar mächtig rangeklotzt.

»Sach' schon mal ›tschüs‹ zu deinem Streckenrekord, Franz«, flachste Richard, ein breitschultriger Hüne und netter Kerl; außerdem ein passabler Vorstopper in der Kreisligamannschaft, in der Franz kickte, »denn heute mach ich dich fertig.«

»Wetten nicht, Richard?«, lachte Franz und streckte dem Kollegen die rechte Hand hin.

»Gemacht. Kiste?«

»Von mir aus auch zwei!«

»Überheb dich bloß nicht, Wolbert«, knurrte der Steiger, »und vor allem: Jetzt mal *alle* ein bisschen dalli-dalli!«

Die Kumpel strömten in Gruppen auseinander. Die meisten der 128 Männer, die zur Spätschicht auf »Mathilde« eingefahren waren, arbeiteten auf der 60-Meter-Sohle, ungefähr 35 auf der 90-Meter-Sohle und vier Mann sollten aus einem Einzelabbaugebiet in 100 Metern Tiefe das Eisenerz aus der Erde holen, das bereits bis unter einen Acker bei Brackede vorgetrieben worden war; einem Dorf, gut zweieinhalb Kilometer von Lengede entfernt.

Spieker hatte Franz und seine Gruppe für die größte Abbaukammer auf der 90-Meter-Sohle eingeteilt, eine inzwischen fast sechs Meter hohe, gut 50 Quadratmeter große Höhle, am hintersten

Ende der Strecke und ebenfalls zu weit, um sich zu Fuß vor Ort zu begeben. Der Personenzug wartete schon. Vorher aber schnappten sich Bruno und Franz noch zwei Kisten mit Dynamitstangen aus der Sprengstoffkammer. Lieber gleich alles zu Beginn der Schicht zusammenpacken, denn nachher würde dafür zu viel Zeit draufgehen – Zeit, die man mit der eigentlichen Förderung viel besser nutzen konnte. Denn jede Tonne Erz mehr ließ die Kasse klingeln.

Spieker wies Gregor, Hennes und alle anderen Kumpel, die noch nichts zu schleppen hatten, an, so viel Holz wie nur möglich mitzunehmen.

»Wozu das denn, Franz?«, fragte Gregor leise

»Zum Abstreben der Firste. Du willst doch sicher nicht, dass uns der ganze Mergel auf 'n Kopp kracht?«

»Aber dafür ha'm wir doch die Eisen!«, widersprach der junge Lehrhauer.

»Eisen is teurer. Das musste nämlich wieder rauben, wenn du mit deinem Abschnitt durch bist«, warf Bruno ein.

»Und das ist 'ne Arbeit für Selbstmörder«, nickte Franz, »während du das Holz einfach stehen lassen kannst. Das bricht dann irgendwann von selbst, wenn alles ausgeerzt ist.«

Gregor nickte. Jetzt hatte er den Unterschied zwischen Raubbau und Bruchbau verstanden. Er nahm auf dem Zug Platz. Hennes setzte sich neben ihn, klemmte das Grubenholz zwischen seinen Knien fest, holte aus der Jackentasche eine Schachtel Filterlose heraus. Er teilte die Aktive in der Mitte und reichte dem Lehrhauer die eine Hälfte. Gregor gab ihm dafür Feuer. Dass sie hier unter Tage rauchen konnten, war einer der drei großen Vorteile, die man als Kumpel gegenüber den Kollegen im Steinkohlebergbau hatte. Der zweite Vorteil war, dass man einigermaßen sauber aus der Grube hinauskam. Und der dritte Vorteil bestand darin, dass die gefürchtete Staublunge hier so gut wie nie vorkam. Das Einzige, was die Kumpel insgeheim fürchteten, war im Grunde das Wasser. Aber darüber sprachen sie kaum, und wenn doch, dann rissen sie bloß blöde Witze, um die unterschwellige Angst zu vertreiben.

Franz ging mit Bruno in die Sprengstoffkammer, das Dynamit holen. Er merkte plötzlich, dass ihm die vergangene Nacht doch noch ziemlich in den Knochen steckte. Aber nun ging es um zwei Kisten Bier, um seinen Streckenrekord und deswegen nicht zuletzt um seine Ehre. Franz beschloss im Stillen, sich zusammenzureißen und einfach so zu tun, als wäre es für ihn der erste Arbeitstag nach einem langen, erholsamen Urlaub.

Auch Renate litt unter den Nachwirkungen der vielen Schnäpse und der verrauchten Luft, obwohl sie wahrscheinlich viel länger geschlafen hatte als Helga. Um 12 hatten sie und Bruno ein verspätetes Frühstück genossen, dann war sie losgegangen, hatte Lisa aus der Schule abgeholt, Thomas aus dem Kindergarten, und hatte ihren Kindern »arme Ritter« mit Spinat zum Mittagessen gekocht. Da war Bruno aber schon weg gewesen. Dann hatte sie sich eine Stunde lang mit ihrer Tochter hingesetzt, das kleine Einmaleins gelernt und danach die Kinder raus zum Spielen auf die Straße geschickt.

Und dann war ihr eingefallen, dass sie auch noch einkaufen musste.

Dummerweise hatte ihr jedoch Bruno kein Geld dagelassen. Und weil Renate keine Lust hatte, sich beeilen zu müssen, um in Lengede zur Sparkasse zu gehen und Geld abzuheben, war sie kurz entschlossen in das Feinkostgeschäft von Katrin Stegmeier gegangen, obwohl es dort – im Gegensatz zum Supermarkt – keine Rabattmarken gab.

Katrin Stegmeiers Mann war schon kurz nach dem Krieg auf »Mathilde« tödlich verunglückt, wenige Tage bevor ihre Tochter Anneliese zur Welt gekommen war. Lebensversicherung war damals noch ein Fremdwort gewesen, und die Witwenrente, die man der jungen Frau und ihrem Baby von nun an monatlich überwies, hätte vorne und hinten nicht gereicht. Aber sie war eine resolute Frau, die zupacken konnte und im Grunde ihres Wesens eine optimistische Einstellung zum Leben besaß. Sie hatte zwar keine Ahnung gehabt, wie man einen Lebensmittelladen führte, aber ihr

Gespür hatte sich als goldrichtig erwiesen. Denn in dem Augenblick, in dem die Menschen wieder richtiges Geld in die Hand bekamen, wollten sie dafür auch einkaufen.

Die Zeit bis zur Währungsreform war schrecklich entbehrungsreich gewesen, und ohne die Hilfe einiger Frauen aus der Siedlung hätte sie es wahrscheinlich nicht geschafft, weil sie ja auch keine Familie mehr hatte. Die war in Nürnberg durch einen Bombenvolltreffer ums Leben gekommen. Katrin Stegmeier hatte nur deswegen überlebt, weil sie an einem Kameradschaftsabend des BDM teilgenommen hatte.

Dann hatte die Mark in Deutschland Einzug gehalten. Und je besser es den Menschen ging, desto besser ging es auch dem kleinen Lebensmittelladen, der außer einem großen Angebot an Waren des täglichen Bedarfs auch stets den neuesten Klatsch für die Frauen aus der Bergmannssiedlung bereithielt.

Als Renate das Geschäft betrat, bimmelte ein Glöckchen über der Eingangstür.

»Hallo, Anneliese«, sagte Renate.

Katrin Stegmeiers Tochter grüßte freundlich zurück. Eigentlich lernte sie Schwesternhelferin beim Roten Kreuz, aber so oft es ging, half sie im Laden ihrer Mutter aus. Sie trug bereits ihre Schwesterntracht.

»Kommst du oder gehst du gerade?«, fragte Renate.

»Ich muss gleich zum Dienst«, antwortete Anneliese, »aber Mutti kämpft gerade mit unserem neuen Fernseher. Was möchten Sie denn, Frau Reger?«

Renate kaufte ein bisschen Aufschnitt, ein Stück Butter, Milch und eine Tüte Gummibärchen für ihre Kinder. Als Anneliese alles zusammengetragen hatte, taucht ihre Mutter im Laden auf.

»Entschuldigung«, sagte sie, »aber jetzt gibt es ja schon drei Programme. Da weiß man ja gar nicht, was man zuerst ansehen soll!«

»Mama«, unterbrach Anneliese ungeduldig, »ich muss zum Dienst!«

»Was macht es denn?«, fragte ihre Mutter.

»Vier Mark, 41 Pfennige.«

»Schreibst du's bitte an, Anneliese?«, fragte Renate.

Die junge Frau sah ihre Mutter unsicher an. Katrin Stegmeier schien Renates Bitte nicht gehört zu haben. Oder sie hatte sie ganz einfach überhört. In diesem Moment betrat Helga das Geschäft.

»Mama, ich muss los!«

»Ja dann mach doch hinne; Anneliese«, antwortete ihre Mutter.

Renate packte den Einkauf in ihren Korb.

»Hallo, Helga«, sagte sie.

»Na, Renatchen – Kopfschmerzen von letzte Nacht?«

»Nö, du?«

Helga schüttelte den Kopf.

»Das macht dann 4,41 Mark, Frau Reger«, warf Katrin Stegmeier ein.

»Schreiben Sie's bitte an, Frau Stegmeier!«

Katrin Stegmeier verzog ihr rundes Gesicht zu einer gequälten Grimasse.

»Ach, Frau Reger, wissen Sie ...«, sagte sie zaghaft, »also bei Stammkundinnen ...!«

»Ende November kommt's Weihnachtsgeld, Frau Stegmeier!«, lächelte Helga und nickte voller Zuversicht.

Seufzend notierte die Kauffrau den Betrag auf einen kleinen Zettel und legte ihn in eine Holzschachtel, die sich unter der Registrierkasse befand.

»Danke, Frau Stegmaier«, sagte Renate und wandte sich dann an ihre Freundin Helga. »Soll ich draußen auf dich warten?«

Helga nickte.

Fünf Minuten später hatte auch sie ihren Einkauf erledigt.

»Bruno und ich ha'm uns dann auch noch gestritten«, erzählte Renate, als sie nebeneinander nach Hause schlenderten.

»Und worüber?«

»Na ja – dies und das. Bruno will jedenfalls, dass ich aufhör zu kellnern.«

Das war für Helga nichts Neues.

»Stell dir vor: der Dietz hat mir heute 'ne ganze Stelle angeboten!«, sagte sie stattdessen.

»Und, machst du's?«, fragte Renate spitz.

»Franz hat jedenfalls kein Problem damit, dass ich arbeite.«

»Na ja, beim Dietz muss er ja auch keine Angst haben«, grinste Renate.

»Wie meinst du das denn?«

»Ich meine, dass deine Arbeit nicht so ist wie die beim Schröder, wo einem die Kerle die ganze Zeit auf den Busen starren.«

Helga blieb stehen und sah sie mit gespielter Empörung an.

»Du meinst also, bei mir lohnt sich das nicht?«

Sie lachten.

»Das hab ich nicht gesagt!«, meinte Renate.

»Ich hab dich schon verstanden«, unkte Helga, »dann bis später. Hast du heute noch Schicht?«

»Leider ja«, antwortete Renate und betrat ihr Grundstück. Sie musste sich jetzt ihre Haare waschen, den Kindern Abendbrot machen und dann wollte sie noch schnell ihre hoch geschlossene Kellnerinnenbluse bügeln.

»Darf ich den Herrschaften vielleicht ein Stück Kuchen anbieten?«, fragte die Serviererin das Ehepaar in mittleren Jahren, das auf der Terrasse des Aachener Kurhotels die letzten warmen Sonnenstrahlen des Jahres genoss. Sie klappte die Plexiglashaube ihres Dessertwagens auf und präsentierte lächelnd ihr Angebot. Doris Kampmann entschied sich für einen Bienenstich. Ihr Mann Horst dagegen winkte dankend ab. Er hatte keinen Appetit auf was Süßes. Ein *Underberg*, das wäre jetzt das Richtige gewesen. Oder ein Weinbrand. Irgendetwas, mit dem er seine strapazierte Magenschleimhaut hätte beruhigen können. Aber er hielt sich wohlweislich zurück. Zum einen, weil ihm seine Frau gegenübersaß und außerdem war er schließlich zur Erholung hier. In den letzten Tagen hatte er sowieso zu viel getrunken. Nicht, dass er jemals *betrunken* gewesen war. Nicht mal blau – aber Dietz, sein Bergwerksdirektor, hatte ihn schon mehr als einmal kritisch aus den Augenwinkeln angesehen. Dietz hatte es nur nicht gewagt, eine Bemerkung loszulassen, denn *er* war schließlich der Chef auf »Mathilde«. Der Hüttendirektor.

Die Kellnerin servierte den Kuchen und schob ihren Dessertwagen zum nächsten Tisch.

»Du solltest jetzt mal versuchen abzuschalten, Horst«, riet ihm Doris zwischen zwei Bissen, aber sie wusste natürlich, dies würde für ihren Mann nicht einfach sein.

Horst Kampmann putzte umständlich seine dicke schwarze Hornbrille. Er stand mächtig unter Druck. Die »Ilseder Hütte AG« hatte gerade mit dem umfangreichsten Investitionsprogramm ihrer über 100-jährigen Geschichte begonnen. Für 450 Millionen Mark sollten ein neues Blas-Stahlwerk, neue Hochöfen und ein Block- und Halbzeug-Walzwerk entstehen. Man hatte festgestellt, dass der kleine Montankonzern mit seinen rund 16 000 Beschäftigten im Peiner Raum schon länger den Anschluss an das technische Niveau verloren hatte. Aber gleichzeitig war die Kapitaldecke der Aktiengesellschaft inzwischen ziemlich dünn geworden und darüber hinaus war derzeit die Marktlage für Stahl schlecht. Der überwiegende Teil der Investitionssummen stammte von den Banken, und die Dividende von acht Prozent hatte man nur durch einen Kniff ausschütten können: indem man in den Topf der Rücklagen für schwere Zeiten gegriffen hatte.

Dass die »Ilseder Hütte AG« noch am Leben war, verdankte sie zum einen der Tatsache, dass sie im Ruhrgebiet die »Friedrich der Große AG«, ein Steinkohlebergwerk, besaß, und zum anderen, dass ihre niedersächsischen Hochöfen auf eigenem Erz standen. Ihre drei Gruben in Bülten-Adenstedt,Lengede-Broistedt und Dörnten hatten im Jahr zuvor zusammen rund 2,5 Millionen Tonnen Eisenerz gefördert. Allein die Hälfte davon stammte aus der Paradegrube in Lengede, doch Kampmann war von seinem Vorstandsmitglied Dr. Kurt Rasch in Kenntnis gesetzt worden, dass die Konzernleitung eine deutliche Steigerung der Fördermenge erwarten würde. Denn spätestens 1965, hatte Rasch gefordert, müsse man wieder auf dem neuesten Stand der Technik sein. Höhere Förderquoten waren jedoch nur möglich, indem man neue Klärteiche rund ums Zechengelände ausbaggerte und die bereits vorhandenen aufstockte. Und genau das hatte dem erfahrenen Hüttendirektor Magenschmerzen bereitet, die sich inzwischen mit Sicherheit zu einer ordentlichen Gastritis entwickelt hatten. Das jedenfalls hatte der Grubenarzt Dr. Schleip auch ohne eine Magenspiegelung vermutet und ihn erst einmal auf unbestimmte Zeit krankgeschrieben – mit einem Geschwür sei nämlich nicht zu spaßen, hatte er gesagt.

Horst Kampmann aber kannte einen, der wegen der Modernisierungsmaßnahmen wahrscheinlich inzwischen bereits kurz vor einem Herzinfarkt stand: Das war Hansen, sein Markscheider auf »Mathilde«.

»Komm, Horst, den Bienenstich musst du einfach mal probieren«, riss ihn Doris Kampmann aus seinen Gedanken an die Zeche und hielt ihm ihre Kuchengabel vor die Nase. Der Hüttendirektor setzte sich seine Brille auf, zwang sich zu einem Lächeln, beugte sich leicht vor und ließ sich dann das Stückchen Bienenstich folgsam wie ein kleiner Junge in den Mund stecken, um wenigstens seine Frau für einen kurzen Moment glücklich zu machen.

Franz, Bruno, Gregor und Hennes arbeiteten schweigend. Aber nicht, weil sie sich nichts zu erzählen hatten, sondern weil eine Unterhaltung wegen des ungeheuren Lärms vor Ort schlicht und einfach unmöglich war. Vom Hauptstollen her schepperten die Antriebsgeräusche des neuen Förderbandes herüber, auf dem das geförderte Erz bis zum großen Förderkorb am Eingang des Schachtes gelangte. Bruno und Hennes schufteten als Schlepper. Die Erzbrocken krachten polternd in die Stahlwannen der Loren. Immer wenn eine voll war, schob einer von beiden die Lore zum Förderband, und der andere schippte weiter. Hier unten war es zwar empfindlich kühl, aber schon nach einer halben Stunde floss ihnen der Schweiß in Strömen über den Körper. Bruno und Hennes durften jedoch nicht zu schnell sein, denn oben, auf den Bruchhalden, die von der Frühschicht zurückgelassen worden waren, standen zur gleichen Zeit Franz und Gregor und trieben mit ihren knatternden Pressluftbohrern die Schießlöcher in die höher gelegenen Abschnitte des Mergels hinein. Insgesamt 32 hatte Franz für die heutige Schicht vorgesehen.

Als er und Gregor nach gut zwei Stunden mit der Bohrerei fertig waren, gab Franz Bruno Handzeichen, die beiden Schlepper sollten ihm die Dynamitstangen anreichen. Bruno und Hennes rückten mit den Sprengstoffkisten an und hebelten mit einem Kuhfuß die Holzkiste auf. Dann warfen sie ihrem Sprengmeister Stange für Stange zu. Franz versah das Dynamit mit dem Zünddraht, und Gregor versenkte dann Ladung für Ladung sorgfältig im jeweiligen Bohrloch. Zum Schluss verkabelte Franz die einzelnen Zünddrähte miteinander, bis am Ende ein einziges Kabel von der bestückten Wand wegführte. Als er mit dieser Arbeit fertig war, hatten sich die Trommelfelle der Männer wieder so weit erholt, dass sie wieder miteinander reden konnten, ohne sich anschreien zu müssen.

»Franz, was meinst du?«, fragte Bruno und musterte kritisch die Bruchhalden.

»Wir schippen erst mal weiter«, befand der Sprengmeister nach kurzem Überlegen, »sonst liegt hier nachher zu viel Bruch rum.«

Ihre 32 Sprengladungen würden nämlich für eine ganz schöne Explosion sorgen. Sein Streckenrekord war wieder in greifbare Nähe gerückt – Richard sollte sich bloß wundern.

Verflucht, sein Bein tat höllisch weh. Jürgen Müller lag auf der schmalen Röntgenpritsche, richtete den Oberkörper vorsichtig auf, stützte sich dabei auf seine Ellenbogen und riskierte einen Blick auf seine Verletzung. Die Risswunde hatte sich als nicht so schlimm herausgestellt, aber dafür wuchs auf seinem Schienbein inzwischen ein Buckel von der Größe einer Walnuss heran. Da hatte Stubb wirklich ganze Arbeit geleistet. Er ließ sich wieder auf den Rücken sinken und biss die Zähne zusammen.

»Glück gehabt«, sagte der Grubenarzt, der in diesem Moment

den Röntgenraum betrat und die Aufnahmen in den erleuchteten Betrachtungskasten steckte. »Gebrochen ist jedenfalls nichts, auch nicht angeknackst. Sie fahren jetzt schön nach Hause, lassen sich von ihrer Frau Eis draufpacken und nehmen dreimal täglich zwei Paracetamol. Und das Bein auf keinen Fall belasten.«

»Wie lange wird's dauern, Herr Doktor?«

»Schwer zu sagen. Eine Woche werden Sie damit sicherlich zu tun haben.« Schleip sah, wie der Grubenwehrmann entsetzt seine Augen aufriss. Auch der Mediziner wusste, dass es sich beim Oktober um den *Weihnachtsmonat* handelte. Da war so gut wie nie einer von den Kumpels erkältet. Um Müller zu trösten, fügte er daher schnell hinzu, dass er in zwei, spätestens drei Tagen wieder aufstehen können würde. »Aber dann das Bein auf keinen Fall stark belasten!«

Prost Mahlzeit, dachte Müller und verschob schon mal in Gedanken den Kauf seines neuen Fernsehers.

»**Alles klar?**«, fragte Franz.

Bruno, Gregor und Hennes nickten. Sie standen zu viert im Hauptstollen. Neben ihnen lief das Förderband auf Hochtouren. Sie hatten die Loren und ihr Werkzeug aus ihrer »Kathedrale« geschafft, das Zündkabel gezogen und waren nun bereit zum Schießen.

»Zünder ist klar«, meldete Gregor und zupfte zur Sicherheit noch einmal an der Verbindung zwischen Auslöser und Draht.

»Was sagt die Uhr, Bruno?«

Bruno griff blind in die Brusttasche seinet Arbeitsjacke und holte seine Taschenuhr hervor.

»Kurz nach sechs«, meinte er dann und verstaute die Uhr wieder sorgfältig, nachdem er das Glas an seinem Ärmel abgewischt hatte.

»Gut. Achtung, wir schießen!«

Franz trillerte das Sprengsignal. Er wartete 30 Sekunden, obwohl sie hier, am hintersten Ende der Strecke, mutterseelenallein waren. Dann löste er die Sprengung aus. Die Detonation war nicht besonders laut, aber sie spürten Sekunden später bereits die Druckwelle, die ihnen aus dem kurzen Nebenstollen entgegenschlug, an dessen Ende sich ihre Abbaukammer befand. Gleich würde auch der Staub kommen. Drinnen, in der Kammer hätte man nun nicht mehr die Hand vor Augen sehen können. Jetzt hatten sie mindestens eine gute Stunde Zeit, um zu essen, zu trinken und zu quatschen. Und um sich ein wenig auszuruhen.

Hennes sah plötzlich irritiert auf den Boden hinunter. Er hatte gespürt, dass er mit dem linken Fuß auf einmal im Wasser stand. Es war nur eine Pfütze, aber wenn er den Boden an dieser Stelle belastete, erschien es ihm, als würde das Wasser weiter hervorquellen.

»Franz, guck ma', hier ist Wasser!«

Franz warf einen kurzen Blick auf den Boden und winkte sogleich ab.

»Spülwasser, Georg, das is ganz normal, dass mal ab und zu was durchsuppt.«

Heiner Dietz saß allein am Kopfende des großen, rechteckigen Esstisches in seinem Speisezimmer, das seine Frau vor drei Monaten mit dunklem Palisander hatte täfeln lassen. Vor ihm stand ein Holzbrettchen, auf dem sich ein Tomaten- und ein Mettwurstbrot befanden; daneben, akkurat angeordnet, ein Messer, eine Gabel und ein Salzfässchen aus Steingut. Die Standuhr auf dem Büfett tickte. Der Bergwerksdirektor trank in langsamen Schlucken sein Bierglas zur Hälfte leer und stellte es dann vorsichtig auf dem Tisch ab. Er bemerkte, dass er einen Bierdeckel vergessen hatte. Da schimmerte ein feuchter, kreisförmiger Rand. Na ja, so schnell würde das Eichenholz auch nicht darunter leiden. Er würde ihn nachher wegwischen.

Wenn sein großes Haus so leer war, dann kam es Heiner Dietz immer vor, als befände er sich in einer Gruft. Seine Frau war mit den drei Kindern ins Rheinland gefahren, zu ihren Eltern.

Er griff zu Messer und Gabel und begann, das Tomatenbrot zu zerteilen. Als er den ersten der exakt acht gleich großen Bissen zum

Mund führen wollte, flutschte ein Klecks des grünlich schimmernden Kerngehäuses vom Brot hinunter und landete auf dem Rand der Mettwurst, die über das Brot hinaushing, und rutschte nun langsam aufs Holzbrett. Dietz konnte nicht anders: Er vergaß, den Bissen in den Mund zu stecken und beobachtete fasziniert, wie die verklumpten Tomatenkerne langsam von der fettig-glänzenden Mettwurst hinuntertropften. Denn auf einmal war ihm seine Unterredung mit Hansen eingefallen, die am Mittag in einer recht wüsten Brüllerei geendet hatte. Theoretisch würde der Teich halten, hatte Hansen zum Abschied geblafft, und das hatte er dann noch einmal zur Bekräftigung wiederholt.

Heiner Dietz wäre gerne dabei gewesen, wenn sich der Markscheider mit seinem Vorgesetzten Kampmann angelegt hätte, anstatt mit ihm, der in der Rangordnung ja nur die Nummer zwei auf »Mathilde« war. Horst Kampmann hätte den renitenten Hansen wahrscheinlich ganz anders abgebürstet.

Auf der anderen Seite aber hatte der Bergwerksdirektor die düstere Ahnung, dass vom neuen Klärschlammteich Nummer 12 tatsächlich so etwas wie eine latente Gefahr für die Grube ausging. Dietz rechnete: Die Pumpen schafften im Notfall 30 Kubikmeter pro Minute. Bei 500 000 Kubikmetern aber müssten die Pumpen ... über elf Tage unter Volllast laufen. Das war unmöglich. Die Männer dort unten könnten alle ersaufen wie die Ratten.

Plötzlich standen ihm Schweißperlen auf der Stirn. Er legte sein Besteck auf das Holzbrettchen und ging im Geiste noch einmal die ganzen Sicherheitsmaßnahmen durch, welche sich die Teichbauer hatten einfallen lassen müssen, weil ausgerechnet vom Gelände des ehemaligen Tagebaus, dem Bett des Teiches, mehrere Stollen schräg in den Untertagebau führten. Jede dieser Schlüsselstellen war mit Betonpropfen und einer zusätzlichen Gesteinsfüllung von insgesamt 230 Metern Länge verschlossen worden, die nach den Berechnungen des Gutachters von der Technischen Hochschule Hannover einer Belastung von mindestens 3000 Tonnen standhalten würde – bei randvollen Teichen. Allerdings hatte ihm Hansen unter dem

Siegel der Verschwiegenheit gesteckt, dass dieser Gutachter, ein gewisser Dr. Streck, ein Jahr zuvor in Dinslaken einen ähnlich gelagerten Teich abgenommen hatte, der ein paar Wochen später jedoch gebrochen war. Passiert war nichts, weil sich zum Zeitpunkt des Unglücks ausnahmsweise niemand in der Grube befunden hatte. Wegen einer Betriebsversammlung!

Auch der beste Gutachter konnte sich ja mal irren. Aber hatte nicht auch das zuständige Bergamt in Hildesheim für den Teich Nummer 12 eine Unbedenklichkeitsbescheingung ausgestellt? Was also sollte eigentlich schief gehen?

Trotzdem hatten er und Kampmann kurz nach Inbetriebnahme des neuen Teiches auch über die Gefahren gesprochen. Während dieser Unterhaltung hatte Dietz gespürt, wie hoch der Druck war, der von der Konzernleitung inzwischen auf den Hüttendirektor ausgeübt wurde – und damit auf sie alle. Der Druck ging jetzt bis zum kleinsten Schlepper hinunter; ja, er lastete sogar auf den schmalen Schultern seiner neuen Vollzeitsekretärin Helga Wolbert.

In diesem vertraulichen Gespräch, das erst nach einer halben Flasche Kognak beendet gewesen war, hatte sein Vorgesetzter – selbstverständlich nur inoffiziell – ihm gegenüber vor allem seine Hoffnung zum Ausdruck gebracht, dass der Mergel und der Ton, die beim Waschen des Erzes automatisch anfielen, möglichst schnell eine zusätzliche, stabile Schutzschicht am Teichboden bilden würden.

Dietz schloss daraus, dass Kampmann mit der gegenwärtigen Lage ebenfalls nicht hundertprozentig einverstanden war, sich jedoch kraft seiner verantwortlichen Stellung nicht dagegen wehren konnte. Jedenfalls nicht richtig. Dann nämlich hätte ihn die Konzernleitung in Hannover mit ziemlicher Sicherheit entsorgt ...

Dietz atmete tief durch und sah auf die Uhr. Noch eine halbe Stunde bis zur Tagesschau. Manchmal war es eben doch ganz gut, bloß zweiter Mann zu sein. Er spießte ein Stückchen Tomatenbrot auf die Gabel, steckte es sich genüsslich in den Mund.

Als Renate um Viertel vor acht ihre Schicht in »Schröders Gasthof« antrat, sah sie auf den ersten Blick, dass es ein ruhiger Abend werden würde. Kein Wunder, nach dem rauschenden Fest der vergangenen Nacht. Bis auf die ewigen Skatspieler am Stammtisch sowie zwei Männer, die nach Handelsvertreter aussahen und offenbar auf Schröders Schnitzel mit Bratkartoffeln warteten – so roch es jedenfalls aus der Küche –, hielt sich zu diesem Zeitpunkt nur ein einziger, weiterer Gast im Schankraum auf. Das war Ingo Kullmann, einer der wenigen jungen Männer in Lengede mit Abitur, die es vorgezogen hatten, weder eine Karriere als Bergbauingenieur anzustreben noch irgendetwas anderes zu studieren, sondern erst einmal dazubleiben und was ganz anderes zu versuchen: Ingo Kullmann wollte Reporter werden. Seine Eltern sprangen deswegen im Dreieck. Denn seit einem Jahr – bis dahin hatte er nach der Schule seinen Wehrdienst geleistet – schrieb ihr Sohn fleißig für alle möglichen Käseblättchen in der Umgebung; er besuchte unermüdlich Goldene Hochzeiten, war Stammgast auf den Hauptversammlungen der zahllosen Kaninchen- und Schützenvereine im Peiner Land und berichtete am Wochenende fleißig über die Kreisligabegegnungen der örtlichen Fußballclubs.

»Na, Ingo«, begrüßte ihn Renate, »haste aber mal wieder 'ne feine Geschichte inner Zeitung geschrieben!«

Weil er Renate – nicht nur wegen ihres Aussehens – mochte, hatte er neulich Brunos Leistung beim 4:0 über den Lengeder Lokalrivalen Broistedt ganz besonders gewürdigt und sogar ein Foto von ihm geknipst; just in dem Moment, als Bruno den Treffer zum 2:0 per Kopf erzielt hatte.

Allerdings hatte der 20-jährige Ingo Kullmann nicht vor, sein Leben als freier Mitarbeiter für vier oder auch mal sechs Pfennig pro Zeile im Peiner Land zu verbringen. Ihm schwebte eine richtige Karriere vor. Er träumte von was Höherem und dazu fühlte er sich – wenn er ehrlich zu sich war – auch berufen. Sein großes, ersehntes Ziel hieß Hamburg, wo die großen Magazine *Stern* und *Spiegel* erschienen, vor allem aber die *Bild*-Zeitung, die ihn schon immer gereizt hatte; schon deswegen, weil die Artikel immer so schön kurz waren. Aber bisher waren seine Bewerbungen von der Personalabteilung des Axel-Springer-Verlages immer freundlich, aber bestimmt, abgelehnt worden. Vor einer Woche erst hatte er daher unverdrossen eine neue Mappe mit seinen *besten* Geschichten zusammengestellt und sie diesmal gleich an den »verehrten Herrn Chefredakteur« geschickt.

»Hast du meinen Artikel also gelesen?«, freute sich Kullmann, »und 'n gutes Foto ist es doch auch geworden, wa? Mach mir doch mal bitte eine Cola.«

»Und?«, fragte Renate, während sie ihm eine Flasche und ein Glas auf den Tresen stellte, »irgend etwas Neues gehört, aus Hamburg?«

»Nee, wieder nur eine Absage«, sagte Ingo Kullmann, »aber ich hab denen gleich nochmal eine Mappe geschickt. An den Chef von der *Bild*!«

Renate zuckte mit den Schultern.

»Wird schon noch«, meinte sie und griff nach der *Quick*, die dem Wirt jede Woche mit dem *Lesezirkel* geliefert wurde.

Auf der Titelseite der Illustrierten war Soraya abgebildet, die Exfrau des Schah von Persien, genannt die »Prinzessin mit den traurigen Augen«, die gerade ihre Memoiren veröffentlicht hatte. Klatsch und Tratsch aus der großen, weiten Welt gehörten für Renate zum täglichen Leben einfach dazu. Vor allem aber die große, weite Welt.

»Solche Geschichten musste mal schreiben«, sagte sie lachend und zeigte Kullmann eine Geschichte über Konrad Adenauer, den »Alten aus Rhöndorf«, der eine Woche zuvor als Bundeskanzler zurückgetreten war und jetzt als betagter Rentner seinen Rosengarten jätete. Kullmann schüttelte den Kopf.

»Meinste nicht, die Leute wollen wissen, was sich mit dem neuen Kanzler jetzt ändert?«, fragte sie.

»Du liest das doch auch nicht!«, grinste Kullmann, »und außerdem: glaubste wirklich, dass sich was ändert?«

»Hast Recht. Aber überfliegen sollte man das wenigstens mal, um sich zu bilden!«

Renate drehte die Illustrierte wieder um und vertiefte sich in den Artikel, der nicht nur von den Rosen des ersten Bundeskanzlers der Republik, sondern auch von der sozialen Marktwirtschaft handelte, die der neue Kanzler Ludwig Erhard angekündigt hatte.

»Eine Story, das wär's«, murmelte Kullmann plötzlich vor sich hin, »ich müsste bloß einmal eine richtige Story landen. Einen Scoop!«

»Einen bitte was?«, fragte Renate.

»Scoop ist amerikanisch und heißt exklusive Sensationsgeschichte«, erklärte Ingo Kullmann.

»Da biste hier aber falsch!«, lächelte Renate und trat ein Stück zur Seite, weil in diesem Moment der dicke Gerhard Schröder mit zwei Tellern Schnitzel und Bratkartoffeln aus der Küche gerollt kam, die erkaltete Zigarre im Mund. Sie fragte sich immer wieder, wie der dicke Wirt es wohl anstellte, dass noch nie ein Krümelchen Asche auf einen Teller gefallen war. Und wenn der neue Kanzler zufällig mal nach Lengede kommen würde, dann könnten sich die beiden ja mal über Sumatras austauschen.

In diesem Moment sagte einer der Skatspieler am Stammtisch einen Durchmarsch an und pfefferte sein Skatblatt auf den Tisch. Exakt im selben Augenblick stellte auch Gerhard Schröder die Schnitzel vor die beiden hungrigen Handelsvertreter. Das aber konnte unmöglich dieses merkwürdige Grummeln und Grollen verursacht haben, das auf einmal in der Luft lag. Ein Zittern, das sogar den Fußboden des Schankraums leicht erbeben ließ.

»Spürste das auch?«, fragte der Wirt.

»Ich hör's vor allem. Was ist das?«, fragte Renate.

»Gewitter ist nicht angesagt«, sagte einer der beiden Handelsvertreter, bevor er sich an einer Bratkartoffel die Lippen verbrannte.

»Könnte aber sein«, meinte einer der Skatspieler.

»Vielleicht ja ein Erdbeben«, schlug Ingo Kullmann vor.

»Keine schlechte Idee«, lachte Renate, »ein Erdbeben in Lengede, das wäre dann doch bestimmt dein ... Scoop?«

Ingo Kullmann nickte und bestellte noch eine Cola. Der Wirt schlurfte zum Fernseher herüber, der über dem Tresen in der Ecke hing, und schaltete ihn ein. Es war drei Minuten nach acht.

Mit seiner Erfahrung hatte Franz die 32 Bohrlöcher offensichtlich perfekt gesetzt. Als sie die Grubenlampen an die Streben montiert und die Leitungen verlegt hatten, erkannten sie, dass ihre Abbaukammer erneut um einen guten Meter höher und breiter geworden war. Auf dem Boden schimmerte das Erz. Bloß am Eingang zur Kammer hatte sich ein dicker Brocken Mergel quer gelegt. Keine Chance, mit der Lore daran vorbeizukommen. Ein paar Minuten lang versuchten sie sich mit Brechstangen und Holzbohlen an dem Stein, bevor sich Franz dazu entschloss, dem Kawenzmann mit dem Bohrhammer zu Leibe zu rücken.

Nur Bruno wollte es noch einmal wissen und setzte die Brechstange an.

»Lass es, Bruno«, sagte Franz, »du hebst dir noch 'n Bruch.«

»Gleich hab ich dich!«, keuchte sein Freund und stemmte sich mit seinen ganzen 90 Kilogramm gegen die Stange. An seinen Schläfen traten die Adern hervor. Urplötzlich aber hielt Bruno inne und starrte auf den Boden. So wie Gregor eine gute Stunde zuvor. Nur mit dem Unterschied, dass sich jetzt plötzlich nicht mehr nur eine Pfütze befand, wo er das Eisen angesetzt hatte, sondern eine Art Springbrunnen, der ihn an den Anblick eines Gartenschlauchs erinnerte, der ohne Spritzdüse voll aufgedreht war.

»Was is denn?«, fragte Franz.

Im selben Moment flackerte das Licht der Grubelampen. Sekunden später ging es aus. Gregor schrie auf. Bruno erschrak.

»Mach dir nich immer gleich ins Hemd. Das ist nichts – nur Wasser!«, schimpfte Bruno, senkte seinen Kopf und deutete mit dem Strahl seiner Helmlampe auf den Boden.

Franz klemmte sich seine Lampe vom Helm ab und leuchtete

den Boden bis zum Hauptstollen ab. Was er sah, gefiel ihm jedoch nicht besonders gut. Denn der ganze Boden glitzerte. Die Wände der Stollen glitzerten auch. Aber dieses Glitzern stammte nicht vom metallhaltigen Erz. Das war Wasser – und für seinen Geschmack ein bisschen zu viel auf einmal.

Aber: das Licht ging wieder an. Hennes seufzte erleichtert auf, Bruno lächelte. Nur Gregor zitterte noch immer wie Espenlaub. Da packte ihn Franz an den Schultern, schüttelte ihn sanft und sagte:

»Kleiner: lauf und frag bei den anderen nach, was los ist!«

Gregor nickte und hastete los.

Solange noch das Förderband auf Hochtouren lief, konnte ja eigentlich nichts Weltbewegendes passiert sein.

Helga hatte schnell die Kinder von Renate ins Bett gebracht, hatte dann Veronika gestillt und ebenfalls schlafen gelegt, während ihre Schwiegermutter den Abendbrottisch abräumte. Wenn es etwas gab, das die Bergmannsfrauen auszeichnete und zusammenhielt, dann war es ihre Bereitschaft, sich gegenseitig zu helfen.

»Lässt du den Teller für Franz bitte noch stehen«, sagte Helga, als sie die Küche betrat, »ich wärm ihm nachher noch die Nudeln in der Sauce auf.«

Ihre Schwiegermutter nickte und ließ heißes Wasser in die Spüle laufen.

»Hörst du das auch?«, fragte Helga plötzlich.

»Was denn?«

»Na, dieses Gurgeln!«, meinte Helga.

»Das liegt am Abfluss. Ich sag Franz schon seit einer Woche, dass der Stopfen nicht mehr dicht ist«, antwortete ihre Schwiegermutter, »aber er drückt sich immer davor, zu reparieren.«

»Mach mal bitte das Wasser aus! – Bitte!«

»Was du wieder hast!«, meinte Helene Wolbert und drehte den Hahn zu.

Aber dann hörte sie es auch. Es war nicht mehr nur ein Gurgeln, es war ein fernes Grollen; ein Beben, durchsetzt mit einigen Krachern. Es kam von draußen, aber es kam offensichtlich nicht vom Himmel, nein. Helga vermutete, dass diese unheimlichen Geräusche vom Zechengelände zu ihnen in die Siedlung hinüberdrangen. Ganz automatisch sah sie auf ihre kleine Armbanduhr. Es war fünf Minuten nach Acht.

»Hast du jetzt genug gehört?«, fragte ihre Schwiegermutter.

Helga Wolbert hob hilflos ihre Schultern hoch und wusste nicht, was sie antworten sollte.

Pit Spieker war bereits auf einen breiten Kabelschacht geklettert, der an der Stollenwand auch durch sein provisorisches Büro verlief, das jedoch eher ein kleiner Verschlag aus rohem Holz war, den man vor einer Nische gebaut hatte. Sein Problem war jedoch, dass der reißende Strom, der durch den Hauptstollen auf der 60-Meter-Sohle schoss, die Holzverkleidung bereits weggerissen hatte. Das Wasser war auf einmal da gewesen. Ganz plötzlich, ohne Vorwarnung, und er hatte keine Ahnung, woher es gekommen war. Dabei hatte er gerade mit dem ersten Anschläger wegen eines angeblichen technischen Defekts des Förderkorbs telefoniert, als das große Rauschen eingesetzt hatte. Routinemäßig hatte er den Kopf aus seinem kleinen Verschlag gesteckt und ihn jedoch sofort wieder zurückgezogen, als er die Flutwelle gesehen hatte, die ihm mit der Geschwindigkeit eines D-Zugs entgegengekommen war. Sie hatte ihm gerade noch genug Zeit gelassen, sich auf den knapp 1,50 Meter hohen Kabelschacht zu flüchten. Im nächsten Augenblick war dann schon sein Holzverschlag Vergangenheit gewesen, mitgerissen von den unaufhaltsamen Wassermassen. Verbandskasten und Feuerlöscher waren auch futsch. Das Einzige, was die erste Flutwelle von seinem Steigerbüro übrig gelassen hatte, waren das Wandtelefon und der Kabelschacht, auf dem er nun hockte.

»Wassereinbruch auf der 60-Meter-Sohle! Ich wiederhole: Wassereinbruch auf der 60-Meter-Sohle!«, schrie der Steiger in den Hörer, »gib sofort Alarm!«

»Wassereinbruch?«, fragte der erste Anschläger verblüfft, der auf seinem Aussichtsturm weder etwas gesehen noch etwas gehört hatte. Außer dem scheppernden Förderkorb natürlich, weswegen sich Spieker ja auch ursprünglich bei ihm gemeldet hatte.

»Ja, verdammt nochmal – gib Alarm!«, brüllte Spieker, »ich muss jetzt auflegen, meine Leute rausholen.«

Er schlug die Gabel des Telefons herunter und wählte mit zitternden Fingern die Nummer der entferntesten Abbaukammer auf der 100-Meter-Sohle. Er hoffte, dass einer der vier Kumpel, die über zweieinhalb Kilometer vom Hauptstollen entfernt malochten, die schrille Glocke hören würde. Oder zumindest das optische Blinksignal sehen würden, das gleichzeitig mit dem Klingeln aufflackerte. Nun geh schon einer ran, dachte Spieker, der zu seinem Entsetzen bemerkte, dass der Pegel des Sturzbachs inzwischen sprunghaft angestiegen war. Und dass er vor allem nicht aufhören wollte, zu steigen. Das Wasser stand nun schon mindestens 1,50 Meter hoch im Stollen.

»Hier Sprengmeister Kaul!«, tönte es nach dem sechsten Klingeln aus dem Hörer.

»Hier ist Spieker! Hör zu: Schacht evakuieren! Ihr müsst sofort da raus! Hörst du? Alle Mann raus! Aber die 60-Meter-Sohle ist abgeschnitten! Die Luftschächte – ihr müsst über die Luftschächte raus! Verstanden?«

Im nächsten Moment hatte er bereits wieder aufgelegt.

Richard Kaul starrte in den Telefonhörer, als wäre der tausend Meter tief. Da hatte er nur mal pinkeln müssen, zufällig gerade in dem Moment, als das Telefon geklingelt hatte, und plötzlich faselte ihm sein Steiger irgendetwas von einem Wassereinbruch ins Ohr. Andererseits hatte sich Spiekers Gebrülle ziemlich nach Panik angehört. Der Hüne, der am vergangenen Sonnabend die Flanke für Brunos Kopfball zum 2:0 geschlagen hatte, überlegte daher nicht lange, sondern nahm seine Beine in die Hand, um seine Kollegen in der Abbaukammer zu warnen.

Mit einem Mal schoss erneut eine Welle durch den Hauptstollen. Pit Spieker, der gerade die Nummer der 90-Meter-Sohle gewählt hatte, wurde mitgerissen. Sein einziger Halt war das lächerliche Kabel zwischen Hörer und Wandtelefon – allerdings auch nur für den Bruchteil einer Sekunde. Sein Kopf wurde unter Wasser gedrückt, aber so leicht würde ihn »Mathilde« nicht loswerden, sagte er sich und versuchte, trotz der Panik ruhig zu bleiben. Es gelang ihm, die Orientierung wiederzufinden und den Kopf über die Wasseroberfläche zu bringen. Er befand sich praktisch auf gleicher Höhe mit der oberen Kante des Förderbandes, aber so sehr er sich auch bemühte, irgendwo einen Halt zu finden: Das Wasser war stärker. Spieker fühlte, dass er unter der Wasserlinie gegen allerlei Gegenstände prallte, aber er fühlte erstaunlicherweise keinen Schmerz. Der würde wahrscheinlich hinterher kommen, dachte er, aber nun musste er verdammt noch einmal raus hier. Ganz schnell raus.

Nach ungefähr 300 Metern – so schnell hatte er diese Strecke noch nie zurückgelegt – erblickte er eine geborstene Pressluftleitung, die aus einem Querstollen ragte. Die Flut trug ihn direkt auf die Leitung zu. Plötzlich merkte er, dass er noch immer den Telefonhörer in seiner Hand hielt. Er ließ das dumme Ding sofort los, um dann mit beiden Händen die Leitung zu packen. Jetzt nur nicht loslassen, sagte er sich, auch wenn er nun für einen kurzen Moment das Gefühl hatte, dass ihm die Arme ausgerissen würden. Seine Finger rutschten am nassen Metall entlang, doch dann gelang es ihm, das flexible Ende der Leitung blitzschnell zu einer Schlaufe zu formen. Jetzt mussten nur noch sein Ellenbogengelenk und seine Schulter halten. Spieker konnte einen Schmerzensschrei nicht unterdrücken. Aber die Leitung hielt, seine Gelenke hielten, und der Arm wurde ihm nicht abgerissen. Ein paar Sekunden später watete er völlig erschöpft durch das knöchelhohe Wasser, das im Querstollen floss, in Richtung des parallel verlaufenden Verbindungsschachtes zur 90-Meter-Sohle. Er hatte sich bei dem Husarenritt durch den Hauptstollen wie durch ein Wunder nichts gebrochen. Doch bereits nach wenigen Metern blieb ihm fast das

Herz stehen vor Schreck, denn auch hier toste ein gigantischer Strom in schier aberwitziger Geschwindigkeit. Vorsichtig näherte sich Spieker der Ecke, eine Hand immer an der Pressluftleitung. Das Wasser im Verbindungsschacht schien sogar noch höher zu stehen; darüber hinaus hatte es offenbar noch mehr Druck, denn der Verbindungsstollen begann sich an dieser Stelle zu verjüngen. Spieker sah eine Lore vorbeifließen, die wie ein Spielball von der einen zur anderen Wand geschleudert wurde. Er lugte vorsichtig um die Ecke. Keine zehn Meter von ihm entfernt hatten sich fünf Kumpel in eine Nische gedrückt. Sie sahen verzweifelt aus. Die Todesangst stand ihnen ins Gesicht geschrieben. Als sie ihren Steiger sahen, hellten sich ihre Mienen auf. Spieker machte ihnen mit seiner freien Hand ein Zeichen, sie sollten versuchen, zu ihm in den Querstollen herüberzugelangen, wo sie für den Augenblick zumindest sicherer waren als dort in ihrer kleinen Nische.

Spieker sah sich verzweifelt nach einem Strick oder wenigstens einem Kabel um, das man vielleicht als Führungsseil spannen konnte. Dabei betete er seit langem wieder zu Gott.

Das Licht war erneut ausgegangen. Franz, Bruno und Hennes standen im Schein ihrer Grubenlampen, warteten und rauchten.

»Hoffentlich macht der Mutzkopp bald Licht, wir müssen schippen«, sagte Franz ungeduldig und begann, aus lauter Nervosität »She Loves You« von den Beatles zu pfeifen.

»Lasst uns mal lieber warten, was der Gregor sagt«, meinte Hennes, der von den dreien am besorgtesten wirkte.

Bruno schaute ihm tief in die Augen und grinste.

»Guck ma, Franz«, lachte er plötzlich, »der Hennes sieht schon aus wie der Spieker damals. Weißte noch, Franz?«

»Das war noch vor deiner Zeit«, erklärte Franz dem verdutzten, jungen Kollegen. »Der Steiger war erst den dritten Tag bei uns, als 'ne Spülleitung geplatzt ist.«

»Und Klein-Spieker macht sich vor Angst die Hose voll. Hat echt geglaubt, er säuft ab«, warf Bruno ein.

Aber auch das Getratsche über den Vorgesetzten konnte Hennes nicht aufmuntern. Sogar im funzeligen Licht der Helmlampen konnten sie deutlich erkennen, wie mulmig ihm in diesem Moment zumute war. Erst als plötzlich die Grubenlampen zum zweiten Mal wieder aufflackerten, wich die Spannung aus Hennes' Gesicht. Jedenfalls ein bisschen.

»Na, bitte«, sagte Franz und griff nach der Schaufel. Er sah seine beiden Kollegen an. »Wollt ihr vielleicht noch 'ne Extraeinladung?«

Wie lange war Pit Spieker eigentlich schon nicht mehr in der Kirche gewesen? Zwei oder drei Jahre? Aber wie es schien, hatte ihn der liebe Gott nicht vergessen. Direkt zu seinen Füßen, unter einer Schutzplane, lag eine wunderbare Rolle dickes Starkstromkabel. Es war 25 Meter lang und sogar feuchtraum-geeignet. Es würde sicherlich seinen Zweck erfüllen, denn für den kurzen Weg konnten sie es wahrscheinlich sogar doppelt nehmen.

Spieker rollte es ab, schlang das eine Ende um eine Stahlstrebe und knotete es fest. Dann zeigte er das andere Ende den fünf Kollegen schräg gegenüber, denen langsam die Kraft auszugehen schien. Je näher Spieker an den reißenden Strom herantrat, desto stärker musste er sich an der Pressluftleitung festhalten. Daher war er gezwungen, das lose Kabelende mit seiner linken Hand herüberzuwerfen.

Beim vierten Versuch klappte es dann.

Die ganze Zeit schon hatte sich Gregor darüber gewundert, woher dieses merkwürdige Rauschen kam, und vor allem, was es war. Er *wollte* aber einfach nicht daran denken oder glauben, dass es sich um Wasser handeln würde. Er wusste auch nicht, wie viele Hundert Meter er schon durch den Hauptstollen der 90-Meter-Sohle getapert war; mal bei voller Beleuchtung, dann wieder nur im Schein seiner Helmlampe. Aber das ständige Flackern der Grubenbeleuchtung machte ihm natürlich klar, dass irgendetwas nicht stimmen konnte.

»Hallo«, rief er, »Hallo – is hier einer? Hallo?«

Doch niemand antwortete. Er war offenbar ganz allein hier unten, am Ende der Sohle, wenn er von seinen drei Kollegen absah, die hinten in der Abbaukammer auf ihn warteten.

Endlich kam der erste Querstollen in Sicht, von dem Gregor wusste, dass man über diesen kurzen Gang zur 100-Meter-Sohle gelangen konnte. Er lugte um die Ecke, doch das, was er sah, ließ ihm das Blut in seinen Adern gefrieren: Er sah Wasser, nichts als schlammiges, dreckiges Wasser, das wie ein Wasserfall am Querstollen vorbei in die Tiefe stürzte. Jetzt wusste er, was das Rauschen zu bedeuten hatte. Gregor drehte sich auf dem Absatz um und rannte, so schnell er nur konnte, zu Franz, Bruno und Hennes zurück.

Schon als die fünf Kumpel ihren Steiger erspäht hatten, schöpften sie sofort wieder Hoffnung, dieses Inferno zu überleben. Zu Pit Spieker hatten sie schließlich ein unerschütterliches Vertrauen. Er war sicherlich gekommen, um sie zu retten. Und, hatte er ihnen eben nicht ein rettendes Kabel organisiert? Wahrscheinlich hatte er gar schon längst den Ausgang gefunden. Doch warum deutete er plötzlich nach rechts? Sie wendeten ihre Gesichter nach links und erstarrten. Denn da schwappte nun eine Wand aus Wasser auf sie zu. Das Wasser brach sich oben an der Stollendecke. Dieses Inferno hatte offenbar noch einige Überraschungen in petto. Sie wussten, sie durften jetzt keine Sekunde mehr zögern. Das Kabel war gespannt. Kurz nacheinander stürzten sie sich ins schlammige Wasser und kämpften sich durch die Flut. Ihnen blieben vielleicht noch 20 Sekunden für die paar lächerlichen Meter.

Was jedoch keiner der fünf Männer bemerkt hatte, waren die zwei Loren, die unter der Wasseroberfläche auf sie zukamen. Und Spieker sah die jeweils 650 Kilogramm schweren Stahlwannen erst, als es bereits zu spät war.

Franz und Bruno schaufelten nur, weil sie Hennes nicht zeigen wollten, dass sie ebenfalls Angst hatten.

»Habt ihr keine Angst?«, fragte der junge Hauer.

»Angst?«, fragte Bruno zurück. Er klang entrüstet. »Hast du etwa Angst, Franz?«

»Weißt du wovor ich wirklich Angst habe? Dass wir die Revanche gegen Schweden, nächste Woche ... dass wir die verlieren!«

Hennes schüttelte den Kopf.

»Ich will hier raus«, sagte er entschlossen.

»Er will zur Anneliese«, feixte Bruno.

»Mensch, Bruno – davon soll doch niemand was wissen!«, rief Hennes.

»Weiß doch ganz Lengede inzwischen«, grinste Franz.

»Außer der Anneliese ihrer Mutter!«, rief Bruno.

Die beiden Älteren lachten schallend. Aber einen Moment später blieb ihnen ihr Lachen im Halse stecken.

»Wir haben 'nen Wassereinbruch«, schnaufte Gregor außer Atem, »Wasser, überall nur Wasser!«

»Haste Fieber, Junge?«, fragte Bruno.

»Hör auf Bruno – ich hab's doch selber gesehen. Das stürzt wie 'n Wasserfall auf die 100-Meter-Sohle runter.«

Franz sah seinen Lehrling durchdringend an. Gregor hielt seinem Blick stand. Keine Frage, seine Angst war echt. Franz warf seine Schaufel weg.

»Los«, sagte er ruhig, »raus hier!«

Hennes war wie vor Schreck erstarrt.

»Hennes: wir verpissen uns!«, brüllte ihm Bruno ins Ohr.

Der Junge erwachte aus seiner Starre. Er nickte.

Dann hetzten sie alle zugleich los wie die Hasen.

Pit Spieker hatte bereits tote Kumpel gesehen, die bei Unfällen ums Leben gekommen waren. Er hatte auch schon mit angefasst, um ihre Leichname zu bergen. Aber er hatte noch nie dabei zusehen müssen, wie ein Mensch starb.

Die beiden Loren erwischten die fünf Männer in dem Augenblick, als sie sich genau in der Mitte des Stollens befanden. Die Wucht des Aufpralls riss vier von ihnen sofort vom Seil. Sie wurden weggespült und verschwanden schreiend in der Tiefe. Der Fünfte wurde wie durch eine unsichtbare Faust gegen die Stollenwand geschleudert. Sein Schädel knallte an eine Eisenstrebe und zerplatzte wie eine Eierschale.

All dies geschah in wenigen Sekunden, aber Pit Spieker kam es vor, als liefe ein Film in Zeitlupe ab. Statt jedoch über das furchtbare Geschehen nachzudenken, das er gerade miterlebt hatte, behielt er zu seinem eigenen Erstaunen einen klaren Kopf. Er sah aus den Augenwinkeln heraus, dass sich die Loren im Kabel verfangen hatten und dass durch die ungeheuren Kräfte das Kabel reißen würde wie eine zu stark gespannte Bogensehne. Schlimmer würde es natürlich sein, wenn das Kabel halten, aber dafür die Eisenstreben herausgerissen würden. Was Spieker in diesem Augenblick begriff, war, dass er auf keinen Fall im Weg stehen bleiben durfte. Er sprang, ohne recht zu überlegen warum, über das zum Zerreißen gespannte Kabel und floh so aus dem Gefahrenbereich. Vielleicht würde es ihm ja gelingen, irgendwie aufs Förderband zu klettern und sich auf diese Weise bis zu einem der Luftschächte zu retten. Als er sich am Hauptstollen noch einmal umdrehte, flogen gerade die Streben aus der Wand und ein Teil des Querstollens stürzte ein.

4. Kapitel **Die Brücke**

Sechs Etagen unter Thomas Schmidts Büro in der Hamburger Kaiser-Wilhelm-Allee liefen die Druckmaschinen an. Der Nachrichtenchef der *Bild*-Zeitung sah auf seine Armbanduhr, trank den Rest seines kalt gewordenen Kaffees aus, schüttelte sich – aber irgendwie musste er ja wach bleiben – und überflog dann wie jede Viertelstunde routinemäßig die neuesten Tickermeldungen, die von den Nachrichtenagenturen aus aller Welt über die Fernschreiber hereinkamen und von zwei Studenten nach Themen vorsortiert worden waren. Es war 22.13 Uhr. Bis Mitternacht wäre es noch möglich, zumindest einen Teil der Auflage zu aktualisieren. Doch dafür hätte in dieser Nacht schon mindestens eine Katastrophe großen Ausmaßes – am besten in Deutschland – passieren oder wenigstens irgendein bekanntes Staatsoberhaupt einem Attentat zum Opfer fallen müssen.

Schmidts Blick blieb plötzlich auf einer kurzen Eilmeldung der Deutschen Presseagentur hängen: »Grubenunglück – Lengede (Niedersachsen) – 129 Bergleute vermisst – Eisenerzgrube nach Wassereinbruch überschwemmt.«

Eine Minute später stand Schmidt am »Balken« in der Chefredaktion, wo sich um diese Zeit noch ein halbes Dutzend Redakteure aufhielten und zusammen mit dem Chefredakteur einen weiteren, hektischen Tag mit einem Bier ausklingen ließen. Sie alle hatten schon über zwölf Stunden hinter sich, hatten den ganzen Tag über zu viel geraucht, hatten viel zu hastig irgendwelche halben Brötchen zwischen Telefon und Schreibmaschine verdrückt, hatten Ehefrauen, Freundinnen, Geliebte und Kinder mal wieder vertröstet, aber das waren sie inzwischen nicht nur gewohnt, nein: sie *konnten* einfach nicht anders. Denn hier am »Balken« zimmerten sie an sechs Tagen in der Woche eine der auflagenstärksten und vielleicht auch einflussreichsten Tageszeitungen Europas zusammen. Vor ihnen zitterten sogar die Mächtigen dieser Welt. Jedenfalls dann, wenn sie eine Schweinerei nicht gut genug verborgen hatten.

Der Chefredakteur und seine Nachtschicht diskutierten mittels ein paar Kronkorken gerade leidenschaftlich die beste taktische Aufstellung der Deutschen Fußball-Nationalmannschaft vor dem Länderspiel gegen Schweden in der nächsten Woche. Mit denen hatten die Spieler um den Bundestrainer Sepp Herberger seit dem verlorenen WM-Halbfinale 1958 nämlich noch eine dicke Rechnung offen. Aber als plötzlich Thomas Schmidt mit sorgenvollem Gesicht und einem kurzen Tickerschnipsel in der Hand am »Balken« auftauchte, wussten sie sofort, es würde Arbeit geben. Die Kronkorken wanderten geschlossen in den Papierkorb.

»Lengede, wo liegt denn das genau?«, wollte der Chefredakteur wissen, nachdem Thomas Schmidt die Meldung verlesen hatte.

»Ungefähr in der Mitte zwischen Peine, Braunschweig und Salzgitter«, sagte Werner Wolf, der aus Wolfenbüttel stammte und als Textchef verantwortlich zeichnete. »Wenn ich mich recht erinnere, wird da Erz abgebaut.«

»Da haben wir aber keinen vor Ort, oder?«, fragte der Chefredakteur.

»Karlsen sitzt in Hannover und in Braunschweig ...«, hob Wolf an, aber Schmidt schüttelte den Kopf.

»Selbst wenn die sich jetzt sofort ins Auto setzen, kriegen wir nichts Aktuelles mehr gebacken.«

Im Vorzimmer des Chefredakteurs, das durch eine Glaswand vom großen Konferenzraum getrennt war, klingelte das Telefon. Franziska Peters, die sich mit einer Kollegin wochenweise den Schichtdienst als Sekretärin teilte, ging ran.

»Setzen Sie sie trotzdem in Marsch, Schmidt. Und sie sollen Fotografen mitnehmen. Und bis Mitternacht will ich dann auch ununterbrochen die neuesten Meldungen auf dem Tisch haben.«

Der Ton des Chefredaktuers war rau, aber das gehörte nun mal dazu. Schmidt nahm es daher nicht persönlich, sondern lächelte.

»Das mit den Meldungen läuft bereits!«, sagte er und verließ den Konferenzraum, um seine studentischen Hilfskräfte zu präparieren.

»Sehr schön, Schmidt«, rief ihm der Chefredakteur hinterher und blickte dann fragend in die Runde. »Und nun, meine Herren – je nachdem wie sich das Ganze nun dort unten entwickelt und was wir vielleicht noch kriegen: Überm Bruch, unterm Bruch – und vor allem: Welche Geschichte schmeißen wir raus?«

In diesem Moment steckte Franziska Peters ihren Kopf in den Konferenzraum.

»'Tschuldigung, aber da ist einer am Telefon, der sich nicht abwimmeln lässt. Er sagt, er rufe aus Lengede an, aus 'nem Bergwerk. Da soll angeblich ein Unfall passiert sein.«

Die sechs Redakteure um den Tisch schauten verdutzt zur Sekretärin auf. Dann richteten sie ihren Blick auf den Chefredakteur, auf dessen braun gebranntes Gesicht sich nun ein spitzbübisches Grinsen legte. Das war eben noch so ein Vorteil, wenn man bei einer der größten Tageszeitungen Europas arbeitete: Manchmal, natürlich leider zu selten, mussten sie einer Story nicht hinterherrennen. Manchmal wurde sie ihnen einfach ins Haus geliefert.

»Stellen Sie ihn zu uns rein, Franzi«, sagte der Chefredakteur, »damit alle mithören können.«

Die Sekretärin nickte und ging rasch zum Telefon zurück.

»Hoffentlich ist der Kerl kein Spinner«, murmelte der Textchef und warf einen Blick auf die Uhr. 22.27 Uhr – gut 90 Minuten hätten sie jetzt noch Zeit, ein wenig an der morgigen Ausgabe herumzubasteln. Ein Fußballspiel lang.

Dem Chefredakteur fiel jedoch in dieser Sekunde noch etwas Wichtiges ein:

»Moment mal, Franzi!«, rief er, »wie heißt 'n der Kerl überhaupt?«

Dank der geborstenen Pressluftleitung hatte Spieker unter Aufbietung all seiner Kräfte auf das Förderband klettern können, das zum Glück endlich auch seinen Geist aufgegeben hatte. Nun kroch er ein paar Zentimeter über der Wasseroberfläche in Richtung des Förderkorbs. Seiner Schätzung nach waren es bis dahin noch ungefähr tausend bis tausendzweihundert Meter, bis zum nächsten Luftschacht vielleicht 500. Immerhin, die Notbeleuchtung im Hauptstollen brannte, und auch die Fließgeschwindigkeit des Wassers schien allmählich nachzulassen. Das hieß, dass die Quelle, aus der das Wasser ursprünglich stammte, wahrscheinlich langsam zum Versiegen kam. Aber nach dem, was gerade hinter ihm lag, versuchte der Steiger krampfhaft, sich ja nicht vorzustellen, was zu diesem Zeitpunkt auf den tiefer gelegenen Sohlen geschah. Wasser floss schließlich von oben nach unten, und je tiefer der Wasserspiegel jetzt hier oben sank, desto höher würde er in den Stollen und Schächten der 90- und 100-Meter-Sohlen steigen. Wer es dort von den Kumpeln bisher nicht geschafft hatte rauszukommen, war mit ziemlicher Sicherheit bereits tot. War ertrunken, erschlagen oder zerquetscht worden. Doch vielleicht hatten ja einige das wahnsinnige Glück gehabt, sich zufällig an einem Ort zu befinden, an dem eine Luftblase entstanden war. Dann würde es nur noch darauf ankommen, sie von oben aus möglichst schnell zu lokalisieren und zu bergen, bevor der Sauerstoff verbraucht sein würde ...

Aber jetzt musste Spieker auch an sein eigenes Leben denken.

Otto Paschke hatte erst vor wenigen Tagen sein zehnjähriges Dienstjubiläum als Hauptpförtner auf »Mathilde« begangen. Dafür hatte es vom Hüttendirektor nebst einem Händedruck und einem Strauß gelber Narzissen sogar eine Dugena-Armbanduhr gegeben. Für seine Pflichterfüllung, denn Paschke, dessen linkes Bein, von der Mitte des Oberschenkels abwärts, wahrscheinlich noch immer in der Nähe von El Alamein in der Sahara lag, dort wo es ihm von einem englischen Schrapnell relativ sauber abgetrennt worden war, hatte bisher nicht einen einzigen Tag lang gefehlt.

Heute allerdings hätte er einiges dafür gegeben, seine Schicht wenigstens getauscht zu haben. Denn, Herrgott nochmal, auch ein Otto Paschke hatte nur zwei Hände, zwei Augen und zwei Ohren gleichzeitig. Die Alarmliste abzutelefonieren war kein Problem gewesen. Er hatte alle in Frage kommenden Behörden sowie die komplette Grubenleitung höchstpersönlich informiert. Sogar den Hüttendirektor hatte er in seinem Aachener Kurhotel erreicht, wobei Kampmann ihn angeschnauzt hatte, er würde sofort nähere Informationen benötigen. Aber woher sollte er, Otto Paschke, genau wissen, was passiert war. Er hatte sich zwar redlich bemüht, den Hüttendirektor mit irgendjemandem zu verbinden, der Bescheid wissen konnte, hatte aber niemanden erreichen können. Paschke schien es, als liefen alle, die nun etwas zu sagen hatten, wie aufgeregte Hühner auf dem Zechengelände durcheinander.

Dass etwas Schlimmes passiert war, das konnte Otto Paschke wegen des enormen Auftriebs, der inzwischen am Werkstor eingesetzt hatte, selbstverständlich ahnen. Er wusste eben nur nicht genau, was.

Kampmann hatte ihm als Letztes gesagt, er solle dem Bergwerksdirektor Dietz ausrichten, dass er sich sofort mit dem Auto auf den Weg aus Aachen nach Lengede machen würde, um sich selbst ein Bild von dem Unfall, dem Unglück oder der Katastrophe zu verschaffen und gegebenenfalls die Arbeit zu koordinieren.

Dies wäre Otto Paschke nur recht gewesen. Denn inzwischen hatten sich bestimmt schon über 100 Angehörige vor dem Werkstor versammelt, die alle auf das Grubengelände wollten, und von Minute zu Minute wurden es mehr. Sie blockierten die Zufahrt für die Polizei, die Freiwilligen Feuerwehren, einen Zug des Technischen Hilfswerks und natürlich auch für die Mitglieder der Grubenleitung, die sofort in ihre Autos gesprungen waren. Am schnellsten war Hansen da gewesen.

Daher fühlte sich Otto Paschke in diesen Minuten, kurz nach 22.45 Uhr, mehr als überfordert. Sein Telefon hatte pausenlos geklingelt, aber gleichzeitig musste er ja auch das Tor bedienen, um einerseits den Befugten den Zutritt zu ermöglichen und andererseits die Unbefugten erst einmal draußen zu lassen. Und jetzt stand auf einmal auch noch so ein schlaksiger junger Bengel an seinem Schreibtisch und benutzte frech sein Telefon. Wie war der nur hier hineingekommen? Otto Paschke setzte das strengste Gesicht auf, griff für alle Fälle nach seiner Stabtaschenlampe und humpelte voller Entrüstung auf den Eindringling zu, um ihm bereits im nächsten Augenblick den Hörer aus der Hand zu reißen.

Aber der junge Mann war schneller. Er sagte »Moment, bitte!« in den Hörer, legte ihn zur Seite und riss eine Kamera hoch, die ihm vor der Brust hing.

»Genau so stehen bleiben, Herr Paschke!«, rief der junge Mann, »und nicht so böse gucken ... eher entschlossen!«

Dann drückte er auf den Auslöser. Der Blitz blendete den Pförtner, aber er verfehlte nicht seine Wirkung. Jedenfalls blieb er stehen.

»Kullmann«, sagte der junge Mann, und streckte ihm lächelnd seine Hand entgegen, »*Bild* Hamburg. Verzeihen Sie bitte mein Eindringen, aber wenn ich jetzt nicht wenigstens noch drei Minuten mit meinem Chefredakteur reden kann, reißt der mir morgen früh meine Eier ab! Und Sie wollen doch sicherlich nicht die Pressefreiheit behindern, oder etwa doch, Herr Paschke?«

»**Hab ich vielleicht** schon mal irgendjemandem die Eier abgerissen?«, fragte der Chefredakteur belustigt in die Runde seiner Redakteure, die schon seit ein paar Minuten atemlos den Schilderungen des jungen Mannes gelauscht hatten, der sich ihnen gegenüber als freier Journalist ausgegeben hatte, der über exklusive Informationen des Unglücks auf der Zeche »Mathilde« in Lengede-Broistedt verfügen würde. Und das, was er ihnen bisher erzählt hatte, war nicht nur plausibel gewesen, sondern es roch nach einer ganz großen Geschichte. Wenn es Verschüttete gab, die vielleicht noch lebten, war es immer eine große Geschichte.

»Da bin ich wieder«, knarzte Ingo Kullmanns Stimme aus dem Lautsprecher der Freisprechanlage in der *Bild*-Redaktion.

»Wer war dieser Paschke eben?«, fragte ihn der Textchef.

»Herr Paschke? Oh, das ist derjenige, der bisher für die Durchführung und Einhaltung sämtlicher Alarmpläne zuständig gewesen ist – nicht wahr, Herr Paschke?«

Die erfahrenen Reporter nickten anerkennend. Wahrscheinlich war dieser Paschke bloß irgendein Hiwi, ein Pförtner, der sich – wenn auch sicherlich mit einigem Recht – wichtig machen wollte. Aber der Junge da draußen vor Ort war nicht schlecht. Er spielte ohne Nachfragen das kleine Spielchen mit und sorgte so dafür, dass ein Wichtigmacher auf diese Weise wichtiger gemacht wurde, als er es jemals hätte sein können, und der Reporter seine Arbeit machen konnte.

Franziska Peters nutzte die kurze Pause, um dem Chefredakteur schnell eine Mappe vorzulegen.

»Was ist das?«, fragte er seine Sekretärin, die sich plötzlich daran erinnert hatte, vor wenigen Tagen erst den Namen Kullmann auf einem großen Umschlag gelesen zu haben, der noch in ihrer Postablage schlummerte; im Fach »Abgelehnte Bewerbungen«.

»Das könnte der Informant in Lengede sein«, flüsterte sie.

Der Chefredakteur überflog blitzschnell die Zeitungsausschnitte, die Ingo Kullmann acht Tage zuvor ordentlich auf weiße DIN-A-4-Bögen geklebt und mit einem kurzen, knappen Bewerbungsschreiben an den »Sehr verehrten Herrn Chefredakteur« geschickt hatte. Obenauf lag ein Halbseiter – die Jahreshauptversammlung der Freiwilligen Feuerwehr Brackwede.

»Gerade ist der Bergwerksdirektor aufs Gelände gefahren«, hörten sie die Stimme Kullmanns, »soll ich vielleicht versuchen, noch was von ihm rauszukriegen?«

»Ja«, rief der Chefredakteur ins Mikrophon, »machen Sie das, Herr Kullmann. Können Sie uns dann vielleicht in 15 Minuten wieder anrufen?«

»Das werde ich bestimmt irgendwie hinkriegen!«

»Was ist mit Fotos, Herr Kullmann?«, schaltete sich der Fotochef ein.

»Ich hab noch einen Film und der ist halb voll.«

»In Ordnung«, sagte der Chefredakteur, »und nun hören Sie mir mal genau zu, Herr Kullmann: Sie sind jetzt da draußen unser Mann. Ich hatte sowieso vorgehabt, Sie anzurufen, denn Ihre Artikel, die Sie uns geschickt haben, lesen sich ... sehr hübsch. Morgen früh kriegen Sie dann von uns Verstärkung – je nachdem, was Sie jetzt noch in den nächsten Minuten erfahren. Haben Sie eigentlich schon über Ihr Honorar nachgedacht?«

Ingo Kullmann, am anderen Ende der Leitung, schwieg.

»Herr Kullmann?«

»Ja?« Seine Stimme klang belegt.

»Wir wollen alle Ihre Fotos von heute Nacht exklusiv und wir wollen außerdem, dass Sie ausschließlich für uns arbeiten. Aber das sollen Sie natürlich nicht umsonst tun. Also: Wie viel? Wären Sie mit zunächst ... 3000 Mark einverstanden?«

Der Textchef sah seinen Chefredakteur erschreckt an.

»Ja ... natürlich«, stotterte Ingo Kullmann.

»Sehr schön. Dann melden Sie sich bitte um genau ... 23.30 Uhr wieder. Meine Sekretärin gibt ihnen jetzt zwei Nummern, unter denen Sie uns jederzeit direkt erreichen können. Moment, ich stelle Sie zu Fräulein Peters durch!«

»Mach ich. Und ... vielen Dank auch!«

Franziska Peters hastete zu ihrem Schreibtisch zurück.

»3000 Mark?«, fragte der Textchef verwundert.

»Der Junge ist vielleicht noch grün, aber durchaus viel versprechend«, sagte der Chefredakteur, »da hab ich, wie Sie wissen, eine Nase für. Außerdem stammt er aus der Gegend und kennt sicherlich ziemlich viele Leute da unten. Und wenn sich dieser Unfall zu einer Katastrophe ausweiten sollte, wenn Sie verstehen, was ich meine ...«

Er zuckte mit den Schultern und sah seine Mannschaft fragend an. Die Runde nickte geschlossen. Niemand widersprach schließlich freiwillig der Nase des Chefredakteurs.

Als Heiner Dietz nach der kurzen Spießrutenfahrt im Schritttempo erleichtert aus seinem Wagen stieg, den er auf seinem reservierten Parkplatz vor dem Hauptgebäude abgestellt hatte, entdeckte er unter den vielen besorgten Gesichtern auch Helga Wolbert, die zusammen mit Renate als eine der Ersten atemlos am Werkstor eingetroffen war. Zunächst winkte er Paschke heran, um ihm mitzuteilen, dass er seine Sekretärin aufs Gelände lassen sollte, aber Dietz hatte gemerkt, dass die Menge immer ungeduldiger wurde, ja, sogar regelrecht aggressiv. Das war aus seiner Sicht auch nur allzu verständlich. Deshalb entschloss er sich, ans Tor heranzutreten und ein paar Worte zu sagen, mit denen er die besorgten Angehörigen der Bergleute vielleicht vorläufig ein wenig beruhigen konnte.

»Was ist mit unseren Männern, Herr Dietz?«, rief Renate.

Weitere Rufe ertönten, sogar wüste Beschimpfungen waren zu hören. Der Bergwerksdirektor hob beschwichtigend seine Hände.

»Bitte«, rief er, so laut er konnte, »bitte lassen Sie uns alle erst einmal einen Überblick verschaffen. Auch ich weiß derzeit nur, dass es sich um einen Wassereinbruch handeln soll. Über das Ausmaß ist mir noch nichts Näheres bekannt. Wir dürfen Sie aber aus Sicherheitsgründen nicht auf das Zechengelände lassen, um ... eventuelle Rettungsmaßnahmen nicht zu behindern – ich verspreche Ihnen, dass wir jetzt alles Notwendige dafür tun werden, um ... Ihre Angehörigen, falls es sich als nötig erweisen sollte, aus dem Schacht zu holen, und Sie bekommen von mir sofort Bescheid, wenn es etwas Neues zu sagen gibt. Bitte haben Sie dafür Verständnis!« Er nickte Helga zu. »Können Sie mir eventuell behilflich sein, Frau Wolbert?«, fragte er, während die aufgeregten Rufe vor dem Werkstor sofort wieder lauter wurden.

Helga wandte sich an ihre Freundin.

»Ich kümmer mich schon um die Kinder«, nickte Renate, »aber sag mir bitte sofort Bescheid, wenn du was hörst.«

»Na klar«, lächelte Helga traurig und nahm Renate kurz in den Arm.

»Tor aufmachen, Paschke!«, bellte Dietz.

Kurz darauf lief Helga neben ihrem Vorgesetzten über das Werksgelände. Am Förderturm zuckten die blauen und roten Blinklichter der Rettungsfahrzeuge durch die Nacht. Da wurde also schon gearbeitet. Sehr gut. Gott sei Dank. Dietz schaute an der Fassade des Verwaltungstraktes hoch und erblickte Grabowski und Hansen, die am Fenster seines hell erleuchteten Büros standen und herüber zum Förderturm starrten.

»Ist Ihr Mann etwa auch dort unten?«, fragte der Bergwerksdirektor, als er Helga die Tür zur Eingangshalle aufhielt.

Helga nickte stumm.

»Dann lassen Sie uns jetzt erst recht keine Zeit mehr verlieren, Frau Wolbert«, sagte Dietz und nahm – was sie noch nie bei ihm gesehen hatte – zwei Treppenstufen auf einmal.

Ingo Kullmann ärgerte sich. Er stand sicherheitshalber außerhalb des Blickwinkels der erregten Menge hinter einem Mauervorsprung und zog nervös an einer Zigarette. Er war sehr ärgerlich, schimpfte mit sich selbst, denn er hatte es verpasst, den Bergwerksdirektor anzusprechen. Aber auf der anderen Seite war dies vielleicht gar nicht mal so schlimm. Als er nämlich vor über einer Stunde heimlich über die Mauer geklettert war, die das Zechengelände von »Mathilde« umgab, war er zufällig auf den Markscheider getroffen, der ihm mit schlammverkrusteten Schuhen völlig aufgelöst und wütend entgegengekommen war. Und wer wütend war, redete gerne oft und viel. Das hatte Ingo Kullmann sogar schon hier, in der Provinz gemerkt. Daher wusste er in diesem Moment vermutlich als einziger Reporter in Deutschland, das derzeit 128 Bergleute in einer Tiefe zwischen 60 und 100 Metern um ihr Leben kämpften, weil der Boden des Klärteichs Nummer 12 plötzlich nachgegeben hatte und über 500 000 Kubikmeter Wasser und Schlamm in die Erzgrube geschossen waren – das waren 500 Millionen Liter.

»Brauchen Sie nochmal das Telefon, Herr Kullmann?«, fragte der Pförtner aus der Sprechklappe seines Häuschens heraus.

Kullmann nickte.

»In genau 17 Minuten«, sagte er dann, »lässt sich das vielleicht nochmal machen?«

»Ich will doch die Arbeit der Presse nicht behindern«, antwortete Otto Paschke einfältig, »und schon gar nicht die von der *Bild*!«

»Völlig richtig, Herr Paschke!«, pflichtete ihm Ingo Kullmann bei, »denn stellen Sie sich nur mal vor, es würde keine Leute wie Sie geben!«

Paschke stand stramm. Ingo Kullmann fiel in diesem Moment ein, dass er dem Pförtner von den 3000 Mark, die er gerade verdient hatte, einen Hunderter abgeben könnte, um ihn bei Laune zu halten.

Es war ja so herrlich, Reporter zu sein.

»**Was machst du** denn hier?«, fragte der erste Anschläger verblüfft, als er Jürgen Müller mit schmerzverzerrtem Gesicht die Stahltreppe heraufhumpeln sah, »ich denke, du hast dir das Bein gebrochen!«

Neben dem ersten Anschläger stand der Fahrkorbmaschinist und fummelte mit einem Schraubendreher im Innenleben des Steuerelements herum.

»Würde bestimmt auch nicht mehr weh tun«, presste der Grubenfeuerwehrmann hervor, »aber jetzt sagt an, was los ist – die Leute dort unten wissen nicht, was sie machen sollen!«

»Unten inner Grube?«, fragte der erste Anschläger mit sarkastischem Unterton.

Müller schüttelte den Kopf und deutete auf die uniformierten Helfer, die im Licht der Scheinwerfer ihrer Einsatzfahrzeuge untätig herumstanden.

»Ich musste den Korb hochfahren. Ich dachte schon, wir verlieren ihn«, bemerkte der erste Anschläger, »und jetzt ist da wohl irgendwo ein Kurzer drin.«

Müller sah, dass der Maschinist nasse Hosenbeine hatte – das Zeichen dafür, dass der Förderkorb bereits einen knappen Meter im Wasser gehangen hatte. Nicht gut für die empfindliche Elektrik.

»Ihr könnt sowieso nicht mehr runter!«, sagte der Maschinist, »da unten ist die Hölle los. Wassereinbruch auf Sohle 60!«

»Wenn du mal 'nen Blick runter auf die 12 riskieren willst!«, ergänzte der erste Anschläger, »der Teich ist jetzt jedenfalls leer.«

»Aber unsere Männer, wir müssen unsere Männer da unten rausholen!«, rief Müller und griff nach dem Griff des Sicherheitsgitters. Der Anschläger stellte sich ihm jedoch in den Weg.

»Ich kann den Korb nicht mehr runterfahren! Tut mir Leid! Erst muss das Wasser ablaufen.«

Müller überlegte fieberhaft.

»Was ist mit den Luftschächten?«, dachte er laut, »über die Luftschächte können die doch raus!« Er wandte sich an den Fahrkorbmaschinisten. »Tu mir 'nen Gefallen und renn schon mal runter zu den Kollegen. Sag denen Bescheid. Die sollen sofort zu den Luftschächten – mit Leitern und Seilen. Ich kann nicht so schnell!«

»Geht klar«, antwortete der Maschinist und hastete los. Seine schweren Schritte ließen die Stahltreppe erbeben.

»Du hältst hier oben die Stellung?«

Der erste Anschläger nickte.

»Wie hast du es eigentlich angestellt, dass du wieder – na, ja – laufen kannst?«, fragte er interessiert.

»Meine Frau hat mir 'nen Schienbeinschützer vom Fußball mit ungefähr 'nem Kilometer Leukoplast ums Bein gebunden«, sagte der Grubenfeuerwehrmann, »aber frag trotzdem lieber nicht nach Sonnenschein. Sieh nur zu, dass du den Korb schnell wieder in Gang kriegst!«

Der Wasserspiegel begann wieder zu steigen, wenn auch relativ langsam. Das konnte nur bedeuten, dass die unteren Sohlen jetzt voll gelaufen waren und die Quelle wahrscheinlich doch noch nicht ganz versiegt war. Aber Spieker war jetzt wenigstens nicht mehr allein.

Plötzlich hatte er sechs Kumpel in einem nur zu einem Viertel überfluteten Querstollen entdeckt, die beschlossen hatten, erst einmal abzuwarten. Weitere zehn Mann saßen im nächsten Querstollen, und aus einer Abbaukammer kroch gleich ein ganzes Dutzend heraus. Er hatte nicht lange gebraucht, um die Leute zu überreden, auf dem Förderband in Richtung der Luftschächte zu kriechen. Ab und zu hatte er natürlich brüllen müssen. Die Leute aus ihrer Lethargie aufwecken. Aber ein Steiger wusste ja bekanntlich immer, wo es langging.

Nun kamen ihm im schummerigen Licht der flackernden Notbeleuchtung plötzlich viele kleine Lichtpunkte entgegen. Spieker stieß einen Seufzer der Erleichterung aus, aber es dauerte noch geschlagene zehn Minuten, bis sich die beiden Gruppen der vorläufig Überlebenden vor einem weiteren Querstollen, der zu den Luftschächten der 60-Meter-Sohle führte, trafen.

»Mensch, Spieker«, sagte der zweite Anschläger, »ich dachte schon, wir sind die Einzigen.«

Der Steiger lächelte. Er lächelte zum ersten Mal, seitdem das Inferno über die Grube hereingebrochen war.

»Was ist mit dem Korb?«, wollte er wissen.

»Is' hin. Fuhr noch einmal hoch und kommt jetzt wohl nicht mehr runter.«

»Schöne Scheiße.«

»Kannste wohl laut sagen.«

In diesem Moment setzte auf einmal wieder ein unheimliches Rauschen ein. Aus dem Wasser stiegen Luftblasen hoch. Und es floss auch wieder schneller!

»Was ist denn jetzt schon wieder los?«, rief ein Kumpel.

Einige begannen zu wimmern, andere brüllten ihre Todesangst heraus. Spieker reagierte am schnellsten.

»Bring die Männer zum Luftschacht!«, schrie er dem zweiten Anschläger zu, »ich such weiter!« Er merkte, dass der Mann zögerte. »Tu, was ich sage: Bring du die Männer hier raus!«

Der Wasserpegel stieg und stieg.

»Los, haut alle ab!«, brüllte Spieker, »alle in den Stollen da, schön nacheinander, und vor allem ruhig bleiben!«

Die Männer gehorchten. Einer nach dem anderen stieg vom Förderband ins kalte, reißende Wasser hinein.

»Schneller!«, brüllte Spieker, »keine Angst! Und sucht euch Holz zusammen zum Leiter bauen!«

Er hockte auf dem Förderband und versuchte, die Männer mit seiner Stimmgewalt wie eine Herde vorwärts zu treiben. Der zweite Anschläger und ein weiterer Bergmann standen bereits gegenüber im Eingang des Querstollens und zogen und zerrten einen nach dem anderen Kumpel in die vermeintliche Sicherheit.

Auch der erste Anschläger hatte das Grollen gehört. Er trat rasch ans Fenster des Förderturms, sah hinunter auf den geborstenen Klärschlammteich Nummer 12 und erschrak. Das fahle Mondlicht reichte aus, um festzustellen, dass der Umfang des Loches im Boden des Teiches auf mindestens die doppelte Größe angeschwollen war.

»Jetzt du!«, brüllte der Anschläger dem Steiger zu, der als Letzter im Hauptstollen verblieben war und auf dem Förderband hockte.

Die Farbe des eingedrungenen Wassers hatte sich verändert. Es war brauner und trüber geworden. Damit war Pit Spieker klar, dass es sich um einen gebrochenen Klärschlammteich handeln musste. Und so, wie es für ihn aussah, hatte wohl jetzt der gesamte Teichboden nachgegeben. Was für ein elender Nachschlag. Das Wasser überspülte bereits das Förderband.

»Spring doch endlich!«, brüllte der zweite Anschläger, »wir ersaufen sonst noch alle!«

Seine Stimme ging im Lärm des tosenden Wassers fast unter. Spieker versuchte ihm ebenfalls brüllend, aber auch mit Händen und Füßen, zu antworten, aber der zweite Anschläger verstand den Steiger kaum. Er konnte es sich aber zusammenreimen, dass sich Spieker offenbar dazu entschieden hatte, sich noch einmal in den Höllenschlund hinabzuwagen und in den übrigen Querstollen der Sohle nach weiteren Überlebenden zu suchen. Also gab er ihm ein Handzeichen, dass er ihn verstanden hatte, und drückte ihm die

Daumen. Dann wandte er sich um und kroch den anderen Bergleuten hinterher. Er merkte, dass jetzt auch hier der Wasserstand bedrohlich angestiegen war. Nach drei Metern drehte er sich noch einmal besorgt nach dem Steiger um. Aber Pit Spieker war vom Förderband verschwunden.

Der 1600-Kubikzentimeter-Motor des roten Karmann-Ghia blubberte im Leerlauf vor einer Telefonzelle auf dem Rasthof Kassel. Drinnen in der Zelle stand Horst Kampmann und lauschte angestrengt in den Hörer hinein. Er verstand einfach nicht, warum niemand auf der Zeche das Telefon abnahm. Das, was ihm Paschke umständlich versucht hatte zu erklären, war zwar deutlich genug gewesen, um ihn sofort erkennen zu lassen, dass er sich auf den Weg nach Lengede machen musste, aber noch lagen gut zweieinhalb Stunden Fahrt vor ihm, und es hatte jetzt auch dummerweise angefangen zu regnen.

Kampmann hängte wütend den Hörer ein. Die Groschen fielen scheppernd in die Geldschale.

»Meldet sich noch immer niemand, Liebling?«, fragte seine Frau, als er wieder zu ihr in das schnittige Coupé einstieg – sein Geschenk zu ihrem 45. Geburtstag.

»Nein«, knurrte er, »da scheint wirklich die ganze Grube abgesoffen zu sein – Telefone inklusive.«

Er ließ die Kupplung zu schnell kommen. Die Reifen drehten auf dem nassen Asphalt durch, der Karmann-Ghia schlingerte.

»Du kannst es ja nochmal in Göttingen versuchen«, schlug Doris Kampmann vor, »aber, Horst: bitte ras nicht so!«

Herrgott, es hatte ihnen verdammt gut getan, die anderen Kumpel zu sehen. Auch wenn es zuerst Otto und Moritz waren, deren Abbaukammer sich ebenfalls auf der 90-Meter-Sohle befunden hatte. Franz hatte staunend bemerkt, dass Ottos Elvis-Tolle nach wie vor kaum gelitten hatte. Kurze Zeit später hatten die sechs dann auch noch Stubb, Erwin, Karl und sieben andere Kollegen entdeckt, die ebenfalls versucht hatten, sich nach oben zur 60-Meter-Sohle durchzukämpfen. Als der Wasserdruck kurzzeitig nachgelassen hatte, hatten sie schätzungsweise zehn bis 15 Höhenmeter geschafft; auf dem Förderband, im Gänsemarsch sozusagen. Aber in dem Moment, als sie das Ende des Förderbandes erreicht hatten, war die zweite Flutwelle mit voller Wucht über sie hereingebrochen.

Das Wasser stürzte von der 60-Meter Sohle hinunter wie ein Wasserfall. Die Männer drückten sich dicht an die Stollenwand und versuchten, sich gegenseitig festzuhalten, während der tosende Sturzbach Holzbalken, Loren und Ausrüstungsgegenstände an ihnen vorbeischwemmte, den ganzen Plunder eben, der sich im Lauf der Jahre in der Grube angesammelt hatte. Franz schaute verzweifelt nach oben, drehte sich dann zu seinen Kollegen um und schüttelte resignierend den Kopf. Wenn sie dorthin, nach oben wollten, mussten sie einen anderen Weg finden. Er deutete auf einen alten Verbindungsstollen, der sich genau gegenüber dem Ende des Förderbandes auftat, und schaute dann den alten Willi fragend an. Der wiegte seinen Kopf bedächtig hin und her. Könnte sein, könnte aber auch nicht sein, sollte das wohl heißen. Erwin und Karl dagegen zeigten Franz dagegen sofort den ausgestreckten Daumen. Denn im Prinzip war jeder Stollen, den das Wasser noch nicht komplett überflutet hatte, ein guter Stollen. Doch dazwischen befand sich der zwei Meter breite, tobende Fluss. Er schwoll immer mehr an. Ihnen blieb nicht mehr viel Zeit.

Auf einmal krabbelte Bruno an Franz vorbei nach vorn. Er tauschte mit ihm einen kurzen Blick, ging vorsichtig balancierend in die Hocke und zeigte an die Stollendecke. Dort, direkt über ihnen, befand sich eine eiserne Strebe. Wenn er sich an der festhalten würde, könnte er sich, wenn er sich lang machen würde, zu einem Stützbalken herüber- und vor dort über eine weitere Strebe in den Querstollen hangeln.

»Einer von uns muss es jetzt versuchen«, schrie er seinem Freund ins Ohr, »vielleicht finde ich ja drüben irgendwas zum drüberlegen! So was wie ’ne Brücke, verstehste?«

Franz nickte. Wenn einer zu dieser akrobatischen Kletterei mit Sicherheit in der Lage war, dann war es Bruno mit seiner enormen Kraft. Oder vielleicht noch Moritz, aber der saß ja nun ganz am anderen Ende. Er selbst würde es wohl auch schaffen, aber was war mit dem alten Willi, mit Stubb, Erwin oder Karl? Die hätten Bruno dieses Kunststück nicht nachmachen können: Es sah fast spielerisch aus, als Bruno die Strebe packte, sich vom Förderband abstieß, mit der linken Hand die Holzstütze erreichte, den Schwung ausnutzte und fast schon im selben Moment auf beiden Beinen im Querstollen landete.

»Hast du's gesehen?«, schrie Franz und sah Hennes und Gregor, die hinter ihm auf dem Förderband hockten, an, »es ist ganz leicht!«

Aber die beiden jungen Männer starrten ängstlich ins Wasser und machten keine Anstalten, sich zu bewegen.

»Hier unten ersaufen wir! Los, rauf! – Hennes, du zuerst!«

Er packte ihn grob am Kragen und riss ihn hoch. Hennes musste schlucken. Er musterte die Strebe. Dann griff er zögernd zu.

»Du schaffst es«, schrie Franz.

Hennes stieß sich vom Förderband ab. Er erwischte mit der linken Hand den Holzbacken. Franz hielt den Atem an. Alle Männer hielten in diesem Moment ihren Atem an. Aber dann verfehlte seine rechte Hand die zweite eiserne Strebe. Für einen kurzen Moment pendelte Hennes über dem Wasserfall. Bruno und Franz streckten sich, wie sie nur konnten, aber es fehlten jeweils gut 50 Zentimeter auf beiden Seiten.

Hennes schrie.

»Nicht loslassen!«, brüllte Franz.

Aber es war zu spät. Franz und Bruno sahen deutlich, wie die Todesangst von Hennes im Bruchteil einer Sekunde Besitz ergriffen hatte. Diese Angst lähmte und schwächte ihn. Seine Finger verloren langsam, ganz langsam den Halt. 16 Bergleute mussten hilflos mit ansehen, wie Hennes in den Wasserfall stürzte und hilflos, mit seinen Armen rudernd, unter Wasser gedrückt wurde.

Für einen kurzen Moment schloss Franz seine Augen. Er fühlte sich elend. Er fühlte sich schuldig. Er hatte Hennes in den Tod geschickt. Aber dann riss er sich auch schon wieder zusammen und blickte sich um. Die einen kratzten sich am Kopf, Erwins Miene sah trotzig aus, Karl bekreuzigte sich und Gregor hockte zitternd direkt neben ihm und wimmerte. Jeder musste in diesem Moment irgendwie mit dem Tod von Hennes auf seine Weise fertig werden. Aber wenn sie sich jetzt nicht beeilten, würde es ihnen allen über kurz oder lang genauso ergehen. Und Franz hatte nicht vor, in dieser Grube zu ersaufen. Er hoffte, dass seine Kumpel ebenso dachten. Worauf es jetzt ankam, war einzig und allein der eiserne Wille, überleben zu *müssen.*

»Jetzt du!«, brüllte er Gregor an, aber sein Lehrhauer war offensichtlich nicht mehr dazu in der Lage, sich zu bewegen.

Und der Wasserfall nahm tatsächlich an Umfang immer weiter zu.

Ein gutes Dutzend Männer stand um den Schreibtisch des Bergwerkdirektors herum. Helga kannte nur den Bohrmeister und seine beiden Assistenten, Hansen und Dr. Schleip, den Grubenarzt. Die anderen Männer vom THW, der Feuerwehr, der Polizei und vom Deutschen Roten Kreuz hatte sie noch nie gesehen. Bis auf den Hüttendirektor war somit der komplette Krisenstab der Zeche »Mathilde« versammelt. Aber Kampmann sollte sich ja bereits auf dem Weg nach Lengede befinden, Helga hatte inzwischen mit dem Aachener Kurhotel telefoniert und erfahren, dass die Gäste schon vor Stunden abgereist waren. Sie stand etwas abseits von der Runde, hatte das Telefon vom Schreibtisch zur Sitzgruppe herübergelegt und bewachte es.

Die Männer hörten aufmerksam den knappen Erklärungen zu, die ihnen der Markscheider erzählte. Er hatte dazu eine meterlange Karte des Zechengeländes ausgerollt, auf der alle Strecken und Stollen der Grube erfasst waren.

»Hier, über ›Westen 2‹ fließt das Wasser in die Grube – über den

Hauptbremsweg«, sagte Hansen und kreiste den gebrochenen Klärschlammteich mit blauer Ölkreide ein. »Die Stollen folgen dem Flöz und sacken in der Mitte trogförmig durch!« Er deutete auf das von ihm eingezeichnete Erzlager und die darunter liegenden Stollen und markierte die Fließrichtung des Wassers.

»Wo ist es noch trocken?«, fragte Dietz, »und wo sind meine Männer?«

Hansen hob seine Schultern.

»Schwer zu sagen. Wir bräuchten den aktuellen Einsatzplan ...«, meinte Grabowski.

»... und dann müsste ich noch ein paar genauere Berechnungen anstellen«, fügte der Markscheider hinzu.

»Was ist mit den Pumpen?«, hakte Dietz nach. Er war kurz ans Fenster getreten. Unten auf dem Gelände trafen noch mehr Rettungskräfte ein. Das Werkstor stand offen, Polizisten achteten darauf, dass niemand ohne Zugangsberechtigung das Gelände betrat.

»Die Pumpen laufen Volllast, Herr Dietz«, sagte der Bohrmeister zögernd, »aber da unten sind über 500 000 Kubikmeter Wasser in die Grube gelaufen.«

»Wieso war der 12er bloß so voll?«, fragte Hansen leise.

»Das tut jetzt nichts zur Sache, Herr Hansen!«, sagte der Bergwerksdirektor scharf und fuhr herum. »Ich will von Ihnen jetzt nur eines wissen: Was ist mit meinen Männern?«

Der Markscheider atmete tief durch.

»Meiner Ansicht nach kommt ihnen das Wasser inzwischen auf allen Strecken entgegen, während sich die Lage auf der 60-Meter-Sohle vielleicht schon wieder einigermaßen beruhigt hat. Aber der Weg von unten nach oben ist mit Sicherheit abgeschnitten. Wer es von dort nicht bis zu einem der Luftschächte geschafft hat ... der ist jetzt wahrscheinlich tot.«

Obwohl sich Helga in diesem Moment auf die Lippen biss, konnte sie ihren leisen Entsetzensschrei nicht vollständig unterdrücken. Die Köpfe der Männer fuhren herum. Hansen schloss die Augen und presste seine Lippen aufeinander. Auch wenn es die

Wahrheit gewesen war und höchstens ein Wunder dafür hätte sorgen können, dass es vielleicht einige der Kumpel aus den tiefer gelegenen Stollen doch geschafft hatten, war es der Ehefrau des Bergmanns gegenüber eine unvorsichtige, ja geradezu takt- und rücksichtslose Bemerkung gewesen.

Das Telefon klingelte. Helga riss sich in bewundernswerter Weise zusammen und hob den Hörer ab.

»Krisenstab, Helga Wolbert am Apparat«, sagte sie, und dann, nach einer kurzen Pause, »guten Abend, Herr Kampmann!« Sie blickte seinen Stellvertreter an. »Eine kurze Zusammenfassung der Lage, Herr Kampmann?« Dietz nickte ihr aufmunternd zu. Allen Anwesenden war klar, was er damit bezweckte: Helga Wolbert sollte jetzt nicht zusammenklappen. Je mehr sinnvolle Arbeit sie jetzt verrichten musste, desto weniger würde ihr bewusst werden, wie sehr ihr Leben selbst von dieser Katastrophe betroffen war.

In diesem Moment steckte Otto Paschke seinen Kopf in das Besprechungszimmer. Dietz schaute ihn fragend an.

»Entschuldigen Sie bitte, Herr Direktor«, stotterte der Pförtner, »aber draußen wartet ein Herr vom … Fernsehen … vom Norddeutschen Rundfunk … und lässt fragen …«

Weiter kam er nicht, denn plötzlich schob sich ein hoch gewachsener Mann von ungefähr 30 Jahren in einem cremefarbenen Trenchcoat an Paschke vorbei ins Büro hinein.

»Wer von Ihnen ist bitte schön Herr Dietz? Mein Name ist Schönfelder, NDR, aus dem Funkhaus Hannover. Ich bin Reporter und möchte …«

»Keine Presse!«, unterbrach ihn der Bergwerksdirektor schroff.

»Sie sind Herr Dietz?«, fragte der Reporter, »angenehm!«

»Keine Presse«, wiederholte der Direktor, »keine Reporter, keine Fotografen – jedenfalls nicht jetzt. Und vor allem: keine Diskussionen!«

»Ich möchte ja auch gar nicht mit Ihnen diskutieren, meine Herren«, sagte der NDR-Reporter lächelnd, »es ist nur so: Wir waren zufällig gerade mit unserem Übertragungswagen auf dem Weg von

Braunschweig zurück ins Funkhaus nach Hannover, als die Meldung im Radio kam ...«

»Nun kommen Sie schon zur Sache, Mann!«, rief Dietz ungehalten.

»Ich hab mir jedenfalls vom Chef volle Rückendeckung geholt. Wir könnten schon in zwei bis drei Stunden anfangen zu senden.«

Die Männer murmelten empört über die Dreistigkeit dieses Reporters.

»Soll ich ihn rauswerfen, Herr Dietz?«, fragte Otto Paschke und baute sich drohend neben Schönfelder auf.

Aber Schönfelder beachtete ihn gar nicht.

»Draußen, meine Herren, ist es dunkle Nacht und Sie haben bloß ein paar Straßenlaternen auf Ihrem Gelände. Wir aber«, sagte der Reporter und legte eine kunstvolle Pause ein, »haben einen komplett ausgestatteten Lichtwagen dabei, unter anderem sechs 20-KW-Scheinwerfer. Verstehen Sie *jetzt*, was ich meine?«

Dietz fasste sich ans Kinn. Grabowski sah zum Fenster in die Nacht hinaus und nickte. Dann schauten sich die Mitglieder des Krisenstabes kurz gegenseitig an. Sie wussten nicht, was sie sagen sollten. Nur Hansen, der Markscheider, räusperte sich.

»Sie wollten was sagen, Herr Hansen?«

»Ja, Herr Dietz. Ich glaube, was der junge Mann da vorschlägt, ergibt Sinn. Überdies glaube ich sowieso, dass es nur noch eine Frage von Stunden ist, bis uns die Presse hier die Bude einrennt.«

Dietz überlegte noch einen Augenblick. Schließlich nickte er und sagte freundlich:

»In Ordnung. Herr Paschke – lassen Sie die Leute vom Fernsehen durch. Aber sonst niemanden – verstanden?«

Es hätte nicht viel gefehlt und der Pförtner hätte die Hacken zusammengeschlagen und salutiert.

»Vielen Dank für Ihr Entgegenkommen, meine Herren«, sagte Schönfelder, grüßte nickend in die Runde und verschwand dann rasch aus dem Zimmer. »Wir danken *Ihnen*!«, rief ihm Hansen hinterher und erntete dafür einen strengen Blick des Direktors.

»Herr Dietz«, sagte plötzlich Helga und legte den Hörer auf die Gabel des Telefons, »ich wollte Sie eben nicht unterbrechen und habe deshalb Herrn Kampmann, so gut es ging, selbst eine kurze Beschreibung der gegenwärtigen Lage gegeben. Er lässt Ihnen allen ausrichten, Sie sollen bitte genau so weitermachen wie bisher, also den Großen Alarmplan verfolgen. Herr Kampmann glaubt, in ungefähr 90 Minuten hier eintreffen zu können. Ich hoffe, Sie verzeihen mir dieses eigenmächtige Handeln.«

Der Bergwerksdirektor war sichtlich verblüfft. Nie und nimmer hätte er es der stillen Helga Wolbert zugetraut, so schnell eine Situation zu erfassen und dementsprechend zu reagieren. Richtig zu reagieren.

»Da gibt es nichts zu verzeihen, Frau Wolpert«, sagte er sanft, »das haben Sie ganz prima gemacht.«

Helga lächelte schüchtern.

Die Kumpel hatten keine Ahnung, wo Bruno plötzlich den Stempel aufgetrieben hatte, ein rundes, stählernes Ungetüm, ungefähr 120 Kilogramm schwer und vielleicht 2,50 Meter lang, den er jetzt am Rand des Querstollens mühsam aufrichtete. Aber sie wussten, was er damit bezwecken wollte: eine Brücke sollte das wohl werden, damit sie sich nicht mehr über den Wasserfall *hangeln* mussten, dem einer von ihnen bereits zum Opfer gefallen war.

Franz kroch zwei Meter zurück und gab seinem Freund ein Zeichen, er solle den Stempel nun fallen lassen. Bruno richtete ihn aus und gab ihm dann einen winzigen Schubs. Scheppernd krachten die 120 Kilogramm Stahl auf das Förderband, und im selben Moment packte auch Franz zu, wobei er höllisch aufpassen musste, dass er sich ja nicht seine Finger klemmte. Aber trotz seines Gewichts erschien ihnen der Stempel zu instabil zu sein. Die Wucht des Wassers war einfach zu groß, und das Ding rollte gefährlich hin und her.

Plötzlich sprang Bruno auf den Stempel drauf. Mit dem Mut der Verzweiflung. Er hielt sich mit der linken Hand an der Holzverstrebung an der Decke fest und drückte sein Gewicht mit aller Kraft nach unten. Er stand wenige Zentimeter über dem Wasser, genau in der Mitte des Stollens. Franz zögerte keine Sekunde.

»Jetzt!«, schrie er Gregor zu, »jetzt hält er! Und geh!«

Auch Gregor wusste, dass es nun kein Zurück mehr gab. Er atmete tief durch, ergriff die Eisenstrebe und setzte vorsichtig sein linkes Bein auf den rutschigen Stahl und streckte seine Hand nach Bruno aus. Im selben Augenblick packte Bruno zu und schleuderte Gregor, der überhaupt nicht begriff, wie ihm geschah, über den Wasserfall. Gregor landete unsanft auf allen vieren.

Wäre das Wasser nicht so laut gewesen, hätte man ihren kollektiven Seufzer der Erleichterung wahrscheinlich kilometerweit hören können. So ging das also! Und wie sie plötzlich alle brav funktionierten! Einer nach dem anderen trat nun den gefährlichen Weg über das Wasser an, und nach nicht einmal zwei Minuten hockte nur noch Franz auf dem Förderband.

Eine Sekunde später landete er ebenfalls im Querstollen, wo er von Gregor und Karl aufgefangen wurde.

Jetzt mussten sie nur noch ihren lebendigen Pylon einholen. Franz streckte Bruno die Hand entgegen. Aber sein Freund stutzte plötzlich, kniff seine Augen zusammen und starrte durch die feine Gischt des Wassers angestrengt nach oben; zur Quelle des Wasserfalls auf der 60-Meter-Sohle. Franz lugte um die Ecke des Querstollens und riss seine Augen auf. Denn nun erkannten beide ganz deutlich, dass dort oben der Steiger offenbar um sein Leben kämpfte. Spieker hielt sich an einem massiven Holzbalken fest, der sich in dem schmalen Schacht verkeilt hatte. Gleichzeitig versuchte er, sich aus dem Sog des Wassers zu befreien.

»Bruno! Der Balken!«, brüllte Franz. Denn nicht nur Spiekers Leben war in Gefahr: Wenn der Balken von dort oben wie ein Geschoss herunterdonnern würde, standen die Chance vielleicht gerade mal 10 zu 90, dass er an Bruno vorbeiziehen könnte, ohne ihn zu treffen.

Andererseits sah es so aus, als ob Spieker den Kampf gegen den

Wasserdruck verlieren würde. Dann hätte Bruno den Steiger vielleicht auffangen können; wäre Spieker eventuell am Stempel hängen geblieben.

Aber lieber mit Glück ein paar gebrochene Rippen als tot.

Auf einmal verschwand Spieker aus ihrem Blickfeld. Sie hielten Ausschau nach ihm. Trieb er vielleicht gerade an ihnen vorüber? Nein: danach sah es nicht aus. Er hatte es offensichtlich geschafft, der Sogwirkung zu entgehen. Vielleicht hatte er ja seine Füße an den Holzbalken bekommen und sich kräftig abstoßen können ...

Der Balken!

»Bruno, spring!«, brüllte Franz und hielt ihm seine rechte Hand hin.

Der Balken schien sich zu lösen.

»Ich lass den Kumpel nicht im Stich!«, schrie Bruno zurück.

Jetzt hing der Balken nur noch an einer Ecke fest. Er drehte sich.

»Komm jetzt da runter! Bruno, bitte!«

Bruno nickte und machte sich zum Sprung bereit. Doch der Balken war schneller. Franz schrie auf. Das riesige Holzstück kollidierte mit der provisorischen Brücke, stieg aus dem Wasser hoch und traf Bruno am rechten Schienbein. Bruno schrie auf. Durch die Wucht des Aufpralls musste seine linke Hand den sichernden Griff an der Decke des Stollens loslassen. Er schleuderte herum, drohte wie Hennes in den Fluten zu versinken, aber noch hatte ihn Franz ja nicht losgelassen.

Gregor und Karl sprangen herbei, ergriffen den zappelnden, brüllenden Bruno am Kragen, am linken Bein, und schließlich schafften sie es, ihren Lebensretter in Sicherheit zu bringen.

Er brüllte vor Schmerzen wie ein Tier. Er war wie von Sinnen. Franz spähte noch einmal um die Ecke, um nach dem Steiger Ausschau zu halten. Aber von Spieker war nichts mehr zu sehen.

Gregor tippte Franz auf die Schulter und deutete auf Brunos rechtes Bein, dessen Fuß merkwürdig in sich verdreht nach links abstand.

»Das is wohl gebrochen!«, schrie er.

Franz zuckte zusammen. Bloß nicht jetzt auch noch das. Aber Bruno war keiner, der markierte. Was der nämlich als Stürmer auf dem Platz klaglos einstecken konnte, wenn ihn die Gegenspieler mit gestreckten Beinen brutal ummähten. Nein, wenn Bruno auf diese Weise brüllte, schrie und zappelte, dann musste es was Ernstes sein.

»Fass noch einer mal mit an!«, rief Franz, »und dann: alle zugleich!«

Erstaunlicherweise sprang Otto hinzu. Gregor und Franz griffen in Brunos Achselhöhlen, Karl und Otto überkreuzten ihre Arme und schoben sie unter Brunos Oberschenkel. Jede noch so kleine Berührung ließ ihn aufheulen.

»Da musste jetzt durch, Bruno«, flüsterte ihm Franz ins Ohr, »und glaub mir, das schaffste spielend! Aber wir müssen jetzt hier weg. Alles klar?«

Bruno nickte, seine Augen weit aufgerissen vor Angst.

»Zugleich!«, rief Franz, »und los – vorwärts, vorwärts!«

Brunos Schmerzensschrei gellte ihm in den Ohren. Seine Magenwände krampften sich vor Mitleid zusammen.

Kurz vor Erreichen des Zechengeländes hatte Horst Kampmann mit seiner Frau die Plätze getauscht. Es war inzwischen 3.15 Uhr, aber er fühlte sich hellwach. Trotzdem wollte er Aufsehen vermeiden – aber wenn er die Einfahrt durchs Werkstor nehmen würde, vor dem inzwischen sicherlich mehr als 300 Menschen standen, hätte er dies sicherlich nicht vermeiden können. Daher bat er seine Frau, den Rückwärtseingang einzulegen und um das Gelände herumzufahren, wo es einen verborgenen Hintereingang gab.

Drei Minuten später hielt das rote Karmann-Ghia-Coupé vor einer rostigen Eisentür, hinter der sich eines der Materiallager befand. Horst Kampmann verabschiedete sich von seiner Frau, nahm seinen Aktenkoffer mit den wichtigsten Unterlagen von der Heckablage, stieg aus und begab sich zur Tür. Auf einmal blitzte es. Vor Schreck zuckte Horst Kampmann zusammen.

»Entschuldigung«, sagte eine ihm unbekannte Stimme, »Herr Kampmann?«

Der Hüttendirektor benötigte ein paar Sekunden, bis sich seine Augen hinter den dicken Brillengläsern wieder an die Dunkelheit gewöhnt hatten.

»Wer sind Sie?«

»Nochmal: Entschuldigung! – Ingo Kullmann, *Bild*-Zeitung.«

»Was wollen Sie von mir? Verschwinden Sie!«

»Na ja, ich finde es irgendwie merkwürdig, dass sich der Hüttendirektor durch den Hintereingang in sein eigenes Werk hineinschleichen muss. Ich hatte Ihr überraschendes Wendemanöver beobachtet, wissen Sie.«

»Verschwinden Sie, Herr Kullmann! Was fällt Ihnen überhaupt ein? Wenden Sie sich an unseren Bergwerksdirektor Dr. Dietz, wenn Sie Auskünfte wünschen. Ich bin eben erst aus Aachen gekommen!«

Ingo Kullmann blieb hartnäckig. Er wiederholte seinen Vorwurf: Wenn der Chef eines Unternehmens seine Firma durch den Hintereingang betritt, dann müsse irgendetwas faul sein: »Außerdem empfinde ich es als Benachteiligung, dass Sie das Fernsehen aufs Zechengelände gelassen haben, während wir Zeitungsreporter nach wie vor ausgesperrt werden!«, endete Kullmann seine kleine Ansprache.

»Das Fernsehen?«, rief Horst Kampmann und sah nervös zu seiner Frau herüber, die aus ihrem Wagen die ganze Szene beobachtete und sich ziemlich zu wundern schien. Aber Doris Kampmann war keine Frau, die sich gerne in die geschäftlichen Angelegenheiten ihres Mannes einmischte.

Ingo Kullmann nickte: Ja, das Fernsehen würde bevorzugt – eine schöne Geschichte für die schreibende Zunft!

»Also gut, Herr … Kullmann – jetzt passen Sie mal auf: Sie haben richtig erkannt, dass ich unbedingt Aufsehen vermeiden wollte. Und Sie sollten wissen, dass ich durchaus gerne mit der Presse zusammenarbeite. Aber da ich selbst wahrscheinlich noch weniger weiß als Sie, fände ich es nur fair, wenn Sie mich jetzt zu meinen Leuten gehen lassen könnten, damit ich auch Ihren Wunsch regeln kann. Einverstanden?«

Ingo Kullmann war einverstanden. Allerdings war er dies nur unter einer kleinen Bedingung. Er wollte den Hüttendirektor in die Entscheidungszentrale begleiten.

»Ich glaube, Sie erpressen mich gerade«, seufzte der Hüttendirektor und schloss die Eisentür auf. »Bitte schön«, sagte er, »nach Ihnen!«

»Ob es Richard wohl nach oben geschafft hat?«, fragte Werner Hauschild ins Dunkel des Blindstollens hinein, wo der Sprengmeister mit seinen beiden Kollegen Paulsen und Schroth nun schon seit über viereinhalb Stunden in völliger Dunkelheit ausharrte. Alle drei Männer hatten einen gehörigen Druck auf den Ohren, aber den konnten sie locker aushalten. Viel wichtiger war es, dass sie trocken geblieben waren. Das Wasser gurgelte draußen im Hauptstollen, aber es schwappte nicht bis in ihren Stollen hinein, in den sie sich klugerweise geflüchtet hatten, als ihnen klar geworden war, dass sie es niemals geschafft hätten, gegen den Strom des Wassers anzukämpfen. Sie wussten, dass sie nun in einer Luftblase saßen, knapp zweieinhalb Kilometer vom Ausstieg entfernt.

»Er wäre niemals ohne uns abgehauen. Ich glaube eher, dass es ihn irgendwo da draußen erwischt hat«, meinte Paulsen.

»Irgendwie doch zu blöde: Da gehste schiffen, und bist im nächsten Augenblick tot«, warf Schroth, der Schlepper, ein.

»Ja«, sagte Hauschild düster, »mit 'm Schichtrekord wird es dann wohl auch nichts mehr werden. Dabei waren wir auf 'nem guten Weg.«

»Sollen wir eine rauchen, Werner?«

»Wieviel ha'm wir denn noch?«, fragte der Sprengmeister.

Schroth knipste seine Helmlampe an und zählte nach.

»Sechzehn«, sagte er, »gut, dass ich mir noch vorhin beim Erwin 'ne Schachtel gekauft hab!«

Er knipste die Lampe aus, um Batterie zu sparen.

»Vielleicht sollten wir lieber versuchen, zu schlafen und nicht so viel zu quatschen«, sagte der Sprenghauer leise, »ich meine nur: die Luft hält wahrscheinlich nicht ewig.«

»Wenn du meinst!«, lächelte Schroth in der Dunkelheit und machte einen extra-tiefen Atemzug.

»Lass das Klaus – ich mein das ernst.«

»Schon gut, Werner, hauen wir uns eben aufs Ohr.«

»Is' besser, glaub mir.«

»Aber es is' auch scheiß-kalt hier drin.«

Damit, dachte der Sprengmeister, hatte sein Schlepper verdammt Recht.

Acht, neun Grad feuchte Kühle herrschten hier drin, mehr nicht. Es sah so aus, als würde es das Schicksal mit seinem Arbeitstrupp besonders böse meinen. Immerhin, verdursten konnten sie nicht. Aber wenn man sie nicht finden würde? Wenn alle Suchbohrungen daneben gehen würden? Wenn man sie überhaupt suchen würde! Dann würden sie hier unten irgendwann alle drei ganz langsam krepieren. Hübsch nacheinander. In diesem Fall würde er Richard sogar beneiden, denn der hatte es mit an Sicherheit grenzender Wahrscheinlichkeit bereits hinter sich. Schließlich konnte niemand 800 Meter gegen einen reißende Strömung tauchen.

Die Idee, das Fernsehen aufs Werksgelände zu lassen, war hervorragend gewesen. Das starke Licht der Scheinwerfer erleichterte die Arbeit der Helfer enorm – vor allem, weil man nun endlich auf einen kurzen Blick erkennen konnte, wer sich wo befand. Die Mitglieder des Krisenstabes hatten sich in ihre Mäntel geworfen und hatten es innerhalb einer Stunde geschafft, aus der unkoordinierten Armada der verschiedenen Rettungskräfte eine diszipliniert wirkende Truppe zu formen. Es schien sogar niemanden zu stören, dass drei Kameraleute mit ihren Assistenten herumliefen und auf Motivsuche waren. Denn bisher hatte es kein nennenswertes Motiv gegeben.

Helga hatte inzwischen die Kantinenbesatzung daheim aus ihren Betten geklingelt und zum Kaffeekochen und Broteschmieren auf die Zeche beordert. Sie schien nicht müde zu werden, im Gegenteil: Je länger die qualvolle Warterei auf ein Lebenszeichen aus der Grube dauerte, desto mehr Arbeit lud sie sich auf. Eben hatte sie der Einsatzleitung frisch gebrühten Kaffee organisiert.

»Hervorragende Arbeit, Herr Dietz«, sagte auf einmal die Stimme des Hüttendirektors. Sein Stellvertreter fuhr herum.

»Herr Kampmann!«

»Tut mir Leid – schneller ging es nicht!«

»Es ist auf jeden Fall gut, dass Sie jetzt da sind!«

»Glauben Sie mir, Herr Dietz: Ich wäre viel lieber in Aachen geblieben.«

Horst Kampmann reichte den Einsatzleitern reihum die Hand. »Und wie ist der Stand der Dinge?«

Dietz fasste das bisherige Geschehen kurz und knapp zusammen.

»128 Mann!«, rief der Hüttendirektor, »und keine Lebenszeichen?«

»129«, warf der Bohrmeister ein, »denn wir haben erfahren, dass sich zum Zeitpunkt des Unglücks auch ein Siemens-Elektriker auf der 60-Meter-Sohle befunden hat.«

»Wann können wir mit ersten Suchbohrungen beginnen?«

»Wenn unser Markscheider zu Ende gerechnet hat und wir den genauen Einsatzplan aus der Grube kriegen«, antwortete Dietz, »aber im Augenblick können wir noch nicht runter – der Förderkorb ist kaputt, aber die Leute arbeiten dran, mit Hochdruck.«

»Möchten Sie vielleicht einen Kaffee, Herr Direktor?«

Horst Kampmann griff mechanisch zum Emaillebecher, den ihm Helga offerierte.

»Danke, Frau Wolbert. Aber wo ist eigentlich meine Sekretärin?«

»Sie ist doch noch im Urlaub, Herr Direktor!«

»Ach, stimmt ja.« Kampmann fiel es wieder ein. Gedankenverloren sagte er: »Sie ist zwei Wochen auf Mallorca.«

Helga Wolbert wandte sich schnell ab. Horst Kampmann sah ihr verblüfft hinterher.

»Sie wollte dort auch Urlaub machen, Herr Kampmann«, flüsterte Dietz, »mit ihrem Mann – verstehen Sie?«

»Und der ist da unten?«

Dietz nickte. Horst Kampmann nahm sich vor, sich bei der nächstbietenden Gelegenheit bei Helga Wolbert zu entschuldigen.

Das Wasser war unberechenbar. Mal stieg es, mal fiel der Pegel. Aber meistens stieg es.

Der zweite Anschläger hatte sich mit einer Gruppe von zehn Leuten in einen einigermaßen begehbaren Stollen hineingekämpft, an dessen Ende sich ein Luftschacht befand. Nun waren sie damit beschäftigt, in aller Eile Leitern zu bauen. Von überall wurde Grubenholz herangeschafft, irgendeiner schrie ständig nach Hammer und Nagel, Seil- und Kabelreste wurden verzweifelt zusammengesucht und zu provisorischen Seilen zusammengeflickt.

Von weiter hinten wurden auf einmal wieder panische Rufe laut: Das Wasser begann offenbar wieder einmal zu steigen, und wenig später stand der zweite Anschläger auch schon bis zu den Knien in der schlammigen Brühe. Er versuchte ruhig zu bleiben und schätzte noch einmal den Abstand zum ersten der rettenden Eisenbügel, die man in die rauen Wände des Schachtes eingelassen hatte. Ungefähr vier Meter. Ein Spaziergang nach oben würde es nicht werden – vor allem nicht für die vielen Verletzten, die sich unter den insgesamt 58 Männern befanden, die er bisher ohne einen weiteren Verlust bis hierher geführt hatte. Bis zum Luftschacht »W 103«. Doch von der Oberfläche trennten sie jetzt noch 61 Meter.

»Die Leiter ist fertig!«, rief schnaufend ein Bergmann.

»Dann her damit!«, schrie der Anschläger.

Vorsichtig bugsierten sie mit insgesamt acht Mann das rohe Holzgestell, das nur im Entferntesten an eine Leiter erinnerte, vorsichtig in den Luftschacht, bis es senkrecht stand und kaum noch wackelte.

»So, wer ist der Erste?«, fragte der Anschläger, und deutete auf den kleinen, drahtigen Waldemar Stupinski, einen gebürtigen Ostpreußen. »Du machst den Anfang!«

Aber niemand wollte plötzlich der Erste sein. Das verbot ihnen ihre Bergmannsehre. Dem Anschläger platzte der Kragen.

»Wollt ihr jetzt nun ersaufen oder wollt ihr leben?«, brüllte er mit heiserer Stimme und trat dem kleinen Ostpreußen unsanft in den Hintern.

Ein paar Sekunden später war Stupinski im rabenschwarzen Luftschacht verschwunden und kletterte nach oben.

Es war zum Haare raufen. Müller verglich mindestens zum zehnten Mal den Lageplan der Luftschächte mit seiner eigenen, persönlichen Liste. Er hatte an jedem der Luftschächte einen Mann mit einer starken Taschenlampe und einer Trillerpfeife als Wache postiert. Er konnte doch unmöglich einen der Luftschächte übersehen haben. 26 waren in der Karte verzeichnet, 26 Männer der Feuer- und der Grubenwehr standen jeweils vor Ort – aber seit drei Stunden warteten sie alle nun schon vergeblich auf ein Lebenszeichen von unten, standen sich die Beine in den Bauch und fröstelten in der herbstlichen Nachtluft.

»Die Karte ist korrekt«, sagte Dietz, »glauben Sie mir, Herr Müller!«

»Aber auch ich hab schon die berühmten Pferde vor der Apotheke kotzen sehen«, entgegnete der Grubenwehrführer.

»Vielleicht haben Sie Recht. Niemand ist schließlich unfehlbar«, warf der Hüttendirektor ein.

Müller schüttelte den Kopf und ging die Liste zum sechsten Mal durch.

Das Warten begann sie allmählich zu zermürben. Die Grube stand nun schon seit über sechs Stunden unter Wasser – es durfte, es konnte einfach nicht sein, dass dort unten niemand mehr am Leben war.

Auf einmal gab es in einigen Metern Entfernung aufgeregtes

Geschrei. Drei Männer standen einem einzelnen Mann gegenüber. Sie brüllten sich an.

»Sehen Sie bitte mal nach, was da los ist«, sagte Kampmann zum Revierführer der Lengeder Polizeidienststelle und schlug seinen Mantelkragen hoch. Zwei Minuten später kehrte der Beamte zurück, den NDR-Reporter und den *Bild*-Reporter im Schlepptau, die sich unaufhörlich beschimpften.

»Nun halten Sie mal gefälligst den Mund!«, raunzte Dietz den Fremdling an, »wer sind Sie überhaupt und was machen Sie hier auf dem Gelände?«

»Ich mache nur meine Arbeit«, antwortete Ingo Kullmann frech.

»Moment mal«, warf der Hüttendirektor ein, »ich kenne diesen Mann. Er befindet sich mit meiner ausdrücklichen Genehmigung auf dem Gelände. Allerdings muss ich zugeben, dass ich im Eifer des Gefechts offenbar vergessen habe, Sie hiervon zu unterrichten!«

»Wenn dem so ist«, sagte der NDR-Reporter säuerlich, »dann würde ich aber den Kollegen von der schreibenden Zunft gerne davon in Kenntnis setzen, dass wir es nicht so gerne haben, wenn ständig jemand durchs Bild läuft!«

»Aber was wollen Sie denn machen, wenn Ihnen plötzlich während der Rettungsarbeiten plötzlich jemand durchs Bild läuft?« Horst Kampmann tippte sich an die Stirn.

Schönfelder hob entwaffnend die Hände.

»Okay«, sagte er, »versuchen wir es dann nochmal mit ... Zusammenarbeit.«

Ingo Kullmann nickte zufrieden.

»Was ist eigentlich mit den anderen Pressevertretern draußen, vor dem Tor?«, fragte Dietz. »Ich meine, wir können die ja wohl nicht ununterbrochen aussperren und an einen Exklusivvertrag kann ich mich ehrlich gesagt auch nicht erinnern.«

»Das wird presserechtlich auch nur schwerlich möglich sein«, sagte der NDR-Reporter.

»Also?«, fragte Dietz in die Runde, »wie verhalten wir uns?«

»Was halten Sie von Offenheit?«, fragte Kampmann. »Wir geben die Regeln vor – Zurückhaltung und so weiter – und dafür erwarten wir eine faire Berichterstattung.« Er bemerkte plötzlich, dass ihn die Umstehenden verblüfft ansahen. »Na ja, ich weiß selbst, das klingt vielleicht etwas naiv«, beeilte er sich deshalb zu sagen, »aber Sie wissen es doch alle selbst, meine Herren: Es gibt nicht Gutes, außer man tut es!«

»Aber erst sollte vielleicht mal was passieren«, warf Jürgen Müller ein, »denn was wollen die denn hier fotografieren?«

»Ich für meinen Teil würde jetzt gerne mal auf den Förderturm rauf«, sagte Ingo Kullmann.

»Na meinetwegen, gehen Sie«, brummte Dietz.

Das ließ sich Ingo Kullmann nicht zweimal sagen. Sechs Aufnahmen hatte er noch.

Stupinski keuchte. Stupinski schwitzte. Ihm taten Hände und Arme weh. Der Luftschacht war sogar für einen kleinen, zierlichen Mann wie ihn fürchterlich eng. Er konnte kaum das Knie beugen, wenn er auf den nächsthöheren Eisenbügel treten wollte, sondern musste dauernd halbe Klimmzüge machen. Wie in aller Welt sollte *das* zum Beispiel sein Kollege Hawranek mit seinem zerschmetterten Unterarm bewerkstelligen?

Aber jetzt war Stupinski endlich oben angelangt. Nur noch ein, zwei Klimmzüge. Die frische Luft roch phantastisch. Er konnte sie regelrecht schmecken. Stupinski kletterte so weit herauf, dass er mit seinem Helm das Gitter berühren konnte, lehnte sich an die Schachtwand, überprüfte den Halt seiner Füße und schöpfte noch einmal gierig Atem. Dann begann er, sich mit dem letzten Rest Kraft, den er noch besaß, gegen das Gitter zu stemmen. Doch es wackelte nicht einmal.

Waldemar Stupinski fing an, sich die Seele aus dem Leib zu schreien.

Fünfzig Meter vor dem Förderturm blieb Ingo Kullmann plötzlich stehen und lauschte. Da schrie doch jemand um Hilfe. Er horchte in die Richtung, aus der das Rufen kam. Als er glaubte, die richtige Richtung erfasst zu haben, lief er los. Querfeldein, hinein in die Dunkelheit, durch Matsch, durch nasses Gras – es war ein Stückchen Brachland auf dem Zechengelände, auf dem sogar noch ein paar armselige Bäumchen und Büsche wuchsen. Das Rufen wurde schwächer, aber für Ingo Kullmann wurde es immer *lauter*. Und plötzlich brüllte es direkt neben ihm von unten, aus der Erde.

»Wo sind Sie denn?«, rief er.

»Hier, im Schacht!«, schrie die Stimme. Sie gehörte unverkennbar einem Ostpreußen.

»Sind Sie etwa ein Bergmann? Von unten, aus der Grube?«

»Mensch halt deine Fresse, Jungchen, und hol uns hier endlich raus!« brüllte Stupinski.

Erst in diesem Moment entdeckte Ingo Kullmann das kleine, viereckige Ziegelmäuerchen, das den Luftschacht umgab und das von Efeu überwuchert war. Aufgeregt riss er den grünen Bewuchs hinunter.

»Das Gitter ist festgeschweißt«, stellte der Bergmann sachlich fest.

Ingo Kullmann langte hinunter. Ihre Finger berührten sich. Aber das Gitter bewegte sich tatsächlich nicht.

»Halten Sie noch ein paar Minuten aus«, sagte Kullmann. »Ach übrigens, wie heißen Sie?«

»Stupinski, Waldemar«, kam es aus dem Loch zurück.

»Gucken Sie mal nach oben«, sagte der BILD-Reporter, wartete drei Sekunden und drückte dann auf den Auslöser seiner Kamera.

Stupinski war viel zu fertig, um gegen die Aufnahme zu protestieren. Und es war ihm, ehrlich gesagt, auch völlig egal.

»Vielen Dank«, meinte Ingo Kullmann, »dann hole ich jetzt mal Hilfe. Wie viele sind Sie eigentlich da unten?«

»Ich glaube, 79!«, stieß der Bergmann hervor.

»Alles klar!«, sagte Kullmann und rannte los.

Zehn Minuten später begriff auch die wartende Menge am Werkstor, dass etwas passiert sein musste. Plötzlich hatten sich Fahrzeuge in Bewegung gesetzt; die Feuerwehrleute, die Grubenwehr und die Männer vom Technischen Hilfswerk waren losgerannt und weit hinten auf dem Gelände zuckten blaue Blitze durch die Nacht.

»Die sind da was am Schweißen«, meinte ein Bergmann, den es nicht zu Hause gehalten hatte – aber auch er durfte nicht aufs Gelände. Denn das wäre ja gegen die Vorschriften gewesen.

Die heiße, blaue Flamme des Schweißgeräts fraß sich quälend langsam durch das Stahlgitter. Es qualmte, Funken stoben – Stupinski hatte aus Sicherheitsgründen ein paar Meter hinunterklettern müssen. Hinter ihm waren inzwischen die andere Kumpels, die klettern konnten, in den Schacht eingestiegen. Im Abstand von einem Meter warteten sie sehnsüchtig darauf, dass der Stahl dieses verdammten Gitters endlich schmelzen würde.

»Ist gut jetzt«, rief Jürgen Müller dem Schweißer zu, »gebt mir mal 'ne Brechstange!«

Sekunden später setzte er den Kuhfuß an und bog das Metall auf. Er hatte eine ungeheure Wut im Bauch, weil ausgerechnet dieser Luftschacht nicht auf der Karte verzeichnet gewesen war. Dann aber hing das Gitter nur noch an einer Ecke im Mörtel. Müller knotete einen Strick ums Metall, drückte ihn einem Feuerwehrmann in die Hand und trat entschlossen das Gitter aus dem Mauerwerk heraus.

Zement rieselte auf Waldemar Stupinski herab.

»Los, zieh!«, rief Müller dem Feuerwehrmann zu.

Das Gitter flog in hohem Bogen aus dem Schacht.

Endlich war der Weg für die Eingeschlossenen frei.

Am 25. Oktober, um 5.22 Uhr morgens, erblickte Waldemar Stupinski als Erster von 79 Bergleuten der Erzgrube »Mathilde« wieder das Licht der Welt. Zwei Sanitäter wickelten ihn sofort in eine wärmende Decke ein, aber Stupinski riss sich los, schüttelte die Decke ab und setzte sich einfach dort, wo er gerade stand, auf den Boden. Dann schlug er seine blutigen Hände vors Gesicht und weinte hemmungslos. Es war ihm völlig egal, dass inzwischen mehr als über 100 Helfer am Luftschacht »W 103« eingetroffen waren. Und sechs weitere Vertreter der Presse, die von der Grubenleitung auf das Zechengelände gelassen worden waren.

Kurz bevor die Sonne aufging, kroch endlich auch der zweite Anschläger als Letzter der 58 Bergleute aus dem Luftschacht heraus. Zum Schluss, als sie den schreienden, verletzten Hawranek mit Seilen und einem Flaschenzug durch den Luftschacht nach oben gehievt hatten, war ihm das Wasser unten auf der 60-Meter-Sohle schon wieder bis zum Hals gestanden.

»Sind da noch mehr?«, fragte Jürgen Müller und fing den erschöpften Anschläger auf, als der aus dem Schacht kletterte. Sein eigenes schlimmes Bein spürte er schon gar nicht mehr. »Wo sind die andern Kumpel, Günther?«

Der Anschläger sah ihn aus seinen rot geränderten Augen an und sagte:

»Die sind alle tot.«

Renate verschwendete keinen Blick auf das Meer der Freude und der Erleichterung, das binnen weniger Augenblicke um sie herum entstanden war. Sieben Schwerverletzte befanden sich bereits auf dem Weg ins Krankenhaus, die anderen Geretteten wurden von ihren Angehörigen emphatisch empfangen. Man fiel sich in die Arme, heulte Rotz und Wasser; man schrie, juchzte und kreischte das unglaubliche Glücksgefühl heraus, dass man dem Tod von der Schippe gesprungen war, dass der Ehemann und Vater lebte.

In diesem Chaos der Emotionen achteten weder der Pförtner Otto Paschke noch die Polizeibeamten darauf, dass ja eigentlich niemand das Werksgelände betreten durfte.

Renate bahnte sich suchend einen Weg durch die Menge. Sie fühlte sich mutterseelenallein. Das Weinen, Lachen und die hysterischen Schreie um sie herum nahm Renate wahr, als wäre der Lärm durch Watte gedämpft. Das einzige Bild, das sie klar vor Augen hatte, war das ihres Mannes. Doch so sehr sie sich auch bemühte: Keiner der verdreckten, glücklichen Bergleute sah aus wie ihr Bruno.

Sie erreichte den Verwaltungstrakt in dem Augenblick, als zwei VW-Bullys des Roten Kreuzes vor dem Gebäude hielten, aus dem die Mitglieder des Krisenstabes sprangen. Helga, ein Notizbrett unter den Arm geklemmt, eilte ihnen entgegen.

»Herr Müller, wir brauchen schnellstens alle Namen der geretteten Bergleute – Frau Wolbert wird sie notieren!«, sagte der Hüttendirektor zu seinem Chef der Grubenwehr, der sich als Letzter aus dem Bus quälte. Jetzt, wo die 58 Kollegen sicher und einigermaßen wohlbehalten wieder unter ihnen weilten, hatte er plötzlich wieder gespürt, wie sehr ihn sein rechtes Bein schmerzte. Eigentlich konnte er überhaupt nicht mehr laufen. Kampmann, Dietz und die anderen aber warteten nicht auf ihn, sondern eilten bereits ins Gebäude.

»Jürgen ... Herr Müller!«, sagte Renate schwach, »haben Sie Bruno gesehen, meinen Mann?«

»Renate!«, rief Helga entgeistert und lief zu ihrer Freundin. Fast hätte sie Renate in ihrem Eifer übersehen.

Müller hielt sich am Außenspiegel des VW-Bully fest.

»Bruno Reger?«

Renate nickte.

»90-Meter-Sohle?«

Renate wusste es nicht.

»Ja«, sagte Helga schnell und senkte ihre Stimme. »Da war auch mein Mann, Franz. Franz Wolbert.«

Jürgen Müller schüttelte resignierend seinen Kopf.

»Von der 90-Meter-Sohle ist noch keiner oben!«

Helga versuchte, gefasst zu bleiben.

»Herr Müller«, flehte Renate, »bitte holen Sie unsere Männer da raus! *Bitte*!«

Der Chef der Grubenwehr nickte.

»Ich schreib Ihnen jetzt die Namen auf, Frau Wolbert«, sagte er und humpelte an den beiden Frauen vorbei ins Verwaltungsgebäude hinein. So als ob das Gewicht der ganzen Welt auf seinen Schultern lasten würde.

Renate breitete ihre Arme aus.

»Komm, Helga«, sagte sie sanft.

Helga ließ sich widerstandslos in den Arm nehmen.

»Ich hab so Angst«, flüsterte sie.

Renate merkte, dass ihre Freundin mit ihren Nerven am Ende war.

»Nur nicht die Hoffnung verlieren, Helga«, sagte sie und drückte sie ein wenig fester an sich.

Helga versuchte, tapfer zu sein. Aber sie konnte ihr Zittern nicht unterdrücken.

»Das Letzte, was ich zum Franz gesagt hab, war: keine Zeit!«, schluchzte sie.

»Sie leben, ich spür das!«

»Und wenn Franz und Bruno doch was passiert ist?«

Renate zwang sich zu einem Lächeln.

»So eine Nacht unter Tage stecken unsere Männer doch locker weg. Aber du musst jetzt mal 'ne Pause machen, dich ausruhen.«

»Aber ich kann mich doch nicht einfach jetzt ins Bett legen, schlafen und warten, bis sie klingeln und sagen, mein Mann ist tot!«

Helga sah ihrer Freundin in die Augen.

»Willst du dann vielleicht bei mir schlafen?«, fragte Renate.

Helga zögerte einen Moment lang. Dann nickte sie.

»Du hast Recht, Renate. Ich muss denen da oben nur Bescheid sagen. Der Dietz wollte mich schon vor zwei Stunden nach Hause schicken.«

5. Kapitel **Im »alten Mann«**

Die Notbeleuchtung der Erzgrube war erloschen. Jetzt hatten die 16 Kumpel von der 90-Meter-Sohle nur noch das Licht ihrer Helmlampen. Franz, Gregor, Otto und Karl schleppten den vor Schmerzen stöhnenden Bruno in ihrer Mitte, ihre Köpfe knapp unter der Stollendecke. Sie wussten zwar nicht, wo genau sie sich befanden, aber sie meinten festzustellen, dass der Wasserspiegel in westlicher Richtung abzunehmen schien. Das bedeutete aber auch, dass sie sich Schritt für Schritt weiter vom Ausgang der Grube entfernten. Und dass sie immer tiefer in einen Bereich vordrangen, der schon vor Jahren ausgeerzt worden war. An der zunehmenden Strömung des Wassers bemerkte Otto plötzlich, dass sie sich jetzt wieder nach unten bewegten – und genau da wollten sie eigentlich nicht hin. Aber Franz wollte nichts davon wissen.

»Wir müssen noch ein Stück weiter. Dahinten kommt gleich 'ne ehemalige Abbaukammer, glaub ich«, sagte er keuchend, »da sind wir erst ma' vorm Wasser sicher.«

»Nee, wir müssen raus!«, schrie Otto.

»Nicht in 'n ›alten Mann‹! Da geh ich nicht rein! Lieber tu ich verrecken«, pflichtete ihm der alte Willi bei.

»Verrecken tun wir sowieso«, meinte Erwin sarkastisch und steckte sich seine letzte Zigarettenschachtel unter den Helm, weil das Wasser erneut zu steigen begann.

»Seid mal alle still!«, rief plötzlich Moritz, »hört ihr das nicht, Männer, verdammt nochmal?«

Sie blieben stehen. Das Wasser floss glucksend um sie herum, Bruno biss die Zähne zusammen. Die Bergleute horchten angestrengt. Moritz hatte sich nicht verhört. Von vorne, aus der Dunkelheit, kamen tatsächlich Rufe. Also lebten dahinten noch welche.

»Los, weiter!«, sagte Franz, »auch du, Karl!«, denn der Hüne war wie paralysiert an einer Strebe stehen geblieben und rührte sich nicht. »Karl, los, pack mit an!«, brüllte ihm Franz ins Ohr.

Erst jetzt schreckte der Kumpel aus seiner Verwirrung hoch. Mit flackernden Augen griff er nach Brunos linkem Bein. Bruno stöhnte laut auf.

»Wir haben's gleich geschafft, Bruno«, sagte Franz, »durchhalten, Kumpel.«

Aber wie alle anderen hatte er daran inzwischen erhebliche Zweifel.

Die sechs Männer standen oben auf der Plattform vor dem Eingang zum Förderkorb versammelt, der endlich wieder einsatzbereit war. Langsam, ganz vorsichtig, zog sich Jürgen Müller die unförmige Wathose über sein verletztes Bein. Nach ein paar Stunden Schlaf in der Kaue, der eher einer Ohnmacht geglichen hatte, fühlte er sich wieder einigermaßen kräftig.

»Soll ich mal ziehen?«, fragte Thowade, sein Stellvertreter in der Grubenwehr.

»Brauchste nich. Sagt mal lieber an, ob ihr mitkommen wollt, oder nicht?«

»Ist doch wohl keine Frage, Jürgen«, antwortete sein Stellvertreter und blickte zu den anderen beiden Mitgliedern der Grubenwehr herüber, die ungeduldig dabei zusahen, dass auch ihr Chef endlich in die wasserdichten Klamotten hineinkam. »Hauptsache, du schaffst das mit deinem Bein!«

Nach einer hitzigen Diskussion war der gefährliche Plan von der Einsatzleitung schließlich genehmigt worden: Die Gruppe sollte in die Grube einfahren, den Belegungsplan finden, um dann nach eventuellen Überlebenden zu suchen. Unten in der Grube steckten jetzt noch 50 Männer fest, von denen es aber bestimmt ein paar geschafft haben konnten, die erste Flutwelle zu überleben. Auf »Mathilde« brannten inzwischen Hunderte von Helfern, auch die Kumpel der Tagesschicht, darauf, endlich etwas Sinnvolles unternehmen zu können, anstatt tatenlos herumsitzen und zusehen zu müssen, wie pausenlos die Lastwagen und Tieflader mit schwerem Rettungsgerät heranrollten: ein 100-Tonnen-Großbohrer von »Deilmann« aus Osnabrück, Saugbohrer aus Salzgitter und Bohrgreifer aus Dortmund. Darüber hinaus hatte die Einsatzleitung zwei Überdruckkammern und einen Hochleistungskompressor bei der »Gutehoffnungshütte« in Oberhausen angefordert – und das Gerät selbstverständlich sofort zugesagt bekommen. Aber das Warten auf ein Lebenszeichen aus der Grube ging bereits vielen an die Substanz.

Müller hatte sich vor der entscheidenden Sitzung mit Hansen und Grabowski kurzgeschlossen, in denen er zwei Verbündete sah. Sie hatten ihm in die Hand versprochen, seinen Plan zu unterstützen, auch wenn ihnen nicht wohl dabei gewesen war. Denn niemand konnte ja mit Sicherheit vorhersagen, was die vier Männer dort unten auf der 60-Meter-Sohle erwarten würde.

»Das Wasser drückt in die blinden Schachtenden, die etwas höher liegen. Da könnten Luftblasen sein – theoretisch, jedenfalls«, hatte Hansen gemeint.

»Wenn da unten noch welche leben, dann werden wir sie finden«, hatte Müller darauf geantwortet.

»Ich bin jetzt so weit!«, sagte der Chef der Grubenwehr und trat vorsichtig auf. Der stramme Verband saß, die Schmerzen in seinem Schienbein pochten zwar heftig, aber sie waren auszuhalten.

Dabei hatte ihn Schleip, der Grubenarzt, dringend davor gewarnt, weiterzuarbeiten wie bisher: Er könnte seinen Unterschenkel verlieren, wenn er mit seiner offenen Schienbeinprellung so fahrlässig umgehen würde.

»Lieber 'nen Unterschenkel verlieren als fünfzig Mann«, hatte Müller daraufhin lakonisch zum Doktor gesagt. Schleip hatte ihn daraufhin nur scheel angesehen und ihm dann schweren Herzens ein paar Schmerzmittel und Antibiotika gegeben. Denn das Mittel gegen die Dickschädeligkeit eines Bergmanns musste erst noch erfunden werden.

»Ich werd den Korb anhalten, bevor er ins Wasser taucht«, sagte der Anschläger mit einem unsicheren Blick zum Fahrkorbmaschinisten und öffnete das Sicherheitsgitter.

Die vier Bergleute betraten den Förderkorb.

»Glückauf!«, sagte der Anschläger leise und schloss das Gitter.

»Glückauf«, kam es zurück.

Die Falltür des Korbs schepperte zu. Der Maschinist ließ die Motoren hochfahren. Die Antriebsräder begannen, sich langsam zu drehen. Im nächsten Augenblick verschwand der Korb mit Müller und seinen Leuten ruckelnd im Schacht.

Sie waren jetzt 21 Mann, und so weit sie es beurteilen konnten, hatten sie sich vor dem Wasser zumindest fürs Erste in Sicherheit bringen können. Franz hatte sich nicht geirrt: Nach ungefähr 200 Metern hatten sie über einen Querstollen eine alte Abbaukammer erreicht, in der sich ein großer Bruchsteinhaufen auftürmte, der von zahlreichen Hohlräumen durchzogen schien. Dort waren sie auch auf die fünf anderen Kumpel gestoßen.

Die Wiedersehensfreude war verhalten ausgefallen. Denn auch wenn die erschöpften Männer nun zum ersten Mal seit Stunden wenigstens trockene Füße hatten, lauerte jetzt eine weitere und vielleicht sogar größere Gefahr; an der Decke nämlich, wo sie im schwächer werdenden Licht ihrer Helmlampen mehrere große, tonnenschwere Mergelplatten ausmachten, die drohend über ihren Köpfen schwebten.

Franz, Gregor, Otto und Karl schleiften Bruno so vorsichtig wie nur irgend möglich auf den Bruchsteinhaufen hinauf, wenige Zentimeter über der Wasserlinie. Franz entdeckte ein dünnes Brett, das auf dem Wasser trieb. Er fischte es heraus und hielt es an Brunos gebrochenes Bein. Von der Länge her passte es. Dann begann er, seinem Freund ganz vorsichtig die Stiefel auszuziehen und ihm mit seinem Taschenmesser das nasse Hosenbein der Länge nach aufzuschneiden. Bruno unterdrückte die rasenden Schmerzen so gut es ging. Sein Gesicht glänzte vor kaltem Schweiß.

»Leuchte mir mal«, sagte Franz zu Gregor.

Brunos Schienbein war ungefähr in der Mitte um fast 30 Grad in sich verdreht. Eine dunkelblaue Schwellung zog sich hinunter bis zum Fuß. Erwin hockte sich neben ihn.

»Sieht Scheiße aus, was?«, keuchte Bruno.

Franz nickte und begann mit seinem Taschenmesser, das dünne Brett am Kopfende mittig einzukerben und eine Sollbruchstelle hineinzuritzen.

»Ihr könnt ihn hier nicht liegen lassen. Das Wasser steigt weiter«, meinte Erwin.

»Wir müssen aber erst sein Bein schienen«, sagte Franz und brach das Brett mit einem kräftigen Ruck auseinander.

»Der schafft's doch eh nich«, bemerkte Erwin und sah geringschätzig auf Bruno hinab.

In diesem Moment wäre ihm Franz am liebsten ins Gesicht gesprungen. Er machte auch schon Anstalten aufzuspringen, aber Bruno hielt ihn an seinem Jackenzipfel zurück.

»He«, meinte er, »lass das Arschloch. Der is' es doch nich wert!«

»Hört auf da unten mit dem Scheiß«, sagte eine Stimme von weiter oben aus der Dunkelheit.

Franz tippte auf Willi. Die meisten hatten ihre Helmlampen ausgeknipst um Energie zu sparen. Denn länger als 12 Stunden würden die Batterien nicht halten.

»Na schön«, sagte Erwin kalt und erhob sich. »Ich werde dann eben mal weiter oben nachsehen, ob wir da vielleicht weiterkommen.«

»Lass das Erwin«, sagte Otto plötzlich, »der Hohlraum da oben is' 'n ›alter Mann‹.«

Er versuchte, ihn festzuhalten, aber Erwin schüttelte seine Hand ab. Die anderen Männer wurden aufmerksam.

»Spiel hier bloß nicht den Steiger, Otto, oder hat einer von euch vielleicht 'ne bessere Idee?«

Franz, der inzwischen seinen Oberkörper frei gemacht und sein Unterhemd in Streifen gerissen hatte, deutete aufs Wasser.

»Ja, tauchen. Bis zur Fahrstrecke sind es von hier doch nur wahrscheinlich ein paar Meter. Wir müssten schon auf der 60-m-Sohle sein!«

»Das schaff ich nicht, Franz«, sagte Bruno leise.

Erwin tippte sich an die Stirn.

»Du hast doch den Arsch offen, Wolbert! Wir sind Kumpel, keine Taucher!«

»Nur weil du rauchst wie ’n Schlot, hast du keine Luft!«

»Mich bringen auch keine zehn Pferde in die Brühe!«, rief Moritz.

Dann schrien plötzlich alle durcheinander. Franz und Gregor hielten sich jedoch lieber raus und begannen dafür, Brunos gebrochenes Bein vorsichtig mit dem Brett und den Stoffstreifen zu schienen. Bruno keuchte vor Schmerzen.

»Franz hat Recht. ’n ›alter Mann‹ ist ein Killer. Da oben werden wir alle zerquetscht!«, schrie Stubb.

»Jetzt haltet alle mal die Schnauze, denn soll ich euch mal was sagen: wir sind doch schon längst im Alten Mann drinne!«, rief Walter, ebenfalls einer der Älteren. Die Bergleute verstummten.

»Was is’ ’n überhaupt ein ›alter Mann‹?«, wollte Gregor wissen. Er sah ängstlich zu der finsteren Felsspalte hoch, zu der Erwin hochklettern wollte.

»Das is’ ein Stollen ohne Stützen, Kleiner.« Walter deutete auf die Schachtdecke. »Die Stempel hab ich damals mit ein paar anderen hier rausgeholt, denn die sind ja was wert. Mann, ich sag dir, das knallt, wenn die Schachtdecke runterkommt! Das nennt man dann kontrollierten Einsturz, verstehste?«

Gregor nickte.

»’ne Scheissarbeit für Wahnsinnige«, rief Erwin von oben und war schon fast im Loch verschwunden.

Walter grinste den entsetzten Gregor an.

»Kriegste aber doppelt so viel Lohn ...«, sagte er.

»... und bist dafür auch doppelt so schnell tot«, vollendete Stubb den Satz.

»Klar«, sagte Gregor und erinnerte sich, »Raubbau und Bruchbau.«

»Haste dir ja mal richtig was gemerkt, Kleiner«, meinte Franz und zog sich seine feuchte Bergmannsjacke wieder an.

Am Körper würde sie schneller trocknen, und es war ziemlich kalt hier drin.

»Wir müssen uns bemerkbar machen, Leute. Die suchen vielleicht schon nach uns«, rief Otto.

»Na, dann schrei mal schön: gegen all die Pumpen und Presslufthämmer«, entgegnete Stubb.

»Stubb hat Recht. Die andern malochen und wissen vielleicht gar nicht, was hier unten los ist. Wir müssen auf Schichtwechsel warten. Da ist dann Ruhe im Schacht«, meinte Willi.

»Und wer sagt uns, *wann* Schichtwechsel ist?«, rief Otto und hielt seine abgesoffene Armbanduhr hoch. Das Uhrglas war zersprungen.

»Bruno seine Uhr«, sagte Franz schnell, zog Brunos Taschenuhr aus dessen Brusttasche und hielt sie an sein Ohr. »Geht noch! – Bruno, du wirst uns sagen, wann Zeit ist!«

Brunos geschientes Bein lag schon fast wieder im Wasser.

»Verdammt«, stieß Gregor hervor, »es steigt immer noch.«

»Los, alle Mann nach oben«, sagte Franz, »und helft mir mal mit 'm Bruno.«

Oben steckte Erwin seinen Kopf aus der Felsspalte.

»Hier is' aber nich Platz für uns alle«, rief er, »wir müssen uns irgendwie verteilen – 'n paar in die Höhle, die anderen hier oben davor.«

Der alte Willi seufzte und erhob sich ächzend.

»Wir können uns das Loch da oben ja mal ansehen. Viel schlimmer als hier unten kann es ja nicht sein.«

Na ja, dachte Franz, bis auf Erwin vielleicht.

Das Wasser auf der 60-Meter-Sohle ging ihnen bis zur Brust. Die vier Männer der Grubenwehr wateten vorsichtig durch die Brühe. Sie waren erleichtert, dass die Strömung des Wassers nur noch schwach war. Andererseits bedeutete dies aber auch, dass wahrscheinlich die komplette Grube, also auch die tiefer gelegenen Sohlen, inzwischen randvoll gelaufen war.

Aber: sie hatten auch einen ersten Erfolg verzeichnen können: Nach knapp zehn Minuten hatten sie bereits die Belegungspläne gefunden. Die befanden sich inzwischen auf dem Weg zum Markscheider. Jetzt konnte Hansen endlich die von ihm berechneten Luftblasen und höher gelegenen Fluchtpunkte mit den tatsächlichen Aufenthaltsorten der Kumpel vor dem Wassereinbruch abgleichen. Was wiederum hieß, dass die Bohrmannschaften von oben ganz gezielte Suchbohrungen ansetzen konnten.

Alle paar Schritte hielten die Männer inne und horchten angestrengt ins Dunkel hinein. Aber sie hörten nichts weiter als das entfernte Zischen von geborstenen Pressluftleitungen und das Glucksen von zerplatzenden Luftblasen, die aus der Schlammbrühe aufstiegen.

Pressluft wurde auch im Falle eines Unglücks niemals abgestellt.

»Vorsicht! Da ist es nicht sicher!«, sagte Thowade.

Doch Müller winkte ab. Er stand mittendrin im Hauptstollen und leuchtete auf einen Haufen Treibgut, der ihm aus einem Querstollen langsam entgegendümpelte.

»Seid mal still! Ruhe!«, flüsterte er und watete dem Treibgut vorsichtig entgegen.

Die Kälte des Wassers linderte die Schmerzen in seinem Bein.

»Hier ist nichts mehr. Da geht's nur runter ins Nirgendwo. Lasst uns lieber abhauen und woanders suchen«, sagte Thowade.

Aber Müller blieb hartnäckig. Er watete noch ein Stück näher an den Querstollen heran, leuchtete mit seiner Taschenlampe hinein und erstarrte. Einen Augenblick später sahen auch die drei anderen Männer, was sich da zwischen Müll und Grubenholz verfangen hatte. Es war der reglose Körper eines Bergmanns, der mit dem Gesicht nach unten im Wasser trieb. Müller atmete tief durch, packte die Leiche an ihrem linken Fuß, zog sie zu sich heran, drehte sie auf den Rücken und richtete dann entschlossen die Taschenlampe auf das Gesicht.

Pit Spieker sah friedlich aus. So, als ob er bloß schlafen würde; so als hätte er im Augenblick seines Todes ganz genau gewusst, dass er mit sich im Reinen sei und daher furchtlos vor das Antlitz Gottes treten konnte.

Dann tauchten im Licht ihrer Taschenlampen noch mehrere Körper auf. Scheinbar hatte der Steiger weitere Männer ausfindig machen können, aber letztendlich hatte dann doch das Wasser gesiegt.

Nicht einmal hundert Meter vor dem rettenden Förderkorb.

Der Krisenstab auf »Mathilde« hatte sich entschieden, die erste Suchbohrung am Hauptbremsweg unter dem Zechengelände anzusetzen, wo sich nach Hansens Berechnungen in 38 Metern Tiefe eine Luftblase gebildet haben musste. Die zweite Suchbohrung war am Ende eines Streckenvortriebs in rund zweieinhalb Kilometern Entfernung vom Hauptschacht vorgesehen. Hier vermutete der Markscheider eine solche rettende Luftblase in einem kleinen Blindschacht in 79 Metern Tiefe, allerdings 15 Meter *unter* dem Wasserspiegel. Vielleicht hatten es die vier Bergleute Paulsen, Schroth, Hauschildt und Körner, die zum Zeitpunkt des Unglücks ganz in der Nähe auf einem Einzelbetriebspunkt gearbeitet hatten, geschafft, sich in diesen kleinen Stollen zu flüchten. Er lag unter einem Acker bei Barbecke, der sich direkt neben dem Fußballplatz befand, auf dem Bruno noch vor ein paar Tagen sein schönes Kopfballtor erzielt hatte. Hier war man nun fieberhaft damit beschäftigt, den 100-Tonnen-Spezialbohrer aus Osnabrück einsatzbereit zu machen. Normalerweise dauerte es mindestens 12 Stunden, bis der gigantische Bohrturm stehen würde, aber die Experten von »Deilmann« hatten versprochen, es diesmal in acht Stunden zu schaffen.

Währenddessen trieben Grabowskis Leute den dreiflügeligen

Stufenmeißel eines »Göttker-Bohrgerätes« vor den Objektiven der Fernsehkameras mit einer Druckkraft von rund acht Tonnen ins Gestein über dem Hauptbremsweg. Durch den hydraulisch angetriebenen Spülkopf wurde mit Betonit vermischtes Kühlwasser geleitet, das eine Verformung des 160 Millimeter dicken Bohrmeißels durch die beim Bohren auftretende Hitze verhindern sollte.

Stefan Schönfelder nutzte das attraktive Hintergrundmotiv für eine längere Zusammenfassung der bisherigen Ereignisse, wobei die Kabelträger peinlichst genau darauf achteten, dass ihnen ja keiner der inzwischen mehr als 30 anwesenden Zeitungsreporter und Fotografen durchs Bild lief.

»Sind Sie vielleicht Ingo Kullmann?«, fragte eine Stimme.

Ingo Kullmann drehte sich um und sah sich einer Gruppe von insgesamt 14 Männern und vier Frauen gegenüber, die allesamt frisch und ausgeruht aussahen. Ganz im Gegensatz zu ihm. Er starrte vor Schmutz und Dreck und hätte vor Müdigkeit sofort im Stehen einschlafen können. Ein relativ kleiner, blonder Mann streckte ihm die Hand entgegen.

»Mein Name ist Wolf. Horst Wolf von der *Bild* in Hamburg. Sie haben ja bisher 'ne prima Arbeit geleistet, Junge – Glückwunsch und freundliche Grüße vom Chef. Soll ich Ihnen vielleicht mal Ihre Kollegen alle vorstellen – oder, nee: Sagen Sie uns mal lieber, ob Sie hier in der Nähe irgendwo ein Hotel oder 'ne Pension kennen, wo wir uns einrichten können!«

Ingo Kullmann schüttelte Wolfs Hand. Er musste schlucken. Das hätte er nicht gedacht, dass die *Bild* gleich in Kompaniestärke anrücken würde. Er überlegte einen Augenblick. Dann sagte er:

»In ›Schröders Gasthof‹ gibt's Zimmer, so viel ich weiß. Allerdings nur mit fließend kalt Wasser – ist aber ganz in der Nähe.«

»Na, vielleicht wird es ja nicht so lange dauern«, antwortete Wolf und sah sich um. »Wie kommen die Arbeiten hier voran? Gibt's irgend was Neues?«

»Ich denke, ganz gut«, sagte Kullmann abwartend, »79 Kumpel sind rausgekommen, darunter sieben Verletzte.«

»Wissen wir bereits. Wie schwer verletzt?«

»Der Hüttendirektor sagt, sie werden es alle überleben«, antwortete Kullmann. Er musste ein Gähnen unterdrücken.

»Sie sollten vielleicht besser mal verschnaufen«, sagte Wolf, dem Kullmanns Müdigkeit nicht entgangen war. »Zeigen Sie uns mal diesen Gasthof – und dann legen Sie sich schön hin und schlafen sich richtig aus!«

Aber zum Schlafen war Ingo Kullmann viel zu aufgeregt. Er konnte es schließlich immer noch nicht fassen, dass er jetzt zu ihnen gehörte. Dass er richtiger Reporter war. Der erfahrene Journalist lächelte. Er wusste, was der junge Schlaks, der da vor ihm stand, dachte. So war er ja auch mal gewesen, ganz am Anfang. Also klopfte er dem Jungen aufmunternd auf die Schulter und meinte: »Sie machen das schon.«

»Dahinten auf dem Turm tut sich, glaube ich, was!«, sagte nun einer der mitgereisten Fotografen und nestelte an seinem Objektiv herum.

Auch Schönfelder unterbrach seinen Bericht.

»Können Sie was erkennen?«, fragte Wolf seinen Fotografen.

Der Fotograf griff sich das kleine Fernglas, das um seinen Hals hing, und sah hindurch.

»Sieht ganz danach aus, als kämen da Leute aus der Grube raus. Aber die bewegen sich nicht – die werden getragen.«

Die Konkurrenz setzte sich bereits in Bewegung. Auch die Kameraleute vom Fernsehen winkten hektisch einen Einsatzwagen heran.

»Na dann los«, rief Wolf, »worauf wartet ihr noch! Peter, Ingo, Matthias – ihr peilt die Lage am Turm, Günther und Manfred: Ihr bleibt hier. Aber Sie, Herr Kullmann: Sie fahren bitte mit mir mit und lotsen mich zu diesem Gasthof. Wie sagten sie, heißt der nochmal?«

Gregor setzte sich neben Hans, einen jungen Hauer von der 90-Meter-Sohle. Hans hatte in seiner Jacke noch ein paar durchweichte Brotrinden gefunden, die er normalerweise seinen Tauben mitzubringen pflegte. Jetzt kaute er hungrig selbst darauf herum. Er merkte, dass ihn Gregor hungrig ansah.

»Willst auch 'n Stück?«, fragte er und riss, ohne Gregors Antwort abzuwarten, eine der Rindenstücke in der Mitte durch.

»Danke«, sagte Gregor bescheiden. Er biss ein kleines Stückchen ab und kaute so lange darauf herum, bis der Speisebrei in seinem Mund von selbst hinunter in seinen Magen rutschte.

Hans steckte den Rest der Rinden ein.

»Für morgen«, sagte er.

Für morgen? Mit einem Schlag wurde es Gregor bewusst, dass er nun schon fast 24 Stunden unter Tage hockte. Bald würden sie wahrscheinlich gar kein Licht mehr haben, und frieren taten sie schon lange wie die Schneider. Die schweren Drillichklamotten trockneten einfach nicht richtig am Körper. Was würde bloß aus ihnen werden? Gregor hatte auf einmal fruchtbare Angst. Er fühlte sich total verlassen, einsam und allein, obwohl er hier unter seinen Kameraden saß. Wenn man vielleicht einmal von Erwin absah, der sich bisher als Einziger wie ein richtiges Arschloch benommen hatte. Aber jeder hatte eben seine eigene Art, mit dieser Situation fertig zu werden, dachte Gregor.

Karl schien inzwischen überhaupt nichts mehr mitzukriegen. Der Hüne hockte apathisch hinter Bruno. Franz, der die Schiene an Brunos Bein noch einmal genauer fixieren wollte, bat ihn, das lose Ende eines Stoffstreifens festzuhalten. Aber Karl reagierte nicht. Franz spürte, dass sein Kollege mit den Nerven völlig am Ende sein musste. Plötzlich reichte ihm Karl einen Kaugummistreifen.

»Was soll der Scheiss?«, fragte Franz.

»Nimm. Is' mein Letzter«, sagte der Bergmann müde.

Franz nahm dankend den Kaugummi aus Karls großer Pranke entgegen, wickelte ihn aus dem Stanniolpapier und steckte ihn Bruno in den Mund.

»Was ist mit Schichtende?«, fragte Otto von oben aus der Dunkelheit.

Bruno holte seine Taschenuhr heraus und nickte.

»In fünf Minuten is' es so weit«, flüsterte er kauend.

Die Männer kamen vorsichtig den Berg heruntergerutscht und nahmen an der Wasserlinie Aufstellung. Otto zog eine Trillerpfeife heraus.

»Jetzt!«, sagte Bruno.

Die Männer begannen, aus vollem Hals loszubrüllen. Sogar Bruno versuchte, trotz seiner Schmerzen, um Hilfe zu rufen. Ottos Trillerpfeife übertönte sie jedoch alle. Keiner von ihnen bemerkte, wie sich Karl, auf dem Hosenboden rutschend, langsam ins Wasser gleiten ließ und dabei keine Anstalten machte, seinen Kopf über der Wasseroberfläche zu halten. Er ließ sich einfach untergehen, öffnete unter Wasser seinen Mund und atmete einmal kräftig ein. Das Letzte, was von Karl zu sehen gewesen wäre, waren ein paar kleine Luftblasen, die an die Oberfläche stiegen.

»Seid mal alle still«, brüllte Franz.

Augenblicklich kehrte Ruhe ein. Franz knipste seine Helmlampe an und leuchtete Bruno ins Gesicht. Sein Freund schaute auf das Ziffernblatt seiner Uhr und lächelte hilflos. Nach ungefähr einer Minute atemloser Stille sagte der alte Willi:

»Die hören uns nich. Da is' kein Aas inner Nähe.«

Damit hatte er ausgesprochen, was in diesem Moment alle dachten: Ja, hier konnten sie schreien, bis ihnen die Stimmbänder wegfliegen würden – aber hören würde sie niemand. Deprimiert kletterten sie auf ihre Plätze auf dem Abraumhügel zurück.

»Kannste mal bitte das Bein nach rechts bewegen – ein kleines Stück?«, fragte Bruno.

»Mit wem redste da?«, wollte Franz wissen, der seine Helmlampe gerade ausmachen wollte.

»Mit Karl«, sagte Bruno.

Franz leuchtete auf die Stelle, wo der Riese eben noch gesessen hatte. Sie war verwaist. Nur ein paar Erzreste schimmerten.

»Karl?«

Einer plötzlichen Eingebung folgend richtete Franz den Strahl seiner Lampe auf das dunkle Wasser. Er entdeckte ein Stückchen Stanniolpapier, das auf der Oberfläche schwamm – das jedoch nicht von Brunos Kaugummi stammte.

Franz zögerte keine Sekunde. Er sprang auf und stürzte sich kopfüber ins Wasser. Sofort gingen weitere Helmlampen an. Salvatore, der einzige italienische Gastarbeiter auf »Mathilde«, reagierte als Erster. Dann sprang auch Albin ins Wasser.

»Franz, komm da raus – nicht tauchen!«, schrie der Italiener.

Es gelang ihnen jedoch nur mühsam, Franz nach dem ersten Luftschnappen daran zu hindern, noch einmal zu tauchen. Er gebärdete sich wie ein Wahnsinniger. Weitere kräftige Arme mussten zupacken. Dann gelang es ihnen schließlich, Franz aus der Brühe herauszuziehen. Doch erst ein paar Minuten später hatte auch der Letzte von den Kumpeln begriffen, dass Karl offenbar freiwillig ins Wasser gegangen war.

»Der muss sich einfach fallen gelassen haben, der Idiot! Einfach so! Gibt mir seinen beschissenen Kaugummi und verpisst sich!«, schrie Franz.

Jeder von den 19 Männern ging anders mit diesem neuerlichen, schockierenden Erlebnis um. Die einen kritisierten Karls Entscheidung, die anderen bewunderten seinen Mut, sich selbst das Leben zu nehmen, bevor es das Schicksal langsam und qualvoll tun würde. Doch während sie noch darüber diskutierten, hörten sie auf einmal ein Plätschern, gefolgt von einem Keuchen. Und im armseligen Schein von Franz' Helmlampe sahen sie, wie eine dunkle Gestalt aus dem Wasser stieg, sich erschöpft auf den Rücken fallen ließ und keuchte.

»Karl?«, fragte Franz zögernd.

»Wieso Karl«, sagte die Gestalt, »ich bin's doch: der Eberhard. Was ist hier eigentlich los? Ist das hier eine Übung, oder was?«

»Was für 'n Eberhard?«, fragte Stubb verblüfft.

»Von Siemens bin ich. Wollt euch doch grad ein neues Band

montieren, aber dann kam das Wasser, ich aufs Band drauf und dann hab ich euch schreien hören.«

Die Bergleute sahen ihn entgeistert an. Keiner von ihnen wusste etwas zu sagen.

»Ich bin heut zum ersten Mal in einem Bergwerk!«, meinte der Elektromonteur entschuldigend.

»Oh Gott«, sagte Franz, »du hast wirklich kein Glück.«

»Und Pech haste noch dazu«, meinte der alte Willi, »'ne Übung sieht nämlich 'n bisschen anders aus!«

»Wie viele Tote haben wir?«, fragte der Hüttendirektor erschüttert, als er vor den Leichen stand, die von den vier Grubenwehrmännern mit dem Förderkorb aus der Grube geholt worden waren. Müllers Stellvertreter Thowade musste keuchend seinen Brechreiz unterdrücken.

»Neun«, antwortete der bleiche Jürgen Müller, »bis jetzt jedenfalls.«

»Wir sollten sie vielleicht zunächst in der alten Turnhalle aufbahren«, schlug der Bergwerksdirektor mit leiser Stimme vor, »Frau Wolbert wird sicher irgendwo Kerzen auftreiben können – und sie sollte vielleicht auch Pfarrer Bergfelder informieren.«

»Einverstanden«, erwiderte Horst Kampmann, »so machen wir es. Und sehen Sie zu, dass die Aasgeier da unten keine Möglichkeit zum Fotografieren bekommen.« Er blickte nach unten an den Fuß der Stahltreppe, wo die Reporter und Fotografen lauerten. »Denn die Herren von der Presse beginnen mir allmählich auf die Nerven zu gehen.«

Heiner Dietz schlug vor, die Reporter und Fotografen durch ein paar Polizisten zurückdrängen zu lassen und dann mit einem Bus so dicht an die Stahltreppe wie nur möglich heranzufahren und einen Toten nach dem anderen in die alte Turnhalle neben dem Verwaltungsgebäude zu schaffen, die normalerweise zu Betriebsversammlungen genutzt wurde. Und für die alljährliche Weihnachtsfeier.

»Ebenfalls einverstanden. Und dann, Herr Dietz, müssen wir wahrscheinlich irgendwie auch schnellstens ihre Namen bekannt geben.«

Helga hatte es nur kurz zu Hause ausgehalten. Als sie nach ein paar Stunden Schlaf aufgewacht war, hatte sie schnell ein bisschen Milch für die kleine Veronika abgepumpt, hatte sich dann angezogen und zurechtgemacht und sich beim Krisenstab zurückgemeldet. Ihre Schwiegermutter konnte sie verstehen: Denn eine Frau wie Helga konnte und wollte nicht untätig herumsitzen. Sie glaubte fest daran, dass ihr Wille, irgendetwas Sinnvolles zu den nun angelaufenen Rettungsarbeiten beizutragen, am Ende honoriert werden würde: mit einem Lebenszeichen von Franz, von Bruno und den anderen 50 Männern, die knapp 24 Stunden nach der Katastrophe noch immer unter Tage vermisst wurden.

Über mangelnde Arbeit konnte sie sich nicht beschweren: Alle paar Augenblicke klingelte das Telefon, alle Nase lang platzte auch irgendein neuer Reporter oder Fotograf oder Kameramann in ihr Zimmer hinein und ließ sich akkreditieren. 88 Pressevertreter standen bereits auf ihrer Liste – und auch immer mehr ausländische Korrespondenten fanden den Weg ins Peiner Land. Offenbar hatte plötzlich die ganze Welt Interesse an diesem Unglück entwickelt. Sie ärgerte sich, dass sie so schlecht Englisch sprach, von Französisch ganz zu schweigen.

Auch was die Absperrungen betraf, hatte sich mittlerweile die Situation auf dem Zechengelände grundlegend geändert. Allgemein hatte man bemerkt, dass sich nur wenige Schaulustige, Gaffer aus anderen Regionen eingefunden hatten. Diejenigen, die sich inzwischen auf »Mathilde« aufhielten, hatten fast ausschließlich direkt oder indirekt mit dem Unglück zu tun: Kumpel, die auf ihren Rettungseinsatz warteten; Bohrmannschaften, deren Arbeit von Grabowski und dem Markscheider koordiniert wurde; Schlosser, Monteure und Elektriker, die so schnell wie möglich erste Reparaturen in der Grube durchführen sollten; eine Versorgungskompanie der Bundeswehr, die mit transportablen Feldheizungen, Feldküchen und Zelten angerückt war, sowie mehrere Dutzend Rot-Kreuz-Helferinnen und -helfer, Sanitäter, Feuerwehrmänner, Sicherheitskräfte von Bundesgrenzschutz und der Polizei und natürlich auch mehrere Bergbauexperten aus dem Ruhrgebiet und die Vertreter des zuständigen Bergbauamts in Hildesheim.

Alle anderen waren Angehörige der 50 Bergleute, von denen es noch immer kein Lebenszeichen gab.

Aufsehen hatte die Ankunft der »Dahlbusch-Bombe« erregt. Das war eine zigarrenförmige, torpedoähnliche Röhre aus Stahlblech, knapp 2,50 Meter lang, mit einem Durchmesser von 40 Zentimetern, die vor acht Jahren von einem Ingenieur namens Eberhard Au erfunden worden war: Damals, im Mai 1955, waren drei Bergleute auf der Zeche »Dahlbusch« in Gelsenkirchen-Rotthausen in einer Tiefe von 855 Metern in einem Schacht verschüttet worden. Sie konnten zwar durch eine dünne Versorgungsbohrung aus einem darunter liegenden Stollen mit Wasser und Lebensmitteln versorgt werden, aber eine Rettung schien ausgeschlossen – bis Au seinen genialen Einfall hatte und den Rettungstorpedo über Nacht zusammenschweißen ließ; mit Halteösen an beiden Enden. Dann hatte man eine 406 Millimeter große Bergungsbohrung angesetzt und diese »Bombe« mit einem mutigen Steiger per Flaschenzug zu den Eingeschlossenen heruntergelassen. Beim Einstieg mussten die Kumpel die Arme wie beim Kopfsprung gestreckt nach oben halten, aber nach wenigen Minuten waren sie, einer nach dem anderen, wohlbehalten wieder auf die Erde zurückgekehrt.

Dietz hatte Helga aufmunternd zugelächelt: Wenn man Bergleute aus fast einem Kilometer Tiefe herausbringen konnte, dann würde eine Bergung aus vielleicht höchstens 100 Metern doch ein Klacks sein.

Helga hatte dankbar zurückgelächelt; sie wusste, er hatte es gut gemeint, aber beide waren sich in diesem Moment auch bewusst gewesen, dass man ihren Franz hierfür erst einmal ausfindig machen musste.

Dann hatte der Bergwerksdirektor sie jedoch gebeten, den Pfarrer aufs Zechengelände zu bitten und rasch ein paar Kerzen nach unten in die Turnhalle zu bringen.

Ihre Kehle war wie zugeschnürt, als sie die Turnhalle betrat. Einerseits wusste sie zwar, was sie erwarten würde. Andererseits traf sie der Anblick der Toten völlig unvorbereitet. Sie blieb wie angewurzelt in der Tür zum Gang stehen, der die Turnhalle mit dem Verwaltungsgebäude verband.

Sie zählte acht Körper, die man auf Feldbetten aufgebahrt und mit einem weißen Tuch zugedeckt hatte. Ein Neunter wurde gerade von vier schweigenden Bergleuten der Zeche hineingetragen und vorsichtig auf die provisorische Bahre gebettet. Einer von ihnen bemerkte die Sekretärin des Bergwerksdirektors und beeilte sich daraufhin, den Leichnam zuzudecken. Sie hatte nicht gesehen, um wen es sich gehandelt hatte.

Von hinten legte sich eine schwere Hand auf ihre Schulter. Helga schreckte zusammen und drehte sich dann langsam um.

»Ihr Mann, Frau Wolbert, ist nicht darunter«, murmelte Hansen.

»Wie viele sind es?«, fragte Helga leise.

»Das sind alle«, antwortete Hansen, »zunächst …«

Beide starrten in beklommenem Schweigen auf die Toten. Dann wandte sich Helga um und ging mit raschen Schritten ins Verwaltungsgebäude zurück. Ihr war eingefallen, dass sie ja auch ein paar Kerzenständer benötigen würde.

Zum ersten Mal in ihrem Leben begriff Renate, welch ungeheure Möglichkeiten das Fernsehen bot. Bisher hatte sie dem Kasten in ihrem Wohnzimmer ziemlich wenig Beachtung geschenkt; am Vormittag gab es kein Programm, am Nachmittag beschäftigte sie sich lieber mit ihren Kindern, und abends – nun, da konnte sie mit Bruno weitaus aufregendere Dinge tun, als vor einem Bildschirm zu sitzen; jedenfalls dann, wenn sie nicht beim »Schröder« kellnerte oder Bruno Spätschicht hatte.

Aber jetzt lief der Fernseher ununterbrochen, und Renate fragte sich, wie diese erstaunliche Technik wohl funktionierte: Da stand ein netter junger Mann mit einem Mikrophon in der Hand vor einem rotierenden Bohrgestänge und erzählte ihr nicht nur, was genau in diesem Augenblick auf dem Zechengelände, das ja nur ein paar hundert Meter von ihrer Siedlung entfernt lag, geschah; nein, er zeigte ihr sogar, was bisher geschehen war. Wozu sollte sie dann morgen eine Zeitung kaufen? Überdies hatte sie inzwischen durch das Fernsehen auch erfahren, dass die Bilder aus Lengede inzwischen schon auf der ganzen Welt zu sehen waren.

Aber für ihre beiden Kinder war das nichts – sie hatte Lisa und Thomas hinaus zum Spielen geschickt.

Renate beneidete Helga um deren Möglichkeit, selbst mit anpacken zu können und etwas zu tun. Ihr dagegen blieb nur das elende Warten, die nagende Ungewissheit und die ständigen Gedanken an das Unvermeidliche – der Tod von Bruno, Franz und den anderen, die allerdings schon im nächsten Augenblick wieder von der Hoffnung unterbrochen wurde. Renate hatte keine Ahnung, wie lange sie dieses Auf und Ab noch aushalten könnte. Nach außen hin war sie sicherlich immer noch die starke, schlagfertige Frau, aber innen drin sah es bei ihr mindestens so brüchig aus wie der Mergel in einem Alten Mann.

Niemals, das wusste sie ganz genau, hätten sich Bruno und Franz in eine solche Gefahr begeben. Doch was wäre, wenn ihnen das verfluchte Wasser tatsächlich bis zum Hals gestanden hatte? Renate ballte die Fäuste und hielt sie sich an ihre Schläfen. Immer wieder redete sie sich im Stillen ein, dass sie jetzt auf keinen Fall durchdrehen durfte. Dass sie die Nerven behalten musste. Etwas anderes hätten nämlich Bruno und Franz und die anderen nicht verdient.

Sie schenkte sich eine weitere Tasse Tee ein und konzentrierte sich auf den Reporter, der Stefan Schönfelder hieß.

»Vor wenigen Stunden haben sich hier auf dem Zechengelände der Erzgrube ›Mathilde‹ ergreifende Szenen abgespielt, als sich 79 Bergleute der Spätschicht über einen Luftschacht vor den Wassermassen retten konnten«, sagte der Reporter, wobei die Bilder aus der Nacht über die Mattscheibe flimmerten. Dann kam Schönfelder wieder ins Bild: »Jetzt aber senkt sich Trauerstimmung über Lengede, denn eben gerade wurde durch den Krisenstab bekannt gegeben, dass es Tote gegeben hat. Es soll sich insgesamt um neun Bergleute handeln, wobei wir noch nicht ihre Namen erfahren haben.« Renate hörte auf, in ihrer Teetasse zu rühren. »Ob es weitere Überlebende gibt, nach denen hier seit 30 Minuten direkt hinter mir fieberhaft mit Bohrungen gesucht wird, ist leider zur Stunde noch völlig ungewiss.«

Renate erhob sich. Ihr Herz klopfte bis zum Hals. Neun Tote bei insgesamt 50 Vermissten hieß, dass die Chancen für ihren Mann jetzt nur noch vier zu eins standen. Und was hatte Helga am Tag zuvor gesagt? Sie habe keine Lust darauf zu warten, bis man klingeln und ihr mitteilen würde, dass ihr Mann tot sei.

Sie zögerte keine Sekunde, sondern schlüpfte rasch in ihre Schuhe, warf sich einen Mantel über und rannte aus dem Haus. Im Vorbeilaufen rief sie ihren Kindern zu, dass sie sofort zu Helgas Schwiegermutter rübergehen sollten. Auf der Hälfte des Weges hinunter zur Zeche fiel ihr dann noch ein, dass sie vergessen hatte, den Fernseher auszuschalten. Aber sie entschied sich zum Weiterlaufen – und dass es nun weitaus Wichtigeres gab.

Ingo Kullmann war schon ein wenig enttäuscht, dass ihn Wolf zunächst lieber in ihrer hastig eingerichteten Zentrale im »Gasthof Schröder« sehen wollte. Als Fahrer, als Bote, als Mädchen für alles. Obwohl man ihm seine neuen Aufgaben sehr schmackhaft gemacht hatte, fühlte er sich doch zurückgesetzt. Natürlich, es war recht eindrucksvoll gewesen, wie die Zeitungstruppe aus Hamburg innerhalb einer Stunde zwei der neun Fremdenzimmer des Gasthofs in ein funktionierendes Büro verwandelt hatten, während gleichzeitig draußen auf »Mathilde« vier Fotografen und vier Reporter in Zweiergruppen Jagd auf Geschichten machten, einen Draht zum Krisenstab aufbauten und die beiden Suchbohrungen verfolgten.

Geld schien keine Rolle zu spielen. Wolf hatte alle Zimmer auf einmal gemietet. Er, Kullmann, durfte mit einem brandneuen Ford 17 M seine Kurierfahrten erledigen, und vor allem von der technischen Ausstattung konnten die Käseblättchen, für die er bisher geschrieben hatte, nur träumen: Es waren zwei Bildfunkgeräte und eine transportable Dunkelkammer installiert worden; die Post war damit beschäftigt, ihnen vom nächsten Einspeisungspunkt eine Extra-Fernschreibleitung in den Gasthof zu legen, und wer von den *Bild*-Mitarbeitern Hunger oder Durst hatte, konnte essen und trinken, was er wollte. Man durfte alles anschreiben lassen. Das durfte man beim dicken Wirt normalerweise nie.

Und trotzdem fand es Ingo Kullmann äußerst unbefriedigend, dass er nun im »Gasthof Schröder« bei den netten Sekretärinnen saß, die Berichterstattung im Fernsehen zu notieren hatte und darüber hinaus darauf warten musste, irgendeinen Hilfsdienst zu erledigen; 3000 Mark hin, 3000 Mark her – plus weitere 250 Mark am Tag, die ihm Wolf in die Hand versprochen hatte.

»**Was ist bloß** los mit dir?«, fragte Katrin Stegmaier besorgt. Die rundliche Einzelhändlerin hatte sich schon den ganzen Tag über ihre Tochter gewundert, die im Laden dauernd etwas verschüttet oder falsch zusammengerechnet hatte.

Selbstverständlich empfand auch Katrin Stegmaier das Unglück auf »Mathilde« als katastrophal, aber sie waren doch zum Glück nicht direkt davon betroffen. Da sie selbst ihren Mann vor 17 Jahren unter Tage verloren hatte, damals, als Anneliese noch ein Baby gewesen war, hatte sie konsequent versucht darauf hinzuarbeiten, dass ihre ansehnliche Tochter auf jeden Fall die Finger von einem Bergmann ließ.

Aber jetzt wurde sie als Mutter doch langsam stutzig: Denn Anneliese war kaum noch vom Fernseher wegzubewegen. Dabei hatte sie aufgrund der vielen Pressevertreter so gut zu tun wie schon lange nicht mehr. Dauernd betrat einer von ihnen das Geschäft, brachte Hunger mit und Durst. Katrin Stegmaier hatte sich daher am frühen Nachmittag beim dicken Schröder kurz entschlossen sogar eine ausrangierte Kaffeemaschine geliehen. Bei dieser Gelegenheit hatte sie erfahren, dass auch sein Gasthof brummte wie noch nie.

Seit einer Stunde hatte sie sogar auch ihren Telefonanschluss an zwei Reporter aus München vermietet – für 50 Mark am Tag. Sie war richtiggehend baff gewesen, als ihr die beiden Männer diese unerhörte Summe angeboten hatten. Hätte sie etwa »Nein« sagen sollen? Inzwischen wusste sie, dass einige Bewohner der Siedlung bereits ähnliche Geschäfte mit den Presseleuten abgeschlossen hatten.

»Komm, sag mir, was du hast!«, insistierte Katrin Stegmaier, »du bist doch auch sonst nicht so verschlossen. Und außerdem hast du bis vor kurzem immer so schön ordentliche Kuchenstücke geschnitten.«

Anneliese starrte seufzend auf den Bildschirm, über den jetzt die Jubelszenen aus der Nacht flimmerten. Dann nahm sie all ihren Mut zusammen und sagte: »Es ist wegen dem Hennes.«

»Hennes?«

Annelieses Augen füllten sich mit Tränen.

»Ja. Er ist noch da unten. In der Grube.«

»Hennes heißt er also«, sagte Katrin Stegmaier dumpf, die in diesem Moment begriff, dass all ihre Bemühungen umsonst gewesen waren.

»Und was macht dieser Hennes?«

»Na was wohl, Mama – das, was hier doch alle machen.«

»Er ist also Bergmann. Einer von den … Vermissten.«

»Ja«, stieß Anneliese ärgerlich hervor.

»Und … ist er nett?«

Anneliese antwortete nicht auf diese Frage, die auch ihre Mutter schon im nächsten Moment selbst als äußerst überflüssig empfand.

»Wie lange geht das denn schon mit euch beiden?«

»Ein halbes Jahr ungefähr«, schniefte Anneliese, »wir wollten nächsten Samstag zusammen nach Hannover fahren – zu den Hollies. Dann hätte ich es dir gesagt!«

Jetzt brach ihr ganzer Kummer, brachen ihre ganzen Sorgen aus ihr hinaus. Draußen bimmelte die Glocke an der Ladentür.

»Ich komme gleich!«, rief Katrin Stegmaier ungehalten aus dem Hinterzimmer ihres Geschäfts hinaus. Denn jetzt wollte sie nur noch ihre Tochter fest in den Arm zu nehmen und trösten.

Außerdem schämte sie sich sehr, dass sie es Anneliese aufgrund ihres eigenen Schicksals zugemutet hatte, sie ein halbes Jahr anlügen zu müssen.

Anneliese kuschelte sich ganz fest an ihre Mutter heran.

»Es tut mir sehr Leid, Anneliese ... für dich«, sagte Katrin Stegmaier und strich ihr zärtlich über das Haar.

»Jetzt aber senkt sich Trauerstimmung über Lengede, denn gerade wurde durch den Krisenstab bekannt gegeben, dass es Tote gegeben hat. Es soll sich insgesamt um neun Bergleute handeln, wobei wir noch nicht ihre Namen erfahren haben«, hörten sie den Reporter im Fernsehen.

Anneliese schluchzte laut auf.

Bruno saß in halb aufrechter Position an einen Mergelbrocken gelehnt, sein gebrochenes Bein lang ausgestreckt, zitternd auf dem Boden. Neben ihm schlotterte Stubb vor Kälte. Die meisten schliefen, die restlichen Kumpel lagen oder saßen schweigend. Ab und zu hustete einer. Geredet wurde nur wenig, denn es war ja alles schon mindestens ein Dutzend Mal gesagt, besprochen oder diskutiert worden. Hier, aus dem Alten Mann würden sie erst mal so schnell nicht rauskommen.

Franz sah besorgt auf seinen Freund hinunter. Dann zog er seine Jacke aus, legte sie Bruno um und setzte sich dicht neben ihn. Er tastete in der Dunkelheit nach Stubb, packte ihn am Ärmel und zog ihn ebenfalls näher an Bruno heran. Aber Stubb sträubte sich, hielt dagegen.

»Zier dich doch nich so«, sagte Franz, »komm ran – die Jacke reicht auch für drei.«

»Mir ist nicht kalt«, antwortete der Bergmann, aber Franz ahnte, dass Stubb solch eine körperliche Nähe einfach nur nicht geheuer war.

»Aber sonst wird uns nicht warm!«, meinte der deshalb und zog ihn schließlich mit Gewalt an Bruno heran, der leise aufstöhnte.

Inzwischen tat ihm schon jede noch so kleine Berührung weh. Franz glaubte außerdem, dass er bereits Fieber hatte. Und leider waren sie schon zweimal gezwungen gewesen, Bruno einen halben Meter höher den Abraumhügel hinaufzuziehen, denn das Wasser stieg langsam, aber unaufhörlich, wofür jedoch keiner von ihnen eine vernünftige Erklärung hatte.

»Wieso zieht es hier wie Hechtsuppe?«, flüsterte Bruno plötzlich.

»Im Querstollen hat es die Pressluftleitung erwischt. Wenigstens ersticken wir nicht!«, antwortete Stubb.

Franz zog ihn noch näher an sich heran. Bruno in ihrer Mitte sollte es schön warm haben.

»Is' doch gemütlich, fast wie zu Haus«, witzelte Franz, »schade, dass wir zu wenig Licht haben, um Karten zu kloppen.«

Stubb brachte nur einen leisen Grunzton des Missfallens zustande. Dann schwiegen sie wieder und hingen jeder für sich ihren Gedanken nach. Langsam wurde ihnen wärmer. In der tiefschwarzen Dunkelheit konnten beide Männer nicht sehen, dass Bruno kurz lächelte, bevor ihm die Augen zufielen und er einschlief.

»**Wie hast du es** so schnell erfahren?«, flüsterte Helga, als Renate atemlos neben ihr in dem Augenblick an der Suchbohrstelle auftauchte, als der Bohrmeister mit einem schweren Schraubenschlüssel ans Bohrgestänge schlug.

Renate wunderte sich über Helgas Gelöstheit. Außerdem fiel ihr plötzlich auf, dass sich die große Menge aus Grubenmitarbeitern, Helfern, Reportern und Angehörigen, die sich um das Bohrloch versammelt hatte, mucksmäuschenstill verhielt.

»Es soll doch Tote gegeben haben!«, wisperte die ratlose Renate ihrer Freundin ins Ohr.

Irgendjemand in der Menge sagte ärgerlich: »Psst!«

Jürgen Grabowski schlug erneut ans Bohrgestänge. Zweimal kurz, dreimal lang. Dann horchte er. Die Umstehenden hielten den Atem an.

Dann hörten sie es alle.

Das Signal war zwar leise, aber es war deutlich und klar zu vernehmen: zweimal kurz, dreimal lang.

Und es kam von unten. Definitiv. Es kam aus der Grube.

Ein einziger Jubelschrei fegte über das Zechengelände hinweg. Sie hatten also tatsächlich noch mehr Überlebende gefunden. Dietz und Kampmann umarmten sich. Hansen ballte seine kleinen Fäuste, und sogar dem hartgesottenen Grabowski standen Tränen in den Augen. Er wischte sie verstohlen weg.

»Aber was ist denn mit den Toten, Helga«, fragte Renate ungeduldig.

»Wir sind alle Namen durchgegangen. 79 haben es geschafft. 41 sind jetzt noch unten …«

»Nun sag schon!«

»Wenn sie das da jetzt nicht sind«, nickte Helga, »dann bleiben Franz und Bruno weiterhin vermisst.«

Kaum dass sie jedoch diese Wörter ausgesprochen hatte, fiel ihre ganze Beherrschung in sich zusammen wie ein Kartenhaus. Sie schluchzte laut auf. Renate, die eben selbst noch ein furchtbares Wechselbad der Gefühle durchlebt hatte, nahm sie in den Arm. Sie standen eng umschlungen zwischen den vielen Menschen und kümmerten sich nicht um das Geschehen um sie herum.

»Helga«, rief Renate in diesem Tumult, »unsere Jungs schaffen das doch!«

Sie lächelte ihre Freundin zuversichtlich an.

»Entschuldige«, sagte Helga mit verweinten Augen, »aber weißt du: ich hab die Toten gesehen.«

»Bitte eine Frage«, sagte plötzlich eine Stimme neben Renate.

Als sie sich umwandte, erkannte sie den Reporter, den sie vor ein paar Minuten noch auf dem Bildschirm ihres Fernsehapparates gesehen hatte. Er hielt Helga ein Mikrophon unter die Nase; Renate sah, dass auch eine Kamera auf ihre Freundin gerichtet war.

»Frau Wolbert, als Mitglied der Einsatzleitung: Wissen Sie vielleicht schon Näheres über die Identität der ... neun toten Bergleute?«

Helga wischte sich rasch die Tränen aus ihrem Gesicht. Dabei verschmierte ihr Maskara.

Stefan Schönfelder erkannte in diesem Augenblick, dass er sich genau den falschen Moment für ein Interview ausgesucht hatte. Er verdeckte daher mit seiner flachen Hand rasch das Objektiv der Kamera und machte dabei ein betretenes Gesicht. Renate schluckte den Spruch, den sie sich bereits zurechtgelegt hatte, wieder hinunter.

»Das war nicht live, Frau Wolbert«, sagte der Fernsehreporter, »trotzdem: Verzeihen Sie bitte!«

Helga riss sich zusammen.

»Wer sagt eigentlich, dass ich ein Mitglied des Krisenstabes sei?«

»Herr ... Dietz?«, fragte Schönfelder unsicher.

Ein kurzes Lächeln überflog ihr Gesicht.

»Dann will ich Sie jetzt nicht länger stören«, sagte Schönfelder und wandte sich an Renate. »Und wer sind Sie, wenn ich fragen darf?«

Er hatte eine angenehme Stimme. Das war ihr schon im Fernsehen aufgefallen.

»Renate Reger«, nickte Renate und nahm seine Hand, die sich ganz anders anfühlte wie die schwieligen, rauen Hände, die man normalerweise in Lengede schütteln konnte. »Helga ... also Frau Wolbert und ich, wir sind Freundinnen. Und unsere Männer sind beide noch ... da unten drin.«

»Das wusste ich nicht!«, sagte der Reporter ehrlich erschrocken, »um Gottes willen – verzeihen Sie dann bitte meine Aufdringlichkeit.«

»Ich glaube, aufdringlich zu sein gehört zu Ihrem Geschäft«, meinte Renate schnippisch.

»Manchmal schon«, gab der Fernsehmann verlegen zu, drückte dem Tonassistenten das Mikrophon in die Hand und schickte dann sein Team zum Bohrloch, wo Jürgen Grabowskis Leute inzwischen damit begonnen hatten, das Werkzeug zu entfernen und es mit offenem Gestänge zu bestücken, um so eine erste Verbindung zwischen den Eingeschlossenen und den Rettern an der Oberfläche herzustellen. »Mein Name ist übrigens Stefan Schönfelder, vom Norddeutschen Rundfunk. Wenn Sie mich jetzt bitte entschuldigen würden!«

»Selbstverständlich«, sagte Renate, die sich in diesem Augenblick dabei ertappte, wie sie dem gut aussehenden Reporter doch tatsächlich einen Tick zu lange hinterhersah.

Hoffentlich hatte Helga nichts davon bemerkt.

»Wenn mich der Dietz schon zur Sprecherin der Einsatzleitung macht«, meinte ihre Freundin im gleichen Moment, »dann hat er dich wahrscheinlich noch nicht reden hören.«

»Siehst du«, antwortete Renate, »es ist doch von Vorteil, wenn man in einer Bergmannskneipe arbeitet.«

Aber schon wurden die beiden Frauen wieder von der fast unerträglichen Spannung erfasst, die nun am Bohrloch herrschte. Wie viele Bergleute hatten sich auf den Hauptbremsweg retten können? In welchem Zustand waren sie? Doch die wichtigste Frage lautete: wer?

Mittlerweile funktionierten nur noch vier der ursprünglich 18 Helmlampen – Albin und Bruno hatten ihre Helme schon vor Stunden im Wasser verloren –, aber die Batterien wurden von Minute zu Minute schwächer. Es hatte jedoch plötzlich ein lautes Knacken und Rumoren gegeben. Einige der Kumpel waren davon aufgewacht, auch Franz und Stubb. Franz knipste seine Lampe an und leuchtete nach oben an die Decke der ausgeerzten Abraumhalle.

»Die Erde bewegt sich«, flüsterte Stubb mit angsterfüllter Stimme, »der ›alte Mann‹ schlägt zurück!«

Es knirschte laut über ihren Köpfen.

»Siehst du den Kawenzmann da oben?«, raunte Franz.

Stubb riskierte einen Blick auf die große Mergelplatte über ihnen und zog unwillkürlich seinen Kopf ein.

»Ob der noch lange hält, Stubb?«

»Ich weiß nicht!«

Sie fühlten, wie feiner Staub von oben auf sie herabrieselte.

Sie spürten, dass der Boden zitterte.

Und sie sahen, wie sich die Platte plötzlich löste.

Franz warf sich instinktiv über Bruno. Stubb drehte sich blitzschnell auf den Bauch. Mit einem dumpfen Geräusch prallte die Mergelplatte auf den Boden. Die Männer schrien. Die Männer fluchten. Gregor schluchzte laut auf. Eine weitere Helmlampe wurde angeschaltet, aber Unmengen von Staub verhinderten eine klare Sicht.

»Jemand verletzt?«, schrie der alte Willi.

Vier matte Lichtkegel fingerten durch die Dunkelheit.

»Licht aus – wartet, bis sich der Staub gelegt hat!«, rief Franz. »Gregor, alles klar?«, Gregor nickte. Franz leuchtete auf die Mergelplatte, die den jungen Lehrhauer nur um wenige Zentimeter verfehlt hatte. »Hast aber mächtig Schwein gehabt!«

Gregor lachte hysterisch auf und versuchte aufzustehen. Aber er merkte, dass die Mergelplatte einen Zipfel seiner Bergmannsjacke eingeklemmt hatte. Er begann, panisch zu werden; er ruderte wild mit seinen Händen.

»Ruhig, Junge – ich bin ja schon da!«, rief Franz und kroch auf allen vieren über das Bruchgestein zu seinem Lehrling. Als er ihn erreicht hatte, rissen sie mit vereinten Kräften den Jackenzipfel ab. Doch nun hielt Franz entsetzt inne und richtete den Lichtstrahl seiner Taschenlampe direkt auf den Rand der Gesteinsplatte – genau auf die Stelle, wo jetzt die Finger einer Hand unter dem Mergel herausragten; Finger, die sich jedoch nicht mehr bewegten. Derjenige, dem diese Finger gehörten, war mit Sicherheit tot. Zerquetscht von ein paar Tonnen Gestein. »Er hat neben mir gepennt, direkt neben mir!«, schrie Gregor und sprang entsetzt auf.

Erwin, Stubb, Otto und Moritz krochen heran. Stubb wandte sofort seinen Blick ab, als er die staubigen, gekrümmten Finger entdeckte.

»Wer war das?«, fragte der alte Willi.

»Hans«, sagte Franz tonlos und hob ein Stückchen Brotrinde auf, das neben der leblosen Hand im Staub lag.

»Wenigstens ist es schnell gegangen«, flüsterte Moritz, »gespürt hat die arme Sau bestimmt nichts mehr.«

»Mensch, Gregor«, rief Erwin von oben aus seiner Privathöhle, »du wachst ja nicht mal auf, wenn neben dir einer krepiert!«

Er lachte meckernd, wie eine Ziege, aber das tat Erwin immer, wenn er die Hosen voll hatte. Die Kumpel kannten ihn gut genug. Aber sie hatten jetzt vor allem auch endgültig die Gefahr erkannt, in der sie steckten. Der »alte Mann« hatte ihnen zum ersten Mal seine Macht gezeigt. Ihnen blieben nur noch drei Möglichkeiten: Entweder, sie wurden erschlagen, sie mussten verhungern oder sie wurden so schnell wie möglich gefunden.

Am wahrscheinlichsten schien ihnen in diesem Moment jedoch die erste dieser drei Möglichkeiten zu sein.

Der Bohrmeister fluchte. Die »Dahlbusch-Bombe« war zwar längst einsatzbereit, aber schon der erste Versuch einer Bergungsbohrung war misslungen. Ein Findling in fünf Meter Tiefe versperrte dem Bohrwerkzeug den Weg. Jetzt mussten Grabowski und seine Männer die Bohrung ein paar Meter weiter neu ansetzen, und das kostete wertvolle Zeit.

Sieben Bergleute saßen 38 Meter unter ihnen auf dem Hauptbremsweg fest. Über das Versorgungsrohr hatte man zuerst einen Zettel und einen Bleistift in ihr Verließ hinuntergelassen. Als der Zettel zurückkam, hatte »Wetter gut. Niemand verletzt« drauf gestanden. Und ihre sieben Namen. Das waren ausnahmsweise mal gute Nachrichten gewesen; Nachrichten, die Hoffnung machten.

Dann hatte man ihnen Bonbons, Schokolade und frisches Wasser heruntergeschickt. Doch für Taschenlampen war die acht Zentimeter breite Versorgungsbohrung zu eng. Dafür hatte ein Tontechniker des Fernsehens die Idee für eine Sprechverbindung gehabt. Dafür benötigte er lediglich zwei Mikrophone, zwei kleine Lautsprecher, zwei Unterbrechertasten und ein langes Kabel. Nach nicht einmal eineinhalb Stunden konzentrierter Bastelei hatten sich die sieben Eingeschlossenen mit ihren Rettern unterhalten können. Und wenig später hatte man ihren Ehefrauen und Müttern das Stabmikrophon in die Hand gedrückt.

Man tat einfach alles, um die Männer bei Laune zu halten. Denn so, wie es aussah, würde sich die Rettungsbohrung wegen der ungünstigen Bodenverhältnisse noch für mehrere Stunden hinziehen. Die Sonne ging bereits unter. Es war kurz vor 18.30 Uhr; die Eingeschlossenen waren jetzt schon über 28 Stunden unter Tage und wurden langsam ziemlich ungeduldig.

Jürgen Grabowski hatte sich dafür entschieden, in drei Schritten vorzugehen: Eine 200-Millimeter-Bohrung sollte dabei bis auf 600 Millimeter ausgedehnt werden – auf jeden Fall groß genug für das Rettungstorpedo.

Gegen 20.10 Uhr knackte es im Lautsprecher des Übertragungswagens. Die sieben Bergleute meldeten sich.

»Ich höre Sie«, sagte der Bergwerksdirektor.

»Wir wollen nicht mehr warten«, kam es knisternd und knackend zurück.

»Wiederholen Sie!«

»Wir warten nicht mehr. Wir werden uns jetzt selbst zum Förderkorb durchschlagen.«

»Wäre eine Rettungsbohrung vielleicht zu gefährlich?«, fragte Dietz verwundert ins Mikrophon.

»Nein! Aber wir wollen *jetzt* raus! Haben Sie verstanden?«

»Bitte unterlassen Sie eigenmächtiges und gefährliches Handeln!«

»Wir warten jetzt nicht mehr. Wir suchen den Weg nach oben. Wünschen Sie uns Glück!«

Damit war das Gespräch beendet. Der Bergwerksdirektor sah in

Helga Wolbert feiert ihren Geburtstag im Gasthof Schröder

Helga Wolbert schaut nach Lisa und Veronika

Anneliese und Hennes treffen sich heimlich

Bohrmeister
Jürgen Grabowski

Franz und Willi
in der Kaue

Die Freunde
Franz Wolbert
und Bruno Reger

Schlägerei
zwischen
den Kumpels

Der Obersteiger
schlichtet
den Streit

Steiger Müller

Pit Spieker kämpft um sein Überleben

Die Lage wird brenzlig

Wassermassen stürzen in den Schacht

Verzweifelt wartet
Renate Reger auf
Neuigkeiten

Müller und sein
Suchtrupp finden
Pit Spieker

Getröstet von der
Freundin

Wird die Decke des Alten Mannes halten?

Die Menge wartet geduldig

Bange Stunden voller Hoffnung

Renate Reger und
Helga Wolbert
geben nicht auf

Dr. Heiner Dietz

Stefan Schönfelder
wartet auf neue
Nachrichten

Die Überlebenden

Zärtlich nimmt
Helga ihren Franz
in die Arme

Glückliches
Wiedersehen nach
vielen Jahren

ein paar fassungslose Gesichter, die um ihn herumstanden; in die Gesichter der Männer, die eben mitgehört hatten.

»Warum machen die jetzt, so kurz vor der Rettung, diesen Unsinn?«, fragte er.

Doch darauf wusste niemand eine Antwort.

Helga Wolbert hatte gerade die 100. Akkreditierung bearbeitet. Es handelte sich dabei um einen Reporter des *Reader's Digest-Magazins* aus den USA. Sie sah auf ihre Armbanduhr. Es war kurz vor 19.00 Uhr. Sie war sich unschlüssig, ob sie nach Hause gehen oder doch lieber auf der Zeche bleiben sollte. Denn eigentlich konnte sie hier jetzt nichts mehr tun. Außer Warten natürlich. Franz und Bruno befanden sich ja nicht unter den sieben Bergleuten, die auf dem Hauptbremsweg hockten und auf die rettende Bombe warteten, noch hatten sie auf der 100-Meter-Sohle gearbeitet. Und bisher hatte es noch kein Lebenszeichen eines Bergmanns von der 90-Meter-Sohle gegeben.

Sie erhob sich von ihrem Schreibtisch, ordnete schnell noch die wichtigsten Unterlagen und ging dann zum Konferenzraum auf der gegenüberliegenden Seite des Flurs hinüber, wo der Krisenstab damit beschäftigt war, über die Nachricht zu diskutieren, die der Bergwerksdirektor gerade überbracht hatte: dass nämlich die sieben Eingeschlossenen versuchen wollten, sich auf eigene Faust zum Förderkorb durchzuschlagen.

»Entschuldigung – brauchen Sie mich noch?«, fragte Helga Wolbert in den Raum hinein.

»Nein, Frau Wolbert – gehen Sie ruhig nach Hause und ruhen Sie sich aus«, sagte der Hüttendirektor.

»Ich werd's versuchen«, lächelte Helga gekünstelt und nickte zum Abschied in die Runde.

Als sie sich umdrehte, standen zwei elegant gekleidete Herren in Anzügen vor ihr auf dem Korridor. Sie baten darum, den Hüttendirektor sprechen zu dürfen.

»Moment«, antwortete Helga, die sich kurz von ihrem Schrecken erholen musste, »ich werde kurz nachsehen, ob er Zeit hat. Wen bitte darf ich melden?«

»Siegfried Bauer«, sagte der größere der beiden Männer freundlich, aber kühl, »und das ist mein Mitarbeiter Henning Röhl. Ich glaube, Herr Dr. Kampmann wird sicherlich ein paar Minuten für uns erübrigen können. Wir sind übrigens von der Staatsanwaltschaft in Hannover.«

Da, wo der Boden des Klärschlammteiches durchgebrochen war, gähnte nun ein tiefes, schwarzes Loch. Aber im Licht ihrer starken Taschenlampen sahen die vier Bergleute auch die Öffnung zu einem alten Stollen, die vom Wasser freigespült worden war. Ihrer Grubenkarte nach zu urteilen, führte dieser Stollen in direkter Linie schräg nach unten zur überschwemmten 60-Meter-Sohle. Und er sah jetzt einigermaßen begehbar und trocken aus. Auch der Teich hatte sich restlos in die Grube entleert.

»Was meint ihr?«, fragte der Steiger Helmut Schulz.

»Da gibt's keine zwei Meinungen«, antwortete einer der Kumpel, »ich hab vorhin mit Müller gesprochen. Inzwischen müsste das Wasser so weit abgelaufen sein, dass wir versuchen sollten, unseren Kumpeln entgegenzugehen.«

»Irgendjemand, der trotzdem draußen bleiben will?«

»Nee, Steiger«, sagte der Kumpel, stellvertretend für alle.

»Also dann los«, sagte der Steiger und sprang als Erster mutig in den alten Stollen hinein.

Zur gleichen Zeit liefen die Vorbereitungen zur ersten Suchbohrung auf dem Acker bei Barbecke auf Hochtouren. Wenn einer oder vielleicht sogar alle von den vier Bergleuten, die hier gearbeitet hatten, noch lebten, dann würden sie dies genau unter der Stelle tun, die der Markscheider mit einem roten Pflock im morastigen Ackerboden markiert hatte. In einer Luftblase, die sich in einem Blindstollen gebildet haben musste. Das Problem für die Retter aber war der enorme Druckunterschied, da Hansens Berechnungen nach eine hohe Wassersäule auf dieser Blase lasten musste. Mindestens 1,4 Atmosphären Überdruck mussten in ihrem dunklen, feuchten Gefängnis unter der Erde herrschen, wahrscheinlich sogar mehr. Deshalb konnten sie auch nicht mit der Bohrung anfangen, obwohl es die »Deilmann«-Techniker tatsächlich geschafft hatte, den 100-Tonnen-Großbohrer binnen acht Stunden klarzumachen. Auch eine Druckkammer war inzwischen auf dem Acker abgestellt worden, damit die vier Eingeschlossenen bei der Bergung nicht an der Caissonkrankheit sterben konnten, dem Albtraum jedes Tauchers, der zu schnell aus großen Tiefen aufstieg.

Doch was den Rettern jetzt immer noch fehlte, war ein so genannter Preventer, ein luftdichter Ventilverschluss des Bohrlochs bei laufendem Bohrbetrieb, der allein es verhindern konnte, dass die Luft entweichen und so dem Wasser den Weg ebnen würde.

Eine weitere Gefahr lauerte freilich im Boden selbst: Denn wenn Grabowski eine 600-Millimeter-Rettungsbohrung in den Boden treiben würde, dann herrschte dort unten, vor allem auf den letzten Metern, bevor der Meißel durchstoßen würde, akute Einsturzgefahr.

Horst Kampmann verstand nicht, warum sich die Staatsanwaltschaft so schnell für das Unglück in seiner Grube interessierte. Außerdem hatte er eigentlich jetzt auch überhaupt keine Zeit, um sich mit den Herren Bauer und Röhl, die extra aus Hannover nach Lengede gekommen waren, über das komplizierte Genehmigungsverfahren für die Nutzung des Klärschlammteichs Nummer 12 zu unterhalten. Helga musste trotzdem immer wieder neue Aktenordner heranschaffen – diese beiden Staatsanwälte wollten offenbar *alles* wissen.

In der Zwischenzeit versuchte der Hüttendirektor, den beiden Staatsanwälten einen kurzen Einführungskurs über die Technik der Gewinnung von Eisen zu geben: Seitdem ab dem Jahre 1914 das Eisenerz auf »Mathilde« im Untertagebau gefördert wurde, musste das tonhaltige Bindemittel durch eine »Läuterung« vom Erz abgewaschen werden. Diese Brühe wurde in Klärschlammteiche geleitet, wo sich der Ton im Laufe der Zeit am Grund absetzen konnte. Das hierbei entstehende klare Oberflächenwasser wurde dann erneut zur »Läuterung« eingesetzt.

Die beiden Staatsanwälte nickten zugleich. Kampmann fuhr fort:

»Zur Zeit werden, wie Sie sicherlich wissen, auf ›Mathilde‹ rund 4500 Tonnen Roherz pro Tag gefördert. Dafür müssen pro Jahr sieben Millionen Kubikmeter Aufbereitungsbrühe durch unsere Klärteiche geleitet werden. Sie können sicherlich verstehen, dass daher der Bedarf an Klärteichen groß ist.«

Bauer kratzte sich am Kinn. Er hatte verstanden.

»Uns liegen Informationen vor, dass einige Ihrer Mitarbeiter bereits vor einem Jahr eine gewisse Angst vor einem möglichen Wassereinbruch geäußert haben sollen«, meinte der Staatsanwalt plötzlich.

»So? Das ist mir neu«, sagte Horst Kampmann. »Woher haben Sie denn diese Informationen?«

Bauer ignorierte die Frage.

»Damals handelte es sich um den Teich 11«, ergänzte Bauers Kollege Röhl. »Hatte es damals nicht schon einmal einen Grundwassereinbruch gegeben?«

»Aber damals entstand doch überhaupt kein Schaden«, wiegelte Kampmann ab. »Und nun verraten Sie mir doch bitte, was Sie wirklich hierhergeführt hat – lassen Sie doch bitte mal die berühmte Katze aus dem Sack!«

Die beiden Staatsanwälte blickten sich an. Siegfried Bauer räusperte sich.

»Wir müssen Sie leider in Kenntnis darüber setzen, dass sich die Staatsanwaltschaft Hannover nach den bisher ihr vorliegenden Informationen dazu entschlossen hat, ein Ermittlungsverfahren gegen den Betreiber der Grube einzuleiten ...«

»Ein Ermittlungsverfahren?«, fragte der Hüttendirektor und wurde blass.

»Ja«, sagte Bauers Kollege, »wir werden wohl allerlei zu überprüfen haben: ob zum Beispiel der Gutachter für die Anlage des Klärteichs sein Gutachten nach den Regeln der Technik erstattet hat; ob Sie, die Grubenleitung, den Gutachter mit zuverlässigen Informationen versorgt haben, ob das zuständige Bergamt in Hildesheim die notwendigen Untersuchungen sorgfältig durchgeführt hat und natürlich ob auch die Teichbauer vorschriftsmäßig gearbeitet haben.«

Kampmann blickte die beiden Staatsanwälte deprimiert an.

»Wir können doch sicherlich mit Ihrer vollen Unterstützung rechnen, Herr Kampmann, oder?«

Der Hüttendirektor sah betreten zu Boden.

»Im Übrigen, Herr Kampmann, geht es natürlich auch darum, einen Interessenskonflikt von vornherein zu vermeiden. Denn wie Sie wissen, ist der Vater Ihres Stellvertreters Dietz zufällig auch der Leiter des Bergamtes in Hildesheim. Verstehen Sie?«

»Selbstverständlich«, log Horst Kampmann.

In diesem Augenblick betrat Helga Wolbert das Zimmer.

»Verzeihen Sie, wenn ich störe, Herr Dr. Kampmann«, sagte sie, »aber Dr. Rasch aus Hannover ist am Apparat. Im Nebenzimmer. Wollen Sie das Gespräch annehmen, oder rufen Sie zurück?«

Kampmann sprang auf.

»Selbstverständlich nehme ich das Gespräch an, Frau Wolbert!« Er wandte sich an die beiden Staatsanwälte. »Mein Vorstand – Entschuldigen Sie mich!«

Er ließ seinen beiden Besuchern keine Zeit zur Antwort, sondern eilte aus seinem Zimmer. Helga fragte, ob sie ihnen etwas zum Trinken anbieten könnte, aber die beiden Herren verzichteten dankend. Als sie dann allein in dem repräsentativen Arbeitszimmer des Hüttendirektors saßen, stellten sie beide übereinstimmend fest, dass ihnen Horst Kampmann ziemlich nervös vorgekommen war – ja, viel zu nervös.

»Richard! – Männer, wacht auf – Richard ist zurück!«

»Richard? Wo denn?«, fragte Werner Hauschildt verschlafen.

»Da steht er doch«, rief Paulsen, »siehst du ihn nicht, Mensch?«

»Kurt, da ist es nur dunkel. Überall is' es gleich dunkel«, erwiderte Schroth, »glaub mir, das bildest du dir bloß ein.«

»Richard!«, rief Kurt Paulsen erneut.

»Hör auf damit«, zischte Hauschildt, »Klaus hat Recht: das ist eine Halluzination. Die einen kriegen es früher, die anderen später.«

Kurt Paulsen fing an zu weinen. Der Sprengmeister tastete sich an ihn heran und versuchte, ihn in den Arm zu nehmen. Aber der Schlepper wollte sich nicht von ihm trösten lassen, sondern trat und schlug plötzlich wild um sich. Seine Faust zischte dicht an Hauschildts Gesicht vorbei. Der Sprengmeister konnte den Luftzug spüren und rückte deshalb schnell von seinem Kollegen ab.

Sie saßen inzwischen seit über 30 Stunden in ihrem elenden Loch. Vor ungefähr zehn Stunden, das schätzten sie jedenfalls, war ihre letzte Helmlampe erloschen. Seitdem herrschte hier unten völlige Finsternis. Und eine trügerische Stille, die nun vom hemmungslosen Schluchzen ihres Kameraden durchbrochen wurde. Hauschildt fragte sich, wann *er* so weit sein würde.

Bruno stupste Franz mit seiner Faust an.

»Was ist denn, Bruno?«

»Hier, nimm!«, Bruno suchte die Hand seines Freundes und öffnete die Faust. »Franz, die Uhr von mei'm Alten. Gib sie Renate!«

»Bruno, red nicht so 'n Scheiß. Wir sind hier direkt unter der Zeche. Die paar Meter bis oben!«

»Is' aber bald alle, Kumpel«, stöhnte Bruno, »ich fühl das. Bitte: nimm die Uhr!«

Er tastete vorsichtig nach Brunos Stirn. Sie war heiß. Er schätzte, dass sein Freund inzwischen 39 Grad Fieber hatte, wenn nicht mehr. Vorsichtig rutschte er auf dem Hosenboden zur Wasserkante, nahm seinen Helm ab, füllte ihn mit Wasser und kroch dann auf die gleiche Weise wieder zurück.

»Hier«, sagte er zu Bruno, »heb deinen Kopf und trink!«

»Du willst ihm doch nicht etwa das Leichenwasser zu saufen geben?«, rief Erwin von oben.

»Erwin hat Recht. Da Wasser könnte vergiftet sein«, sagte Gregor ernst.

»Hör nicht auf sie, Bruno: trink das. Wasser ist wichtig. Guck doch mal, ich trink es auch.«

Er setzte den Helm an seinen Mund und machte extra große, hörbare Schlucke.

»Jetzt dreht auch schon der Wolbert durch!«, kicherte Erwin von oben aus seiner Extrahöhle.

»*Das* biste doch schon lange, du Idiot«, rief Franz und wandte sich wieder an seinen Freund. »Los, Bruno, komm – sei brav.«

»Meinetwegen«, stöhnte Bruno, »vielleicht hilft es ja wirklich. Aber nur unter einer Bedingung ...!«

»Na klar, Bruno«, lächelte Franz im Dunkeln.

»Du musst Renate meine Uhr geben. Tust du das?«

»Ja, Bruno. Kannst dich drauf verlassen. Und nun bist du dran.«

Während er ihm tröpfchenweise das brackige Wasser einflößte, musste sich Franz beherrschen, um nicht laut loszuheulen.

»Leute«, sagte Stubb plötzlich, »das verfluchte Wasser steigt schon wieder.«

Der Schankraum von »Schröders Gasthof« platzte aus allen Nähten. Bier und Cola flossen in Strömen, und Renate taten inzwischen ihre Handgelenke vom Servieren weh. Die Qualität und vor allem auch die Größe der Portionen des legendären Stammessens – Schnitzel mit Bratkartoffeln – hatte sich in Windeseile unter den Reportern und Fotografen herumgesprochen.

»Hör ma' Renatchen – du musst nicht kommen, wenn du nicht willst oder kannst!«

Der dicke Schröder hatte ihr eine Wahl gelassen, aber Renate *wollte* arbeiten. Je weniger sie grübeln musste, desto besser würde es ihr gehen. Davon war sie überzeugt. Überhaupt: so ein Publikum hatte sie noch nie bedient. So ein Publikum hatte es wahrscheinlich noch nie in Lengede gegeben.

Viele der Journalisten kannten sich, begrüßten sich herzlich, obwohl sie doch alle bei verschiedenen Zeitungen und Illustrierten arbeiteten. Sie hatte einige Fetzen aus Gesprächen aufgeschnappt, in denen es zum Beispiel um Indochina, Korea, Algerien, Adenauers Rücktritt oder auch den Selbstmord von Marilyn Monroe gegangen war. Renate kam aus dem Staunen nicht mehr heraus, bei welchen wichtigen Ereignissen diese Journalisten schon überall dabei gewesen waren. Sie alle kannten offensichtlich die große, weite Welt, von der sie selbst bisher nur immer geträumt hatte. Und nun hatten sie ein neues Stückchen Erde erobern dürfen: Lengede-Broistedt im Peiner Land, um genauer zu sein.

Aber je mehr Renate darüber nachdachte und je mehr Gesprächsfetzen sie aufschnappte, desto wütender wurde sie auch. Denn einige der Journalisten erschienen ihr reichlich pietätlos zu sein, vor allem diejenigen, die das Unglück auf »Mathilde« herunterspielten, indem sie ein paar Bergwerks-Katastrophen herbeizitierten, wo es viele hundert Tote gegeben hatte – im Gegensatz zu hier, wo man jetzt höchstens mit 43 rechnen musste. Außer natürlich die sieben Verrückten, die es vor lauter Ungeduld nicht ausgehalten hatten, zu warten, würden jetzt vielleicht doch noch *ersaufen*.

Der dicke, schwitzende Kerl, der vor ein paar Minuten seinen vierten Halben bei Renate bestellt hatte, unterhielt mit seinen Ansichten den ganzen Tisch. Er sprach rheinischen Dialekt.

»Ich bitte euch, Kollegen – was sind schon 50 Tote?«, rief er dröhnend und schaute fragend in die Runde, »und deswegen sitz ich nun hier in diesem Kaff?«

Ein paar seiner Kollegen schienen nicht seiner Meinung zu sein. Einer sagte:

»Ich finde, Rudolf, jeder tote Bergmann ist einer zu viel. Das ist wirklich ein Schweineberuf: jedes Jahr werden fast 100 000 Unfälle registriert.«

»Jetzt komm mir doch bloß nicht mit dem ganzen Pathos, Edgar! Niemand zwingt dich heutzutage dazu, Bergarbeiter zu werden.«

Der Dicke winkte ab und hielt nach seinem frischen Export Ausschau. Er lächelte, als er in diesem Moment Renate erspähte, die sich seinem Tisch näherte.

Renate hätte jetzt verdammt große Lust gehabt, absichtlich zu stolpern. Aber sie beherrschte sich und blieb freundlich, als sie ihm sein Bier vor die Nase stellte.

»Das macht dann 9,60 Mark – alles zusammen«, sagte sie.

»Aber ich wollt ja noch gar nicht zahlen!«, erwiderte der Dicke verblüfft.

»Ach, wissen Sie – was ist heutzutage schon ein Gast mehr oder weniger?«

Doch der Mann verstand sie offensichtlich nicht. Renate entschied sich, deutlicher zu werden:

»Können Sie sich vorstellen, dass es gerade in unserem *Kaff* auch ein paar Frauen geben könnte, die vielleicht gerade in diesem Moment um ihre Männer zittern, die dort unten in der Erde sitzen? Die nicht wissen, ob sie ihn jemals wiedersehen werden?«

»Ich versteh nicht, was Sie meinen«, sagte der Dicke, aber seine Stimme klang belegt.

»Das verstehen Sie nicht?«, fragte Renate zurück: »Dann denken Sie doch mal bitte einen Augenblick nach – So, das macht dann, wie gesagt, 9,60 Mark.«

Auf »Mathilde« herrschte unbeschreiblicher Jubel, aber auch ein unbeschreibliches Chaos. Vor drei Minuten waren die sieben Eingeschlossenen vom Hauptbremsweg aus dem Dunkel des Zechengeländes aufgetaucht; ganz plötzlich hatten sie im Scheinwerferlicht gestanden, so wie siegreiche Gladiatoren nach einer gewonnenen Schlacht in der Manege.

Ihr Erscheinen hatte fast die gesamte Bergmannssiedlung auf die Beine gebracht. Atemlos, außer Rand und Band, strömten die

Menschen aufs Zechengelände und umringten die sieben verdreckten, schlammverkrusteten Männer. Weder ihren Frauen noch den Sanitätern gelang es, zu ihnen vorzudringen, denn vor ihnen hatte sich ein unüberwindbarer Wall aus Fotografen und Kameraleuten aufgebaut, die miteinander rüde um die beste Schussposition rangelten. Der zuständige Einsatzleiter der Polizei sah sich das Spektakel nicht lange an. Er beschloss, mit ein paar Beamten für Ordnung zu sorgen – und verursachte dadurch ein noch größeres Durcheinander.

Renate und Helga hatten sich zufällig am Werkstor getroffen. Auch sie wollten dabei sein. Sie hatten die Nachricht aus dem Fernsehen erfahren und waren sofort in der Hoffnung aufs Zechengelände gerannt, einer der sieben Geretteten könnte ihnen vielleicht etwas über das Schicksal ihrer Männer erzählen. Aber nun sahen sie sofort, dass sie keine Chance hatten, zu ihnen vorzudringen.

»Man kann sie ja nicht einmal sehen«, stellte Renate fest.

»Nein«, sagte Helga trocken, »das ist wirklich ein entsetzliches Tohuwabohu.«

Doch wie gerne wären sie beide Teil dieses Tohuwabohus gewesen.

In diesem Moment fuhren drei Krankenwagen mit Blaulicht und eingeschaltetem Martinshorn im Schritttempo auf die Menge zu, die sofort Platz machte und ein Spalier bildete. Bei den Pressevertretern dauerte es freilich etwas länger, bis sie den Weg freigaben. Erst jetzt konnten sich Ehemänner und Ehefrauen, Mütter, Väter und Söhne mit grenzenloser Erleichterung um den Hals fallen. Renate und Helga wagten sich ein paar Schritte weiter nach vorn. Sie hielten sich an den Händen – und wollten im Grunde eigentlich gar nicht mehr hinsehen.

»Immerhin haben sie jetzt sieben Mann gerettet«, sagte Stefan Schönfelder ruhig, der die beiden Frauen schon eine längere Zeit beobachtet hatte, wobei er die meisten seiner Blicke auf Renate gerichtet hatte.

»Aber unsere Männer sind nicht dabei«, sagte sie traurig.

»Nicht dabei«, wiederholte Helga. Ihre Stimme begann zu zittern.

»Kommen Sie«, sagte der Fernsehreporter entschlossen, »ich bring Sie hier erst mal raus.«

Er hatte schnell gemerkt, dass Renate und Helga erneut kurz davor waren, in Tränen auszubrechen. Außerdem hatte er die Bilder, die er für seinen Bericht benötigt hatte, längst im Kasten. Er hatte sogar das selbst gezimmerte Floß filmen können, mit dem es den sieben entkräfteten Bergleuten unter Lebensgefahr gelungen war, mit Hilfe des Steigers Helmut Schulz und drei weiteren Kumpeln der Tagesschicht mehr als 300 Meter durch die überfluteten Stollen in die Freiheit zu paddeln.

Denn Stefan Schönfelder war ein Wolf, der nur höchst ungern zusammen mit dem Rudel heulte. Deshalb hatte er sich lieber an ein paar Kumpel von der Zeche gewandt, wenn er Neuigkeiten erfahren wollte, die vielleicht seine Zuschauer interessieren konnten, anstatt den Mitgliedern des Krisenstabes auf die Zehen zu treten. Auf diese Weise hatte er den Steiger Helmut Schulz kennen gelernt. Die beiden Männer hatten schnell zueinander Vertrauen gefasst. Nicht einmal Geld war geflossen, als ihm der Steiger unter dem Siegel der Verschwiegenheit verraten hatte, wo er den Einstieg für seine geplante, heimliche Rettungsmission gefunden hatte.

Genau an der gleichen Stelle war er dann auch wieder rausgekommen. Zusammen mit den sieben Mann. Und war, ganz zufällig, direkt vor Stefan Schönfelders Kameraobjektiv gelaufen.

Die große Standpauke, die Abmahnung, der Rausschmiss, womit die vier heimlichen Retter insgeheim gerechnet hatten, war ausgeblieben. Jetzt zählte nur noch die Tatsache, dass sieben weitere Männer unversehrt aus der Grube herausgekommen waren.

»Ich hatte mir so was ja beinahe schon gedacht«, sagte der Bergwerksdirektor, und streckte dem Steiger seine Hand hin. »Gut gemacht, Schulz – Schwamm drüber.«

»Danke, Herr Doktor«, sagten die vier Bergleute, fast einstimmig im Chor und verließen das Zimmer des Bergwerkdirektors, um weiteren Diskussionen aus dem Wege zu gehen.

Hansen und Grabowski standen am Fenster und blickten hinunter auf den Hof, wo die Floßfahrer gerade im Begriff waren, in die Krankenwagen zu steigen, die sie zu einer Routineuntersuchung ins Krankenhaus von Peine bringen würden.

»Sieben«, sagte Dietz, als sich die Tür hinter Schulz und seinen Männern geschlossen hatte, »sieben von vierundvierzig.« Er gähnte. »Wie gehen die anderen Suchbohrungen voran?«

»Bohrung vier und fünf werden eingerichtet«, antwortete Grabowski.

»Und was ist mit dem Acker?«

»Der Konzernleitung ist es gelungen, einen Preventer in Antwerpen ausfindig zu machen«, sagte der Bohrmeister.

»Antwerpen?«, wunderte sich Dietz.

»Ja. War wohl für 'n Export bestimmt. Musste erst mal wieder aus dem Frachter herausgeholt werden. Morgen Mittag spätestens soll er eintreffen.«

Dietz warf einen Blick auf die Standuhr auf seiner Anrichte.

»Dann säßen die vier über achtundvierzig Stunden in ihrem Loch«, meinte er.

»Wenn sie überhaupt dort sitzen«, warf Hansen ein, »aber es ist der einzig mögliche Fluchtpunkt. Ich hab's mindestens ein Dutzend Mal nachgerechnet.«

Die Tür flog auf, und der Hüttendirektor kam herein. Horst Kampmann sah bleich und müde aus. Er ließ sich in einen Sessel fallen und lockerte seine Krawatte.

»Wenn's Not tut, mach ich aus Mathilde Schweizer Käse«, sagte Grabowski.

»Genau darüber würde ich jetzt gerne mit Ihnen reden, meine Herren«, unterbrach sie der Hüttendirektor, »im kleinen Kreis, wenn Sie verstehen. Herr Hansen, Entschuldigung – könnten Sie bitte die Tür schließen?«

»Vielleicht einen Kognak?«, fragte Dietz.

Horst Kampmann nickte. Der Bohrmeister und der Markscheider lehnten dankend ab. Dietz holte zwei Schwenker aus seiner Anrichte und schenkte großzügig ein. Dann setzten sich die drei Männer um den niedrigen Couchtisch herum. Kampmann nahm einen Schluck Kognak und ließ ihn genießerisch auf der Zunge hin- und herrollen. Dann sagte er mit ernster Stimme:

»Sie wissen, unser Konzern will in den nächsten Jahren Millionen in die Erneuerung der Anlagen investieren, um wettbewerbsfähig zu bleiben. Aber Sie haben es ja sicher auch gelesen: die Kapitaldecke der AG ist dünn, und die geplanten 450 Millionen sind kein Pappenstiel.«

»Und«, fragte Grabowski, »was heißt das?«

»Das heißt: Der Konzern kann die geplanten Investitionen nicht leichtfertig aufs Spiel setzen. Die Banken wollen Zahlen sehen – schwarze Zahlen – und ausgerechnet wir hier sind sozusagen die Gelddruckmaschine.«

»Tut mir Leid, Herr Kampmann, aber ich verstehe Sie immer noch nicht!«, unterbrach ihn der Bohrmeister erneut.

»Da gibt es nicht viel zu verstehen: Zur Zeit werden noch dreiundvierzig Männer vermisst. Vier von ihnen haben sich eventuell in einen Blindschacht retten können. Da besteht also zumindest noch eine reelle Chance.«

»Aber?«, fragte Hansen.

Der Hüttendirektor räusperte sich.

»Nun«, sagte er bedächtig, »die Konzernleitung ist der Ansicht, dass wir die Wiederaufnahme der Produktion nicht unnötig herauszögern sollten, nur weil wir vage Vermutungen haben …«

Der Bohrmeister explodierte und sprang aus dem tiefen Sessel auf.

»Vage Vermutungen? Was soll der Scheiß? Wir müssen suchen, suchen bis wir alle gefunden haben!«

»Beruhigen Sie sich, Herr Grabowski, und setzen Sie sich wieder hin«, sagte der Bergwerksdirektor, »aber Herr Kampmann hat Recht: Lengede stirbt, wenn Mathilde nicht mehr fördert.«

»Sie wollen fördern, während unsere Leute da unten verrecken?«

»Na ja – zunächst muss ja wohl erst mal das Wasser aus der Grube raus«, bemerkte der Hüttendirektor, »dann müssen sicherlich auch einige Strecken wieder instand gesetzt werden, und die Förderbänder natürlich auch. Aber jeder weitere Tag bringt weitere Verzögerungen für das Wiederanlaufen der Produktion.«

Der Bohrmeister begann, vor Erregung zu zittern. Hansens Augen wanderten hinter den dicken Brillengläsern zwischen den drei Kontrahenten blitzschnell hin und her.

»Sie glauben also wirklich, dass unsere Leute bereits tot sind!«, schrie Grabowski.

»... abgesehen natürlich von den immensen Kosten dieser aufwendigen Rettungsaktion«, sagte der Hüttendirektor sachlich.

Jetzt schaltete sich erneut auch sein Stellvertreter ein.

»Mann, Grabowski, seien Sie doch mal Realist! Die Chancen, da unten noch jemanden zu finden, sind doch gleich null!«

Das war zu viel für Jürgen Grabowski. Er war schließlich ein Mann der Tat, nicht ein Diplomat. Und dieses menschenverachtende Gerede konnte er sich einfach nicht mehr anhören. Daher drehte er sich auf dem Absatz um und stürmte aus dem Zimmer. Hinter ihm fiel krachend die Türe ins Schloss. Seufzend genehmigte sich Kampmann den Rest Kognak. Dann wandte er sich an den Markscheider, der die ganze Zeit über nur den stillen Beobachter abgegeben hatte.

»Was meinen Sie, Hansen?«

Der Markscheider blickte auf seine Finger, die nervös auf der Tischplatte trommelten.

»Kommen Sie – ich will *Ihre* Meinung hören!«, rief Kampmann.

»Ja, aus den genannten wirtschaftlichen Gründen würde ich mich selbstverständlich sofort Ihnen anschließen, Herr Doktor Kampmann. Aber andererseits mache ich mir Sorgen über *unser* zukünftiges Leben. Stellen Sie sich doch nur mal vor: Wir holen jetzt noch die vier bei Barbecke raus, stoppen die Suchbohrungen, erklären vierzig Mann für tot und finden aber irgendwann ein paar

Männer, die vielleicht noch hätten leben können, wenn wir nur weiter nach ihnen gesucht hätten. Die Pathologen werden bestimmt feststellen können, woran die Männer letztendlich gestorben sind.«

Horst Kampmann beugte sich vor.

»Was meinen Sie mit *unser* Leben, Herr Hansen?«

»Ich glaube, Herr Hansen meint das Gewissen«, antwortete Dietz. »Er will uns vor den Vorwürfen bewahren, die wir uns in einem solchen Fall den Rest unseres Lebens machen würden. Sehe ich das so richtig, Herr Hansen?«

Der Markscheider nickte bedächtig. Kampmann verschränkte die Hände hinter seinem Kopf, blies hörbar den Atem aus und starrte an die Decke. In diesem Moment beschloss der Bergwerksdirektor Heiner Dietz, die Fahne einzuholen, die er für gewöhnlich in den richtigen Wind zu hängen pflegte.

Er beschloss ganz für sich allein, Courage zu zeigen.

Zweiter Teil

Das Wunder

6. Kapitel **Unter Druck**

Helga schob sich durch die Frauen, die dicht gedrängt am Tor zur Zeche standen und warteten. Eben noch hatte sie Renate vorn stehen sehen. Sie wollte zu Renate, die in der gleichen Lage war wie sie und die sie deshalb verstand. Doch sie wollte auch ein bekanntes Gesicht sehen.

Das grelle Licht der Scheinwerfer blendete sie. Überall war jetzt dieses grelle Licht. Sie wusste, dass es den Bohrmannschaften bei der Suche half. Aber es kam ihr auch so vor, als würfen die Scheinwerfer ein grelles Licht auf ihr Leben. Sie strahlten Hitze aus. Wie die Sonne auf Mallorca? Wie hatte sie sich nur mit Franz über so etwas streiten können?

Immer wieder holten die Gedanken an ihren letzten gemeinsamen Abend sie ein. Sie hatte Franz in die Grube gehen lassen, ohne sich richtig von ihm zu verabschieden. Dabei musste jede Bergmannsfrau jeden Tag damit rechnen, dass es der letzte gemeinsame Tag sein konnte.

Gut, es war ihr Geburtstag gewesen, und sie hatte sich über seine bräsige Art geärgert. Aber wenn sie an jenem Abend gewusst hätte, dass er *jetzt* da unten war und vielleicht nie wieder rauskam …

Helga presste die Hand vor den Mund und unterdrückte ein Schluchzen. Sie durfte jetzt nicht weiterdenken, wollte sich jetzt nicht gehen lassen. Denn da war ja auch Veronika, ein Teil von Franz. Veronika brauchte sie, brauchte es auch, dass sie stark blieb. Eine Träne rollte Helga über die Wange.

Renate drehte sich in dem Moment um und sah ihre Freundin an. Sie griff sie nach ihrer Hand und drückte sie kurz.

»Reiß dich zusammen«, befahl sie dabei barsch.

Helga gehorchte.

Doch dann ging Renates Blick gleich wieder zu Schönfelder. Er stand im Licht der Scheinwerfer und sah aus, als ob er genau dort hingehörte. Mit ernster Miene sah er in die Kamera und begann auf ein Zeichen des Assistenten hin zu sprechen.

»In einer dramatischen Rettungsaktion versucht man, drei Bergleute wieder an die Erdoberfläche zu holen, die in einer Luftblase rund 70 Meter unter einem Feld bei der Ortschaft Barbecke eingeschlossen sind.«

Dieser Stefan Schönfelder war ein Mann von Welt. Der war bestimmt schon in Kanada gewesen, und wenn nicht dort, dann in den USA. Der würde wahrscheinlich nicht zögern, woanders ein neues Leben beginnen zu wollen, dachte Renate.

Aber was um Gottes willen tat sie da? Das war doch schlimmer Verrat an Bruno, dem Mann, den sie geheiratet hatte – und Bruno war jetzt auch da unten und träumte garantiert nicht von Kanada, sondern vom Tageslicht und von ihr und den Kindern. Wenn er überhaupt noch träumen konnte.

Eine raue Hand schob sich in ihre. Auch Helene Wolbert war mit der kleinen Veronika und mit ihrer Tochter ans Tor gekommen. Lisa drängte sich dicht an ihre Mutter. Sie spürt es auch, dachte Renate. Sie spürt, dass etwas nicht in Ordnung ist; sie ist jetzt in dem Alter, wo sie schon viele Dinge mitbekommt. Sie zog das Kind enger an sich und strich ihm über den Kopf.

Ihr Blick ging wieder zu Schönfelder, der noch immer in die Kamera sprach.

»Für sie hat der Albtraum hoffentlich bald ein glückliches Ende«, fuhr der Reporter fort. »Aber in vielen Familien in Lengede wächst die furchtbare Gewissheit, dass es womöglich für alle anderen keine Hoffnung mehr geben könnte.«

Schönfelder schwieg kurz, um der Tragik des Ganzen mehr Gewicht zu geben.

Ich gehöre vielleicht auch zu so einer Familie, dachte Renate. Aber dann dachte sie daran, dass ihr Bruno ein Kämpfer war: Der bleibt nicht dort unten.

Helene sah ihre Schwiegertochter an. Müde sah ihr Mädchen aus. Und was sie nur für scharfe Linien um den Mund hatte. Waren die vorher auch schon da gewesen?

»Lasst uns nach Hause gehen«, sagte Helene Wolbert leise.

Renate schüttelte den Kopf und nahm Lisa auf den Arm.

»Kommt Papa bald?«, fragte das Kind.

Die Frauen schwiegen.

»Sie haben schon wieder welche gefunden«, sagte Renate dann.

»Ich hab vom Unglück geträumt«, bemerkte die ältere Frau.

Helga sah ihre Schwiegermutter an.

»Ich träum jede Nacht davon«, stieß Helene Wolbert hervor. Wenn sie endlich einschlafen konnte, dann nur, um von den furchtbaren Bildern, die sie im Traum sah, wieder geweckt zu werden. Am schlimmsten war der Moment, wenn sie dann merkte, dass sie aus dem Albtraum nicht erwachen würde. Wenn sie wach war, sah sie noch viel schlimmere Bilder vor sich. »Ich habe *vor* dem Unglück davon geträumt. Bevor es passierte.«

Renate spürte, wie sie eine Gänsehaut bekam. Helga schaute ihre Schwiegermutter verwundert an.

»In der Nacht von deinem Geburtstag hab ich geträumt, der Franz wäre verschüttet. Er hatte Bärenkräfte und hat gegen den Berg gekämpft.« Sie schwieg und sah ins Leere. Ihr Franz. Ihr Junge. Er war immer schon tapfer gewesen, hatte immer gegen das gekämpft, was sich ihm in den Weg gestellt hatte.

»Und wie ging dein Traum aus?«, fragte Helga leise. Dabei hielt sie den Atem an. Sie hatte Angst vor der Antwort, dabei war sie nie abergläubisch gewesen. Aberglaube konnte man sich als Frau eines Bergarbeiters nicht leisten.

»Wir trugen alle Trauer«, antwortete die ältere Frau leise.

»Dass wir heute …!«

Dietz hielt inne. Seine Worte gingen in dem Rufen und der allgemeinen Unruhe unter. Es war jetzt 14 Uhr, und die Pressekonferenz, die sie abhalten wollten, hatte alle möglichen Reporter in den

»Gasthof Schröder« gezogen. Immer wieder blendete Dietz das Scheinwerferlicht, wenn die Fernsehleute ihn ausleuchteten, um die beste Einstellung zu bekommen. Die Leute riefen ihre Fragen durcheinander, drängten sich nach vorn, um das beste Foto machen zu können. Mikrophone wurden in seine Richtung gehalten.

Er ärgerte sich über Kampmann. Der hatte ihn in die Höhle des Löwen geschickt. Dem hatte er dies alles hier zu verdanken.

Dietz räusperte sich und versuchte es noch einmal. Aber seine Stimme schaffte es nicht, den allgemeinen Lärm zu durchdringen. Schließlich hob er die Arme, um die allgemeine Aufmerksamkeit auf sich zu lenken. Dabei stieß er an die Schautafel, die hinter ihm im Raum stand. Darauf befand sich eine Risszeichnung des Zechengeländes; der Fundort der sieben Bergleute, die in der Luftblase gesessen hatten, war rot markiert. Daneben fiel der blau umrandete Klärteich 12, der das Unheil gebracht hatte, gar nicht auf.

Dietz brüllte fast, und jetzt wurde es ruhiger.

»Dass wir vier Tage nach dem Unglück hier«, er wandte sich von seinen Zuhörern ab und deutete auf die rote Markierung, »noch Bergleute lebend gefunden haben, grenzt an ein Wunder. Unser Werkarzt, Herr Doktor Schleip, wird Ihnen das gleich erläutern.«

Ein Wunder? Renate sah auf die vier Teller Schnitzel hinunter, die sie in der Hand trug, und ihr schnürte sich die Kehle zu. Das war ein Wunder, das nur anderen widerfahren war. Drei Frauen, die sich für Witwen gehalten hatten, die gezittert und gebangt hatten, waren jetzt keine Witwen mehr. Freilich nur, wenn alles gut ging. Sie stellte die Teller auf den Tisch. Vier Männerhände griffen danach. Bruno liebte Schnitzel, besonders das im »Gasthof Schröder«. Kunststück, woanders aßen sie ja fast nie.

Ihr Blick fiel auf Schönfelder, der am Nebentisch saß. Der Mann schien sie zu verfolgen. Wo mochte er wohl schon überall gegessen haben? Sicher in vielen feinen Restaurants. Renate stellte sich vor, wie er an einem Tisch mit weißem Tischtuch saß, eine Kerze brannte zwischen ihnen, und er probierte den Wein, ehe er einem wartenden Kellner zustimmend zunickte.

Bruno hätte zwei frisch gezapfte Pils bestellt.

Jetzt meldete er sich und stand auf. Sein Anzug war aus einem schimmernden Stoff, der sich elegant um seine schlanke Gestalt schmiegte.

Bruno trug immer Hosenträger.

Seine Frage schreckte sie aus ihren Überlegungen auf.

»Trifft es zu, dass Sie spätestens übermorgen die Förderung wieder aufnehmen wollen und die Suche nach weiteren Überlebenden beendet wird?«

Die Suche beenden? Renate blieb wie erstarrt stehen und umkrampfte mit einer Hand ihr Tablett. Wie aus weiter Ferne drang das Raunen im Saal an ihr Ohr. Entsetzen schwang darin mit. Und Empörung. Wieso beenden? Bruno war doch noch da unten. Und Franz. Und so viele andere. Renate wandte sich um und sah Dietz an.

Dietz zwinkerte nervös.

»In Lengede stehen über tausend Arbeitsplätze auf dem Spiel«, erklärte er mit möglichst fester Stimme. »Wir können die Förderung nicht stoppen.« Warum hatte er das jetzt so verteidigend gesagt? Er musste sich nicht verteidigen. Schließlich betraf das alle, die hier saßen. Es ging ums Geld, der Bergbau war ihr Leben. Warum sollte er sich schuldig fühlen, nur weil so ein Reporter ihm eine Frage gestellt hatte? Die Kerle waren wirklich wie die Aasgeier.

Zum Glück stand jetzt Dr. Schleip auf. Obwohl er klein und schmächtig war, viel kleiner als Dietz, schaffte er es, dass alle ihm sofort zuhörten, als er jetzt nach vorn ging. Es war so still im Saal, dass man eine Stecknadel hätte zu Boden fallen hören können.

»Sie müssen sich das so vorstellen«, begann er. »Die drei Kumpel im Schacht bei Barbecke, die wir in der Luftblase gefunden haben, haben das Glück, auf dem Trocknen sitzen zu können. Das Wasser da unten ist neun Grad kalt. Länger als ein, zwei Tage überlebt das niemand.«

Renate blieb wie erstarrt stehen. Nein, sie wollte sich das nicht vorstellen. Wenn sie sich das jetzt auch noch vorstellte, wurde sie verrückt. Sie starrte blicklos auf den Tisch, den sie hätte abräumen müssen, aber sie rührte keinen Finger. Eine Szene fiel ihr ein, als sie mit Bruno einmal im Winter spazieren gegangen war.

»Weißt du, dass das Licht und die Luft jeden Tag wieder etwas Besonderes für mich sind?«, hatte er damals gesagt und tief eingeatmet. »Bei uns im Loch stinkt's. Wir stinken wie die Schweine. Wir schwitzen und wir schuften und wir stinken. Erst nach der Dusche fühle ich mich wieder wie ein Mensch, und wenn ich das Licht und die Luft wieder hab.« Dann hatte er sein Gesicht an ihrem Hals vergraben und geschnuppert. »Du riechst nach frischer Luft«, hatte er gesagt.

»Ich rieche nach Essen und Bier und dem Qualm aus Schröders Schuppen«, hatte sie lachend abgewehrt.

»Ja, das ist für mich draußen, verstehste?«

Frische Luft hatte er dort unten bestimmt nicht. In einem Klärteich war Schlamm, Morast und fauliges Wasser. Und dazu noch die undurchdringliche Dunkelheit. Renate erschauerte.

»Wurde inzwischen geklärt, warum Klärteich 12 gebrochen ist? Wer trägt dafür die Verantwortung?«

Wieder hatte dieser impertinente Kerl in seinem schicken Anzug eine unangenehme Frage gestellt. Dietz begann zu schwitzen. Der geklärte Klärteich, dachte er plötzlich, und fast hätte er nervös gekichert über sein Wortspiel. Wer die Verantwortung trug? Herrgott, Mann, das war ein Unfall, solche Dinge passierten eben. Wenn es nur nicht gerade der verfluchte Teich 12 gewesen wäre. Am liebsten hätte er den Reporter angebrüllt, dass er die Schnauze halten sollte. Kam einfach daher, dieser Herr, sah zu, wie andere die Drecksarbeit machten, verdiente damit auch noch Geld und wagte es dann, andere nach ihrer Verantwortung zu fragen. Ihn!

»Dazu kann ich nichts sagen.« Dietz bemühte sich um einen festen Ton. »Sie wissen doch, wie das ist. Die Untersuchung der Unglücksursache kann Monate dauern. Vorrangig ist im Moment einzig und allein die Rettung der letzten drei.«

Renate zuckte zusammen. Der »letzten« drei? Wieso die *letzten*?

Das Wort hatte etwas entsetzlich Endgültiges. Die drei konnten nicht die Letzten sein, schon gar nicht, wenn ihr Bruno nicht dabei war. Und Franz natürlich auch. Wieso sagte Dietz so etwas? Hatten sie denn schon aufgegeben? Bruno lebte doch, das spürte sie ganz sicher.

Ingo Kullmann sprang auf.

»Kullmann, *Bild* Hamburg«, rief er laut. Oh, wie er es genoss, das sagen zu können. »Unsere Leser wollen etwas über die Lebensbedingungen der Eingeschlossenen erfahren: Was essen sie, haben sie Wasser, haben sie Angst?«

Horst Wolf, der neben ihm saß, ließ ihn machen. Er hatte den Jungen in den letzten 24 Stunden ein wenig öfter von der Leine gelassen. Dieser unbekümmerte Provinzlümmel, der ihm in den Ohren gelegen hatte, dass er keine Lust mehr hätte, nur die Fernsehberichterstattung zu protokollieren, war ein Rohdiamant, den er später in Hamburg, in der Zentrale, zu einem ordentlichen Brillanten zurechtschleifen würde.

In der Küche zitterten Renates Hände, als sie nach den fertigen Essen griff. Der dicke Schröder hörte das Geschirr leise klirren. Er sah sie an und wusste sofort, das dieses Mädchen am Ende war. Sie musste nicht auch noch hören, unter welchen Qualen die da unten saßen. Er bewunderte es, wie sie sich aufrecht hielt. Diese Renate Reger war schon eine tapfere Frau. Er bewunderte auch, wie sie normalerweise mit den Kerlen in seinem Wirtshaus umsprang. Bergleute waren raue Burschen, aber sie hielt sie alle an der kurzen Leine. Und dabei sah sie auch noch klasse aus und war immer freundlich. Na ja, fast immer.

Er sah ihr ins Gesicht. Jetzt war sie blass. Und elend.

»Renatchen, mach ma Feierabend«, sagte er.

Sie riss den Kopf hoch. Renatchen hatte er gesagt, wie ungewohnt tröstlich das klang. Aber Mitleid konnte sie jetzt nicht ertragen. Sonst fing sie noch an zu heulen. Sonst brach sie noch vor allen hier in Tränen aus. Sie schüttelte den Kopf.

»Ich brauch doch das Geld«, sagte sie leise.

»Für heute ist genug.«

Sie nickte langsam und band sich die Schürze ab. Genug? Oh, ja, sie hatte genug. Ohne die Reporter anzusehen, ging sie langsam aus dem Saal in den Flur hinaus. Es war so schwer, aufrecht zu bleiben, Bestellungen zu notieren, so als wäre alles normal. Vor allem aber war es so furchtbar schwer, nicht zu denken.

Doch die Gedanken kamen immer zurück, wenn sie eine Pause machte. Es waren ihre lieb gewonnenen Gedanken an Bruno, an seinen Körper, an seine energische und unbekümmerte Art, das Leben anzupacken. Jetzt spürte sie, dass ihr die Tränen kamen. Sie stürzte rasch in den Umkleideraum. Ein Glück, niemand anderes war da. Sie riss sich ihr Häubchen vom Kopf, warf sich auf einen Hocker und sagte immer wieder seinen Namen. Bruno, Bruno, Bruno. Sein Name wurde zu einem wilden Schluchzen. Am liebsten hätte sie ihren Kummer laut herausgeheult wie ein Hund. Aber dann hätte man sie bestimmt gehört. Immer war jemand draußen auf dem Flur, die Gäste, der dicke Schröder, oder auch mal ein paar Jugendliche, die versuchten, heimlich über den Hintereingang in den Festsaal zu gelangen. Plötzlich hörte sie ein Geräusch hinter sich und fuhr herum. Konnte man sie denn nicht mal in Ruhe heulen lassen?

»Haben Sie Neuigkeiten von Ihrem Mann?«

Ausgerechnet er stand hinter ihr: Schönfelder. Der geschniegelte Reporter. Der gut aussehende Reporter. Der Mann von Welt. Renate unterdrückte ihr Schluchzen und wischte sich die Tränen ab. Scheiße, wie sah sie jetzt aus? Sicher völlig verheult, die Mascara verschmiert. Aber warum machte sie sich überhaupt Gedanken darum? Er war doch nicht an ihr interessiert. Dieser Mann war immer nur auf der Suche nach neuen Geschichten. Jetzt nach ihrer Geschichte. Sie schüttelte den Kopf.

Er sah sie mitleidig an.

In dem Moment hasste und verachtete sie ihn. Was wusste der schon? Der stand einfach da, kühl und unberührt, bestimmt mit Frau und Kindern sicher zu Hause, und sie käme dann für ihn nur eine halbe Minute in den Nachrichten. Allein wie er redete. Bei dem hörte keiner, wo er herkam.

»Haben Sie noch Hoffnung?«, fragte er.

»Verschwinden Sie«, zischte Renate ihn an. »Verschwinden Sie!«

Dann sprang sie auf und drehte ihm den Rücken zu. Alle sollten sie verschwinden, das ganze Pack. Nur Bruno sollte wiederkommen. Sie begann, ihre Bluse aufzuknöpfen. Weg hier, nur weg hier von den Dreckskerlen.

»Mich interessiert Ihre Geschichte.«

Schönfelder blieb hartnäckig. Das gäbe eine schöne Story. Angst und Sorge in Großaufnahme, ein paar einfühlsame Fragen, und die Rührstory war im Kasten. Außerdem sah die Frau gut aus. Sie war jung, sie war hübsch und mal etwas anderes als die müden, verschwitzten Gesichter der Männer von den Bergungstrupps. Sein Blick blieb an ihren glatten Schultern hängen, an dem schmalen Spitzenträger ihres schwarzen BHs.

»Fahren Se nach Barbecke. Da kriegen Sie gute Geschichten«, fauchte Renate.

»Sie kriegen natürlich auch ein Honorar.«

Verdammt, das musste doch jetzt klappen. Er war bekannt dafür, dass er in seinen Sendungen immer den richtigen Ton traf, immer die Geschichte mit dem Extra hatte, die die Konkurrenz aus dem Feld schlug. Schließlich war er nicht umsonst das geworden, was er jetzt war. Und hier konnte er die gute Geschichte praktisch riechen. Eine ganz besondere Schicksalsgeschichte.

Renate reagierte nicht. Sie stand nur da. Aber innerlich tobte es in ihr. Wie, ein Honorar? Wut stieg in ihr auf. Wofür hielt er sie?

Er trat jetzt näher, das spürte sie.

»Oder haben Sie schon bei der *Quick* unterschrieben?« Sein Blick bohrte sich in ihren Rücken.

Renate, die gerade die Kellnerinnenbluse von den Schultern gleiten ließ, hielt inne. Er glaubte wohl tatsächlich, dass sie in einem Moment wie diesem nichts Besseres zu tun hatte, als mit ihrem Kummer, ihrer Not und ihrer Sorge hausieren zu gehen. Glaubte er das wirklich von ihr? Ruhig wandte sie sich um und blickte ihm stolz in die Augen.

Schönfelder wich ein wenig zurück, sah die Tränenspuren, die Blässe und die Trauer in den schönen Augen. Dann errötete er leicht. Das war ihm seit Jahren nicht mehr passiert, aber diese Frau hatte etwas an sich, das ihn seine Frage von eben bereuen ließ.

»Verzeihung«, murmelte er und ging zur Tür. »Verzeihung.«

Damit verließ er den Raum.

Die Dunkelheit machte ihm zu schaffen. Stubb seufzte und sah sich um. Überall um ihn herum hockten die Kumpel, müde, still, grau und in der Dunkelheit trotzdem nicht zu sehen. Es war ruhig. Jeder hing seinen Gedanken nach. Fern im Berg hörte man immer mal einen kleinen Stein herabfallen. Klein ist gut, kleine Steine dürfen das. Komisch, dachte Stubb, wie schnell sich der Mensch an eine Situation gewöhnt. Er war froh, dass er nicht allein war. Im Moment war eine Art Routine eingekehrt. Sie hockten still da, ruhten sich aus, dachten an zu Hause – besser, sich jetzt abzulenken. Stubb schaltete seine Grubenlampe an, doch nichts passierte.

»Scheiße.«

Er nahm Arnolds, versuchte es damit, aber es blieb dunkel. Er schüttelte die Lampe, klopfte dagegen – nichts. Nur Walters Lampe gab noch ein wenig warmes, gelbes Licht ab. Reicht doch, dachte Stubb und zog sein Skatblatt aus der Tasche.

»Heh, Leute, wer hat Lust zu einem Spielchen?«

»Spar dir die Batterien«, zischte Willi.

»Spielverderber.«

Stubb steckte die Karten wieder weg. Walter nahm ihm seine Lampe aus der Hand. Stubb wollte auffahren, da hörten sie Brunos schwache Stimme.

»Der Berg setzt sich – ist Mitternacht – der ist müde.«

Alle sahen in die Richtung, aus der Bruno zu ihnen sprach. Walters Taschenlampe ging wieder an. Wie unheimlich das klang. Brunos stockende Stimme ließ sie an eine Prophezeiung denken. Als wenn der Berg ein Riese wäre, der ihnen Böses wollte. Ein Geist, der um Mitternacht erscheint und sein Unwesen treibt. Aber so war es ja eigentlich auch. Er hielt sie gefangen, ließ sie nicht zu ihren Frauen und Kindern, nahm ihnen Licht, frische Luft und Nahrung. Nur Wasser hatten sie reichlich, aber das war auch ihr Feind geworden.

Bruno zog die Taschenuhr aus der Brusttasche und spähte mit zusammengekniffenen Augen auf das Zifferblatt. In dem Moment ertönte ein Knacken im Gestein, und alle sahen voller Angst nach oben.

»Was ist das?«

Stubbes ganze Ruhe war verflogen, jetzt hatte er wieder Angst. Wie die anderen Männer auch. Man konnte sie riechen, diese Angst. Man konnte sie schon lange riechen in ihren Exkrementen und dem Urin und dem Schweiß.

Am Anfang war das Stubb noch peinlich gewesen. Sie waren hier Männer unter sich, und Angst wollte keiner zeigen. Aber alle hatten sie Angst, alle hatten sie sich eingeschissen, in die Hose gemacht und geschwitzt. Aber hier, nach Tagen im Dunkeln, wurde so etwas egal. Das gehörte dazu, und es ging allen so. Da redete man nicht drüber. Nie. Auch nicht, wenn man hier wieder rauskam.

Wieder knackte der Berg.

»Wir haben Vollmond, der zieht den Berg an.« Wieder Bruno. Wenn der doch aufhören würde, so unheimlich zu reden!

»Der spinnt, der Bruno«, rief Erwin. Seine Worte wurden von erneutem Ächzen und einem dumpfen Dröhnen untermalt.

»Wirst schon sehen – gleich krachts«, flüsterte Bruno.

Walter leuchtete in den Berg hoch. Alle folgten dem Licht und sahen entsetzt zu, wie sich ein kopfgroßer Brocken aus der Decke löste und zu Boden schlug. Franz und Gregor sprangen gerade noch zur Seite, dann zerplatzte der Stein auf dem Boden.

Franz' Atem ging schneller. Glück gehabt, nichts war passiert. Ein Stein dieser Größe konnte großen Schaden anrichten, und wenn er einem nur auf den Fuß fiel. Bruno! Er musste nach Bruno sehen.

Gregor starrte entsetzt auf die Steinsplitter zu seinen Füßen und stimmte eine Art Angstlitanei an.

»Nein«, wiederholte er immer wieder mit hoher, dünner Stimme. »Nein, Nein, Nein. Bitte nicht. Nein.«

Das Grollen wurde stärker, und immer mehr kleine Steine fielen auf sie herab.

»Deckung, Leute!«, brüllte Richard.

Alle sahen sich um, suchten nach überhängenden Felsen oder sicheren Nischen, in denen sie sich verkriechen könnten. Aber hier unten gab es keine Sicherheit mehr. Von allen Seiten regnete es jetzt Steine, Staub verdunkelte die Luft, und nur noch schwach glommen vereinzelte Lampen in der Hölle.

Denn das war die Hölle. Franz spürte einen harten Schlag auf den Kopf und taumelte benommen zur Seite. Ein Stein hatte seinen Helm getroffen. Er wich zurück, spürte harten Fels hinter sich und tastete nach einem Halt. Von der anderen Seite versetzte ihm ein Kamerad in seiner panischen Flucht einen Stoß. Keuchender Atem war zu hören. Sie schrien, weinten, einer rief nach seiner Mutter.

Franz holte Luft, aber der Staub drang ihm in die Lunge, und er musste husten. Das hier ist Sterben auf Raten, dachte er, wer nicht gleich erschlagen wurde, musste verdursten oder verhungern.

Es rumpelte. Jetzt kamen die Steine erst richtig. War das das Ende? Er hörte lautes Schreien, gequält, voller Angst und Schmerz. Bruno ist es, der da schreit, Bruno, er kennt doch die Stimme! Schützend hielt er sich den Arm vors Gesicht, aber ein Arm konnte einen hier nicht schützen.

Wieder krachte es, und große Platten lösten sich aus der Decke und krachten zu Boden.

Eberhard hatte sich so klein wie möglich gemacht und drückte sich tiefer und tiefer in seine Ecke. Er konnte nichts tun. Er konnte absolut nichts tun. Um ihn herum stürzte die Welt ein, und er begann ein Jammern und Klagen, das das Gefühl aller wiedergab. Dicht neben ihm schlug eine riesige Steinplatte auf, so dicht, dass er den Luftzug an seinem Arm spürte. Erschrocken jammerte Eberhard noch lauter und machte sich noch kleiner. Überall war Staub, dann donnerte es noch einmal laut, und dann – endlich – beruhigte sich der Berg.

Rundum husteten die Kumpel, spuckten den Staub aus und versuchten, sich wieder zu fassen. Eberhard tastete nach den Bergleuten, die eben noch neben ihm gesessen hatten, aber da war niemand mehr. Da war wohl nur noch eine gewaltige Mergelplatte wie ein großer, unbehauener Grabstein.

Eberhard starrte und starrte und konnte nicht mehr wegsehen. Obwohl es stockdunkel war. Aber er hatte aufgehört zu jammern.

Franz griff sich an den Kopf und sah sich nach seinem Freund um. »Bruno! Bruno?«, rief er.

Bruno antwortete nicht. Mühsam kam Franz auf die Beine. Sein Kopf fühlte sich ganz taub an, und in seinem Helm konnte er eine tiefe Delle spüren. Ohne den Helm hätte er das nicht überlebt. Er musste Bruno finden. Wo war Bruno?

»Bruno?«, fragte er, lauter dann: »Bruno!« Immer wieder rief er den Namen des Freundes und suchte panisch zwischen den Männern. »Helft mir doch!«, rief er ihnen zu. »Bruno ist verschwunden.«

Einer machte jetzt wenigstens Licht.

Sein Fuß stieß an etwas Hartes. Franz bückte sich und hob es auf. Es war Brunos Uhr. Die anderen Bergleute standen stumm da, sahen ihn an, sagten aber nichts. Keiner regte sich. Eberhard starrte immer noch auf die Steinplatte.

Leise tickte die Uhr in der plötzlichen Stille. Ihr Herz schlug noch, dachte Franz, aber was war mit Bruno? Langsam ließ er die Uhr in die Tasche gleiten und sank dann in die Knie. Langsam, dann immer schneller begann er, in dem Schutthaufen zu seinen Füßen zu graben. Da – seine Hand traf auf etwas Weiches, legte es frei. Es war Brunos Hand.

Franz grub weiter wie verrückt, und dabei liefen ihm Tränen über die Wangen. Luft, Bruno brauchte Luft zum Atmen. Da war sein Gesicht. Franz schob die Steine und den Dreck beiseite, strich behutsam den Dreck von Brunos Wangen. Bruno rührte sich nicht, lag ganz still da. Franz dachte gar nichts. Er arbeitete fast mechanisch, räumte Schicht für Schicht beiseite, tat das, was im Moment getan werden musste. Jetzt löste sich auch bei den anderen die Erstarrung, und sie halfen, die Steine beiseite zu räumen.

Immer mehr von Brunos Körper kam zum Vorschein, und noch immer rührte er sich nicht. Franz war jetzt bei seinen Beinen angekommen.

Da schrie Bruno plötzlich so laut auf, dass alle zusammenzuckten. »Mein Bein! Meine Beine!« Er wand sich auf dem Boden, krümmte sich und griff nach seinen Beinen.

Franz' Blick wanderte nach unten, und er riss die Augen auf. Beide Beine des Freundes waren zerschmettert. Blut und Staub mischten sich mit Knochensplittern und Gesteinsbrocken.

Bruno stöhnte, schrie und wimmerte vor Schmerzen.

Franz legte die Arme um Bruno und drückte ihn an sich, hielt ihn fest in den Armen. Mein Freund, dachte er dabei, mein armer Freund. Er sah auf das vertraute Gesicht hinunter, das nun von den Qualen entstellt war und Bruno so fremd machte. Und doch war es derselbe Bruno, der in der Schule neben ihm gesessen hatte, dem er seine Sorgen und Nöte anvertraut hatte, den er bewundert, manchmal verabscheut, aber immer als Freund empfunden hatte.

»Is gut, Bruno«, summte er leise, »is gut, ruhig, ganz ruhig.«

Dabei wusste er selber, dass gar nichts gut war und dass Brunos Chancen auf ein Überleben immer mehr schwanden.

Bruno hörte ihn gar nicht. Die wahnsinnigen Schmerzen brachten ihn fast um den Verstand. Er konnte nichts mehr hören, nichts sehen, nichts sagen, spürte nur einen alles verzehrenden Schmerz. Unerträglichen Schmerz, dem er nicht entrinnen konnte und der alle anderen Sinne betäubte.

Franz war hilflos. Er konnte seinen Freund nur halten und versuchen, ihn zu beruhigen, dabei brauchten sie alle so nötig Trost und Beruhigung.

Arnold tappte verzweifelt durch die Dunkelheit, stolperte,

bückte sich und wankte weiter. »Wo ist mein Helm?«, fragte er und tastete herum. Ohne Helm war man hier unten ein sicherer Todeskandidat. Er musste doch seinen Helm wiederhaben. »Mein Helm!« Seine Stimme wurde lauter.

»Arnold, du Idiot ...«, schrie Albin ihn an, aber Willi unterbrach ihn. Er war der Erste, der sich auf das besann, was nötig war.

»He, Leute, seid ihr klar?«, rief er. »Eure Namen! Ruft eure Namen!«

Die Aufgabe stellte die Disziplin wieder her. Willis Stimme hatte das Kommando übernommen, die anderen ordneten sich unter. Einer nach dem anderen riefen sie ihren Namen durch den Alten Mann, und nur Bruno stöhnte noch. Doch auch das wurde leiser, als Franz ihn beruhigte. Willi hockte sich jetzt auch zu ihnen. Als alle Namen genannt waren, rief er: »Franz und Bruno sind hier – wo ist Otto? Wo ist Moritz?«

Es blieb still. Willi rief jetzt laut: »Otto? Moritz!« Er lauschte. »Seid mal leise.«

Alle schwiegen, nur Bruno stöhnte noch leise. In der Stille waren jetzt leise Hilferufe zu hören.

»Das sind sie!«, rief Willi aufgeregt. Wer antwortete, war noch am Leben. Diejenigen, die noch funktionierende Grubenlampen hatten, schalteten sie ein und begannen, die Höhle abzuleuchten.

Franz rührte sich nicht vom Fleck. Bruno brauchte ihn jetzt, und er wollte ihm helfen, so gut er es konnte. Er wusste, ohne es vor sich zuzugeben, dass er nicht mehr viel für Bruno tun konnte. Aber trösten konnte er ihn hier in dieser Höhle. Vorsichtig versuchte er, ihn möglichst schmerzfrei auf den harten Boden zu betten.

Salvatore kam und hockte sich zu ihm. Der kleine Italiener hatte es auch geschafft. Er warf einen Blick auf Bruno, der die Augen geschlossen hatte.

»Bruno hat Recht – der Berg kommt runter. Wird immer enger hier. Wir werden zerquetscht.«

Ehe Franz antworten konnte, hörten sie Richard rufen.

»Hierher! Hier!«

Der Staub hatte sich jetzt weitgehend gelegt, und Richard hockte nur drei Meter neben Bruno am Boden. Zu seinen Füßen gurgelte das Wasser. Er sah auf zwei riesige Steinplatten. Nein, nicht auf die Platten. Unter die Platten. Franz stöhnte leise auf.

Otto und Moritz lagen mit eingeklemmtem Unterleib unter zwei riesigen Steinplatten, gefährlich nahe am Wasser. Jetzt hörte er auch, dass es nicht nur Brunos Stöhnen war, das die Höhle erfüllte. Auch Otto wimmerte vor Schmerzen vor sich hin.

»Scheiße! Verdammt, ich hänge fest.« Das sagte er ein paar Mal und stöhnte.

Die Kumpel tasteten sich zu ihm. Drei versuchten gleichzeitig, die schwere Platte ein Stück anzuheben, aber sie rührte sich nicht von der Stelle.

»Los«, rief Richard und winkte die anderen herbei. »Packt mit an! Alleine schaffen wir das nicht.«

Wo eben noch wilde Panik herrschte, waren sie jetzt wieder durch die Aufgabe geeint. Jeder wusste, was er zu tun hatte. Jeder packte mit an.

»Los, heben!«

»Zugleich – und hievt! Nochmal! Und hoch!«

Kommandos hallten durch den Raum, die Männer strengten sich an. Kraft hatten sie zwar alle nicht mehr, doch gaben sie alles, was noch ging. Und das war ihr Letztes.

Erwin ließ als Erster ab, fluchte leise und holte eine Zigarette aus der Tasche. Er führte sie an die Nase, zog den Duft durch die Nasenlöcher, zündete sie aber nicht an. Dann klopfte er damit auf seinen Handrücken und rief den anderen über die Schulter zu:

»Die kriegen wir da nie raus. Spart euch die Mühe.«

Stubb hob den Kopf und warf ihm einen verächtlichen Blick zu.

»Du bist ein solches Arschloch«, rief er ihm zu. Seine Stimme klang gepresst vor Abscheu und Anstrengung.

Erwin zuckte die Achseln und wendete sich ab.

»Arschloch oder nicht! Macht beim Sterben keinen Unterschied«, meinte er.

Die anderen schwiegen. Immer, wenn einer von ihnen vom Sterben sprach, waren sie still. Das war nämlich genau das, woran sie alle dachten, seit sie hier unten eingesperrt waren. Das war auch das, was sie wieder und wieder bei ihren Kameraden sahen. Jetzt hatte es Otto und Moritz erwischt. Und Erwin hatte Recht, das wussten sie alle. Die beiden würden sie nicht mehr rausbekommen.

Willi sah die beiden Männer an. Fast grotesk wirkte der Anblick ihrer halben Leiber. Was sie aushalten mussten, war unvorstellbar.

»Ganz ruhig«, sagte Willi zuversichtlich, »wir holen euch da schon raus.«

Salvatore beobachtete den Wasserspiegel und beugte sich zu Franz. »Wasser steigt weiter«, flüsterte er.

Franz sah zu seinem Schrecken, dass Salvatore Recht hatte. Wenn das Wasser weiter stieg, dachte er, aber dann dachte er den Gedanken nicht zu Ende.

»Wir *müssen* die da rausholen«, flüsterte er zurück.

Willi hatte ihn gehört.

»Ohne Hebegerät? Da liegen doch Tonnen von Stein auf ihren Beinen.«

Franz strich sich erschöpft über die Stirn.

»Wir können sie doch nicht einfach ersaufen lassen!«

Er zitterte, griff in die Tasche und zog sein Taschenmesser hervor. Der Stahl der Klinge schimmerte kurz im Licht von Willis Grubenlampe auf, der ihn entsetzt anstarrte.

»Willst du denen die Beine abschneiden?«, flüsterte er entsetzt.

Franz und Willi starrten einander an. Franz Hand ballte sich um den Griff des Messers. Keiner sagte ein Wort.

Renate trat an das Werkstor, vor dem sich Frauen, Angehörige und Journalisten drängten. Dieser Weg, dieser Anblick war fast schon alltäglich für sie geworden. Sie dachte an die Zeit, als hier niemand wartete. Das war erst wenige Tage her, damals war alles noch in Ordnung gewesen. Aber das hatte sie damals nicht erkannt.

Stattdessen hatte sie sich nutzlose Gedanken um Kanada gemacht.

Unter den Journalisten war auch Stefan Schönfelder. Er hatte sie nicht gesehen, und Renate warf ihm nur einen flüchtigen Blick zu. Seit gestern sah sie ihn mit anderen Augen. Er hatte ein wenig von seinem Glanz eingebüßt und war ein Stück von seinem Sockel heruntergekommen. Komischerweise machte ihn das menschlicher. Sie hatte nicht mehr diesen übergroßen Respekt vor ihm. Dadurch sah sie ihn mehr als einen normalen Mann. Er aber war Reporter.

Wie die anderen wartete er auf die ersten Bergmänner, die heute wieder zur Arbeit gingen. In einem Trupp kamen sie heran und schoben sich durch die fassungslosen und empörten Zuschauer. Langsam gingen die Kumpel an ihnen vorbei, gefolgt von immer neuen Grüppchen Bergleuten.

Renate musterte sie voller Trauer. Wenn Bruno jetzt hier entlangginge, sie würde ihn herausholen und zum Übertagebau nach Kanada bringen. Zwingen würde sie ihn! Die hier waren noch am Leben, sie waren an der Luft und wussten gar nicht, wie gut sie es hatten. Flieht, wollte sie ihnen am liebsten zurufen. Flieht doch, ehe es euch auch erwischt.

»Das können die doch nicht machen!«, sagte sie plötzlich.

Einer der Kumpel hatte sie gehört und senkte betreten den Blick, während er an den Frauen vorbeiging. Er wusste, dass sie auf ihre Männer warteten. Er wusste, dass sie wahrscheinlich umsonst warteten.

Renate schäumte vor Wut. Es war eine Wut, wie sie sie noch nie empfunden hatte. Sie stieg in ihr auf, wuchs an, bis sie gewaltig war, und trieb sie dann vorwärts auf das Verwaltungsgebäude zu. Ihre Wut trug sie die Treppe hoch, geradewegs vor das Büro von Dietz.

»**Die 60-Meter-Sohle** fällt langsam trocken«, sagte Müller drinnen.

»Wo fließt das Wasser ab?«, fragte Dietz. Beide Männer standen vor einer großen Wandkarte des Geländes.

»Hier, in den Alten Mann.«

»Können wir da fördern? Sind unsere Männer da sicher?«

»Schwer zu sagen.« Müller wollte sich nicht festlegen. Das war angesichts der gegenwärtigen Lage eine heikle Frage, und er wollte sich nicht die Finger verbrennen. Dietz deutete auf einen entlegenen Teil der Grube. Zögernd nickte Müller und kratzte sich an seinem Schienbein. Wenn es juckte, dann heilte es wenigstens.

»Dann werden wir erst mal hier fördern.«

Beide Männer fuhren herum, als Renate die Tür aufriss, ohne vorher anzuklopfen.

»Wo ist der Chef?«, rief sie atemlos. »Ich will Herrn Kampmann sprechen. Oder Dietz!«

Sie entdeckte ihn und trat geradewegs auf ihn zu. Aufgebracht sah sie ihn an, als sie ihn zur Rede stellte.

»Warum fangen Sie wieder an zu fördern?«, wollte sie wissen, »haben Sie unsere Männer aufgegeben?«

Dietz betrachtete die Frau und suchte nach Worten. Er war es nicht gewohnt, dass eine Frau so mit ihm sprach. Bei seinen Männern wusste er, wie er sie behandeln musste. Die kannten sich aus und respektierten die Hierarchie, die immer schon das Miteinander der Bergleute bestimmt hatte. Da kannte jeder seinen Platz. Aber wie sollte er mit einer Furie umgehen, die ihn so respektlos ansprach? Offenbar war ihr Mann unter denen, die noch vermisst waren.

»Bitte beruhigen Sie sich doch.« Hilflos warf er einen Blick zu Müller hinüber, der stumm dabeistand. In diesem Moment ging die Tür auf, und Helga kam mit einem Stapel Akten unter dem Arm herein. Dietz atmete auf. Oh gut, seine Sekretärin würde wissen, wie man mit der Frau umging. Frauen kannten sich da aus.

Helga blieb verblüfft stehen, als sie die Freundin plötzlich vor sich sah. Doch Renate achtete nicht auf sie. Ihr Zorn war groß, und sie musste ihn rauslassen.

»Ihr könnt doch nicht einfach so tun, als wäre nichts passiert!?«

Helga trat zu ihr und legte ihr die Hand auf den Arm.

»Die tun wirklich alles, um unsere Männer zu retten«, sagte sie beruhigend.

Renate warf ihr einen verächtlichen Blick zu, und Helga zuckte zusammen. Renate war stark. Das war sie immer gewesen; teils hatte Helga sie deswegen bewundert, teils hatte sie sie dafür gehasst, dass sie sich immer nahm, was sie haben wollte. Aber was sollte Dietz denn noch tun?

Renate sah die Freundin an, die Akten, das adrette Kostüm.

»Du steckst doch auch mit denen unter einer Decke«, fuhr sie Helga an. Damit machte sie auf dem Absatz kehrt und ließ die Gruppe stehen.

Das Wasser stieg. Noch immer glommen vereinzelt Helmlampen auf, kümmerliche Funzeln, deren Licht immer schwächer wurde, die sofort wieder ausgeschaltet wurden, wenn man sich orientiert hatte, aber die Männer waren froh darüber.

Der Steinhaufen jedoch, auf den sie sich alle müde hatten fallen lassen, stand jetzt fast unter Wasser. Sie mussten höher rauf.

Franz sah hoch. Weiter oben verlief die schmale Felsspalte. Erwins Horst. Die mussten sie erreichen. Er warf einen Blick auf Bruno und nickte Salvatore, Gregor und Willi zu. Zu viert hoben sie den stöhnenden Bruno hoch und trugen ihn nach oben. Gut, dass er an den Knebel gedacht hatte, dachte Franz. Bruno hatte inzwischen solche Schmerzen, dass er sich bestimmt die Zunge abgebissen hätte, wenn sie ihm nicht den Stofffetzen zwischen die Zähne gesteckt hätten.

Viel Platz hatten sie hier oben nicht. Die Decke war jetzt so niedrig, dass sie den Kopf einziehen mussten. Aber das Wasser stieg, und dem mussten sie entkommen. Aufgeben wollte keiner. Dafür hatten sie jetzt schon zu lange gekämpft.

Franz vermied es, zu Moritz und Otto hinunterzusehen. Oder an sie zu denken.

Stubb war bei ihnen. Otto stöhnte vor Schmerzen und bekam gar nicht richtig mit, was mit ihm los war. Was nur gut war, dachte

Franz mitleidig. Das Wasser war mittlerweile so hoch gestiegen, dass es ihm die Haare im Nacken nässte.

Moritz hatte nicht so viel Glück: Er war bei vollem Bewusstsein. Stubb und er wussten beide, dass ihm nicht mehr zu helfen war.

»Vergesst uns nicht, ja?«

Stubb legte ihm die Hand auf die Schulter und drückte sie stumm. Dann trat auch er den Rückzug vor dem Wasser an und folgte den Kumpeln nach oben. Dabei kam er an Erwin vorbei, der den Blick nicht von Otto und Moritz wenden konnte. Mann, das da unten waren seine Kumpel, und sie waren dem sicheren Tod geweiht. Nichts konnte er dagegen tun, gar nichts.

Seine Hand zog zögernd das Stück Schokolade aus der Tasche, das er noch hatte. Ein kostbares Stück. Sein Blick ging zwischen Otto und Moritz hin und her. Aber wem von beiden sollte er es geben? Sollte er es überhaupt einem von ihnen geben? Otto konnte wahrscheinlich sowieso nicht mehr essen, und Moritz? Wollte einer Schokolade, wenn ihm das Wasser bis zum Hals stand? Vielleicht würde das Stück Schokolade ihm selber noch gute Dienste tun. Erwin steckte die Hand wieder in die Tasche. Als er sich abwandte und nach oben kletterte, entging ihm der zornige Blick, mit dem Walter ihn beobachtet hatte.

Oben musste er sich zu den anderen drängen, um überhaupt noch Platz zu finden. Der Stein wölbte sich wie ein Zelt über ihnen, und nur in der Mitte konnte man noch stehen. So war es früher beim Campen gewesen, als Erwin noch ein Junge gewesen war. Er hatte gerne gezeltet, und die Erinnerung daran beruhigte ihn etwas. Er half Salvatore, eine Fläche zu ebnen, auf die sie Bruno legen konnten.

Alle sahen nach unten. Nur Franz musterte skeptisch die Felsendecke über ihren Köpfen.

Schon wieder dieser Schönfelder. Entkam man dem Mann denn nie? Renate, die zum Einkaufen in Stegmeiers Lebensmittelladen gekommen war, starrte auf den neuen Fernseher, in dem Schönfelder die Bergungsarbeiten kommentierte. Vor einem Bohrgerüst stehend, erläuterte er:

»Seit drei Tagen versuchen die Rettungsmannschaften nun schon, die letzten drei Überlebenden aus dem Schacht bei Barbecke zu bergen.«

Wieso die *letzten drei*? Bergleute, Kunden und Neugierige hatten sich versammelt und starrten auf den Fernseher. Katrin hatte die Situation ausgenutzt und servierte Kaffee und Kuchen. Anneliese stand hinter der Theke und reichte einem alten Kumpel gerade Würstchen und ein Brötchen.

»Holst du bitte noch Kuchen?«, rief Katrin ihrer Tochter zu. Die betrachtete gedankenverloren die Furchen und Runzeln im Gesicht des Alten. Wie schön musste es sein, alt zu sein und nicht mehr in die Grube zu müssen, dachte sie. Der konnte jetzt mit seiner Frau zu Hause sein.

Die Stimme der Mutter riss sie aus ihren Grübeleien, und rasch lief sie nach hinten, um das Gewünschte zu holen – und einen Moment des Alleinseins genießen zu können.

Der Alte wandte sich an Renate. »Tut mir Leid mit deinem Mann.«

»Danke, Johann.« Sie wollte kein Beileid. »Denkst du, die finden sie?«

Verdutzt sah er sie an und kratzte sich dann am Kopf.

»Die suchen ja wie verrückt.« Er sah sie nicht an.

Renate nickte und trat an den Tresen.

»Aber die suchen viel zu weit draußen«, sagte der Alte.

Sie fuhr herum.

»Na ja, die waren doch genau unterm Zechengelände. Wenn du mich fragst, die sind in'n Alten Mann drin.«

Renate starrte ihn an.

»In'n Alten Mann?! Ich denk, ihr geht nich in'n Alten Mann!«

Der alte Kumpel schüttelte den Kopf.

»Besser im Alten Mann, als ersaufen – aber auf'n ollen Kumpel wie mich hört ja keiner.« Damit grüßte er und ging.

Renate sah ihm nach. Im Alten Mann? Wenn er nun Recht hatte? Auf einmal glühte ein Funken Hoffnung in ihr auf.

»Was darfs denn sein, Frau Reger?«, fragte Katrin Stegmeier.

Renate dreht sich zu ihr um.

»Butterkuchen!«, sagte Renate, »vier Stück bitte.«

Auch wenn sie derzeit nur drei zu Hause waren.

7.Kapitel **Drei Äpfel am Baum**

»Stahlgigant bringt Hilfe« lautete die Schlagzeile der *Bild*-Zeitung. Grabowski warf das Blatt auf den Klapptisch und trat einigermaßen zufrieden vor das Zelt, das die Bundeswehr für den Krisenstab aufgebaut hatte. Der Acker glich mittlerweile einer Ausstellungshalle für Bohrmaschinen und schweres Rettungsgerät im Bergbau. Aus Watlingen war ein Spezialgerät für Flachbohrungen gekommen, ein Bohrgreifer aus Oberhausen-Sterkrade, Saugbohrgeräte aus Dortmund, und die zwei Überdruckkammern sollten nun auch jeden Moment eintreffen, hatte ihm Dietz vor einer Viertelstunde über das Feldtelefon mitgeteilt, bevor er sich dann selbst auf den Weg nach Barbecke gemacht hatte. Kampmann dagegen war derzeit untergetaucht. Der Hüttendirektor befände sich derzeit in Gesprächen mit der Konzernleitung, hieß es.

Grabowskis Männer waren nun dabei, den Preventer über dem Bohrloch anzubringen. Sobald der Ventilverschluss installiert war, konnte es losgehen. Endlich.

Grabowski war natürlich nicht der Einzige, der sich danach sehnte, endlich den Bohrmeißel in den Kartoffelacker zu versenken. Denn abgesehen von den Rettern, den Rotkreuzhelfern und den Steigern, die im Falle eines glücklichen Endes der Suche nach den vier Verschütteten dazu ausersehen waren, mit der »Dahlbusch-Bombe« zu den Eingeschlossenen hinunterzufahren, hatten sich auch mehrere hundert Schaulustige versammelt und ungefähr 150 Reporter. Die meisten von ihnen hatten die Nacht auf dem Acker verbracht; auch ihnen gegenüber hatte sich die Bundeswehr großzügig gezeigt und ein paar Fernheizgeräte, Zelte und sogar Feldbetten spendiert.

Dietz trat zu Grabowski und sah sich um.

»Gut was auf die Beine gestellt, was?« Kampmann würde ihnen allen die Hölle heiß machen, wenn er die Rechnungen präsentiert bekommen würde.

Grabowski nickte, sah aber ernst aus. »Die Zeit läuft uns davon«, meinte er. »Die Leute sind schon so lange da unten, und seit wir hier mit dem Aufbau angefangen haben, sind Tage vergangen.«

»Wir tun, was wir können.« Dietz sah sich um. »Wann geht es los?«

»Der Preventer muss stehen. Sobald der arbeitet, können wir loslegen. 'ne Stunde noch, vielleicht.«

Ingo Kullmann saß vor seiner »Mercedes«-Schreibmaschine und überlegte. Er überlegte, was verdammt nochmal er schreiben sollte. Eine Woche lang zu schildern, wie Suchbohrungen vorangingen, wie Suchbohrungen ergebnislos abgebrochen wurden und wie die Experten sich inzwischen bemühten, die Unglücksursache aufzuklären, war schon eine Million Mal geschrieben worden. Er hämmerte ungeduldig in die Tasten.

»Unsere Leser wollen mehr haben als immer nur Meterangaben. Das ist alles schön und gut, aber was fehlt, ist das Fleisch!«, hatte Wolf in der Morgenkonferenz gesagt, die sie in ihrer provisorischen Redaktion im ersten Stock des Gasthofs eingerichtet hatten.

Kullmann schob den Stuhl zurück, kratzte sich am Kopf und dachte nach. Keiner konnte ihm den Vorwurf machen, er wäre nicht vor Ort gewesen. So wie seine Kollegen aus aller Welt, die sich inzwischen bei den Lengeder Familien, die ein Telefon besaßen, eingemietet hatten. Aber deshalb kamen die Geschichten noch lange nicht angeflogen. Kullmann ärgerte sich: Er war doch von hier, ihm musste doch was einfallen; eine Story, auf die keiner der Fremden kommen würde. Ein Scoop! Denn das hier war seine Chance, und er würde mit beiden Händen zugreifen.

Dreißig Zeilen sollte er noch füllen. Über die Bohrung acht. Er beschrieb zum wiederholten Mal das Gelände, er vergaß nicht, die Scheinwerfer zu erwähnen, die bibbernden Angehörigen, die Tränen auf den Wangen, das Gebrüll der kleinen Kinder, die Erschöpfung der Helfer, die wie Ameisen durcheinander wimmelten. Sein größtes Problem war, dass sich die entscheidenden Leute entsetzlich zugeknöpft gaben. Interviews – authentische, belegbare Aussagen waren inzwischen Mangelware geworden. Er hatte aufmerksam hingesehen, hingehört – er hatte gut beobachtet – wie sich auch die erfahrenen Presse-, Rundfunk- und Fernsehleute mittlerweile die besten Geschichten versuchten abzuluchsen. Er hatte gesehen, wie sich ein französischer Reporter auch durch eine Tracht Prügel nicht davon hatte abhalten lassen, dort herumzustreunen, wo es sogar den hilfreichen Fernsehleuten untersagt worden war, sich aufzuhalten. Und wenn er und seine Kollegen glaubten, von irgendjemandem irgendetwas Neues erfahren zu können, erinnerte ihn der Auftrieb an die Fußballspiele, als er noch ein Junge gewesen war: Dort, wo alle in einem Pulk über den staubigen Grund rannten, musste sich irgendwo auch der Ball befinden. Genau so verhielt es sich jetzt mit Informationen, mit Schicksalen, mit den Randgeschichten. Kullmann verstand zwar nicht so recht, was der Belag eines Schulbrots, das dem Sohn eines vermissten Kumpels für die große Pause geschmiert worden war, mit dem Unglück zu tun hatte, aber wenn Wolf sagte, auch *das* wäre für die Leser interessant, dann war es unbestritten interessant.

Also: Der kleine Peter Hauschildt, neun Jahre, isst am liebsten Leberwurst. Er betet jeden Abend, dass sein Papa noch lebt. Er ist gut in der Schule. Seine Mutter ist im vierten Monat schwanger. Peter freut sich auf sein kleines Schwesterchen. Er glaubt nicht, dass sein Papa Angst hat. Im Sommer geht sein Vater gerne mit seinem Sohn Angeln. Die dreißig Zeilen flossen Ingo Kullmann nur so aus den Fingern. Er fühlte sich in diesem Augenblick wie ein Alter. Lässig riss er das Manuskriptpapier aus der Schreibmaschine, erhob sich vom Schreibtisch und legte den fertigen Artikel über die »Ängste eines Kindes« in das vorgesehene Ablagekörbchen für fertige Geschichten.

Nun war Wolf dran. Der musste jeden Morgen das Angebot des

Tages in die Redaktionskonferenz in Hamburg hineintragen; es wurde rasch und professionell entschieden, und bis zum Abend war dann das komplette Angebot sowieso über den Haufen geworfen worden. Kullmann schätzte, dass sie an diesem Tag ungefähr zwanzig Geschichten ausgegraben hatten. Plus Fotos. Eine gute, eine umfangreiche Auswahl. Wolf würde über seine Zeilen und die seiner Kollegen huschen, ein bisschen streichen, ein bisschen dazudichten, ein paar Vorschläge für die Schlagzeile machen. Tagaus, tagein die gleiche Arbeit. Der letzte große Höhepunkt war der Besuch des Bundeskanzlers an der Unglücksstelle gewesen, der mit einem Bundeswehrhubschrauber aus Bonn in Lengede eingeschwebt war.

»Ich melde mich ab, geh mich mal umgucken – auf Mathilde«, sagte Kullmann zu Lilo, eine der beiden Sekretärinnen, die sich im Gasthof ein Zimmer teilten. Sie war ein bisschen älter als er, sie war hübsch, sie hatte eine Klassefigur, aber sie schminkte sich vielleicht ein bisschen zu stark. Was im Prinzip völlig egal war, denn sie wäre sowieso unerreichbar für ihn gewesen. Er hatte schließlich gesehen, wie Lilo aus dem Zimmer von Borgfrede herausgeschlichen war, einem Fotografen. Zuerst hatte er gedacht, die beiden wären miteinander verheiratet, weil sie beide Eheringe trugen. Aber das war wohl ein Irrtum gewesen.

Doch dass die beiden verheiratet waren, stimmte.

Hauschildt hörte es als Erster und wachte auf. Anfänglich ein Brummen, dann ein Knacken, dann ein Beben. Das Geräusch berstenden Gesteins. Ihre Höhle begann zu zittern. Kleinere Mergelbrocken prasselten von der Decke. Erst waren es nur ein paar, dann setzte ein wahrer Steinregen ein. Dann, plötzlich, brach ein großes Stück auf einmal los und donnerte herunter. Ein scharfer Brocken ritzte sein Bein. Die drei Männer setzten sich auf und begannen, laut zu beten.

»Was passiert da?«, heulte Paulsen auf. »Stürzt da die Decke ein?«

Auch wenn sie Licht gehabt hätten: Sie wussten, dass sie nichts hätten sehen können. Sie schmeckten den dichten Staub, der sich nun in ihrem elenden Loch ausbreitete und sich wie eine kratzende Decke auf ihrer Bronchien legte. Sie husteten und kriegten kaum Luft.

Hauschildt, der von ihnen dreien noch den klarsten Verstand besaß, versuchte zu denken, was gerade passieren musste. Aber es dauerte endlose Momente, bis er begriff, dass es Bohrgeräusche waren, die sie nun hörten – und dass sich der Meißel irgendwo da oben, über ihren Köpfen, befinden musste. Jetzt merkte es auch Schroth:

»Hört doch«, rief Schroth laut, »sie kommen.«

»Wir müssen in den Unterstand«, brüllte Paulsen. »Wenn das der Bohrer ist, reißt er jede Menge Gestein mit sich.«

Die Männer wandten, obwohl sie nichts erkennen konnten, den Blick von der Decke ab und tasteten sich so rasch wie möglich auf den behelfsmäßigen Unterstand zu, den sie sich aus dem Ausbaumaterial, das im Stollen gelegen hatte, in stundenlanger Kleinarbeit gebaut hatten. Die Idee dazu hatte Hauschildt geliefert, ein ehemaliger Leutnant. Er wusste, dass jede Form von Beschäftigung dazu beitragen konnte, den Koller so weit wie nur irgend möglich nach hinten zu schieben.

»**Mach bloß** den Preventer dicht«, schrie Grabowski dem Mann neben ihm ins Ohr. »Wir müssen gleich durch sein.«

Der andere nickte und verschwand. Grabowski behielt den Tiefenmesser im Auge. Nach Hansens Berechnungen standen sie noch ungefähr vier Meter vor dem Durchbruch. Höchste Zeit, dafür zu sorgen, dass den Eingeschlossenen jetzt nicht noch im letzten Moment die Lungen platzten. Wenn sie überhaupt noch atmeten. Wenn sie überhaupt da waren.

Wieder krachte es laut, und noch mehr Dreck kam herunter. Dann erfüllte ein Zischen und Fauchen den Raum, der die Männer erschreckte.

»Ich seh den Bohrer«, schrie Schroth, »ich seh den Bohrer, sie sind durch.«

In Wirklichkeit sahen sie nichts. Sondern sie hörten es nur. Doch ihre Retter waren gekommen. Ihre Gebete waren erhört worden. Sie hatten wieder eine Verbindung zur Oberfläche. Sie hörten das metallische Klopfen. Eins-zwei-eins-zwei-drei. Hauschildt kroch aus dem Unterstand heraus, eine Schaufel in der Hand. Er hatte jegliches Gefühl für Entfernungen verloren. Den Bohrkopf bemerkte er am Geruch, als er vielleicht einen halben Meter von ihm entfernt war. Er packte das Stielende der Schaufel und tastete wie ein Blinder in die Luft. Bis das Schaufelblatt auf Metall traf. Endlich. Hauschildt überlegte nicht lange. Eins-zwei-eins-zwei-drei schlug er die Schaufel gegen das Gestänge und wartete ab.

Sekunden später hatten sie die Gewissheit.

79,6 Meter höher, auf dem Acker von Barbecke, hörte Grabowski das Gegensignal als Erster. Eins-zwei-eins-zwei-drei. Tränen schossen ihm in die Augen. Der Bohrmeister nahm auf einmal nicht mehr wahr, was nun um ihn herum geschah. Er merkte nicht einmal, dass Hansen ihn umarmte. Er hörte auch nicht den Jubel, das Schreien und das Klatschen der Menschen, die sich hier draußen versammelt hatten.

Dietz hing bereits am Feldtelefon. Am anderen Ende der Leitung war der Hüttendirektor.

»Was gibt's?«, fragte Kampmann, den Helga aus einer Sitzung mit den Staatsanwälten herausgeholt hatte.

Dietz schluckte. Er hatte einen Frosch im Hals.

»Melde: Die Äpfel sind am Baum!«, sagte er, beinahe feierlich.

»Schön!«, sagte Kampmann, der sich nicht anmerken lassen wollte, wie sehr ihn dieses Wunder in diesem Moment bewegte, »schön!«

Das hieß nämlich, dass er die Produktion von »Mathilde« in wenigen Tagen wieder hochfahren konnte. Denn jetzt, da war er sich völlig sicher, gab es keine Überlebenden mehr.

40 Kumpel waren für immer unter Tage geblieben. Es wurde Zeit, die Trauerfeier zu organisieren. Um dann so schnell wie möglich wieder zur Tagesordnung überzugehen.

Die Nachricht, dass drei von vier Verschütteten lebend in einer Luftblase gefunden worden waren, hatte sich dank des Fernsehens wie ein Lauffeuer herumgesprochen. In Lengede läuteten die Kirchenglocken, aber die Tausende von Menschen, die sich nun bei Barbecke versammelt hatten und atemlos zusahen, wie sich der Hundert-Tonnen-Großbohrer Meter um Meter in die Erde fraß, um das Loch für die »Dahlbusch-Bombe« zu verbreitern, wussten zu diesem Zeitpunkt nicht, dass überall auf der Welt die Kirchenglocken läuteten und Menschen vor den Schaufenstern der Radio- und Fernsehgeschäfte standen, um Zeugen dieses Wunders zu werden.

Renate stand mit Helga am Rande des Geschehens und sah zu. Noch ein paar Minuten vielleicht, dann würde Jürgen Müller mit der »Bombe« herunterfahren. Er wartete schon seit zwei Stunden in der Überdruckkammer, die auf Stelzen über dem Preventer stand. Die drei Männer waren in guter Verfassung, hieß es. Praktischerweise hatte irgendwer Rasierzeug und saubere Kleidung herangeschafft – wenn sie in ein paar Stunden hoffentlich gesund das Licht der Welt erblicken würden, sollten sie wenigstens einigermaßen ordentlich aussehen.

Es gab auch drei Sonnenbrillen.

Man hatte im Prinzip an alles gedacht.

Helga drückte Renates Hand.

»Wenn das hier passiert, kann es auch noch einmal sein«, flüsterte sie der Freundin zu. »Es kann doch viele solche Löcher hier geben. Sie bohren bestimmt noch woanders.«

Renate nickte stumm und betrachtete die silbrig glänzende

»Dahlbusch-Bombe«. Das heißt, eigentlich betrachtete sie die große, schlanke Gestalt von Stefan Schönfelder, der sich mit seinen Kameras so postiert hatte, dass sie alles sofort im Bild hatten. Ab und zu verscheuchte er sogar höchstpersönlich einen Reporter von der Konkurrenz von seinem Terrain. Die regten sich dann meistens auf, schrien, schimpften und schüttelten manchmal sogar drohend die Fäuste, während der Fernsehstar mit ruhiger, leiser Stimme sprach – und sich dennoch immer wieder durchsetzen konnte.

Die Kameras begannen zu surren. Fotoapparate klickten. Die Radio- und Fernsehprogramme unterbachen aus aktuellem Anlass ihre Sendungen: Jürgen Müller hatte sich ins Rettungstorpedo gezwängt und fuhr mit einer Geschwindigkeit von 50 Zentimetern pro Sekunde in die Dunkelheit.

Ingo Kullmann wusste auch, was sich in diesem Minuten auf dem Acker von Barbecke ereignete. Aber er hatte ja beschlossen, seine eigene Geschichte zu finden. So schlenderte er über das ziemlich verwaiste Zechengelände, wo zwei Bohrmannschaften damit beschäftigt waren, die Suchbohrungen 8 und 9 abzuschließen. Was hieß, dass die den ganzen Kram zusammenräumten.

Kullmann sah, dass diese Männer müde waren und frustriert. Er bot ihnen erst einmal eine Zigarette an, die gerne genommen wurde. Er versuchte, ein Gespräch mit ihnen anzufangen. Ganz zwanglos. Er machte auf Kumpel, vergaß auch nicht darauf hinzuweisen, dass er ein Kind dieser Gegend war – und dass er die ganzen anderen Reporter auch als Hyänen empfand. Als rücksichtsloses Pack. Als Nervensägen, die keinen Respekt vor den Empfindungen der Angehörigen hätten.

Einer der Männer nickte. Gut, dachte Kullmann, der hatte angebissen, den hatte er eingelullt.

»Wollen Sie noch eine?«

»Klar«, sagte der Bohrmann, »dat sind die besten Aktiven, die de kriegen kannst, Holländische, nich?« Kullmann verstand nicht. »Na, van anneren«, lachte der Malocher und griff zu. Lachen war immer gut. Witze waren gut. Kullmann ging in die Offensive.

»Was kann man denn jetzt noch tun?«

»Wie meinen Se das denn?«, fragte der Mann, der sich im gleichen Atemzug als Lohmann, Heinz, vorstellte, Stellvertreter des Bohrmeisters Grabowski. Also einer, der schon was darstellte im Heer der Rettungskräfte, einer, der *zitabel* war, wie Kullmanns Chef Wolf häufig zu sagen pflegte.

Ob alle Möglichkeiten ausgeschöpft wären, zum Beispiel, wollte Kullmann wissen, Wünschelrutengänger inbegriffen.

Heinz Lohmann überlegte kurz und sah sich um.

Er wollte was loswerden. Kullmann spürte es genau.

»Aber Sie haben dat nich von mir!«, sagte Lohmann leise.

»Klar!«, nickte Kullmann.

»Also: Sehen Se die Löcher da?«, fragte Lohmann und deutete auf ein paar Stahlrohre, die blind in der Erde steckten.

Kullmann nickte.

»Dat sin de Einfluglöcher für die Vögel!«, meine Lohmann todernst. »Is' ne neue Methode, um Verschüttete ausfindig zu machen – dressierte Kanaris aus Indonesien!«

»Kanrienvögel? Sie wollen mich veräppeln!«, grinste Ingo Kullmann.

»Wenn ich dat doch sag!«, zischte Lohmann. »Schreiben Se dat mal – da haben Se mal 'ne richtig gute Geschichte!«

Und dann erklärte er dem jungen Reporter haarklein, wie die indonesische Methode funktioniere.

Helga beobachtete die strahlenden Gesichter von Berta Hauschildt, Ingeborg Paulsen und Magda Schroth, die nicht weit entfernt von ihr standen. Sie durften noch nicht zu ihren Männern – oder besser – ihre Männer durften noch nicht zu ihren Frauen; die hatten nun schon mehr als drei Stunden in der Druckkammer hinter sich. Auch Jürgen Müller musste erst langsam an den normalen Luftduck gewöhnt werden.

Die eigentliche Bergung war nicht einmal spektakulär gewesen.

Die Rettungsbohrung war glatt durchgekommen; jetzt, wo sie

kräftige Taschenlampen hatten, konnten sie vor dem herabfallenden Gestein vernünftig in Deckung gehen. Sie hatten auch ziemlich gestaunt, als sie das erste Mal ihren behelfsmäßigen Unterstand gesehen hatten, den sie in totaler Finsternis gebaut hatten; ein schiefes, abenteuerliches Konstrukt. Aber: es hatte ihnen das Leben gerettet.

Dann war Müller plötzlich unten gewesen. War aus der »Bombe« geklettert, hatte Zuversicht verströmt, so wie der Messias, der aus dem Himmel hinabgestiegen war. Es hatte drei kurze Umarmungen gegeben, einen kurzen Erkundungsgang des Steigers zum Wasser, aber die Leiche Richards hatte auch Müller nicht gefunden. Dann hatten sie geknobelt, wer als Erster ausfahren sollte, denn eigentlich wollten sie alle lieber der Letzte sein.

Die Fahrten in die Freiheit waren rasch vorüber gewesen. Alle acht Minuten war die Bombe in die Überdruckkammer hineingeglitten; 24 Minuten nur hatte es gedauert, bis sich die drei tot geglaubten Leben endgültig in Sicherheit befunden hatten.

Als Letzter war dann Müller hochgezogen worden.

»Sie kommen!«

Bewegung kam in die Menge. Scheppernd öffnete sich die doppelwandige Stahltür der Überdruckkammer. Hauschildt erschien in der Tür. Er war frisch rasiert. Er hatte eine Sonnenbrille auf der Nase. Er lächelte.

Er lebte.

Doch wer nun erwartet hatte, dass erneut ein Jubelschrei über den Acker hinwegfegen würde, der sah sich getäuscht. Es war nur ein verhaltener Applaus, der kaum die Geräusche der 100 Fotokameras übertönte. Und das wilde Gedränge der Reporter, das mit wüsten Schimpfereien einherging.

Hauschildt, Paulsen und Schroth winkten. Sie sahen aus, als wäre in den vergangenen fünf Tagen nichts Wesentliches passiert. Sie konnten auf eigenen Beinen die Stahltreppe hinuntergehen. Sie wirkten wie amerikanische Astronauten nach erfolgreicher Landung vor den Objektiven der Weltpresse.

Erstaunlicherweise bestand wohl so etwas eine stille Übereinkunft unter all den Anwesenden hier auf dem Acker, trotz der Freude und grenzenlosen Erleichterung auch an diejenigen unter ihnen zu denken, die noch nicht einmal ein Lebenszeichen von ihren Vätern, Männern oder Söhnen hatten. Denen nur eine Hoffnung geblieben war, die von Stunde zu Stunde geringer wurde.

Noch erstaunlicher aber war die Tatsache, dass exakt 85 Minuten, nachdem die drei Kumpel geborgen worden waren, auf dem Acker nichts mehr daran erinnerte, dass hier gerade eine der spektakulärsten Rettungsaktionen in der Bergbaugeschichte erfolgreich abgeschlossen worden war.

Als Renate am nächsten Morgen aufwachte, war ihre Verzweiflung der letzten Tage verschwunden. Gestern war sie Zeugin geworden, wie man drei Männer, die eingeschlossen waren, wieder ans Tageslicht gebracht hatte. Sie hatte das erste Mal wieder durchgeschlafen, sie fühlte sich ausgeruht und sie fühlte sich wieder als Frau. Nicht als Witwe.

Das erste Mal hatte sie sich auch wieder mit ihrem Äußeren Mühe gegeben. Sie hatte sich sorgfältig geschminkt und schick angezogen. So hatte sie es immer gemacht, wenn sie wusste, dass Bruno von der Schicht nach Hause kam, und so machte sie es heute wieder.

Schwungvoll stellte ihr der dicke Schröder die Teller mit den Schnitzeln auf das Tablett für den Zimmerservice. Ihr Optimismus war ansteckend. Renate warf einen kritischen Blick auf die Teller.

»Aber kleiner darfst du sie jetzt wirklich nicht mehr machen«, bemerkte sie spitz.

Schröder lächelte. Das war wieder die alte Renate: immer einen Kommentar auf den Lippen, immer scharfäugig und ohne Scheu, das auszusprechen, was sie gerade dachte. Er griff nach dem Tablett, um es nach oben zu tragen, aber Renate kam ihm zuvor.

»Lass mal, ich geh schon.«

Resolut schritt sie davon, aber in ihrem Bauch kribbelte es.

Die *Bild*-Zeitung arbeitete jetzt nur noch mit der halben Mannschaft vor Ort. Also hatte sich Stefan Schönfelder eines der Fremdenzimmer unter den Nagel gerissen, was weitaus bequemer war als die Nächte im Ü-Wagen und das Duschen in der Kaue der Bergleute.

Mit klopfendem Herzen blieb Renate vor seiner Tür stehen.

»Nein, da kommt keiner mehr raus, die stellen jetzt die Bohrungen ein«, hörte sie ihn durch die Tür sagen. Wahrscheinlich telefonierte er mit seiner Redaktion. Und ob da noch jemand rauskommt, dachte sie rebellisch. Sie wollte sich ihre gute Stimmung, die sie seit dem Aufstehen hatte, jetzt nicht kaputtmachen lassen. Energisch klopfte sie an und trat ein, ohne dass sie hineingebeten worden war.

Schönfelder lag auf dem Bett, den Telefonhörer in der Hand, die *Bild*-Zeitung neben sich. Die Schlagzeile, die am Morgen für stürmisches Gelächter gesorgt hatte. In Lengede, in ganz Deutschland: »Kanarienvögel suchen Verschüttete!«

Kanarienvögel, die eine Ente gewesen waren.

Eine Zeitungsente. Eine entsetzliche Blamage, basierend auf Ingo Kullmanns Geschichte, der mit einem gewissen Heinz Lohmann gesprochen hatte. Und nicht gemerkt hatte, dass der ihn nach Strich und Faden veräppelt hatte. Weil er nun mal Schreiberlinge nicht ausstehen konnte.

Ingo Kullmann war jedoch nicht der Kopf abgerissen worden.

Dafür hatte Lohmann von der Zechenleitung ordentlich eingeschenkt bekommen. Schließlich hatte Kampmann beim Chefredaktuer der *Bild* in Hamburg anrufen und sich entschuldigen müssen.

»Ich bin übermorgen wieder in Hamburg«, sagte Schönfelder hastig und legte den Hörer auf.

»Ihr Essen«, sagte sie brüsk.

Schönfelder sah sie im Zimmer stehen und dachte in diesem Moment daran, wie sie sich vor seinen Augen die Bluse ausgezogen hatte. Er hatte sich da nicht gerade mit Ruhm bekleckert, aber er hatte immer mal wieder daran denken müssen, und die Erinnerung hatte ihn erregt. Diese Frau hatte etwas Besonderes. Ihm fiel auf, dass sie gerade heute sehr gut aussah. Das Verhärmte der letzten Tage war verschwunden.

»Irgendetwas an Ihnen ist anders«, platzte es aus ihm heraus.

Renate sah ihn an. Dann hatte er sie also doch bemerkt. Sie hatte immer gedacht, sie wäre für ihn nur ein Gesicht von vielen, eine Geschichte mehr, die er verkaufen konnte. Sie stellte das Tablett auf ein Tischchen an der Wand.

»Die ganze Welt starrt auf Lengede, da kann ich doch nicht wie 'ne Dorftrine rumlaufen.«

Schönfelder lächelte, betrachtete ihren Mund, sah ihr dann in die Augen. Ihre Blicke blieben ineinander hängen. Schönfelder riss sich zusammen.

»Was hat Sie bloß in dieses Kaff verschlagen?«

Renate wurde innerlich ganz warm. Er dachte also, dass sie nicht hierher gehörte, dass auch sie eine Frau von Welt war, die in einem Dorf wie Lengede versauerte. Er hatte auf den ersten Blick erkannt, wie sie war und was sie sich wünschte. Sie sah ihn geradeheraus an.

»Die Liebe«, meinte sie dann knapp.

»Ihr Mann ist zu beneiden ...!«

Schönfelder unterbrach sich. Was sagte er da? Was machte er da? Er flirtete mit dieser schönen Frau, die tausend Ängste litt, weil ihr Mann unrettbar im Stollen festsaß. Was war nur an ihr, dass er sich immer wieder so vor ihr bloßstellte?

»Tut mir Leid«, murmelte er verlegen. Es hatte den Anschein, als wenn jedes ihrer Gespräche damit enden musste, dass er sich für sein Fehlverhalten entschuldigte. Für seine unbedachten Äußerungen.

Renate verzog keine Miene.

»Ihr Essen wird kalt«, bemerkte sie.

Dabei schämte sie sich. Denn ihr Mann war ja wohl nicht zu beneiden. Weil er nämlich eine Frau hatte, die sich, kaum war er mal nicht da, in einen anderen verguckte. Bruno saß in der Falle. Er brauchte ihre Unterstützung und nicht eine Frau, die ihn vergaß.

»Die Schnitzel waren schon mal größer«, sagte sie ausdruckslos, während er sich an den Tisch setzte. Ein Hauch von Aftershave stieg ihr in die Nase. »Ich hab mich schon beim Chef beschwert.« Dann musste sie doch noch etwas Persönliches sagen. »Ich hab Sie im Fernsehen gesehen.«

»Sie haben einen Fernseher?«

»Denken Sie, wir leben hinter dem Mond?«

»Nein, nein«, wehrte er hastig ab, »es ist nur das erste Mal, dass wir live von so einer Katastrophe berichten.« Er sah wieder auf ihren Mund. »Für Sie muss das furchtbar sein, die Presse, die Bilder im Fernsehen – wie die Aasgeier.«

Das waren ganz andere Töne als beim letzten Mal, dachte Renate zufrieden. Diesmal hatte sie das Gefühl, dass sie mit ihm reden konnte.

»Wissen Sie, was ein ›alter Mann‹ ist?«, fragte sie ihn.

Warum hatte sie das gesagt? Weil er Macht hatte. Weil er, anders als sie, vielleicht etwas bewegen konnte in Lengede. Ihr hörte hier sowieso keiner zu. Und wenn es stimmte, dass die Grubenleitung die Suchbohrungen einstellen wollte, war er ihre letzte Hoffnung.

»Sie meinen diese … toten Stollen?« Fragend sah er sie an und schnitt sich dann ein Stück Schnitzel ab.

»Da sind sie rein«, sagte Renate fest, »da muss jetzt gesucht werden.«

Schönfelder kaute und ließ sie dabei nicht aus den Augen. Die arme Frau. Sie klammerte sich an alles, was ihr auch nur einen Funken Hoffnung gab.

»Sie glauben, Bruno lebt.«

Renate setzte sich auf die Bettkante. Er kannte sogar den Namen ihres Mannes.

»Jeden Abend vor dem Einschlafen«, begann sie, »da spricht der Bruno mit mir. Er sagt: Renatchen, alles halb so wild, wenn ich erst mal wieder oben bin, dann gehen wir weg – nach Kanada, und dann beginnt das richtige Leben.«

Schönfelder sah sie lange an.

»Sie lieben ihn sehr«, stellte er ganz sachlich fest.

Renate wischte sich eine Träne von der Wange, stand auf und ging zur Tür.

»Der Bruno ist jedenfalls nicht tot«, erklärte sie trotzig.

Dann verließ sie sein Zimmer.

Nahm das denn kein Ende? Kam immer wieder neuer Schrecken, sobald sie einen überstanden hatten? Franz schlug die Augen auf und riss sich zusammen. Nicht aufgeben. Es gab so viele, die schlechter dran waren als er. Im Moment waren es die beiden armen Teufel da unten, die keine Chance mehr hatten. Er gab Willi und Walter ein Zeichen, und gemeinsam krochen sie durch die enge Felsspalte zu den Eingeklemmten. Otto lag ganz still.

Walter bückte sich und schöpfte Wasser in seinen Helm, um Otto zu trinken zu geben. Wasser hatten sie hier unten genug. Es war inzwischen *nur noch* eine faulige, stinkende Brühe, und er durfte gar nicht darüber nachdenken, was da alles drin schwamm. Schlamm. Erzrückstände. Dreck. Pisse. Scheiße.

Und die Leichen seiner toten Kameraden.

Am Anfang hatten sie noch das Wasser von den Felswänden geleckt, weil es »sauber« war. Aber das war mühsam gewesen und hatte stark nach Metall geschmeckt. Sie hatten sich die Zunge wund geschürft und den Durst trotzdem nie ganz stillen können. Aber irgendwann stumpfte man ab. Plötzlich war es ihnen egal gewesen, wie sauber das Wasser war. Hauptsache, kein Durst.

Franz hatte die Idee gehabt, den Helm zum Trinken zu nehmen. Franz war klug. Willi hatte ihn wohl unterschätzt. In Gefahrensituationen wie dieser konnte man sich tatsächlich auf ihn verlassen. Toll, wie er sich um seinen Freund Bruno kümmerte. Ob sich auch jemand so um ihn kümmern würde? Nun, sie würden sich jetzt um Otto und um Moritz kümmern, auch wenn ihnen das nur ein bisschen beim Verrecken half.

»Otto! Otto, sag was!«

Franz war jetzt bei Otto angekommen. Hatte sich ganz langsam vorgetastet. Das Wasser stand offenbar schon ganz knapp über seinem Hinterkopf. Er gönnte sich ein paar Sekunden fahles Licht aus der vorletzten funktionierenden Helmlampe, die sie noch besaßen.

Ottos Elvistolle schwebte wie Seetang auf der Wasseroberfläche.

»Otto!«

Aber Otto antwortete nicht. Er war ertrunken, einsam und elendiglich ertrunken.

»Otto!«

Beim schwachen Klang von Moritz' Stimme fuhr Franz herum.

»Otto, Otto, der schläft nur«, beschwichtigte er den anderen.

»Mach endlich die Funzel aus«, sagte eine Stimme. Wahrscheinlich Erwins.

Franz schob sich zwischen Otto und Moritz.

»Lass man, Franz, aber geh nicht weg!«, flüsterte Moritz dringlich.

Franz zögerte und wandte sich dann zu Walter und Willi um, die dicht hinter ihm waren.

»Lasst uns mal alleine«, bat er.

Die beiden wechselten einen Blick, dann krochen sie zurück in die trockenen Regionen des »alten Mannes«. Franz wandte sich wieder Moritz zu. Er konnte absolut nichts für ihn tun. Nur Zuversicht konnte er ihm vielleicht noch geben. Genau das musste er jetzt tun, was blieb dem armen Schwein denn noch?

»Du schaffst das, Moritz«, begann Franz. »Bist doch'n harter Knochen.«

Moritz hustete und hob ein wenig den Kopf. Er lag nur wenige Zentimeter höher als Otto. Das Wasser umspielte bereits sein Kinn. Sein Blick war scharf, als er Franz ansah.

»Und ein besserer Fußballer als du bin ich auch.«

»Viel besser«, gestand Franz zu schnell zu. Er hätte es lieber abstreiten sollen, dachte er im selben Moment. Denn so merkte Moritz doch sofort, was los war. Ironisch setzte er hinzu: »An Gott kommt keiner vorbei, außer Moritz Schulze.«

Moritz begann zu lachen, aber es ging schnell in ein Husten über. Er stöhnte vor Schmerzen auf.

»Scheiße, ich hätte gerne die nächste Saison Bezirksliga gespielt.«

Franz legte ihm die Hand auf den Oberarm. »Mein nächstes Tor schieß ich für dich.«

Moritz schüttelte traurig den Kopf.

»Du schießt auch keins mehr, Franz«, sagte er resigniert. »Die haben uns längst aufgegeben.«

Franz starrte Moritz an. Der erwiderte seinen Blick voller Mitleid. Wieso hatte er bloß Mitleid mit *ihm*? Noch vor ein paar Tagen hätten sie sich in der Kaue gegenseitig fast die Zähne ausgeschlagen.

»Du bist kräftig, du tust mir Leid, Kumpel«, fuhr Moritz fort. »Ich hab's wenigstens gleich hinter mir.«

»Unsinn«, sagte Franz, schloss aber im selben Moment seine Augen. Moritz wusste, was mit ihm passierte. Und er selber wusste, dass er der Nächste sein konnte. Oder dass er verhungern würde, vergessen im Berg. Von allen vergessen. Auch von Helga? Sie hatte wenigstens noch Veronika. Er musste dauernd an seine Tochter denken. Das war das Schlimmste, dass er nicht erleben würde, wie sie groß wurde. Die Tränen drohten, ihn zu überwältigen.

»Glückauf, Franz«, stieß Moritz da seltsam gepresst vor. Seine Hand umklammerte die des Bergmannes plötzlich in einem krampfhaften Griff. Das Wasser gluckste leise. Franz hörte ein merkwürdiges Röcheln, aber er ließ Moritz' Hand nicht los. Er hielt sie ganz fest, bis er merkte, dass die Hand erschlafft war. Behutsam legte er die Hand auf den Boden hin und nahm den Helm ab.

»Glückauf, Moritz«, sagte er leise.

Sie warteten. Die Männer saßen im Dunkeln und warteten auf Rettung. Die Frauen und Reporter standen am Werkstor und warteten auf Neuigkeiten. Anneliese stand in der Backstube und weinte. Helga trug Akten um Akten, um nicht warten zu müssen. Heute Morgen hatte Dietz ihr die Liste der Vermissten diktiert:

»Salvatore Perughi, Bruno Reger, Moritz Schulze, Franz Wolbert …«

Insgesamt 40 Männer.

Renate wiederum wartete auch. Auf Bruno. Und sie wartete auf Schönfelder. Als er beim Wäscheaufhängen neben sie trat, war sie nicht überrascht. Sie hatte gewusst, dass er kommen würde. Irgendetwas zog sie zueinander hin. Zog sie einander an. Sie warf ihm nur einen kurzen Blick zu und fuhr fort, die Kinderwäsche im Garten aufzuhängen. Auf der Straße, in den Gärten, hinter den Gardinen konnte sie Bewegungen sehen. Den Frauen in der Siedlung entging für gewöhnlich nichts.

Sie konnte sich das Getuschel schon vorstellen:

»Möchte wissen, was die dem Reporter aus'm Fernsehen erzählt.«

»Der soll ihr ja Geld geben.«

»Die Männer sind da unten, und die sahnt ab.«

»Die wollte sowieso immer weg aus Lengede. Wenn der Bruno unten bleibt, hat sie ja, was sie will.«

Da kam Helga die Straße entlang und winkte ihr zu. Dann kam sie zu ihr. Helga war nicht so, dachte Renate. Bei allen Unterschiedlichkeiten zwischen ihnen, Helga war eine Freundin.

Schönfelder sah sie auch. »Ich werde dann mal gehen«, sagte er und warf ihr einen Blick zu. »Sie wissen ja, wo Sie mich finden.«

Renate nickte nur.

Helga sah dem Reporter neugierig hinterher, sagte aber nichts. Früher hätte sie Renate darum beneidet, dass sie die Männer anzog, heute war es ihr egal. Sie wollte nur ihren Mann wieder haben.

»Ich musste heute die Todesanzeige schreiben«, setzte Helga an. Das war jedoch nicht alles gewesen. Das Bischofsamt in Hildesheim hatte informiert werden müssen, das Büro des Ministerpräsidenten in Hannover, die Leitung der Bergarbeitergewerkschaft, und der Knappschaftschohr. Gleichzeitig mit der Veröffentlichung der vierzig Namen sollte um elf Uhr die Trauerfeier beginnen.

»Hör auf, ich will davon nichts hören.«

Renate summte vor sich hin. Dann hat Helga also auch aufgegeben. Armer Franz. Aber war Bruno denn besser dran? Sie griff nach dem nächsten Wäschestück.

»Stefan sagt, da haben Kumpel schon sechs, sieben und sogar acht Tage lang überlebt, bevor sie gefunden wurden!«

Warum war ihr jetzt das mit dem Stefan rausgerutscht?

Natürlich wurde Helga sofort hellhörig.

»Stefan?« Ihre Stimme klang scharf.

»Stefan Schönfelder, der Reporter.« Renate errötete ein bisschen.

Gut, dass die Wäsche zwischen ihnen war und sie auf diese Weise Helgas scharfem Blick entging.

»Was willst du von dem?«, fragte Helga missbilligend. »Die Leute zerreißen sich schon das Maul über dich.«

»Na und?« Hitzig kam Renate hinter dem Laken hervor und stellte sich vor die Freundin. Die Leute! Die Leute? Die »Leute« waren auch Helga. Renate wusste ganz genau, was ihre Freundin dachte.

»Die Leute sind mir egal!«, erklärte sie. »Auf die Suche kommt es mir an. Ich will, dass die weitersuchen! Auf uns hört doch keiner. Aber auf die Presse! Die hat Gewicht, kapierst du das nicht?«

Helga war aber keineswegs überzeugt. Denn der Konzern tat doch alles, was in seiner Macht stand. Die Männer um Hansen und Grabowski hatten vielleicht gerade mal 20 Stunden in den vergangenen sieben Tagen geschlafen.

Und außerdem hatte Renate schon immer eine Schwäche für gut aussehende Männer gehabt.

»Magst du ihn?«, fragte sie lauernd. Renate lachte verlegen.

Jetzt durfte sie sich nicht verraten. »Quatsch«, wehrte sie heftig ab.

»Der alte Johann hat mir vom Alten Mann erzählt! Und das hab ich dem Schönfelder gesteckt.« Helga sah sie schockiert an.

»Da würde doch kein Kumpel freiwillig reingehen!«

»Und wenn doch?«

Franz' Magen knurrte. Es war ein dumpfes, grollendes Geräusch, ähnlich dem des Berges, wenn er sich bewegte. Wie lange hatte er jetzt schon nichts mehr gegessen? Tage? Wochen? Er wusste es nicht mehr. Er hörte Eberhards leises Weinen, er hörte Gregors Wimmern. Er drückte sich vorsichtig näher an Bruno heran, der vor Kälte zitterte. Behutsam legte Franz ihm seine Jacke über. Dabei spürte er eine Bewegung, dicht neben ihm.

Es war Erwin. Es hörte sich an, als würde er mit seinen Fingern die Erde wegkratzen.

Was er auch tat. Seine Hände bluteten bereits, aber er schien es nicht zu merken und machte unablässig weiter. Der Schweiß stand ihm auf der Stirn.

»Licht«, murmelte er, »da war Licht ...«

Franz achtete nicht auf ihn. Sie hatten alle keine Kraft mehr. Sie lagen nur noch da und warteten – auf die Rettung oder auf den Tod. Sie warteten auch darauf, verrückt zu werden. Franz' Magen knurrte wieder. Walter hatte es gehört.

»Ich träum nur noch von Essen«, sagte er. »Schon die ganze Zeit. Ich sitz bei meiner Oma in der Küche und es gibt Braten mit Rotkohl und Klößen und hinterher Kuchen. Immer wieder Kuchen!«

Gregor hob den Kopf. Seine Apathie war vergessen. »Roulade und Schnibbelbohnen«, warf er ein.

»Grünkohl mit Kassler.«

»Spaghetti carbonara mit Rotwein.«

Ans Essen dachten sie alle. Essen, um den leeren Magen zu füllen, aber sie dachten auch daran, wie sie am Tisch saßen und zusahen, wie das Essen gekocht wurde und die Düfte durch das Haus zogen und die Kinder angerannt kamen.

»Da wird einem ja kotzübel vor Hunger!«, schimpfte Stubb.

Walter hatte auch Hunger. Er aß jeden Tag Süßes, und jetzt dachte er an das Stück Schokolade, das Erwin vorhin eingesteckt hatte. Erwin, der offenbar wie ein Hund im Boden buddelte und von Licht faselte, das kein anderer sah. Der war also schon durchgeknallt. Der wusste ja gar nicht mehr, was um ihn herum passierte.

Vorsichtig schob Walter sich näher an Erwin heran. Noch ein Stück, so. Jetzt war er nahe genug. Sachte streckte er die Hand aus, sachte schob er sie in Erwins Tasche und fand die Schokolade.

»Du Dreckschwein!«, gellte Erwin auf und packte sein Handgelenk mit einem schraubstockartigen Griff. »Du dreckiger Dieb!«

Jetzt gab es kein Zurück mehr. Walter riss sich los, aber Erwin gab nicht auf. Wie zwei wilde Hunde fielen sie übereinander her. Fäuste trafen aufeinander: Sie ächzten, stöhnten und traten um sich. Dabei traf einer Brunos Beine, der vor Schmerzen aufbrüllte.

Franz sprang auf. »Seid ihr verrückt geworden? Was ist denn mit euch los?« Jetzt kamen auch die anderen Kumpel herangekrochen und zerrten die beiden Streithähne auseinander.

Erwin konnte sich nicht beruhigen. »Dieser Dieb, diese Drecksau!«, keuchte er, »der wollte mir meine Schokolade klauen!«

»Selber Sau«, stieß Walter atemlos hervor und wischte sich Blut vom Mund. »Bunkerst für dich Essen und gibst den anderen nichts ab!«

Erwin sah ihn starr an, dann wickelte er hastig das Papier von der Schokolade, um sie in den Mund zu stecken. Was er im Magen hatte, konnte ihm keiner mehr wegnehmen. Am Ende kamen die anderen auch noch auf die Idee und wollten ihn beklauen. Er hob die Hand zum Mund, aber Stubb kam ihm zuvor und drehte ihm das Handgelenk um.

»Alle oder keiner«, schnaufte er. Die kostbare Schokolade fiel zu Boden.

»Licht!«, schrie Franz.

Es war ihre letzte, noch funktionierende Lampe.

Albin knipste sie an.

Franz bückte sich rasch nach der Schokolade und hob sie auf.

»Die kriegt nur einer«, sagte er.

Und steckte sie Bruno in die Tasche.

»Wir haben keine Klopfzeichen.«

Hansen sah auf und musterte die Männer in der Runde. Dietz sah übernächtigt aus, Grabowski hatte seinen Helm auf einen Tisch gelegt, und Müller sah ratlos von einem zum anderen.

»Und hier bei der 9 war auch nichts?« Müller deutete auf eine Karte von Bohrstellen, die zwischen ihnen auf dem Tisch lag. Hansen schüttelte den Kopf. Einmal hatten sie gedacht, sie hätten nochmal Verschüttete gefunden, aber das Klopfen hatte sich als Klappern des Bohrgestänges herausgestellt.

Dietz hob den Kopf. »Gibt es Vorschläge für weitere Bohrungen, Herr Hansen?«

Kampmann hatte vorhin wieder angerufen. Er hatte darauf bestanden, dass das Bergungsgerät sofort abgefahren wurde.

Hansen schwieg. Was sollte er sagen? Dass alles sinnlos geworden war und viel Geld kostete?

»Ich weiß nicht«, sagte er unentschieden. »Ich muss überlegen – im Moment eher nicht.«

Grabowski schlug mit der Hand auf den Tisch. »Verdammt, Hansen, Sie sind doch der Einzige, der hier Bescheid weiß! Sonst reden Sie doch auch immer so klug daher. Sie sind der Einzige, der uns sagen kann, wo noch Kumpel sind!«

Hansen sah traurig aus dem Fenster. Wenn es doch so wäre! Er dachte an die Diskussionen um den Klärteich 12 und hätte fast verbittert aufgelacht. Wenn er so ein Experte war, warum hörte ihm dann niemand zu?

Grabowski riss sich zusammen. »Da unten ist ein alter Freund von mir«, erklärte er heiser, »der Stubb. Stubb Petersen. Der wollte wie ich mal Bohrmeister werden. Aber damals gab's nur einen Platz auf der Bohrmeisterschule. Wir haben Karten gespielt, und das war bisher das einzige Mal, dass ich gegen Stubb gewonnen habe, das einzige Mal. Sonst säße ich jetzt da unten.«

Dietz sah verlegen aus. Kampmann saß ihm im Nacken und verließ sich darauf, dass er die Konzerninteressen vertrat. Dafür war er hier.

»Wenn also keine Vorschläge mehr für weitere Suchbohrungen kommen ...«, setzte er an und trat ebenfalls ans Fenster.

Es regnete. Das Wetter passte zur Stimmung. Deprimiert sah er zu den Menschen am Werkstor hinüber. Er räusperte sich. »Dann werde ich auf der nächsten Pressekonferenz die Suche nach den Vermissten für beendet erklären.«

Grabowski fuhr herum. »Das können Sie nicht machen!«

»Aber es ist aussichtslos, Grabowski, sehen Sie das nicht ein? Ich muss an die Grube denken, Lengede muss weiter Erz fördern. Ich trage auch die Verantwortung für die Kumpel, die leben und arbeiten wollen!«

Kampmann hätte es wahrscheinlich genauso ausgedrückt.

»Die Kumpel sind Ihnen doch scheißegal«, fuhr Grabowski ihn an. »Sie interessieren sich nur für Ihre Bilanzen!«

Dietz richtete sich auf.

»Mäßigen Sie sich!«

Was fiel dem Mann ein? Nur weil er irgendwelche alten Schuldgefühle gegenüber einem Skatkumpel mit sich rumschleppte, musste der ihm nicht komisch kommen. Außerdem hatte der gut reden, der wurde nicht von Kampmann kontrolliert.

Aber Grabowski ließ sich nicht zum Schweigen bringen.

»Nein, tu ich nicht. Weil ich stinksauer auf Sie bin! Erst lassen Sie den Klärteich bis zum Anschlag voll laufen ...« – Dietz zuckte bei der Erwähnung des unseligen Klärteichs zusammen – »und jetzt, wo den Kumpels da unten wegen dieser Sauerei das Wasser bis zum Hals steht, da faseln Sie von Verantwortung!«

Dietz maß den anderen mit kalter Verachtung.

»Sie reden sich um Kopf und Kragen.«

»Scheiß drauf!«

»Beherrschen Sie sich, Grabowski, noch ein Satz, und Sie fliegen raus!«

Grabowski sah den Gegner an. »Bevor ich Ihnen in den Arsch krieche, gehe ich lieber von selbst.«

Er nahm seinen Helm und knallte die Tür hinter sich zu.

Dietz wandte sich zu den anderen beiden um. Hoffentlich bekam die Presse nicht Wind von der Sache. »Wenn es keine Hoffnung mehr gibt, muss man den Mut haben, den Tatsachen ins Auge zu sehen.«

Aber warum konnte dann er keinem der anderen in die Augen sehen?

Hansen konnte das Gespräch auch noch nach Stunden nicht vergessen. Grabowski hatte Mut gezeigt. Das hatte ihm gefallen. Er war sich nicht sicher, ob er selber in einer ähnlichen Situation auch den Mut gehabt hätte, sich gegen Dietz aufzulehnen.

Er musterte die Karte auf dem Tisch und murmelte die Berechnungen laut vor sich hin, als es klopfte.

»Ja, bitte?«

Helga Wolbert kam herein. Hansen stand über einen Tisch gebeugt da. Wenigstens er arbeitete noch an den Plänen. Hatte sie noch nicht beiseite geräumt. Fallen gelassen. Sie hatte immer wieder an Renates Worte denken müssen. Wenn Franz nun wirklich im Alten Mann war? Renate war mutig gewesen; sie hatte ihren Teil beigetragen und sich an die Presse gewandt. Sie wollte jetzt mithelfen, endlich auch mal etwas tun. Warum also sollte sie sich nicht direkt an die Zuständigen wenden? Und Hansen war ein Mann, mit dem sie sich schon immer gut verstanden hatte.

»Herr Hansen«, begann sie dringlich, »Sie sind unsere letzte Rettung. In Lengede reden sie inzwischen alle vom Alten Mann … vielleicht sind unsere Männer doch da rein!«

Hansen sah Helga an. Letzte Rettung? Er wollte die Rolle gar nicht haben. Er hatte doch gerade miterlebt, wie es Grabowski ergangen war.

»Sie sind ja ganz nass«, sagte er, um Zeit zu gewinnen. »Ich mache Ihnen erst mal einen Tee.«

Er ging um den Tisch herum und stellte einen Tauchsieder an. Ihr Gedanke war nicht dumm.

»Gedacht habe ich auch schon an den Alten Mann«, sagte er

langsam. Er trat an seine Karte und musterte sie genau. »Ihr Mann hat hier gearbeitet, an dem neuen Förderband.«

Helga folgte seinem Finger.

»Das Wasser ist von oben entgegengekommen«, fuhr Hansen fort. »500 000 Kubikmeter Wasser, da hatten sie keine Chance. Das reißt einem sofort die Beine weg.« Nachdenklich betrachtete er die Karte. Es war nur ein kurzes Stück auf der Karte bis zum Seitenstollen. Aber in Wirklichkeit waren das schon ein paar hundert Meter. Unüberwindlich bei so einem hohen Druck. Er rollte die Karte zusammen und schüttelte den Kopf.

Helga ließ die Schultern sinken. Hansen hielt mitten in der Bewegung inne.

»Machen Sie sich keine Vorwürfe ...«, begann Helga, aber er hörte ihr gar nicht zu.

»Das Förderband«, murmelte Hansen. Warum hatte er das nicht eher bedacht? Er rollte die Karte schnell wieder auf. Da: Strecke Osten 92. Aufgeregt lachte er auf. »Warum sind wir da nicht früher drauf gekommen?«

»Was denn?«, Helga trat zu ihm.

»Das Förderband ist in Brusthöhe. Sie sind auf dem Förderband nach oben!« Hektisch sah er sich um. »Wir brauchen sofort die Schachtpläne, die Karte von den Förderbändern. Und holen Sie mir sofort den Grabowski zurück – wir müssen bohren!«

Dietz sah in die mittlerweile vertrauten Scheinwerfer und setzte zu seiner vorbereiteten Rede an. Kampmann hatte gekniffen. Hatte ihn der Meute ausgeliefert, die ihn in wenigen Augenblicken in Stücke reißen würde. Der Schankraum von »Schröders Gasthof« platzte aus allen Nähten. Draußen fuhren die schweren Zugmaschinen vorbei. Sie fuhren zurück ins Ruhrgebiet, auf den Tiefladern das Rettungsgerät.

»In Verantwortung für die Grube und angesichts der Aussichtslosigkeit, weitere Überlebende finden zu wollen, hat sich die Konzernleitung entschlossen, die Suche einzustellen«, sagte Dietz.

Mit einem Krachen ließ Renate das Geschirr fallen, und einen kurzen Moment lang galt die Aufmerksamkeit ihr, nicht dem Mann, der da im Scheinwerferlicht stand. Langsam ging sie auf Dietz zu. Dietz, der ja nichts zu verlieren hatte und jetzt da stand und ihren Bruno einfach aufgab. Die Reporter machten ihr sogar Platz.

»Das können Sie nicht machen!«, rief Renate laut.

Ihre Augen suchten Schönfelder. Wo war er denn bloß? Sie hatte ihm doch vom Alten Mann erzählt!

»Mein Mann ist noch da unten! Er lebt, das weiß ich ganz genau.«

Dietz sah sie an und wich ihrem Blick nicht aus. Jetzt nur keine Schwäche zeigen. Sie war zwar eine der Frauen, die ihren Mann vermisste. Gut, aber damit konnte er fertig werden.

»Wir haben wirklich überall gesucht«, versuchte er sie zu beruhigen.

Schönfelder erhob sich.

Endlich, dachte Renate.

»Herr Dietz, es gibt Gerüchte in Lengede, dass sich die Männer in den Alten Mann gerettet haben könnten?«

Im Saal kam Stimmengemurmel auf.

Dietz versuchte Zeit zu gewinnen.

»Sie sprechen sicherlich von dem Alten Mann im Schacht Osten 92.1?« Er deutete auf die Karte. Sie gab ihm Sicherheit. Eine Karte war ein Fakt. Er liebte Fakten. Zahlen waren etwas, auf das man sich verlassen konnte.

»Nach unserer Erkenntnis liegt er hier: unter der Wasserlinie.«

Aber Schönfelder gab noch nicht auf.

»Was machen Sie eigentlich, wenn in ein paar Monaten ein Dutzend Bergleute gefunden werden, die verhungert sind? Die also jetzt, in diesem Augenblick noch leben?«

Im Saal wurde es totenstill.

Ja, dachte Renate, was dann?

Erwartungsvoll sah sie Dietz an.

Alle sahen Dietz an.

Der blickte kalt zurück. Sentimentales Gerede, dachte er. Davon hatte er bei Grabowski schon genug gehabt.

»Ausgeschlossen. Es gibt keine Überlebenden mehr.«

Die glauben nicht mehr, dass einer von uns noch lebt, dachte Franz. Es ist hoffungslos. Er hörte Bruno stöhnen. Wenigstens war der Hunger jetzt nicht mehr so schlimm. Der Körper gewöhnte sich daran. Genauso, wie man kaum noch aufs Klo musste. Es war ja nichts mehr da. Alles war raus, und das Wasser, das sie zu sich nahmen, wurde vom Körper sofort aufgebraucht.

»Woran denkst du?«, flüsterte Bruno.

»Muss ihr sagen, dass ich glücklich mit ihr bin. Hab ich Helga nie gesagt.«

Im Gegenteil. Sie hatte sicherlich noch immer den Eindruck, dass er immer lieber Renate gehabt hätte. Dabei war es der Gedanke an ihre ruhige Freundlichkeit, die ihn jetzt aufrecht hielt. Er begann zu weinen.

Bruno schwieg.

»Renate und ich haben uns gestritten, bevor ich auf Schicht bin«, sagte er dann, wobei er all seine Kraft zusammennehmen musste. »Den Grund hab ich vergessen.« Er war auch unwichtig. Er wusste, dass sie sich verstanden hatten, und sie wusste es auch. Er ließ den Kopf sinken, hob ihn dann aber plötzlich wieder. »Hörst du? Die Musik?«

Franz schüttelte den Kopf.

»Das haben sie gespielt, als damals Damenwahl war.«

Jetzt geht es zu Ende, dachte er. Bruno hörte Musik, die gar nicht da war. Aber warum ihm die schöne Erinnerung zerstören?

»Die Mädchen«, sagte Franz laut. »Wie lange ist das jetzt schon her?«

Aber Bruno erwiderte nur:

»Wir werden sterben, Franz.«

»Sie haben doch noch eine Chance gehabt.«

Hansen ging auf den Schreibtisch von Kampmann zu und entrollte seine Karte. »Hier.« Er deutete auf die Stelle im Osten. Vor Aufregung hatte er vergessen anzuklopfen, aber Dietz und Kampmann machte es ausnahmsweise nichts aus.

»Was meinen Sie, Her Kampmann?«, fragte Dietz. Er musste aufpassen. Hansen durfte ihm später nicht den Vorwurf machen, er hätte nicht alles versucht. Wenn Kampmann nicht wäre, könnte er großzügiger sein. Erst mal hören, was Hansen zu sagen hatte.

»Vor ein paar Jahren habe ich einen Alten Mann auf der sechzig-Meter-Sohle vermessen«, begann Hansen. »Und ich bin zu der Erkenntnis gekommen, dass unsere Männer sich dahin gerettet haben.«

Abwartend sah er Dietz an. Er war auf der richtigen Spur, das wusste er genau!

Kampmann schüttelte müde den Kopf. »Hansen, das ist doch Wunschdenken ohne jede Realität.«

»Hören Sie zu: Wenn die Stempel aus den Stollen genommen werden und die Decke einstürzt, bilden sich darüber neue Hohlräume!«

Hansen gestikulierte.

»Na und? Wie sollen sie den denn erreicht haben?«

Nahm denn das nie ein Ende, dachte Kampmann. Wie lange musste er sich noch mit Träumern und Idealisten herumschlagen? Und jetzt auch noch sein Bergwerkdirektor, ausgerechnet sein Stellvertreter? Sie sollten ihn in Ruhe seine Arbeit machen lassen.

»Aber das ist eine neue Erkenntnis!« Hansen schaute dem Hüttendirektor fest in die Augen und wandte den Blick nicht ab. Er spürte, dass dort noch Hoffnung war, er musste ihn nur überzeugen. »Das Förderband – sie sind über das neue Förderband nach oben. Da hätten sie sich retten können.«

Kampmanns Blick blieb skeptisch.

Was rede ich da, dachte Hansen plötzlich verunsichert.

»Theoretisch jedenfalls«, setzte er lahm hinzu.

»Hätte – vielleicht – theoretisch.« Kampmann lachte kurz auf. »Die Stützen da wurden vor drei Jahren entfernt. So ein Alter Mann wandert durch den Berg. Wie wollen Sie den denn überhaupt berechnen?«

»Habe ich schon.« Hansen sah ihn eifrig an. »Sechs Meter, nach meiner Berechnung. Sechs Meter ist er über den Berg gewandert, und zwar nach oben – über die Wasserlinie.«

Kampmann nippte an seinem Kognak.

»Die Todesanzeigen sind gedruckt. Übermorgen um zehn Uhr ist die Trauerfeier. Da wollen Sie weiterbohren?« Er trank seinen Kognak aus.

»Kann das ein Grund sein, nicht alles zu versuchen? Es ist unsere Pflicht, alles Menschenmögliche zu tun, um den Kumpels da unten zu helfen!«

»Aber denken Sie daran, was Sie für Hoffnungen wecken. Und die Enttäuschung, wenn es fehlschlägt! Haben Sie die Gesichter der Frauen gesehen, die am Tor warten, Tag für Tag?«, mischte sich Dietz ein.

Er dachte an Helga Wolbert, seine Sekretärin. Auch sie hatte noch nicht aufgehört zu hoffen. Sein Gewissen regte sich. Was, wenn man wirklich irgendwann Leute fand und er sich sagen musste, dass sie noch leben könnten, wenn er sich mehr für sie eingesetzt hätte?

»Ich gebe Ihnen morgen früh Bescheid.«

Hansen war enttäuscht. Das konnte ja schon zu spät sein, die Kumpel konnten keine Entscheidungen abwarten. »Nicht jetzt?«

»Nein. Sie wissen doch, dass die Bergungsgeräte schon abgefahren sind?«

Auch Renate hatte das Dröhnen der Motoren gehört, als man die Bohrgeräte weggebracht hatte. Jeder in Lengede hatte es gehört. Es war ein endgültiges Geräusch, das ihr wie nichts sonst verriet, dass es keine Hoffnung mehr für Bruno gab. Und für Franz und die anderen. Sie *wollten* es offenbar gar nicht mehr versuchen. Das

Schlimmste aber war: Auch die Leute vom Fernsehen hatten damit begonnen, die Kabel einzurollen und ihre Scheinwerfer einzuladen. Mit steinernem Gesicht betrachtete sie das schwarze Trauerkleid, das vor ihr auf dem Küchentisch lag. Plötzlich hörte sie Schritte vorn im Garten. Sie wusste sofort, dass er es war.

»Hallo«, sagte Stefan Schönfelder leise, als sie ihn an der Haustür empfing.

Sie sah ihn an. »Fahren Sie zurück nach Hamburg?«

»Ja.«

Also auch er. Mit ihm das letzte Licht, das sie noch gesehen hatte.

Er schaute auf das schwarze Kleid. Es passte nicht zu ihr. Sie war so lebendig und voller Farben.

»Ich wollte Ihnen sagen, wie Leid es mir tut.«

Renate nickte nur.

»Es heißt, Schwarz steht Bergmannsfrauen am besten.« Noch einmal trafen sich ihre Blicke.

Draußen auf der Hauptstraße fuhr gerade der letzte der schweren Bohrer vorbei. Der Hundert-Tonnen-Kawenzmann aus Osnabrück. Renate betrachtete die erdverkrusteten Räder des Transporters. Auch Schönfelder wandte sich kurz um. Gerade wollte Renate ihren Blick wieder abwenden und sich auf Schönfelder konzentrieren, als auf einmal ein Käfer angejagt kam und sich vor die Zugmaschine setzte, sodass er anhalten musste. Grabowski und Hansen sprangen heraus. Hansen riss die Fahrertür des Lkw auf.

»Wo wollt ihr hin?«

Renate und Schönfelder stutzten.

Der Fahrer sah ihn mürrisch an. Er ärgerte sich über die Verzögerung. »Zurück nach Peine, Anweisung vom Chef.«

»Zurück nach Lengede!«, befahl Hansen. »Neue Anordnung vom Chef!«

Der Wind trug die Worte der Männer deutlich zu ihnen herüber. Renate sah verblüfft zu, wie Grabowski in die Zugmaschine kletterte und wie kurz darauf der lange Schleppzug wendete.

Schönfelder und Renate blickten sich an.

»Haben die wohl doch noch was zu bohren …«, sagte der Reporter.

Ein Lächeln legte sich auf sein Gesicht.

Franz fuhr aus einem unruhigen Schlaf hoch. Das Erwachen war immer dasselbe. Kein Albtraum war schlimmer als die Realität. Bruno hatte Recht, sie würden alle hier unten sterben. Er hielt es nicht mehr aus. Langsam stand er auf und kroch zum Wasser hinunter. Da irgendwo war Moritz' Kopf. Moritz hatte Recht gehabt. Er schlief jetzt für immer und würde nicht mehr in diese grausige Realität hinein erwachen. Entschlossen begann Franz sich auszuziehen.

»Franz?«, ertönte Brunos schwache Stimme. »Franz, was machst du da?« Er vermisste Franz' Wärme. Ohne Franz wäre er längst auf der Strecke geblieben.

Salvatore wurde durch Brunos Rufe aufmerksam. Was war da los? Sie alle hatten fraglos Franz' Rolle als Anführer akzeptiert, das hatte sich einfach so ergeben. Sie hatten sich daran gewöhnt, dass er eingriff, um Probleme zu lösen. Streit gab es oft hier unten. Die Männer standen unter Stress, der sich auf alle möglichen Weisen Bahn brach. Warum reagierte Franz jetzt nicht, wenn sein Freund ihn brauchte?

Er spähte hinunter und entdeckte Franz am Wasser. Er hielt einen Schuh in der Hand. Was hatte er vor?

»Franz!«, rief Salvatore. »Nicht tauche! Du keine Kraft. Kopf wird wirr. Du ertrinken!«

Franz sah sich um und musterte Salvatore. Er mochte den Italiener. Das war auch einer von den Männern, die Anteil nahmen, nicht nur zusahen. Dann sah er wieder ins Wasser zu Moritz hinunter.

»Ich warte nicht, bis der Alte Mann mich erschlägt«, sagte er.

Er löste seinen Gürtel, und den von Salvatore, um ihn mit seinem zusammenzubinden.

Salvatore hielt sich mit beiden Händen die Hose fest. Sie waren hier unten so dünn geworden, dass keiner seine Hose mehr ohne Gürtel tragen konnte.

Franz drückte ihm den Gürtel in die Hand. Er musste lange tasten. »Hier. Damit ziehst du mich raus, wenn ich zu lange unten bin!«

Salvatore nahm den Gürtel verwirrt entgegen. Aber warum zog der Franz sich denn weiter aus? Und was wollte er da unten?

»Warte, Franze, warte!«

Ängstlich hastete Salvatore wieder nach oben. Was sollte er tun? Was sollten sie ohne Franz tun? Die anderen mussten ihm helfen. Wenn doch Bruno nur gehen könnte. Er beeilte sich, zu seinen Kumpeln zu kommen, und zog einem nach dem anderen die Gürtel aus den Hosen, ehe sie reagieren konnten.

»Was macht der Franz?«, stöhnte Bruno.

Aber Salvatore hatte keine Zeit zum Antworten. Er kam gerade noch rechtzeitig herangerobbt, um Franz mit der Lederleine zu sichern, ehe der in das Wasser hinuntertauchte.

Der Riemen schnitt ihm in die Brust, als er tiefer und tiefer in das Wasser glitt. Nach kurzer Zeit entdeckte Franz eine Luftblase in der Grotte und tauchte auf, um Luft zu schnappen. Er konnte plötzlich die stummen Zeugen des Unglücks ertasten. Stiefel, Treibgut, Holz. Und so, wie es sich anfühlte, war dies eine Leiche. Wieso erschrak er nicht? Weil dies alles keinen Sinn mehr ergab? Franz lächelte grimmig. Es würde sie alle erwischen, wozu also noch warten?

Seine Hände ertasteten eine Grubenlampe. Er knipste sie an. Ohne große Hoffnungen.

Aber die Batterien war voll.

Das Licht blendete ihn.

Und jetzt sah er, dass es Karl war, der schwerelos im Wasser trieb.

Kampmann sah Dietz scharf an.

»Sind Sie verrückt geworden, Herr Dietz?«, fragte er leise. »Sie lassen den ganzen Konvoi umkehren, nur auf den Verdacht hin, den ein Alter Mann geäußert hat?« Er zog heftig an seiner Zigarette. »Das kann uns die Existenz kosten. Da hängt auch Ihr Arbeitsplatz dran, Mann.«

Dietz wusste das nur zu gut. Er hatte sich lange genug gewehrt, aber so verroht war er noch nicht, dass er Menschenleben ignorierte, damit die Bilanzen stimmten.

Aber eine echte Hoffnung hatte er im Grunde auch nicht mehr.

Franz spürte das Leder in die Brust schneiden. Er wollte auftauchen, um Luft zu holen, aber das Leder ließ ihn nicht. Was als Rettungsleine gedacht war, hielt ihn jetzt fest! Er begann zu kämpfen und hielt dann plötzlich inne. Langsam schnallte er den Gürtel ab und ließ ihn los.

Lautlos verschwand der Gürtel nach oben. Salvatore zog immer rascher, und er wusste die Wahrheit schon, ehe der Riemen aus dem Wasser glitt. Wo war Franz? Er musste ihn suchen! Das war er ihm schuldig, das war er sich schuldig. Fluchend zog er die Stiefel aus.

Franz sah sich um. Das Wasser war jetzt klar geworden und enthüllte in dem abgesoffenen Stollen eine eigenartige Schönheit. Das Licht seiner Grubenlampe, die er sich mit einem Stofffetzen um den Oberarm gebunden hatte, brach sich im Erz, das wie Diamanten in den Wänden schimmerte, und weit weg in der Ferne entdeckte er ein helles Licht, das ihn zu locken schien. Franz sah sich um und begann dann, rasch auf das Licht zuzuschwimmen. Er durfte es nicht verfehlen, es wartete dort auf ihn.

Salvatore sah kein Licht. Er tauchte in das eisige Wasser und sah sich ängstlich nach Franz um. In einer Luftblase schöpfte er Luft, dann musste er wieder hinunter. Warum tue ich das?, dachte er, aber gleichzeitig wusste er, dass er nicht mit dem Gedanken weiterleben könnte, es nicht zu tun. Wenn er überhaupt weiterleben durfte.

Da, da vorne war etwas! Salvatore erkannte Franz' Arme, die leblos im Wasser hingen. Über ihm leuchtete eine Lampe. Merkwürdig, dachte Salvatore und griff nach ihm. Und nach der Lampe.

Franz war bereits bewusstlos, aber das Wasser trug die Hauptlast von Franz' ausgezehrtem Körper, der Salvatore an Land viel zu schwer gewesen wäre. Schon jetzt ließen Erschöpfung und Sauerstoffmangel sich in seinem Kopf alles drehen. Verzweifelt zerrte er an Franz' Arm, der sich an einem Holzstück verfangen hatte. Es begann, in seinen Ohren zu dröhnen, und mit letzter Kraft stieß er sich ab und schwebte mit seinem Kumpel in den Armen hoch zu der rettenden Luftblase, ungefähr auf der Mitte des Weges zum Alten Mann.

Salvatore schüttelte ihn, rief seinen Namen, schlug ihm ins Gesicht. Eine plötzliche, hilflose Wut flüsterte ihm zu, stärker zuzuschlagen oder den Körper einfach ins Wasser gleiten zu lassen und sich selbst in Sicherheit zu bringen. Aber das schaffte er nicht. Keuchend sog er den Atem ein – viel Sauerstoff würde auch hier nicht mehr sein. Er musste zurück. Er hoffte, dass der Bewusstlose nicht ersaufen würde.

Was ihm Mut machte, war die Lampe, das Licht, das sie spendete.

Keuchend erreichte er schließlich den Platz, wo bereits die anderen warteten. Salvatore zog sich auf den Felsen. Hände griffen nach Franz, legten ihn auf den Bauch, pressten das Wasser aus ihm heraus.

Endlich! Franz hustete, keuchte und hob den Kopf.

»Es sah aus wie die Sonne«, sagte er und erbrach dann Wasser in einem mächtigen Schwall.

»Dann bohren wir eben hier.« Dietz deutete auf eine Stelle zwei Meter neben den Gleisen. Die lagen genau dort, wo nach Hansens Berechnungen die Männer sein mussten. Aber besser daneben bohren als gar nicht.

»Wie tief müssen wir denn runter?«, fragte Grabowski.

»56 Meter.«

Hansen sah auf. Grabowski und er warteten auf Dietz' Entscheidung. Es war ein gutes Gefühl, wieder ein Ziel zu haben.

»Nur wegen einer aussichtslosen Sache werden die Schienen aber nicht angerührt«, entschied Dietz. Er wusste, was Kampmann von ihm erwartete – dass er nämlich die Suche abblies. Die Wahrscheinlichkeit sprach gegen neue Bohrungen. Er sah in Hansens ernstes Gesicht.

»Meinetwegen bohren Sie hier, zwei Meter weiter.«

Grabowski verzog schon wieder das Gesicht.

»Aber machen Sie Dampf, Grabowski. Wenn da wirklich noch jemand lebt, haben Sie nicht viel Zeit.«

Grabowski sah Dietz an.

»Jawohl, Herr Direktor.«

Auch Renate sah den Bohrturm schon von weitem, als sie sich zusammen mit ein paar Dutzend Menschen eilig dem Werktor näherte. Die Frauen der vierzig Vermissten trugen inzwischen schwarze Trauerkleidung. Die Todesanzeige war erschienen, die Trauerfeier würde stattfinden. Nur Erwins Frau und Helga trugen ihre normale Kleidung. Erwins Frau hatte sogar einen weißen Mantel drübergezogen. Aus Aberglauben.

Helga wartete bereits am Tor. Neben Paschke, dem Pförtner, der inzwischen wieder die Aufgaben der Polizei, das Werksgelände zu sichern, selbst erledigen konnte.

»Helga«, rief Renate atemlos, »wieso ist der Bohrturm zurück?«

»Ich habe Hansen bekniet – sie suchen jetzt im Alten Mann«, sagte Helga nicht ohne Stolz.

Ja, sie war es gewesen, die den Stein wieder ins Rollen gebracht hatte, nicht Renate. Deren schöner Reporter hatte nichts getan.

Schweigend sahen die Frauen zu, wie Grabowski, Dietz und Hansen, begleitet von ihren Leuten, in 50 Meter Entfernung den Boden abschritten. Helga griff nach Renates Hand. Sie schämte sich über das Triumphgefühl, das sie eben noch gehabt hatte.

»Lass uns gehen, ich halte es nicht aus, hier noch zuzugucken.«

Renate ging es ebenso. Was, wenn ihre Hoffnung wieder umsonst war? Sie blickte an ihrem Trauerkleid hinunter und verabscheute sich dafür, dass sie es angezogen hatte. Genauso gut konnte sie gleich überall zugeben, dass sie Bruno für tot hielt.

Auch Helga musterte Renates Kleid. Würde sie bald auch so etwas tragen? Endlos düster streckte sich eine Zukunft ohne Franz vor ihr. Und dann war da ja auch noch die bange Frage:

»Was, wenn nur einer unserer Männer überlebt?«

Renate biss sich auf die Lippen.

»Wir helfen uns gegenseitig«, versprach sie dann. Aber wie?, dachte sie. Kann ich Helga mit nach Kanada nehmen? Würde sie überhaupt mitkommen?

Helga fiel ihr um den Hals. Sie kannte die unstete Freundin gut. Aber es tat gut, die Worte zu hören. Auch wenn sie vielleicht gar nicht so gemeint waren.

Erwin hörte nicht auf zu graben. »Licht«, murmelte er, »da hinten ist Licht.«

Franz wandte sich ab. Er konnte Erwin so gut verstehen. Hatte er nicht vor ein paar Stunden eben selber noch die Sonne gesehen? Er warf Salvatore einen raschen Blick zu. Es war gut, endlich einmal im Licht zu sitzen. In ein bisschen Licht jedenfalls.

Salvatore atmete schwer, seine Haare waren nass, und Franz verspürte fast so etwas wie Wut auf ihn. Warum hatte er ihn nicht in die Sonne gelassen? Wieder beobachtete er Erwin aus den Augenwinkeln. Dann wanderte sein Blick zu Bruno, der ihn so brauchte. Nein, es war gut, dass Salvatore ihn zurückgeholt hatte. Er setzte sich zu Bruno, rieb sich trocken und zog sein Hemd wieder über.

»Ich bin getaucht, dachte, ich find' einen Weg …«

Bruno nickte ihm zu, und Franz wusste auf einmal, dass der Freund ihn verstand. Er zitterte, als er sich der Kälte bewusst wurde. Plötzlich hielt Bruno ihm etwas vors Gesicht. Franz kniff die Augen zusammen: Es war die Schokolade in Silberpapier.

»Für dich«, krächzte Bruno.

Franz sah stumm auf seinen Freund hinunter. Ein tiefes Glücksgefühl breitete sich in ihm aus. Wenn Salvatore nicht gewesen wäre, dachte er, hätte ich das nicht mehr erlebt. Er griff nach der Schokolade, wickelte sie aus und teilte sich den Riegel mit Bruno. Als er den Bissen im Mund hatte, schmeckte er nach zu Hause.

»Wie lange sind wir schon hier?«, fragte er Bruno.

»Heute zehnter Tag«, kam es zurück.

»Kann nich sein!«

»Doch.«

»Unmöglich zehn Tage. Du musst dich irren!«

Sie konnten doch nicht schon zehn Tage hier unten sitzen? Nach zehn Tagen hielt sie jeder da oben für tot. Das hätte er auch getan, wenn er draußen und andere hier drinnen gewesen wären.

»Zehn Tage«, beharrte Bruno.

Es durften keine zehn Tage sein. »Höchstens sieben«, sagte Franz bestimmt. »Zehn Tage ist unmöglich, das hält doch keiner so lange aus.«

Zehn Tage lebendig begraben, und nach zehn Tagen wurde eine Suche eingestellt. So lange hatte noch nie jemand im Berg überlebt. Er begann plötzlich, hemmungslos zu weinen. So groß war sein Kummer, sein Grauen über die Erkenntnis ihrer hoffnungslosen Situation, dass ihn erst ein lauter Schrei Erwins wieder zur Besinnung brachte.

»Ja, ja!«

Franz ließ die Hände sinken und sah zu dem armen, irren Erwin rüber, der glückstrahlend in sein Erdloch guckte. »Ich bin durch!«, rief er. »Ich hab ein Loch gegraben. Los, kommt! Wir können raus!«

Im Felsen ist es still. Ungläubig sehen die Bergleute Erwin an. Franz warf Bruno einen fragenden Blick zu. Was sollten sie tun? Der Irrsinn ihres Kollegen hatte etwas Unheimliches, das sie alle lähmte. Willi setzte sich auf, krabbelte ächzend herüber zu Erwin und legte ihm seine schwielige Hand auf die Schulter.

»Das kann nicht sein«, sagte Franz.

»Der ist verrückt geworden«, zischte Bruno ihm zu.

Erwin tobte weiter, und wollte Willi mitziehen.

»Los, kommt doch! Wir sind frei!«

Langsam rückten die Bergleute heran. Eine kindische Hoffnung machte sich unter den Männern breit. Franz sah es in ihren abgezehrten, schmutzigen Gesichtern. Er spürte es in sich selbst. Er wollte sich wie die anderen in Erwins Loch drängen und das Licht sehen, von dem er die ganze Zeit geredet hatte.

Er kroch wie die anderen zum Felsen und sah in das armselige kleine Loch, das Erwin mit ihrer Gemeinschaftslampe ausleuchtete.

»Licht«, rief Erwin, »da ist doch Licht!«

Willi kehrte um. »Das kleine Loch, da sollen wir durch?«

Die Hoffnung wandelte sich in Verzweiflung, die Enttäuschung in Wut. Erwin wimmerte auf. Walter kam zu Franz und Bruno gekrochen.

»Wolbert, gib ma dein Taschenmesser.«

Franz sah ihn misstrauisch an. Er dachte an die beiden eingeklemmten Männer und das, was er vorgehabt hatte mit dem Messer.

»Wozu?«

»Ich krieg meine Schnürsenkel nicht mehr auf.«

Franz griff in die Tasche und holte sein Messer heraus. Es war sein liebster Besitz und hatte ihm schon unschätzbare Dienste geleistet. Ein Schweizer Präzisionsmesser.

Walter ergriff das Messer, klappte es in aller Seelenruhe auf und schnitt sich in derselben fließenden Bewegung die Pulsadern an seinem linken Arm auf. Das Blut spritzte in hohem Bogen heraus und pladderte auf den Felsboden.

»Scheiße!«

Erschrocken sprang Franz auf. Er hatte doch gleich so ein ungutes Gefühl gehabt, warum hatte er nicht darauf gehört? Er sprang auf Walter zu, um ihm das Messer aus der Hand zu reißen, aber der wich zurück und bedrohte ihn damit.

»Lass mich. Ich will nicht mehr.«

Fasziniert starrte er auf seinen Arm, aus dem das Blut spritzte.

»Gib mir das Messer her!«

Franz wollte erneut auf ihn zuspringen, als er sah, dass Walter sich auch den anderen Arm aufschneiden wollte. Doch Salvatore war schneller. Rasch sprang er Walter von hinten an und drückte ihm die Arme an den Leib. Walter wehrte sich wie ein Besessener, und Franz sah, dass Salvatore Mühe hatte, ihn zu halten. Suchend sah er sich um, griff nach einem faustgroßen Stein und schlug dem Tobenden damit über den Kopf. Aufschreiend sackte Walter zusammen. Franz wand ihm das Messer aus dem erschlaffenden Griff und kickte es beiseite.

»Gib mir das Messer wieder. Bitte! Bitte, bitte, bitte!«

Er begann zu heulen wie ein Kind, dem man sein Lieblingsspielzeug weggenommen hat.

Franz sah ihn erschüttert an. Warum ihn nicht sterben lassen, wenn er das wollte? Mit welchem Recht griffen Salvatore und Bruno und er und die anderen immer wieder ein, sobald einer von ihnen sich entschieden hatte, sein Leben freiwillig zu beenden? Jeden Hund würde man in einer Lage wie der ihren erlösen.

»Das Messer ist weg, im Wasser«, sagte er mühsam.

»Ich will nicht mehr!« Walter heulte auf.

Franz bückte sich nach dem Messer und betrachtete die scharfe Klinge. Wenn jeder jedem helfen würde, ein rascher Schnitt an der richtigen Stelle, und ihre Qualen wären vorbei. Nur einer bliebe dann übrig, der sich als Einziger selber richten müsste. Bruno vielleicht, der würde es ohnehin nicht mehr lange machen. Vielleicht stürbe er dann von selber.

Gregor wimmerte auf. »Ich will sterben, ich will nicht mehr.«

Grabowski knirschte mit den Zähnen. War jetzt alles umsonst gewesen? Er fuhr sich mit der Hand durch die Haare und starrte in die Karte. Hinter ihm surrte der Motor der Bohrmaschine. Hansen stand vor ihm und sah ängstlich aus.

»Sind Sie denn wahnsinnig geworden?«, brüllte Grabowski los. Er wusste, dass er Beherrschung lernen musste, aber dafür war noch nach der ganzen Sache hier Zeit. Jetzt galt es nur, die Leute zu befreien.

»Ich kann nichts dafür«, wehrte sich Hansen und hielt seine Karte hoch. »Hier, sehen Sie, es ist ein Fehler der Karte! Wir liegen neben dem Alten Mann!«

Grabowski packte ihn am Revers und schleifte ihn zur Seite. Am liebsten hätte er um sich getreten und dem anderen die Faust ins Gesicht geschlagen. Er wusste nicht, wohin mit seiner Wut.

Hansen deutete auf die Karte. »Hier, sechs Meter Versatz. Der Stollen ist falsch eingetragen. Sie müssen da drüben bohren!«

Grabowski sah verzweifelt aus. Er hatte seit Tagen praktisch nicht mehr geschlafen, hielt sich nur durch Kaffee und eiserne Entschlossenheit wach, und jetzt dieser neue Rückschlag. »In einer Stunde bin ich auf Schachttiefe, Hansen. Den Bohrer jetzt umzusetzen dauert länger! Wir bohren weiter.« Er wandte sich ab.

»Aber darauf wartet der Dietz doch nur«, brüllte Hansen. »Wenn wir jetzt versagen, hat er einen Grund, die Bohrungen einzustellen.«

Grabowski drehte sich um und sah Hansen an. Dann dachte Hansen also so wie er. Aber er war derjenige, der immer den Mund aufmachte und seinen Job riskiert hatte.

»Vergessen Sie Dietz!«, schnappte er. »Wenn ich hier niemanden finde, dann bohre ich meinetwegen da – und da – und da!«

Er stampfte wie ein gereizter Stier auf den Boden. »Ich will mir nicht in drei Monaten anhören müssen, dass ich an der falschen Stelle gebohrt habe. Wenn es sein muss, mach ich aus Lengede Schweizer Käse! Das hab ich Ihnen jetzt schon tausendmal gesagt!«

Er drehte sich um und marschierte zurück zum Bohrturm. Das Wasser stand in Pfützen auf dem Boden.

»Warum ist hier überall Spülwasser?«, brüllte er. »Wo bleibt die Drainage?«

Ein paar Arbeiter griffen sich Spaten und beeilten sich, seiner

Aufforderung nachzukommen. Hansen sah auf und entdeckte Dietz und Schönfelder, die auf sie zukamen. Gut, wenn der Pressefritze dabei war, konnte Dietz ihnen wenigstens nicht die Hölle heiß machen.

Schönfelder hatte einen Block gezückt.

»Herr Direktor Dietz, wenn Sie den Alten Mann finden, wie geht es dann weiter?«

»Wir geben Klopfzeichen und warten auf Antwort.« Dietz schüttelte den Kopf.

»Und wie lange?«

»Fünf oder zehn Minuten. Wenn dann nichts kommt, lebt da unten keiner mehr.« Zeitverschwendung, dachte Dietz bei sich. Zeit- und Geldverschwendung. Beides hatte er sowieso nicht mehr. Aber wenn sie doch noch Leute fanden …

»Und dann?« Schönfelder ließ nicht locker. Musste man diesem Dietz denn alles aus der Nase ziehen? Er kannte eine gewisse Pressemüdigkeit von früheren Arbeiten her, aber dieser Dietz war eine besonders harte Nuss.

Dietz blieb stehen und sah den Reporter an.

»Dann war's das«, sagte er schlicht.

8. Kapitel **Stimmen aus der Tiefe**

Wenn es nur nicht so dunkel gewesen wäre. Mittlerweile war auch die letzte Lampe erloschen, hatte die letzte Batterie ihren Geist aufgegeben, und die Männer hatten nun keine Lichtquelle mehr. Die meisten von ihnen hockten nur noch schweigend in der unbeschreiblichen Schwärze des Raumes. Sie hockten, saßen und froren. Sie hatten kein Zeitgefühl mehr. Und sie warteten. Sie wussten schon gar nicht mehr, auf was. Ich hatte schon als Kind Angst im Dunkeln, dachte Franz. Das war der Hauptgrund, warum er zuerst nicht hatte in den Bergbau gehen wollen, unter Tage.

»Glaubst du an Gott?«, hörte er Bruno fragen.

Wenn er das nur wüsste.

»Als Kind hab ich immer zur guten Nacht gebetet«, antwortete Franz. Eine gute Frage. Wo war Gott jetzt? Warum ließ er dies alles überhaupt zu? Oder half er ihm etwa doch? War er nur deshalb noch am Leben?

»Renate war da«, fuhr Bruno mit verklärter Stimme fort. Franz erschrak. »Hab sie gesehen. Sie war wunderschön. Sagte: Bruno, komm mit, wir gehen nach Kanada.«

Franz schwieg. Wie gerne würde er Helga wieder sehen. Und sein Baby. Veronika. Aber nur in Wirklichkeit, nicht im Traum. Bruno musste wieder Fieber haben. Aber Franz war froh, dass Bruno wenigstens gute Träume hatte, die ihn trösteten und glücklich machten. Er gähnte.

»Ich bin müde, Bruno. Ich hab auch geträumt, ich steh auf dem Fußballplatz, und das Stadion ist voll. Alle haben mir zugejubelt, und dann hatte ich den Ball und hab geschossen.«

»War er wenigstens drin?«, fragte Bruno gespannt.

Fußball spielte für die Männer im Bergbau eine besondere Rolle.

Das war ihr Ausgleich. Da spielten sie auch als Mannschaft, hielten sich fit und waren vor allem über Tage.

»Drin«, bestätigte Franz. »Und ich jubel, und es ist totenstill im Stadion. Keiner jubelt. Nur – Stille.«

»Was war denn?«

Franz zuckte in der Dunkelheit mit den Achseln.

»Falsche Seite: Ich hab ins eigene Tor geschossen.«

Die Wände der alten Turnhalle war mit schwarzem Tuch ausgeschlagen. 40 Grubenlampen brannten, eine für jede der toten Seelen in der abgesoffenen Grube. Kränze konnte man sich sparen. Es gab ja keine Särge, die man bekränzen konnte. Also nur weiße Blumen. Ordentlich aufgereiht standen die Stuhlreihen auf dem gewienerten Parkett. Die vorderen waren für die Ehrengäste reserviert. Sechs Redner hatten sich für den 4. November angekündigt: der Landesbischof für die Protestanten, der Bischof aus Hildesheim für die Katholiken, der Arbeitsminister aus Bonn, der Konzernchef, der Hüttendirektor und der Chef der Bergbaugewerkschaft.

Wenn ein Kumpel starb, gab es häufig viel zu sagen. Denn dann starb mit ihm ja auch immer ein Symbol des Wiederaufbaus.

Auch die Bergmannskapelle der Ilseder Hütte hatte sich in den vergangenen sieben Tagen intensiv auf die Trauerveranstaltung vorbereitet. Beethovens Trauermarsch stand auf dem Programm. Danach »Jesus, meine Zuversicht« und zum Schluss »Ich hatt' einen Kameraden«.

Hinter den Ehrengästen würden dann die Angehörigen Platz nehmen. Die Ehefrauen, die Mütter, Kinder und Väter der Vermissten, die von den Rednern bereits abgeschrieben worden waren. Aber nicht von den Trauernden selbst.

»Schön«, sagte Kampmann in den Lärm der Suchbohrung hinein, die durch das gekippte Fenster seines Arbeitszimmers vom Hof des Zechengeländes hineindrang, »ein bewegendes Programm.«

Dietz nickte. Gemeinsam hatten sie jetzt den Ablauf der Trauerfeier ein paar Mal durchgekaut. Für den Hüttendirektor war es an der Zeit, an seiner eigenen Rede zu arbeiten. Er merkte, dass Dietz nervöser war als sonst.

»Glauben Sie etwa wirklich an ein Wunder?«, fragte er lauernd und machte eine lässige Kopfbewegung zum Fenster.

»Ich weiß nicht«, antwortete Dietz leise.

»Die letzten Suchbohrungen sind Windeier – das sind sie«, schnaubte Kampmann. »Wider besseren Wissens versenken wir da Millionen. Nur weil ein paar alte Kumpel phantasiert haben – und weil die Presse darauf eingestiegen ist.«

Dietz nickte zustimmend, aber in seinem Inneren dachte er nur: Lass ihn reden!

Er machte sich viel mehr Gedanken darüber, wie er das schwere Rettungsgerät wieder nach Lengede zurückbekommen würde.

Franz zuckte zusammen. Was war jetzt das? Seine Hose war nass! Kam das Wasser jetzt auch hierhin? Franz sprang auf und knallte mit seinem Kopf gegen den Mergel. Sein Herz klopfte wie wild. Jetzt war es so weit. Jetzt erwischte sie das Wasser doch noch. Obwohl sie sich inzwischen ganz nach oben in die kleine Felsenhöhle vorgetastet hatten. Da *konnte* doch das Wasser nicht hinkommen.

Bruno hatte gebrüllt wie ein Stier, als sie ihn kriechend, mit sechs Mann in die trügerische Sicherheit des alten Bruchs geschleift hatten.

Aber nun *war* es da. Es rauschte. Es kam von überall her. So schien es den Männern. Sie sprangen auf, sie schrien durcheinander und suchten nach einem Platz, wo sie sich in Sicherheit bringen konnten.

»Wassereinbruch«, brüllte Richard auf.

»Der Alte Mann bricht ein«, kreischte Arnold.

Gregor erklärte ganz ruhig: »Das ist das Ende.« Fast sah er erleichtert aus bei dem Gedanken. Franz suchte nach Brunos Hand und drückte sie ermutigend.

»Verdammte Scheiße, wir ersaufen«, erklärte Stubb.

In dem Moment wurde es still. Verblüfft sahen die Männer nach oben, obwohl sie doch außer der undurchdringlichen Schwärze gar nichts sahen. Franz leckte sich über die Lippen.

»He«, rief er dann aufgeregt, »das ist kein normales Wasser!«

Die Männer sahen in die Richtung seiner Stimme. Sie hörten, wie er das Wasser mit schmatzenden Lippen schmeckte; sie waren mucksmäuschenstill, als er nach den passenden Worten suchte, um dieses Wasser zu beschreiben. Für das Brackwasser, das sie in den vergangenen Tagen aus ihren Helmen getrunken hatten, hätte er tausend Worte gehabt. Aber das hier war – irgendwie schlammig, metallisch. Anders.

Jetzt fuhr sich auch Stubb mit der Hand durchs Gesicht und leckte sie ab.

»Betonit«, brüllte er. »Das ist Betonit. Das ist Bohrzusatz!«

»Sie haben gebohrt, sie haben nach uns gebohrt!«

Ein unbeschreiblicher Jubel brach los. Franz umarmte Bruno und drückte ihn an sich, aufgeregt lachend kroch Erwin herum, nur Eberhard blieb still hocken wo er war, weil der Elektriker nicht verstanden hatte, worum es ging.

»Was ist denn los?«, fragte er, als ein wenig Ruhe eingekehrt war.

Stubb sah nach oben.

»Das ist der Grabowski«, meinte er grinsend, »der hat zum Kühlen schon immer zu viel Betonit reingehauen.«

Albin sah sich suchend um.

»Aber wo ist der Bohrer? Wo ist dieses verdammte Miststück?«

Die Kumpel begannen fieberhaft, nach dem Meißel zu suchen. Sie tasteten, sie fühlten orientierungslos jeden Quadratmeter ihrer Höhle ab. Der Bohrer war ihre Verbindung zur Außenwelt, ihre Nabelschnur.

»Sucht, Leute«, drängte Franz, »wir müssen Klopfzeichen geben.«

»Eine Lampe! Bloß eine verschissene Lampe!«, fluchte Richard.

Zu diesem Zeitpunkt ragte der Meißel bereits 50 Zentimeter hinter Albins Kopf in ihre Höhle hinein.

Auf dem Bildschirm erschien das Bild des Bohrturms, das den Zuschauern im ganzen Land in den vergangenen zwei Wochen so vertraut geworden war. Jeden Tag waren in den Nachrichten zuerst die Bohrtürme zu sehen. Dazu berichtete die Stimme »ihres« Reporters das Neueste aus Lengede. Stefan Schönfelder war inzwischen ein Star. Er hatte allen anderen Reportern den Rang abgelaufen. Nicht wenige der Zuschauer dachten bereits, Schönfelder wäre sogar derjenige, der die ganzen Rettungsarbeiten vor Ort leitete.

Natürlich war er auch an diesem frühen Sonntagmorgen um 6 Uhr 45 wieder vor Ort. Mit seiner geschulten Stimme sprach er ins Mikrophon: »Es ist Sonntag, 3. November. Um 6 Uhr 45 hatte die mittlerweile zehnte Suchbohrung Erfolg und trifft einen Hohlraum.«

Die Kameras liefen. Die Magnetaufzeichnungsbänder liefen auch.

Grabowski warf Hansen einen Blick zu, der seine berechneten Zahlen kontrollierte.

»Na?«, fragte er, »Durchschlag in die Firste bei ...?«

Hansen sah auf. »56 Meter«, sagte der Markscheider mit leicht fragendem Unterton.

Grabowski nickte anerkennend. Hansen war gut. Das war ein Mann nach seinem Herzen, mit dem er gerne zusammenarbeitete. Hansen war wie er, er sah nicht nur die Zahlen und Nummern, sondern er dachte immer auch an die Leute, die jede Sekunde, die sie da unten eingeschlossen waren, auf Hilfe warteten. Auch Stubb wartete da. Immer, wenn er an seinen Skatbruder dachte, zog sich sein Magen zusammen. Und wenn Grabowski ehrlich war, hatten die Männer, nach denen er suchte, inzwischen alle das Gesicht von Stubb. Seit der gewonnenen Kartenpartie von damals hatte er zwar immer wieder verloren, aber vielleicht war es ja auch nur sein schlechtes Gewissen – dieses Gefühl, dass er an Stubb etwas gutzumachen hatte.

Und vielleicht war ihm das eben gelungen.

Er drehte sich um und gab seinen Leuten ein Zeichen.

»Langsam runterfahren und den Schachtboden abtasten«, sagte Grabowski.

Der Bohrer drehte langsam los.

Kampmann und Dietz eilten mit wehenden Mänteln über das Zechengelände. Die müden, ausgelaugten Reporter, die noch dageblieben waren, rotteten sich um den Bohrturm zusammen.

»**Der Bohrer kommt** wieder. Hört ihr ihn?«

Willis Worte überschlugen sich vor Aufregung. Das war es, worauf sie die ganze Zeit gewartet und wovon sie in der Dunkelheit geträumt hatten. Dass es irgendwann knirschte und der Bohrer sie gefunden hätte.

Aber wo steckte das verdammte Ding? Noch immer tappten die Männer suchend herum, ohne zu merken, dass sich der Meißel direkt hinter Arnold in den Mergel gebohrt hatte.

»Bitte, Bohrer, wo bist du?«, keuchte der.

Alle suchten voller Hast. »Mensch, Leute, sucht, was ist, wenn sie ihn wieder zurückfahren, ohne dass wir uns melden konnten?«

Der Gedanke war so unerträglich, dass Franz kurz innehielt, um Luft zu holen. Das wäre ein so harter Schicksalsschlag, mit dem auch er nicht mehr fertig würde.

Hinter ihm schrie Arnold plötzlich auf. Er war in der Dunkelheit nach hinten übergekippt und mit dem Kopf gegen den Meißel gestoßen. Aber der Schmerz spielte keine Rolle.

»Ich hab ihn!«, rief Arnold außer sich, »ich hab den Bohrer!«

Bis auf Bruno stürzten sie alle nun in seine Richtung. Jeder wollte der Erste sein. Wollte das kalte Stück Stahl berühren. Willi umarmte und küsste ihn.

»Sie haben uns gefunden. Wir haben's geschafft«, jubelte Stubb.

Doch mitten hinein in ihren Jubel begann nun das Rohr, mit ihnen zu sprechen. Dumpf hallten die Klopfzeichen durch den Alten Mann. Rhythmische Klopfzeichen in regelmäßigem Abstand. Eins-zwei-eins-zwei-drei.

»Klopfzeichen!«, rief Willi. »Wir müssen antworten!«

»Klopfzeichen«, wiederholte Franz fasziniert.

»Mensch, ihr müsst antworten!«, rief Bruno mit letzter Karft.

Arnold patschte mit der bloßen Hand gegen den massiven Stahl, aber alle hörten sofort, dass dies wirkungslos war. Willi griff nach einem Stein, aber der Mergel zerplatzte wirkungslos am Meißel.

»Nun antwortet doch endlich!«, drängte Albin nervös. Es kam ihm so vor, als vergingen Minuten, als hätten sie nur noch wenige Sekunden Zeit, um das Zeichen zu geben, dass sie noch lebten.

»Klopfen«, rief Richard. »Ihr müsst klopfen, sonst hören die uns nicht!«

Stubb riss sich den Helm vom Kopf, als wollte er beten, und schlug ihn wild gegen das Rohr. Aber das Plastik bog sich wie Pappe an dem harten Stahl. Kein Laut drang nach oben. Mensch, das gibt's doch nicht, dachte Franz. Da strecken uns die Retter von oben nach zehn Tagen die Hand hin, und wir sind stumm und gelähmt und können sie nicht ergreifen.

Wieder brach Panik aus. Sie *mussten* antworten. Jetzt.

»Metall«, rief Richard. »Wir brauchen Metall!«

Walter rührte sich.

»Franz«, sagte er leise, »das Taschenmesser.«

Alle sahen ihn an.

»Dein Taschenmesser?«, stieß Stubb hervor. »Los! Gib her! Mach schon! Ich will nicht, dass sie uns verlieren!«

Albin brüllte los. »Wo ist dein Taschenmesser?«

Walter schüttelte den Kopf. »Er hat es weggeschmissen.«

»Nein«, sagte Franz, »es steckt im Stiefel!«

»Im Stiefel?«, fragte Richard. Warum dauerte nur alles so lange? Sie hatten die ganze Zeit auf diesen Moment gewartet, und jetzt, wo er da war, waren sie nicht darauf vorbereitet. Sie hatten sich alle immer nur auf den Tod vorbereitet, aber nie auf die Rettung. »Los, Mann, dann zieh doch den Stiefel aus!«

»Geht nicht. Mein Fuß steckt fest. Der ist vom Wasser ganz aufgequollen.«

Schon waren sie über ihm. Wie eine Meute wilder Hunde stürzten sie sich auf seine Stiefel, rissen an ihnen, zerrten Franz über den Boden und kämpften darum, an das Stück Stahl zu kommen, das ihre Verbindung zur Außenwelt werden sollte.

Franz schrie auf und versuchte sich festzuhalten, bis Salvatore und Willi nach ihm griffen und ihn zu Boden drückten. Alle zerrten an ihm, und er hatte das Gefühl, als würden sie ihm mit dem Stiefel die Haut abziehen.

»Du Idiot, warum hast du es denn in den Stiefel gesteckt?«, schrie Richard und fluchte laut.

»Nun macht doch schon, sonst ziehen die den Bohrer wieder ab!«, jammerte Albin.

Franz spürte den Schmerz, als der Stiefel endlich nachgab. Wenn die da oben jetzt den Bohrer abzogen, würden sie ihm die Schuld dafür geben. Endlich hielt Willi triumphierend das Taschenmesser hoch.

»Ich hab's!«, schrie er.

Franz blieb vergessen am Boden liegen, als alle zurück zum Bohrer krochen, vortasteten und robbten und dabei fluchten, weil sie sich gegenseitig behinderten.

Doch zu ihrem Entsetzen begann sich der Meißel plötzlich wieder zu drehen. Albin schrie auf und stürzte sich darauf, wurde mit hochgezogen und prallte dumpf gegen die Decke. Von dort stürzte er herunter und blieb schluchzend am Boden liegen. »Sie haben uns nicht gehört«, wiederholte er immer wieder. »Sie hatten uns, aber sie haben uns nicht gehört.«

Sie hörten, wie das Bohrgestänge langsam herausgezogen wurde.

Das war das Ende.

Richard fuhr herum und ging auf Franz los. »Du bist schuld!«

Franz hatte es gewusst. Nichts war schlimmer als eine enttäuschte Hoffnung. Und die Wut konzentrierte sich auf ihn, weil er das Messer in seinem Stiefel stecken hatte. Es nützte nichts zu widersprechen. Richard hatte bereits die Fäuste geballt, kam auf ihn zugestürzt und packte ihn am Kragen.

Doch da fuhr Willi dazwischen.

»Keiner ist schuld«, brüllte er rau.

Enttäuscht und mutlos hockten sich die Männer wieder in ihre Ecken.

Keiner von ihnen glaubte jetzt noch an ein Wunder.

Pfarrer Bergfelder und sein katholischer Amtsbruder Ewald hatten gemeinsam die ganze Nacht über ihren Predigten gebrütet. So voll war die evangelische Kirche schon lange nicht mehr gewesen. Bergfelder und Ewald ließen ihren Blick von der Kanzel über die Schar der Gläubigen schweifen, die sich an diesem Sonntagmorgen zum gemeinsamen Gottesdienst eingefunden hatten. Nur ganz wenige der Angehörigen hatten sich entschieden, stattdessen auch den Sonntagmorgen am Bohrloch Nummer 10 zu verbringen – und dem erneuten Fehlschlag mit beizuwohnen.

Auch Helga hatte Tränen in den Augen gehabt, als sie zusammen mit Renate das Gotteshaus betreten hatte. Beide trugen sie schwarze Trauerkleidung; so wie fast alle der anderen 38 Frauen, die zu diesem Zeitpunkt ahnten, dass sie ihr Liebstes für immer und ewig verloren hatten. Jetzt suchten sie Trost in Gott, dem Allmächtigen. Auch wenn er ihre Männer nicht hatte retten können.

Helga und Renate nahmen in einer der vorderen Reihen Platz. Hand in Hand. Die einzige Bergmannsfrau, die sich nach wie vor strikt dagegen weigerte, Trauer zu tragen, war die Gattin von Erwin. Sie hoffte wohl noch immer.

»Sie können zusammenpacken, Grabowski«, sagte Kampmann. »Es tut mir Leid, aber es hat keinen Sinn mehr.«

Grabowski starrte nachdenklich aufs Bohrgestänge. Er hatte etwas knirschen gehört, aber eben keine eindeutigen Klopfzeichen gehört. Doch er wollte sich mit der Enttäuschung nicht abfinden. Sie hatten so große Erwartungen an den Alten Mann geknüpft. Hilfe suchend sah er Hansen an.

»Was meinen Sie, Hansen?«

Hansen presste seine Lippen aufeinander und wandte sich an den Hüttendirektor.

»Lassen Sie das Gerät noch nicht abfahren, heute ist doch Sonntag. Die neue Schicht beginnt erst morgen.«

Kampmann zögerte, sah zunächst Dietz an, dann Grabowski und den Markscheider. Er wandte sich ab.

»Es hat keinen Sinn, Mann. Wir hören auf – bauen Sie den Bohrturm ab, Grabowski!«

Mit diesen Worten verließ der Hüttendirektor das Bohrloch Nummer 10 und ging davon.

Dietz zuckte mit den Schultern. Grabowski sah ihm nach und nahm seinen Helm ab.

»Ich verwette meinen Arsch, dass da unten Kumpel sind«, sagte er.

Doch jeder der Umstehenden wusste, dass sich niemand sicher sein konnte – und genau darin lag auch sein Problem.

»Wenn ich das nicht noch einmal nachprüfe, werde ich bis ans Ende meines Lebens das Gefühl haben, dass ich den wichtigen Moment verpasst hätte«, sagte der Bohrmeister.

Dietz nickte.

Entschlossen setzte er daher seinen Helm wieder auf und wandte sich an seine Leute, die bereits einpackten. Die Reporter wurden aufmerksam.

»Rohr einsetzen!«, brüllte Grabowski.

Dietz starrte ihn an.

Willi fühlte mit dem Daumen über die Schneide des Taschenmessers. Das Messer bedeutete Freiheit für ihn, entweder im Tod oder als Signalgeber. Keiner konnte es ihm jetzt wieder abnehmen. Wenn sie doch eben schneller gewesen wären! Wenn sie wenigstens ein paar Mal laut und deutlich ein Signal hätten absetzen können. Er spielte die Szene von eben wieder und wieder im Kopf durch, und immer wieder wäre er schneller gewesen; hätte er es geschafft, laute und deutliche Klopfzeichen zu geben. Doch Willi wusste, dass sie diese Chance gehabt hatten. Im Leben bekam man normalerweise keine zweite Chance.

Auf einmal rauschte es wieder. Erde und kleine Steine fielen in die Höhle, dann knallte ein Rohr so dicht neben Richard auf den Boden, dass der aufschrie und sich mit einem Satz in Sicherheit brachte.

Willi riss den Kopf hoch.

»Ein Rohr«, schrie Stubb, der als Erster begriffen hatte, »ein Rohr!«

Es bewegte sich wieder ein Stück in die Höhe, und Willi schrie auf: »Halt.«

Das Rohr bewegte sich nicht. Da war sie, seine zweite Chance! Mit einem Satz kniete er neben dem Rohr, das wie durch ein Wunder seinem Befehl gehorcht hatte. Er hielt das Messer fest und wartete auf ein Zeichen von oben.

Er wartete auf ein Zeichen von Gott.

Grabowski hob die Hand. Das Rohr hielt an. Er atmete tief durch und griff zum zweiten Mal an diesem Sonntagmorgen nach seinem Schraubenschlüssel. Auch wenn sie jetzt keinen Erfolg hatten, würde er wenigstens wissen, dass er alles versucht hatte, um Stubb – und die anderen – zu finden.

Dietz trat zu ihm.

»Grabowski, lassen Sie gut sein, das führt doch zu nichts.«

Grabowski sah Dietz an, sah die Krawatte, das glatt rasierte Gesicht, den ruhigen Blick. Sein Blick schweifte über Dietz hinweg in die mittlerweile überschaubare Menge der Reporter. Zwischen sie hatte sich ein zehnjähriger Junge gedrängt. Er wischte sich mit dem Handrücken einen Streifen Rotz über die Wange; er war dreckig und verheult und sah eben aus wie ein Junge, der schon viel zu lange auf seinen Papa wartete.

Grabowski wandte sich um und schlug gegen das Rohr.

Ein – zwei – eins – zwei – drei. Dann presste er das Ohr gegen das Gestänge. Antworte, Stubb, flehte er stumm, antworte, Mensch!

Willi hob das Messer und gab Antwort. Hell und laut klangen die Schläge durch den Alten Mann. Franz rappelte sich auf und humpelte zu ihm. Alle hielten sie den Atem an und lauschten.

Selbst Bruno bemühte sich, nicht zu stöhnen.

Und dann hörten sie es auch oben.

Eins – zwei – eins – zwei – drei.

»Klopfzeichen«, flüsterte Grabowski erschüttert. Er hatte also Recht gehabt, da unten lebte noch jemand. Noch einmal: Eins-zwei-eins-zwei-drei. Das Signal kam zurück. Kein Zweifel. Er drehte sich um und rief, so laut er konnte: »Klopfzeichen!«

Jubel erhob sich. Eine Frau begann lautlos zu weinen, während sie gleichzeitig strahlte, und als Grabowski, dem selbst die Tränen in Sturzbächen über die Wangen rannen, den verheulten Jungen sah, der gar nicht zu begreifen schien, was da eben geschehen war, schöpfte er plötzlich wieder Hoffnung, die Überlebenden dort unten auch herauszuholen.

Ein Reporter vergaß plötzlich seine Fotokamera. Er hob die Hände und begann zu applaudieren. Einer nach dem anderen fielen sie mit ein, sogar Ingo Kullmann, der inzwischen 48 Stunden lang nicht geschlafen hatte; selbst Schönfelder, der eigentlich vor der Kamera stand, hörte auf zu sprechen und fiel in den Applaus ein.

Grabowski stand still da. Er wusste, dass der Beifall Freude war, dass er dem Schicksal galt und den neuen Hoffnungen, die nun wieder erweckt worden waren, aber er wusste auch, dass ein Teil dieses Beifalls ihm und seiner Hartnäckigkeit galt.

Er hob den Schraubenschlüssel und schwenkte ihn triumphierend über dem Kopf, als er Dietz ansah.

Dietz nickte Grabowski anerkennend zu.

Gemeinsam schauten sie an der Fassade des Verwaltungstraktes hoch. Dort entdeckten sie den Hüttendirektor – und Grabowski hätte in diesem Augenblick schwören können, dass sogar Kampmann lächelte. Wenn auch ein wenig säuerlich.

Erst klapperte es im Rohr, dann kam das Licht. Willi hockte neben dem Rohr, griff zögernd nach der Taschenlampe und knipste sie an. Es dauerte mehrere Sekunden, bis sich die Männer an das Licht gewöhnt hatten. Selbst diese Funzel strahlte zu hell für ihre Augen. Aber dann, nach ein paar Augenblicken, starrten sie auf das dreckverkrustete Metall des Versorgungsrohres, das im Lichtkegel der Taschenlampe zu leuchten begonnen hatte wie die Sonne, die Franz vor ein paar Tagen unter Wasser gesehen hatte. Das Licht verlieh ihrer Höhle etwas Anheimelndes. Langsam leuchtete Willi in die Runde und sah sich die Gesichter seiner Kumpel an, die er seit Tagen nur gehört, gefühlt und gerochen hatte. Alle hatten sie Bärte bekommen, lange Stoppeln, in denen sich Schmutz und Dreck verfangen hatte. Das Licht spielte über ausgemergelte Gesichter, die teils durch hässliche Wunden und geronnenes Blut entstellt waren. Die Männer blinzelten. Vielen hatten Tränenspuren helle Streifen in die schmutzigen Gesichter gezogen.

Aber sie sahen auch wieder die Gefahr, die oben an der Decke hing. Das tödliche Bruchgestein. Sie waren erfahren genug um zu ahnen, was passieren könnte, wenn Grabwowski zur eigentlichen Rettungsbohrung ansetzen würde.

»Da liegt noch etwas«, sagte Arnold und trat an das Rohr, um einen Zettel und einen Bleistift hervorzuholen. Mühsam entrollte Willi den Zettel und blinzelte auf die Schrift hinunter. Sie alle verhielten sich wie die Maulwürfe, die aus ihrem Bau schauten.

Er las vor: »Wie viele seid ihr? Namen!«

»Gregor«, sagte Gregor brav wie in der Schule. Er zitterte und ging zu Franz, von dessen Autorität er sich die ganze Zeit Mut holte. »Sind wir jetzt gerettet?« Fragend sah er ihn an.

Franz umarmte den Kumpel. Er kam ihm vor wie sein Sohn, dabei war er selber nicht mal zehn Jahre älter.

»Ja, Gregor«, versicherte er dem Jungen, »wir haben's geschafft.« Er spürte die Rippen des jungen Mannes, die durch die Kleidung stachen, und er spürte, wie Gregor zitterte.

Dann drehte Franz sich zu Bruno um.

»Mensch, Bruno, wir werden leben.«

Bruno antwortete nicht. Er zog mit bebenden Fingern seine Schokolade hervor und versuchte, sie aus dem Stanniol zu wickeln. Wir, dachte er, es war immer wir. Aber ich weiß nicht, ob es wir bleibt …

»Mir ist so kalt«, flüsterte Bruno.

Franz kniete sich neben ihn.

»Bruno, was ist?« Sorge mischte sich in sein eben so entspanntes Gesicht.

Bruno sah ihn an. »Scheiße«, flüsterte er.

Franz bemerkte Brunos Blässe und den elenden Ausdruck in seinen Augen. Seit Tagen schleppte er seine kaputten Beine mit sich rum. Franz musste an Schilderungen von Kriegsberichten denken, wo die Männer an ihren Wunden starben, weil sie unbehandelt verfault waren. Er wagte es nicht, Brunos Beine anzusehen.

»Du musst was essen«, sagte er rau und half Bruno, die Schokolade auszuwickeln. »Komm, iss etwas«, drängte er, aber Bruno steckte die Schokolade in den Mund und kaute nicht.

Renate starrte auf ihre gefalteten Hände, während die Orgel ihr in den Ohren dröhnte. Hände, an denen der Ring blitzte, den Bruno ihr angesteckt hatte. Warum war Bruno nicht hier? Die Kirche war brechend voll mit Bergleuten und ihren Frauen, aber einige Frauen – Helga, Anneliese, Helene, Katrin, sie selber – saßen ohne ihre Männer in der harten Kirchenbank. Das Schwarz ihrer Trauerkleider schien sie zu verhöhnen, genau wie die Stimme von Pfarrer Bergfelder, der jetzt zu sprechen begann.

»Wir fragen uns in diesen schweren Tagen, was das für ein Gott ist, der Wunder vollbringt und zugleich dem Tod gestattet, unsre Liebsten und Teuersten zu holen. Lasst uns beten«, sagte der Pfarrer.

Renate zögerte und dachte dann an die drei Männer, die man unter dem Acker von Barbecke gefunden hatte. Die man herausgeholt hatte. Sie faltete wie Helga die Hände.

Grabowski zog den Zettel aus dem Rohr und starrte blicklos darauf. Wer war noch am Leben? Wer hatte diesen Zettel eben noch in der Hand gehabt und aus dem Totenreich zu ihnen geschickt? Er räusperte sich und reichte den Zettel an Hansen weiter.

»Ich kann nicht«, flüsterte er. »Ist Stubb dabei?«

Hansen nahm den Zettel entgegen und überflog die Namen. Sie waren mit ungelenker Hand geschrieben und teilweise kaum zu entziffern.

»Stewart Petersen?«, fragte er. »Ja, hier steht er.«

Grabowski konnte nicht anders. Er brach in Tränen aus. Sein Gefühl hatte Recht behalten.

»Mensch, Stubb«, murmelte er wieder und immer wieder.

Dann riss er sich zusammen. So wie ihm ging es so vielen hier, die hinter ihm warteten. Er sah sich nach dem Jungen um und winkte ihn heran. »Wie heißt du?«

»Martin«, stieß der Junge hervor und kam heran, ein bisschen stolz, dass Grabowski ihn gerufen hatte. »Martin Fischer.«

Grabowski schaute auf den Jungen, und sein Gesicht entspannte sich.

»Mensch, Junge, hast du ein Glück: dein Vater, der Arnold, der lebt!«

Der Junge machte einen Satz und drehte sich um, um wegzurennen, aber Grabowski hielt ihn an seinem Kragen fest.

»Halt, halt, halt, nicht so schnell, Junge. Nimm diesen Zettel, lauf zur Kirche und gib das sofort dem Pfarrer.«

Der Junge begriff. Er schnappte nach dem Zettel und rannte los. Papa lebte, klopfte der Rhythmus seiner Füße auf dem harten Boden – Papa lebte und kam zurück. Er würde doch mit ihm zum Fußball gehen, wie er es versprochen hatte, nur eben eine Woche später. Papa lebte, klopften die Stufen zur Kirche hoch, als er immer zwei auf einmal hinaufrannte und die schwere Tür aufstieß. Papa lebt, wollte er dem Pfarrer laut entgegenrufen, der seine Predigt unterbrach und ihn ansah. All diejenigen, die sich im Gotteshaus versammelt hatten, sahen ihn jetzt an. Vor Aufregung versagte dem

Jungen die Stimme. Er schwenkte den Zettel, aber er brachte kein Wort heraus.

»Sie haben wieder welche gefunden«, flüsterte er schließlich.

Das hallende Kirchenschiff nahm seine leisen Worte auf und verstärkte sie so, dass jeder ihn hören konnte.

Pfarrer Bergfelder stieg von der Kanzel hinunter und nahm ihm den Zettel ab und bedeutete ihm, sich in eine Kirchenbank zu setzen. Noch nie hatte er mehr gespürt, dass er der richtigen Berufung gefolgt war. Er räusperte sich und begann, die Namen vorzulesen.

»Willi Manlik. Erwin Tondera. Salvatore di Pietro. Arnold Fischer.«

Martin lachte laut, als er den Namen seines Vaters hörte, und dachte daran, dass seine Mutter jetzt wieder so werden würde wie früher. Frauen schluchzten auf, umarmten sich, als sie die Namen ihrer Männer hörten. Andere sahen bang nach vorne. Kamen noch mehr Namen? Hatten auch ihre Männer überlebt? Helga und Renate hielten den Atem an – weder Bruno noch Franz waren bisher genant worden.

»Walter Graf«, fuhr der Pfarrer fort. »Gregor Schäfer. Richard Schneider. Albin Roschkowski …«

Renate sah auf ihre gefalteten Hände, die an den Knöcheln ganz weiß geworden waren.

»Stewart Petersen. Eberhard Buchberger … Bruno Reger und – Franz Wolbert.«

Beide, dachte Helga glücklich, beide Namen waren dabei. Renate umarmte sie fest, und Veronika bewegte sich auf Helgas Schoß. Helga drückte sie an sich. Sie waren wieder eine Familie.

»Vater unser im Himmel …«, begann Pfarrer Bergfelder zu beten, und alle fielen sie ein.

»Geheiligt werde dein Name …«

Renate sah nach vorn, wo Kerzen für die Totgesagten brannten. Euer Lebenslicht ist noch nicht verlöscht, dachte sie. Als sie das Gebet zu Ende gesprochen hatten, sprangen die Menschen auf und rannten aus der Kirche. Jetzt gab es für alle nur noch ein Ziel.

Der eben noch so öde Platz auf dem Zechengelände wimmelte auf einmal vor Geschäftigkeit. Die Einsatzleitung setzte Himmel und Hölle in Bewegung, um das Bergungsgerät, das sich zum Teil schon wieder an seinen Standorten befand, zurückzubeordern. Eilends wurde eine Bohrplattform gezimmert, das Rote Kreuz schlug Versorgungszelte auf, während die Reporter damit beschäftigt waren, aus dem Nichts Übertragungsstudios zu errichten.

Die fahren selbst in den Dschungel, wenn es von da was Interessantes zu berichten gibt, dachte Grabowski abfällig. Anscheinend gab es keinen Ort, wo die nicht hinkamen. Es sollten schon über 400 sein. Mehr, als die Zeche Kumpel beschäftigte. Sie schliefen zumeist in ihren Autos, ein paar hatten Zelte mitgebracht. Plötzlich hatte er eine Idee. Vielleicht konnte er sich das zunutze machen ...

Er trat zu dem Reporter, den auch er mittlerweile kannte, weil er immer im Bild war, wenn es wichtig wurde.

»Sie sind doch der vom Fernsehen?«

Schönfelder nickte. »Vom Fernsehen« lautete die Zauberformel in seinem Geschäft, davor hatten die Leute Respekt. Das hatte ihm bisher noch immer alle Türen geöffnet.

»Gibt es vielleicht noch mal 'ne Möglichkeit, mit den Kumpels da unten zu sprechen?«

Mensch, das war die stärkste Geschichte, die sie je gehabt hatten. Und die wurde ihm auf dem Präsentierteller angeboten. Schönfelder merkte, wie sich die Härchen auf seinem Unterarm aufrichteten. »Wir könnten versuchen, eine Leitung zu legen.« Er drehte sich zu seinem Tontechniker um. »Heiner, kommst du mal rüber?«

Der Tontechniker, der Heiner hieß, riss sich von dem Anblick Annelieses los, deren weiße Schwesterntracht zwischen der Bergmannskleidung leuchtete. Sie stand ganz still da und bekam von der hektischen Lebendigkeit um sich herum nichts mit. Hennes, dachte sie, bist du auch noch da unten? Wussten die anderen, was aus ihm geworden war? Sie zuckte zusammen, als Dr. Schleip sie ansprach. Jetzt erst merkte sie, dass ihr die Tränen über das Gesicht liefen, und hastig versuchte sie, sie wegzuwischen.

»Fräulein Stegmeier, geht es Ihnen gut?«

Anneliese sah den Arzt an. »Herr Doktor«, stieß sie dann hervor, »die Namen auf der Liste – waren das alle?«

Schleip nickte. Wie viele Frauen stellten sich jetzt dieselbe Frage? »Ich fürchte, ja. Vermissen Sie einen Angehörigen?«

Aber Anneliese hatte gehört, was sie wissen wollte, und wandte sich ab, ohne zu antworten. Sie konnte nichts mehr tun.

»Fräulein Stegmeier«, rief der Arzt ihr da nach, »ich brauche Ihre Hilfe.« Schleip ahnte, was passiert war. Anneliese blieb stehen. »Wir müssen Versorgungsrohre mit Nahrung und Medikamenten zusammenstellen. Die Bergleute zählen auf Sie.«

Anneliese nickte. Sie drehte sich langsam um und kam zurück. Für Hennes konnte sie wohl nichts mehr tun. Aber für die anderen.

Franz hörte eine Stimme, die seinen Namen rief. Erst das Licht, jetzt Stimmen, aber sie waren wirklich! Staunend starrten die Kumpel im Licht ihrer Taschenlampen das Ding an, das da plötzlich durch das Rohr zu ihnen heruntergelassen worden war. Ein schwarzes, langes Kabel mit einem Mikrophon und einem kleinen Lautsprecher dran. Es knackte und knisterte, und dann hörten sie eine Stimme.

»Hier spricht Dr. Schleip. Franz Wolbert, bitte melden!«

Franz stand zögernd auf, kroch nach vorn und griff nach dem Mikro. Er konnte den schmächtigen Grubenarzt förmlich vor sich sehen, den er sonst immer nur am Rande wahrgenommen hatte. Jetzt war er lebenswichtig für Bruno geworden. Er warf seinem Freund einen Blick zu und räusperte sich.

»Hier – Franz Wolbert.«

»Herr Wolbert?«, kam die Antwort, »wenn Sie sprechen, müssen Sie den kleinen Knopf drücken! Wenn Sie fertig sind, lassen Sie ihn los.«

Franz tat es und wiederholte seinen Namen.

»Ja! Jetzt können wir Sie hören!«, kam es knarzend aus dem kleinen Lautsprecher.

Sie hörten ihn! War Helga da oben? Er wollte die Frage am liebsten heraus schreien. Wie geht es meiner kleinen Tochter? Aber das musste jetzt natürlich warten. Franz riss sich zusammen und konzentrierte sich auf die Fragen von oben.

»Herr Wolbert«, fuhr der Arzt fort, »ich brauche von Ihnen einen Zustandbericht der Männer. Gibt es Verletzte?«

»Der Bruno, Herr Doktor – den Bruno hat's schwer erwischt.« Hörte Renate jetzt mit? Hoffentlich war Renate nicht da oben. Er war einer Ohnmacht nahe.

Plötzlich wand Erwin ihm das Mikro aus der verschwitzten Hand und rief: »Doktor, schick mal was zu paffen runter, man is' ja gar kein Mensch mehr ohne Fluppen!«

Im selben Moment kam Franz wieder zu sich und riss Erwin das Mikro wieder aus der Hand.

»Jetzt geht es um Bruno, nicht um dich«, zischte er und beantwortete die Frage des Arztes, als wenn es keine Unterbrechung gegeben hätte.

»Beide Beine sind gebrochen. Er hat hohes Fieber ... und diese Schmerzen, Doktor, der braucht was gegen die Schmerzen.«

»Sie müssen ihm Zuckerlösung einflößen, ich schicke welche runter. Das bringt den Kreislauf erst mal wieder auf Trab. Ich schicke auch ein starkes Schmerzmittel mit. Mehr kann ich im Moment nicht tun. Danke, Herr Wolbert.«

»Hören Sie«, schrie Franz ins Mikrophon, »Renate, seine Frau, darf das auf keinen Fall erfahren!«

»Verstanden«, sagte der Arzt.

Dr. Schleip reichte das Mikrophon an Grabowski weiter und wandte sich an Anneliese. »Notieren Sie bitte: 40 Tropfen Novalgin, vier- bis sechsmal am Tag, maximal das Sechsfache der Einzeldosis.«

Anneliese schrieb mechanisch mit.

»Zuckerlösung«, ergänzte der Arzt. »Alle Kumpel bekommen Valium, fünf Milligramm. Alle zwölf Stunden.«

Auf der Schautafel sah der Abstand zum Alten Mann unüberwindlich aus, dachte Hansen. Er stand mit Grabowski und Dietz in dessen Büro und konnte kaum atmen, so voll geraucht war die Bude. Die Sonne schaffte es kaum, den Nebel zu durchdringen. Der Alte Mann war ein kleiner Fleck unten auf dem Bild. Ganz oben am Rand war die Erdoberfläche, dazwischen Tonnen von todbringendem Gestein.

»Wie viel Zeit brauchen Sie für die Rettungsbohrung, Grabowski?«, fragte Dietz.

»'n paar Stunden«, knurrte Grabowski. »Mit dem 60-Zentimeter-Bohrer gehe ich da durch wie durch Butter. Wenn er da wäre ... Aber die Leute unten könnten auch eine Messung vornehmen.«

Am liebsten wäre er schon wieder draußen bei seinen Leuten gewesen, würde er sich zu den Eingeschlossenen vorfressen, für die jeder Zentimeter ein Riesenschritt zur Rettung bedeutete. Aber jetzt nicht übermütig werden!

»Das ist genau das Problem«, unterbrach Hansen die Gedanken des Bohrmeisters. »Das Gestein aus dem Alten Mann besteht aus gebrochenem Mergel.«

Grabowski warf Hansen einen Blick zu. Er hatte es in den letzten Tagen gelernt, dass er dem Wort des Mannes trauen musste, auch wenn er Dinge sagte, die er nicht gerne hörte.

Hansen deutete auf das winzige Loch. »Da kracht alles zusammen, wenn der 600-Millimeter Bohrer da reingeht.«

Der Krisenstab sah den Bohrmeister an. Grabowski dachte nach.

»Bei dem Durchmesser, den ich für die Bombe brauche, liegt auf dem Bohrer ein hoher Druck. Kann sein, dass der Mergel das nicht aushält – vom Kühlwasser her ganz zu schweigen. Da lastet nach wenigen Meter bereits eine Tonnenlast auf der Decke.«

Kampmann wiegte bedenklich den Kopf.

»Ein Leerpumpen der Grube dauert Wochen«, sagte er, als ob dies nicht jeder der Anwesenden wusste.

Hansen wurde blass. »Soll das heißen, wir haben die Männer gefunden, können sie aber nicht rausholen?«

Kampmann sah Grabowski wieder an. »Dann muss Grabowski eben sehr verantwortungsvoll bohren!«, sagte er.

»Was soll der Scheiß?«, fuhr Grabowski auf. »Wollen Sie mir jetzt schon die Schuld in die Schuhe schieben, falls da unten alles einkracht?«

Er wäre ja der Schuldige, falls das passierte, aber das war eine Sache, die er mit sich selber abmachen musste. Wenn hier einer die Sache immer nur wieder verzögerte und die Leute dadurch in Gefahr brachte, dann war das immer wieder der Hüttendirektor. Und Dietz, der eigentlich doch auf seiner Seite stand, war zu schwach. Er tat auch nur, was Kampmann von ihm verlangte. Hilflose Wut überwältigte ihn, und er ging auf den Direktor los.

»Ihnen ist das Leben der Kumpel doch sowieso egal. Sie wollen nur endlich wieder in Ruhe fördern!«

Hansen trat zwischen Grabowski und den Hüttendirektor und hob beschwichtigend die Hände. Insgeheim stand auch der Markscheider auf der Seite des Bohrmeisters, aber es würde die Dinge nicht voranbringen, wenn man sich jetzt stritt.

»Grabowski, Sie machen erst mal eine zweite Versorgungsbohrung ...«, sagte er. Grabowski hörte Hansen wieder aufmerksam zu. »... und zwar eine mit einem etwas größeren Durchmesser. Dann schicken wir Stahlstempel runter, und die Kumpel stützen den Alten Mann damit ab.« Grabowski war schon auf dem Weg zur Tür, drehte sich da aber noch einmal um. »Und bis Sie so weit sind, überlegen wir hier in Ruhe, was uns zur Rettung sonst noch einfällt.«

Grabowski nickte und ging. Draußen musste er trotz seiner Wut grinsen. Der Hansen war ein raffinierter Hund. Da hatte er ihn ganz geschickt aus der Planungsgruppe ausgebootet, aber er musste ihm zugestehen, dass er Recht hatte. Unbeherrschtheit half hier keinem. Und auf Hansen konnte er sich verlassen.

Immer wenn es im Rohr klapperte, kam ein neues Röhrchen hinunter. Für die Männer war dieses Rohr mit seiner Verbindung ein Wunder. Sie waren zwar noch immer lebendig begraben, aber ihr Sargdeckel war immerhin einen kleinen Spalt geöffnet worden. Während Franz die übrigen Röhrchen verteilte, hatten seine Kumpel die ersten schon aufgemacht und begannen, den Inhalt in den Mund zu schlürfen.

Richard hielt inne.

»Mann, das is' gut. Was is'n das?«

Salvatore wischte sich über den Mund, um auch das letzte bisschen zu erwischen, was er in seiner Hast verschüttet hatte.

»Iste gutt, kenn isch von Mama.«

»Mama? Nix Mama, das is Manna!«, brüllte Erwin.

Die Kumpel lachten und kicherten. Lachen. Es war ein ungewohntes Geräusch, das sie seit Tagen nicht mehr gehört hatten. Die meisten von ihnen hatten geglaubt, dass sie nie wieder lachen würden. Es fühlte sich ungewohnt an, fast, als müssten sie es erst wieder lernen. Nur das Weinen ging von alleine.

Franz sah Bruno an, der zufrieden an seinem Röhrchen saugte.

»Nicht schlecht«, erklärte er.

»Is' aber bloß Gemüse«, meinte Franz.

Bruno sah ungläubig auf.

»Kann nich' sein!«

»Doch. Karotte!«

»Da steckt Renate hinter«, grinste Bruno trotz seiner Schmerzen. Er trank sein Röhrchen leer. »Das schmeckt. Und wie das schmeckt!«

Franz grinste jetzt auch. Das war der Bruno, wie er ihn kannte. Das Essen würde ihm gut tun und ihm neue Kraft geben. Wie er so sein Breichen trank, erinnerte er ihn an die Zufriedenheit seiner Tochter, wenn Helga sie fütterte.

»Ich will das Rezept«, setzte Bruno hinzu und verzog wieder das Gesicht vor Schmerzen.

Franz sprang auf, griff zum Mikro und brüllte: »Schickt noch mehr von dem Zeug! Mann, das ist das Beste, was wir seit Jahren gegessen haben.« Franz und Bruno lachten, aber dann wurde Franz schlagartig ernst. Die Stimme, die er da hörte, das war doch Helgas Stimme!

»Franz? Franz?«

Er stand wie erstarrt da und ließ sein Röhrchen fallen.

»Helga?«

Helga schluckte. Sie saß oben im Übertragungswagen und heulte sich die Seele aus dem Leib. Dabei hatte Dr. Schleip sie eben noch ermahnt, sich zusammenzureißen. »Sie können jetzt mit Ihren Männern reden«, hatte er den Frauen gesagt, »aber denken Sie daran: ja nicht weinen. Das wühlt die Leute nur auf, und das ist in ihrer Situation nicht gut für sie.«

Und sie? Kaum hörte sie Franz' Stimme, begann sie zu heulen wie ein Schlosshund. Aber es tat so gut, ihn zu hören. Sie hatte ja gedacht, sie würde seine Stimme nie wieder hören. Er war so weit weg, eingeschlossen im Alten Mann, aber sie war auch in ihren Kummer eingeschlossen. Und jetzt, wo das Gewicht sich ein bisschen hob, konnte sie sich einfach nicht mehr beherrschen. Es war ihr in diesem Augenblick auch völlig egal, dass die ganze Welt mithörte. Stefan Schönfelder saß neben ihr am Mikrophon und tätschelte ihr beruhigend die Hand.

Das war seine Geschichte!

»Franz ...«, brachte Helga heraus. Sie dachte an ihr Kind, das half ihr, sich zu fassen. »Veronika schickt dir tausend Küsschen – deine Mutter betet jeden Tag für dich – und ich, ich bin so glücklich ...«

Wieder verließ sie die Beherrschung. Sie hätte ihm so viel zu sagen und durfte nur so wenige Worte machen. Der Reporter erhob sich, öffnete die Tür des Übertragungswagens und trat zu den wartenden Frauen heraus. Über dem Gelände schwebte Helgas verweinte Stimme.

»Du lebst – und ich habe solche Angst um dich und ...«

»Nicht weinen, Helga – wird alles gut.«

Jetzt weinte sie erst recht. Er war derjenige, der in Gefahr war, aber sie war diejenige, die er tröstete. »Ich weine ja gar nicht«, heulte sie ins Mikrophon. »Überhaupt nicht, das würde dich doch nur aufwühlen.«

Renate stand draußen unter den anderen Frauen und wartete darauf, dass sie an die Reihe kam. Innerlich war sie ganz leer und erschöpft, nachdem die erste Spannung von ihr abgefallen war. Plötzlich stand Schönfelder neben ihr.

»Ich freue mich sehr für Sie, dass Ihr Mann unter den Lebenden ist.«

Sie sah ihn an.

»Danke. Ich kann ja auch gleich mit ihm reden. Ich bin ganz aufgeregt, weiß gar nich, was ich sagen soll.«

Warum erzählte sie ihm das?

»Sagen Sie ihm, dass er bald wieder bei Ihnen ist – dass er Sie in den Arm nehmen kann und glücklich sein wird.«

Glücklich, dachte Schönfelder, konnte man mit so einer Frau bestimmt sein. Er bewunderte ihre Haltung, seit er sie das erste Mal gesehen hatte.

»Ja, das werde ich ihm dann wohl sagen.«

Schönfelder stellte sich vor, er wäre derjenige, der sie in den Arm nähme. Sie stand ganz nahe bei ihm, und er konnte die feinen blonden Härchen auf ihren Wangen erkennen. Am liebsten hätte er mit dem Finger darüber gestrichen. »Es wird nichts Schöneres für ihn geben.«

Sie sah ihn an, und er sah sie an – sehr lange –, und dann wandte Schönfelder endlich verlegen den Blick ab.

»Wenn das hier alles vorbei ist …«, meinte Renate, aber sie kam nicht mehr dazu, ihren Wunsch auszusprechen. Denn nun erschien Helga tränenüberströmt auf der Schwelle. Renate schluckte ihre Gedanken hinunter, stieg zu ihr hoch und half ihr die drei schmalen Metallstufen hinunter. Erwins Frau drängelte sich sofort in den Ü-Wagen hinein. Schönfelder trat beiseite, aber er hatte noch ihre Worte im Ohr.

»Wenn das hier alles vorbei ist …«, hatte sie gesagt. Was dann? Wollte sie ihn dann etwa wieder sehen?

Helga schluchzte auf und klammerte sich an ihren Arm. Renates Aufmerksamkeit richtete sich ausschließlich auf die Freundin.

»Helga! Wie geht's dir jetzt?«, fragte sie.

Helga schniefte.

»Schrecklich«, sagte sie.

Bruno starrte auf das Mikro, das Franz ihm reichte, und schluckte heftig. »Renate?«, fragte er.

Franz nickte und wandte sich dann ab.

Bruno ergriff das Mikrophon. Zehn Tage lang hatte er bereut, dass sie sich im Streit getrennt hatten, und wie sehr hatte er sich gewünscht, noch einmal mit ihr reden zu können.

»Mensch, Bruno«, hörte er ihre resolute Stimme, »was hast du nur wieder angestellt?«

Bruno musste grinsen. Es tat so gut, sie zu hören und zu hören, dass sie unverändert war. Sie benahm sich immer wie sein Kumpel, aber er hörte an ihrer Stimme auch, dass sie sich Sorgen um ihn machte.

»Mach dir um Bruno keine Sorgen«, krächzte er. »Wie geht's meinen Kleinen?«

Renate lauschte seiner Stimme. Sie klang schwach, aber das lag sicher an dem weiten Weg und an den Entbehrungen, die er hinter sich hatte.

»Lisa kann es kaum erwarten, dass du mit ihr die Laterne bastelst.«

»Schön.« Bruno freute sich und nahm sich vor, eine besonders schöne Folie zu besorgen. Aber erst mal musste er loswerden, was ihm seit zehn Tagen auf der Seele brannte. »Du, Renate, tut mir Leid, dass wir uns gestritten haben. Ich weiß gar nich mehr worüber – is' schon so lange her.«

Sie antwortete ungewöhnlich ernst.

»Wir dürfen nie wieder im Streit auseinander gehen, hörst du?

Ach, was soll's, wir werden uns ja sowieso nie wieder streiten.« Bruno lächelte. Und ob sie sich streiten würden, dafür war seine Renate viel zu temperamentvoll. »Bald bist du wieder bei mir – wir nehmen uns in den Arm, und ich küss dich, und wir sind glücklich«, krächzte es aus dem Lautsprecher. Sie hielt inne. Jetzt hatte sie ihm genau das gesagt, was der Schönfelder ihr vorgesagt hatte. Aber es war offenbar tatsächlich das Richtige gewesen.

»Ja«, antwortete Bruno leise. »Dann werden wir glücklich sein für den Rest unseres Lebens.«

Als sie das Gespräch beendet hatte und bereits für Salvatores Frau Platz am Mikrophon machte, konnte auch Renate ihre Tränen nicht mehr zurückhalten. Erst als sie das Zechengelände verließ, hatte sie sich wieder gefasst.

»Frau Reger?«, fragte eine atemlose Stimme hinter ihr.

Sie fuhr herum. Dr. Schleip war ihr nachgerannt.

»Frau Reger, kann ich Sie bitte einen Moment sprechen?«

Sie sah ihn verwundert an. Ihr ging es gut, sie war nur so mitgenommen.

»Ach, Herr Doktor, Sie können sich gar nicht vorstellen, wie glücklich ich bin.«

Aber Dr. Schleip lächelte nicht, sondern sah sie sehr ernst an.

»Frau Reger, Ihr Mann hat sich beide Beine gebrochen. Er ist jetzt elf Tage da unten ohne jede medizinische Versorgung ...«

Renate erschrak. Beide Beine? Bruno hatte ihr gar nichts davon gesagt. Er hatte doch so normal geklungen, erschöpft zwar, aber ja: normal.

Dr. Schleip sah den Schreck in ihren Augen und sprach entschlossen weiter. Er musste ihr einfach sagen, wie es um Bruno Reger stand, damit sie sich von ihrem Mann verabschieden konnte. »Durch den Bewegungsmangel verdickt sich das Blut, es besteht die Gefahr von Thrombosen.«

»Aber das kann nicht sein«, unterbrach ihn Renate. »Sie haben Bruno gefunden, jetzt wird er es doch schaffen!?«

Dr. Schleip wandte den Blick ab. »Er bekommt von mir ein

starkes Schmerzmittel. Aber mehr kann ich derzeit nicht für ihn tun.« Er seufzte. »Sie müssen leider mit dem Schlimmsten rechnen.«

Renate sah ihn stumm an. Dann wandte sie sich von ihm ab und ging alleine zum Werktor. Zwei Minuten lang war sie glücklich gewesen, aber anscheinend hatte sie sich umsonst gefreut. Sie spürte, wie die alte, vertraute Leere wieder von ihr Besitz ergriff.

»**Wann können wir** mit der Rettungsbohrung beginnen, Grabowski?«

Dietz sah den Bohrmeister ungeduldig an und versuchte, seine Abneigung zu verbergen. Der Mann machte ihm nur Schwierigkeiten, seit sie das Projekt in Angriff genommen hatten – und er spürte Grabowkis lauernde Feindseligkeit, die immer unterschwellig bei allen Gesprächen mitschwang.

»Nicht vor übermorgen früh. Der große Bohrturm war schon fast wieder im Emsland.« Was für eine schwachsinnige Anordnung von Kampmann, dachte Grabowski. »Die Polizei hat ihn auf der Autobahn gestoppt und zurückgeholt.«

Dietz nickte. Verdammt, der Mann kratzte andauernd an seiner Autorität. Er bewunderte Grabowski dafür, wie er für die Verschütteten eintrat. Ohne den Bohrmeister hätten sie keine Chance mehr gehabt. Er straffte die Schultern.

»Ich will, dass die Rettung schnell und effektiv über die Bühne geht. Die ganze Welt schaut uns auf die Finger!«, meinte er.

Grabowski lächelte verächtlich. Wen interessierte die Meinung der Welt? Er wollte die Männer da unten so schnell wie möglich rausholen.

Immerhin: Die Dahlbusch-Bombe würde in ungefähr sechs Stunden auf dem Gelände eintreffen – mit einer Polizeieskorte unter Blaulicht.

»Es gibt da noch ein Problem«, schaltete sich Hansen ein. »Wir können die Lage vom Alten Mann nicht genau bestimmen.«

»Warum nicht?«, fragte Dietz.

»Die Männer müssten eigentlich mit einem Kompass die genaue Lage peilen.«

»Na und? Dann schicken wir ihnen eben einen Kompass nach unten.«

Hansen sah ihn an.

»Aber im Eisenerz funktioniert kein Kompass.«

Verdammt, dachte Dietz, das hätte er selber wissen müssen.

Hansen deutete auf eine Tafel, auf der deutlich die Mergelplatten zu sehen waren, die den Hohlraum im Alten Mann bildeten.

»Deshalb wissen wir nicht, wo genau ihr Hohlraum im Alten Mann liegt.«

Dietz trat zu ihm und zeigte auf die Stelle, wo die Versorgungsbohrung eingedrungen war.

»Dann müssen wir eben genau hier rein. Nur dann geht der Bohrdruck nicht direkt auf die Höhle.«

Grabowski trat neben ihn.

»Sie vergessen das Spülwasser im Bohrloch.« Es bereitete ihm Genugtuung, dem Bergwerksdirektor diesen kleinen Vortrag halten zu können. Der mit seinem Doktortitel wusste eben doch nicht alles. Meistens nur alles besser. Er schüttelte eine Zigarette aus seinem Päckchen und steckte sie zwischen die Lippen. »Die Wassersäule ist 56 Meter hoch«, fuhr er dann fort. »Bei einem Durchmesser von 60 Zentimeter ist das ein Turm aus Wasser von fünfzehn Tonnen!« Er deutete auf die Höhle mit den Männern. »Fünfzehn Tonnen Wasser, wenn der Bohrer durchschlägt. Wer bisher überlebt hat, ersäuft, bevor sich das Wasser im Mergel verteilen und abfließen kann.«

Dietz starrte ihn schockiert an. Aber was konnten sie dann tun? Konnten sie überhaupt etwas tun? Fieberhaft dachten die Männer nach.

»Sie könnten mit Abstand bohren, Grabowski«, schlug Dietz vor und deutete auf eine Stelle neben der Ursprungsbohrung. »Dann pumpen Sie das Spülwasser ab, ein Hauer fährt ein und bohrt einen Durchbruch.«

Grabowski dachte nach, das brennende Streichholz in der Hand. Erst als es ihm die Finger verbrannte, schüttelte er die Flamme hastig aus.

Hansen meldete sich wieder zu Wort. »Der Mergel ist überall gesprungen, Herr Direktor. Wenn der Bohrer in eine Steinspalte gerät, die mit der Höhle in Verbindung steht, dann kracht das alles zusammen.«

»Verdammt, Hansen, Sie mit Ihren ewigen Bedenken – so kommen wir hier überhaupt nicht weiter!«, schrie Dietz.

Hansen sagte nichts, blieb aber beharrlich stehen. Wenn er nicht gewesen wäre, wären sie schließlich auch nicht da, wo sie jetzt waren.

Grabowski hob den Kopf.

»Wir bohren mit Luft!«, meinte er plötzlich.

»Mit Luft?«, fragte Dietz.

»Statt Wasser pustet Druckluft den Bohrstaub nach oben, die Kumpel bleiben trocken und der Druck auf die Stollendecke wird minimiert.«

Dietz sah ihn fast mitleidig an.

»Das ist noch nie gemacht worden! Der Rekord mit Druckluft liegt bei 35 Metern! Bei einem Bohrkopfdurchmesser von 15 Zentimetern!«

Grabowski blieb unberührt.

»Dann übertreffen wir ihn eben.«

Er zeigte mit den Händen den Durchmesser an.

»Der Querschnitt der Dahlbusch-Bombe ist 16-mal so groß«, rief Dietz. Aber insgeheim spürte er, wie widerwillige Bewunderung für Grabowski in ihm aufkam. Der Mann hatte Visionen. Dann übertreffen wir ihn eben, hatte er gesagt. Respekt.

In dem Moment flog die Tür auf, und ein Techniker stand lehmverschmiert im Raum. »Chef – es is' gleich vier«, wandte er sich an Grabowski. Der nahm seinen Helm und ging zur Tür.

»Wo wollen Sie denn hin?«, rief Dietz ihm nach. Er brauchte den Mann doch. Ohne ihn lief hier gar nichts.

»Hab den Jungs was versprochen«, rief Grabowski über die Schulter zurück und ging heraus, ohne sich weiter um seinen Vorgesetzten zu kümmern.

»Die deutsche Mannschaft liegt nach dem Führungstreffer der Schweden durch Simonnson kurz nach Beginn der zweiten Halbzeit mit null zu eins im Rückstand«, tönte die Stimme eines Radiosprechers aus dem Mikrophon. Sie hatten es so gelegt, dass Bruno gut mithören konnte. Wenn der Dreck nicht gewesen wäre, hätte man denken können, dass man in der Küche saß, dachte Franz. Er schraubte das Fläschchen »Novalgin« vom Doktor auf und begann, die Tropfen abzuzählen.

»Overath zu Libuda«, die Stimme des Sprechers wurde aufgeregter, »der könnte auf Seeler flanken, aber der Ball geht hinter ihm nach außen, da ist Dörfel ...«

Franz hielt inne. Er hielt Bruno den Löffel mit dem Schmerzmittel an die Lippen. Bruno öffnete leicht seinen Mund und ließ den bitteren Saft in sich hineinlaufen.

»Dörfel hat den Ball, Dörfel schießt und – Tooooor! Das ist der Ausgleich! Tor für Deutschland in der 54. Minute!«

Franz warf den Löffel weg.

»Tooor!«, jubelte er, »Toooor!«

Oben stand Grabowski am Radio und grinste.

9. Kapitel **Das Wunder**

Der Bergmann auf Lisas Bild trug seinen Helm in der Hand und zeigte ein breites Lächeln. Lisa malte sorgfältig die blaue Hose an. Renate warf einen Blick auf ihre Tochter und ließ scheppernd das Geschirr in die Spüle gleiten. Nur noch drei Teller, wo eigentlich vier hingehörten.

Es klingelte. Lisa sprang vom Stuhl.

»Ich mach auf, Mama!«

Schon war sie verschwunden und kam kurz darauf mit Helga zurück.

»Hallo«, rief Helga strahlend und betrat eilig die Küche, die ihr so vertraut war wie ihre eigene. »Hast du schon gehört?«, sprudelte sie los, »sie fangen morgen Abend mit der Rettungsbohrung an!« Sie schlug die Hände zusammen und setzte sich an den Tisch. »Ungefähr noch 48 Stunden! Dann holen sie unsere Jungens raus. Ist das nicht phantastisch?«

Renate trocknete die Teller ab. Phantastisch, dachte sie. Ganz kurz, vorhin nach dem Gespräch mit Bruno, hatte sie auch so gefühlt. Bis der Arzt gekommen war und ihr die bittere Wahrheit gesagt hatte. Sie schwieg.

Helga hielt verunsichert inne. Warum freute Renate sich nicht? Sie hatte doch genauso wie sie auf eine Rettung gehofft.

»Ist was mit Bruno?«, fragte sie zaghaft.

Renate wurde ganz still.

»Die Beine«, stieß sie schließlich hervor. »Er ist schwer verletzt. Der Doktor sagt, er wird es vielleicht nicht schaffen.«

Helga starrte betroffen auf den Rücken der Freundin. Selbst in so einem Moment fiel ihr auf, wie schmal die Taille Renates war, wie aufrecht sie sich hielt.

»Aber – das kann doch nicht sein.«

Fassungslos stellte Helga sich vor, dass Bruno hilflos da unten lag, und ungewollt sah sie die Bilder vor sich, wie er Renate vor zehn Tagen über den Tanzboden gewirbelt hatte.

»Doch«, sagte Renate, »so ist es.«

Sie spürte plötzlich Zorn, Wut und Hass auf die andere, die da sitzen und auf einen guten Ausgang hoffen konnte. Aber sie, Renate, hatte auch gehofft, und als sich ihre Hoffnung erfüllt hatte, war sie gleich wieder zunichte gemacht worden. Wie oft hatte sie Bruno in den letzten elf Tagen schon begraben. Neid war ihr normalerweise fremd, bisher war sie ja auch immer die Siegerin gewesen. Aber jetzt empfand sie auf einmal brennende Eifersucht.

»Das tut mir so Leid«, stammelte Helga.

Renate fuhr herum und sah sie wütend an.

»Du hast leicht reden«, schrie sie auf einmal. Lisa zuckte zusammen. Renate senkte die Stimme. »Deinem Franz ist ja nichts passiert.« Sie knallte die Teller auf die Spüle und rannte weinend aus der Küche.

»Renate!«, rief Helga und sprang auf. Dann sah sie, dass Lisa sie ängstlich ansah, und bemühte sich, das Kind zu beruhigen.

»Was malst du denn da Schönes?«, fragte sie, um sie abzulenken. »Wer ist das?«

Lisa betrachtete ihr Bild und lächelte. »Der Papa! Der kommt bald wieder zurück.«

»Wir hätten vielleicht nicht nochmal nachbohren sollen«, meinte Kampmann und sah die erschöpften Männer an, die sich in seinem Büro zusammengefunden hatten. Unten fuhr gerade das schwere Bohrgerät aufs Gelände. In frühestens zehn Stunden würde es einsatzbereit sein.

Dietz zuckte zusammen.

»Das ist nicht Ihr Ernst!«, sagte er laut.

Grabowski wunderte sich plötzlich über Dietz, der den Hüttendirektor eben zum ersten Mal so vehement angeblafft hatte.

»Schauen Sie doch den Tatsachen ins Auge!«, keifte Kampmann zurück. »15 atü Druck. Wir brauchen 15 atü.«

Hansen stützte müde den Kopf in die Hände. In seinem Kopf wirbelten die Zahlen durcheinander. Wieder und wieder hatte er nachgerechnet, um sich ja nicht zu vertun. Aber er konnte noch so oft den Rechenschieber zur Hand nehmen und seine Kolonnen noch einmal zusammenzählen: an den Ergebnissen konnte er nichts ändern.

Kampmann nahm einen Schluck Kaffe. Im Magen hatte er ein saures Gefühl, aber ohne den Kaffee würde er zusammenklappen.

»So viel Leistung bringen alle unsere Kompressoren nicht. Die gesamte Zechenanlage schafft sechs, maximal sechskommafünf atü.«

»Was würden Sie denn vorschlagen?« Hansen sah ihn abwartend an.

Dietz schüttelte müde den Kopf.

Auch Kampmann musterte ihn scharf.

»Blasen wir das Unternehmen ab!«, sagte er eiskalt. »Wir können sie nicht retten. Es ist aussichtslos. Der Schacht hält dem Wasserdruck nicht stand, und für Luftbohrungen fehlt uns der Kompressor.«

»Aber das geht doch nicht«, rief Hansen verzweifelt. »Wir besorgen uns eben den richtigen Kompressor!«

Dietz wandte sich zu ihm um. »Es gibt keine Kompressoren mit dieser Leistung«, erklärte er dumpf. »Wir müssten eine komplette Anlage bauen – das dauert Wochen!«

Die Männer schwiegen erschrocken.

»Hören wir auf«, ordnete Kampmann an. »Das Zurückholen der Geräte war schon ein Kostenfaktor, den wir kaum noch verkraften können. Die Aktien des Konzerns fallen ungebremst in den Keller. Wenn wir jetzt noch weitere Tage anhängen, bricht uns dies allen das Genick.«

Keiner der Männer wagte es in diesem Moment, zu widersprechen.

»Was machen die denn da oben so lange?«

Franz sah Stubb ungeduldig an. Jetzt, wo die Verbindung nach oben hergestellt war, wollten sie alle nur noch raus. Aber die Zeit wurde lang und länger, und niemand sagte ihnen etwas. Seit dem Länderspiel waren schon fast drei Tage vergangen. Waren nutzlos verstrichen.

»Los, Stubb, sag, was macht dein alter Freund Grabowski?«

Stubb sah Franz unbehaglich an. Wie sollte er das wissen? Er wollte genauso raus wie alle anderen. Der aggressive Ton in Franz' Stimme gefiel ihm nicht. Er zuckte die Schultern.

»Keine Ahnung – wohl n'dickes Loch bohren.«

Arnold zuckte zusammen und sah ängstlich nach oben. Hier nochmal durchbohren? War das nicht gefährlich für sie?

»Wie lange könnte das denn dauern?«, wollte Franz wissen.

Wieder zuckte Stubb die Achseln. »Keine Ahnung.«

Franz sprang aufgebracht auf. »Keine Ahnung, keine Ahnung – wir haben keine Zeit mehr! Bruno muss ins Krankenhaus. Sofort!« Er wusste, dass er ungerecht war. Stubb konnte genauso wenig an ihrer Lage ändern wie er selber. Aber Bruno sah immer schlechter aus, und Franz musste hilflos zusehen, wie sein Freund starb. Verdammt, die sollten da oben endlich etwas tun! *Sie* hatten schließlich alles getan: Sie hatten ihre Höhle vermessen, sie hatten sogar Fotos geschossen – mit einer winzigen »Minox«-Agentenkamera, die ihnen von der *Bild*-Zeitung zur Verfügung gestellt worden war.

»Ist ja gut, Franz«, versuchte Willi, ihn zu beruhigen. »Die tun doch da oben, was sie können.«

»Ja?« Franz fuhr herum. Jetzt traf sein Zorn Willi, der dieselbe schwammige Formel benutzt hatte, wie sie auch von den Bürohengsten immer in den Mund genommen wurde, wenn es etwas hinauszuzögern galt. »Woher weißt du das? Die Pfeifen kriegen ja nicht mal hin, dass wir was zu paffen haben!« Mit einem Griff hatte er das Mikro in der Hand.

»He, Grabowski«, bellte er. »Herr Grabowski!«

Aber Helga war es, die ihm antwortete. »Franz«, hörte er ihre sanfte Stimme. »Franz, geht es euch gut?«

»Nein«, blaffte Franz, »uns geht es nicht gut, uns geht's beschissen. Das ist die Hölle hier unten.«

Helgas Gesicht verfiel. Sie warf Renate, die mit Lisa auf dem Arm neben ihr stand, einen raschen Blick zu.

»Wir fragen uns langsam, was ihr da oben eigentlich macht?«, fuhr Franz ruhiger fort.

»Die tun wirklich alles, um euch da rauszuholen«, tröstete Helga ihn leise.

Franz zuckte zusammen. Jetzt benutzte Helga diese Worte auch schon. Alles war anscheinend nicht genug. Wenn er doch nur selber Druck machen könnte. »Helga, du musst Druck machen«, rief er dringlich. »Tritt dem Grabowski in den Arsch und dem Dietz und meinetwegen auch dem Kampmann!«

»Mach ich«, klang es von oben. Helga seufzte. Aber bei Hansen hatte sie auch Druck gemacht. Sie hob den Kopf. Sie musste tun, was Franz von ihr erwartete. Er würde das umgekehrt für sie auch tun.

»Bruno muss hier schnellstens raus«, hörte sie Franz verzweifelt flüstern. »Der krepiert.«

»Ist gut, Franz.«

»Und noch was – sag bloß Renate nichts davon.«

Die Blicke der Freundinnen trafen sich.

»Ja, mach ich«, versprach Helga und sagte, sie würde Renate jetzt in den Übertragungswagen holen. Für Bruno.

Dann stand sie langsam auf und überließ Renate ihren Platz am Mikro. Stefan Schönfelder stand betroffen im Ü-Wagen, lehnte an der Wand und rauchte. Dieses war keine Übertragung – dieses war ein Gefallen, den er ihr getan hatte. Renate.

Von unten war jetzt schweres Atmen zu hören. Dann erklang Brunos gepresste Stimme.

»Renate.« Er machte eine Pause. »Renate, 's wird langsam eng mit meinen Beinen. Ich spür sie kaum noch.«

Renate wischte sich eine Träne ab. Brunos Fußballspiele, sein Tanzen. Mit den Beinen würde er wahrscheinlich nie mehr spielen können.

»Bruno, du schaffst das schon, bald bist du wieder bei mir.«

Bruno stöhnte leise.

»Aber wann? Wie ist die Stimmung da oben?«

»Die tun alles, um euch wieder raufzuholen.«

Franz, der mitgehört hatte, stöhnte auf und schlug mit der Faust gegen die Felswand. Warum hatte er es ihr bloß gesagt?

Bruno wandte den Kopf ab.

»Wie geht's Lisa ... und Thomas?«, flüsterte er.

»Lisa ist hier«, erklärte Renate und war froh, dass sie ihre Tochter diesmal mitgenommen hatte. Rasch hielt sie dem Mädchen das Mikrophon hin.

»Papa«, quäkte Lisa aufgeregt. »Wann bist du wieder bei uns?«

Bruno lächelte, als er ihre Stimme hörte.

»Ist St. Martin schon vorbei?«

»Nein, in einer Woche!« Warum wusste der Papa das nicht? Er wollte doch mit ihr zur Kirmes gehen.

»In einer Woche?«, wiederholte Bruno erleichtert. »Da bin ich ja längst wieder oben.« Er schwieg und bat dann: »Gib mir nochmal die Mama.«

Lisa drehte sich um und reichte Renate das Mikrophon zurück.

»Bruno?«, erklang Renates Stimme.

»Wenn ich hier raus bin«, ächzte er, »dann geh ich nach Kanada mit dir, versprochen?«

Renate schluckte. »Versprochen.«

Auf einem Tischchen sah sie die neueste Ausgabe der *Bild am Sonntag* liegen. Die Schlagzeile lautete: »Drei Kinder warten auf ihren Vater«. Rasch nahm sie Lisa an ihre Hand und verließ den Wagen.

Draußen blickte sie sich entschlossen um. In einiger Entfernung sah sie Dr. Dietz stehen und steuerte geradewegs auf den Bergwerksdirektor zu. Im Ohr hatte sie immer noch Brunos schwache

Stimme. Sie blieb vor Dietz stehen und sah ihm gerade in die Augen.

»Herr Dietz!«, sagte sie laut, »wann fangen Sie endlich mit der Rettungsbohrung an?«

Dietz lächelte verbindlich.

»Das braucht seine Zeit, es gibt noch technische Probleme.«

Renate holte tief Luft.

»Hören Sie«, sagte sie beschwörend, »Mein Mann muss so schnell wie möglich in ein Krankenhaus. Warum geht denn das nicht schneller?«

Dietz seufzte. Alle stellten ihm die gleichen Fragen. Er konnte doch nicht hexen. Er musste außerdem ständig gegen Kampmann argumentieren. »Wir dürfen kein Risiko eingehen«, erklärte er mit fester Stimme.

Renate sah Dietz misstrauisch an.

»Wenn wir schneller bohren, um Bruno zu retten, riskieren wir das Leben aller anderen.«

Warum war es nur so schwer, dieser Frau Rede und Antwort zu stehen?

»Um die anderen zu retten, soll Bruno also sterben?«

Empört sah sie Dietz an. Ihr fiel ein, was sie bei Helga mitgehört hatte, als Franz mit ihr gesprochen hatte – *Druck machen*!

Helga legte ihr beruhigend die Hand auf den Arm.

»Renate, es geht einfach nicht schneller.«

Renate schüttelte ihre Hand ab wie einen lästigen Käfer.

»Dann werde ich dafür sorgen, dass es schneller geht.«

Sie machte auf dem Absatz kehrt, marschierte wieder auf den Ü-Wagen zu, neben dem der VW-Käfer des Fernsehreporters parkte. Durch die Scheibe sah sie, dass er telefonierte. Sein Gesicht war wach und konzentriert.

»Die Rettungsbohrung scheint derzeit gefährdet, weil der Alte Mann einzustürzen droht und ein Kompressor dieser Größenordnung fehlt …« Schönfelder zuckte zusammen, als die Beifahrertür aufgerissen wurde und Renate sich ungefragt auf den Sitz neben ihm fallen ließ. Ihre Wangen waren erhitzt, und ihre Augen blitzten. Sie sah aus wie auf einem Kriegszug.

»Den Rettern läuft die Zeit davon – aber jetzt passiert etwas hier auf dem Gelände – sodass ich mich gleich noch einmal bei den Hörern melden werden!« Stefan Schönfelder legte den Hörer auf und wandte sich zu Renate um.

»Entschuldigung, aber Sie sind eben mitten in eine telefonische Rundfunkübertragung reingeplatzt«, sagte er.

Renate interessierte das nicht. Sie kam sofort zur Sache.

»Mein Mann ist schwer verletzt, wie Sie wissen. Er braucht ganz schnell Hilfe, aber die hier oben – die warten und warten.«

Schönfelder horchte auf.

»Sie meinen, es wird nicht genug getan, um die Männer zu retten?« Er hatte auch woanders schon Stimmen gehört, die heftig die Konzernleitung kritisierten, aber nie hatte er jemanden zum Sprechen bekommen, der ihm solche Vorwürfe ins Mikrophon erzählen wollte.

»Warum berichten Sie nicht *darüber* im Fernsehen? Warum fragt niemand, wer Schuld an der Katastrophe hat? Warum ist der Klärteich gebrochen? Warum wurde das Rettungsgerät abtransportiert?«

»Erzählen Sie mir mehr, Renate«, sagte Schönfelder.

Dietz sah, wie Renate aufgeregt mit dem Reporter redete. Er murmelte eine Entschuldigung, ließ Helga stehen und strebte mit raschen Schritten zurück ins Büro. Die Sache drohte ihm mehr und mehr aus der Hand zu gleiten. Müller kam ihm humpelnd entgegen.

»Herr Dr. Dietz, der Herr Kampmann will Sie übrigens sehen«, sagte er im Vorbeigehen.

Dietz nickte.

»Ich möchte im Moment nicht gestört werden!«, befahl der Hüttendirektor telefonisch seiner Vorzimmerdame und wartete, bis sein Stellvertreter die Tür hinter sich geschlossen und Platz genommen hatte.

»Dietz«, begann sein Chef ohne Vorrede. »Die Sache muss aufhören. Ich sage Ihnen hiermit ausdrücklich, dass Sie die Bohrarbeiten sofort einstellen müssen.«

»Das ist unmöglich.« Dietz begann zu schwitzen. »Die Angehörigen verlassen sich auf uns und machen uns langsam die Hölle heiß. Versetzen Sie sich mal in diese Lage.«

»Ich sehe vor allem eins: Die Sache kostet Unmengen und führt zu keinem … guten Ergebnis. Sie müssen jetzt aufhören damit.«

»Die Presse ist bereits aufmerksam geworden«, sagte Dietz leise.

Am gegenüberliegenden Ende des Tisches herrschte Schweigen.

»Denken Sie sich was aus«, verlangte Kampmann dann.

Dietz sah vor sich hin. Es klopfte, und Helga kam herein.

»Herr Dr. Kampmann, alle Welt will wissen: Wann fangen wir mit den Bohrungen an? Die Reporter sind hartnäckig.«

Der Hüttendirektor sah sie nicht an.

»Ich weiß es auch nicht«, meinte er dann, gab sich einen Ruck und stand auf.

Auch Dietz erhob sich. Er musste raus, raus, raus. Runter auf den Hof des Zechengeländes, wo der 100-Tonnen-Bohrer inzwischen einsatzbereit gemacht wurde.

»Ich muss nochmal weg, Doktor Kampmann – Sie wissen ja, wo Sie mich finden können!«

Mit großen Schritten lief er durch die Menschenmenge. Er musste Grabowski finden. Als er zum Werktor herübersah, bemerkte er, dass jetzt immer mehr Leute auf das Zechengelände strömten. Niemand hielt sie mehr auf – vor allem nicht die Reporter, die seit der sensationellen Nachricht von der Entdeckung der Eingeschlossenen aus aller Welt anreisten.

Grabowski musterte mit grimmigem Gesicht die Versorgungsbohrung.

»Grabowski«, rief Dietz, »wenn der große Bohrturm einsatzbereit ist, beginnen Sie sofort mit der Rettungsbohrung!«

Fassungslos sah Grabowski ihn an. »Und der Kompressor?«

Dietz winkte ab.

»Egal, wir können nicht länger warten.«

»Sind Sie jetzt auch schon wahnsinnig geworden?«

Der Mann war eindeutig ein Freund klarer Worte, dachte Dietz. Verschwörerisch senkte er die Stimme.

»Gehen Sie mit Spülwasser auf zwei Drittel der Tiefe runter. Dann lassen Sie abpumpen und zementieren das Bohrloch.« Er durfte die Bohrung jetzt nicht stoppen, die Männer, vor allem den einen, dem sicheren Tod überlassen, und das alles vor den Augen der Presse, die doch nur darauf lauerte, ihnen ein Bein zu stellen. 280 Reporter sollten sich schließlich inzwischen vor Ort befinden.

»Und dann?«, fragte Grabowski. Er traute dem Braten nicht. Er glaubte nicht, dass Dietz seinen Chef hintergehen würde.

»Wir müssen was tun, die machen uns die Hölle heiß«, erklärte Kampmanns Stellvertreter. Als plötzlich Geschrei und Rufen aus dem Übertragungswagen klangen, drehten beide Männer sich um. Erwins sich überschlagende Stimme drang aus dem Mikro. Gleichzeitig rannten Dietz und Grabowski los.

»Ihr habt doch keine Ahnung, was wir hier durchmachen«, heulte Erwins Stimme geisterhaft aus dem Mikro. »Hockt auf eurem Arsch im Warmen, und wir verrecken hier unten!« Er schluchzte kurz. »Nicht mal Zigaretten kriegen wir hier! Bruno verreckt als Erster, und dann sind wir dran. Was tut ihr denn da oben überhaupt?« Kurz war ein scharrendes Geräusch zu hören, als Willi, Arnold und Salvatore versuchten, ihn vom Mikrophon wegzuziehen, das Franz außer Reichweite halten wollte. »Wir dürfen doch nur mit unseren Frauen reden, damit wir Ruhe geben, was? Ich will hier raus! Hört auf, lasst mich los ...«

Unten schafften es Richard, Stubb und Franz, Erwin endlich vom Mikro wegzuziehen. Der klappte nun zusammen, setze sich auf den Boden, schaukelte auf der Stelle hin und her und schlug wimmernd die Hände vors Gesicht. Franz betrachtete ihn voller Mitleid. Erwin drehte durch, aber das, was er gesagt hatte, war genau das, was sie alle hier unten empfanden. Der junge Gregor war in diesem Moment ungefähr im selben Zustand wie Erwin. Nur stiller.

Plötzlich meldete sich jemand von oben.

Stubb erkannte Grabowskis Stimme sofort.

»Leute, ganz ruhig. Hier schuftet jeder bis zum Umfallen. Wir richten die Bergungsbohrung jetzt ein, und morgen früh geht es dann los.«

Dietz machte dem Bohrmeister Zeichen, dass er das Mikrophon übernehmen wollte. Nach kurzem Zögern reichte Grabowski es weiter.

»Männer«, begann Dietz mit fester Stimme, »hier spricht Dr. Dietz.« Das war dumm, dachte er, er hätte den Doktortitel weglassen sollen. »Ich weiß, wie schwer es für euch da unten ist, aber ihr müsst jetzt die Nerven bewahren.«

»Doktor Dietz«, meldete sich eine andere Stimme, »Franz Wolbert hier. Wie stehen unsere Chancen, dass ihr uns wieder hochkriegt?«

Dietz sah betreten zu Grabowski hinüber, der hilflos den Kopf sinken ließ. Wenigstens war nicht mehr der Mann am Mikrophon, der eben so geschrien hatte. Mit diesem Wolbert konnte man reden. Aber Dietz merkte, dass Franz Antworten haben wollte, keine Beschwichtigungsformeln.

»Was ist der Plan?«, drängte Franz. »Wie wollt ihr an uns ran? Das gibt doch sicher einen Haufen technischer Probleme?«

»Wir haben alles im Griff, Wolbert«, antwortete Dietz automatisch.

Dann gab er das Mikro ab und verließ den Wagen. Grabowski machte Anstalten, ihm zu folgen, als er eine Stimme hörte, die ihn herumriss.

»Jürgen?«

Grabowski ging zurück zum Mikro.

»Stubb.«

»Machst gute Arbeit, Alter.«

Stubb lachte.

Grabowski wurde die Kehle eng. Wenn es doch nur so wäre!

»Würdest du auch so machen«, brachte er würgend hervor.

»Möchte jetzt nich mit dir tauschen«, fuhr Stubb fort. »Weißte noch, wie wir um die Bohrmeisterschule gespielt haben – und ich hab verloren.«

»War aber deine Idee gewesen«, antwortete Grabowski. Als ob er das in diesen Tagen einmal vergessen hätte.

»Bin froh, dass ich damals verloren hab. Wenn das hier nämlich schief geht mit die Bohrung: Jürgen – dann musst'e damit leben.«

Grabowski wandte sich ab und wischte sich die Tränen von den Wangen.

Helga stand auf der Leiter in Dietz' Büro, die Aktenmappe, die sie aus dem Regal gezogen hatte, an sich gepresst, als plötzlich die Tür aufging und Dietz vor ihr stand. Mit einem einzigen Blick hatte er die Situation erfasst: Renate, die ihr mit der Taschenlampe leuchtete, Helga, die etwas gesucht – und es gefunden – hatte, ihre schuldbewussten und doch trotzigen Gesichter.

»Was machen Sie hier?« Der Schreck verlieh seiner Stimme zusätzliche Schärfe.

Helga kam ängstlich die Leiter hinunter.

Dietz trat auf sie zu.

»Was sind das für Unterlagen? Geben Sie das her.« Er streckte die Hand danach aus, aber Helga wich zurück und schüttelte den Kopf. Dietz ließ die Hand wieder sinken.

»Ach so ist das«, sagte er gedehnt. »Für wen tun Sie das – für die Pressemeute da draußen? Haben Ihnen wohl viel Geld dafür geboten?«

Er hatte Helga offenbar völlig falsch eingeschätzt.

Helga schüttelte den Kopf.

»Wir tun das für die Witwen und die Kinder, die keinen Vater mehr haben, für unsere Männer da unten, die nicht wissen, ob sie je wieder ans Licht kommen.«

Dietz sah sie bitter an.

»Und mich wollen Sie an den Pranger stellen.«

Jetzt schaltete sich Renate ein.

»Ich will wissen, wie das passieren konnte – ich will wissen, wer Schuld hat, dass die Klärteiche so nahe an den Schächten sind.«

Sie sprach ganz sachlich und ruhig.

Dietz sah sie aufmerksam an.

»So viel Courage hätte ich Ihnen gar nicht zugetraut.«

Renate sah ihn verwundert an.

»Wenn Sie jetzt da unten wären, würde Ihre Frau dann nicht das Gleiche für Sie tun?«

Dietz wandte sich ab.

»Meine Frau hat mich inzwischen verlassen. Mit den Kindern.«

Helga sah ihn erstaunt an. Ihr hatte er doch erzählt, seine Frau sei auf Verwandtschaftsbesuch im Rheinland. Dietz merkte, dass sie sich daran erinnerte. Müde ließ er sich auf einen Stuhl fallen und winkte ab. »Ich hab auch mal unter Tag gearbeitet«, fuhr er dann fort, als spräche er mit sich selbst. »Ich weiß, was die Männer da unten durchmachen. Mit vierzehn bin ich das erste Mal eingefahren, musste meine Familie ernähren.« Er erschauerte bei der Erinnerung an die Enge, die Dunkelheit und die harte Arbeit. »Dann hab ich mich hochgearbeitet, bis an den Schreibtisch. Die Familie meiner Frau hält übrigens Anteile an der Grube.« Er lachte meckernd. »Ich wollte ihnen beweisen, dass ich es kann – allen wollte ich es beweisen.« Dietz sah auf, als würde er sich jetzt erst wieder ihrer Anwesenheit bewusst, und deutete auf das Dokument in Helgas Hand. »Sie werden darin nichts Belastendes finden. Ich habe alle nötigen Gutachten eingeholt. Denken Sie auch an die Zeche!«

»Erst kommt immer die Zeche, dann der Kumpel«, schleuderte Renate ihm entgegen. Damit verließ sie das Zimmer.

»Aber ohne die Zeche verhungert der Kumpel«, murmelte Dietz.

Helga folgte Renate auf den Flur, drehte sich dann aber noch einmal um.

»Das mit Ihrer Frau tut mir Leid«, sagte sie.

Salvatore betrachtete ungläubig das dünne Blech, das Erwin und er aus der Versorgungsröhre zogen.

»Iste Spielzeuge«, stellte der Italiener fest.

»Was sollen wir mit dem Scheiß?«, heulte Gregor. Sein Zustand hatte sich in den vergangenen Stunden dramatisch verschlechtert. Er stand nicht mehr kurz vorm Nervenzusammenbruch, er war mittendrin.

Franz griff zum Mikrophon. Er dachte, dass sie sich hier unten offenbar angewöhnt hatten, alles als Offenbarung zu sehen, was ihnen von oben hinuntergeschickt wurde. Aber das hier war eindeutig keine.

»Grabowski? Was ist das für ein Kack, den ihr uns da runterschickt?«

Grabowski schob den Helm in den Nacken und machte ein betretenes Gesicht.

»Tut mir Leid, Jungs«, entschuldigte er sich. »Durch die dünne Bohrung passt nichts Stabileres. Mit dem Kack baut ihr jetzt einen provisorischen Unterstand und stützt die Decke ab, so gut es geht, damit ihr nicht erschlagen werdet, wenn ich mit meinem Bohrer zu euch runterkomme.«

Richard musterte ungläubig die dünnen Bleche. Daraus sollten sie einen Unterstand bauen? Die da oben sahen das wohl als Scherz an? Das war ja der reinste Hohn. Wut stieg in ihm auf, ballte sich zu einem Kloß in seinem Magen zusammen, wollte heraus. Sein Blick verschwamm, und dann stürzte er sich auf das Mikro.

»Wir lassen uns von euch nicht einsargen!«, brüllte er.

»Genau! Ich will hier raus, und zwar sofort!«, pflichtete ihm Albin bei.

Richard griff sich eine der dünnen Stahlstangen. Rasend vor Wut hob er sie über den Kopf und schlug auf die Wände ein, die ihn umschlossen, auf den Berg, der ihn gefangen hielt, auf sein Schicksal, das ihn selbst dann nicht freigeben wollte, als man sie gefunden hatte. »Graben! Wir können doch graben!«, schrie er.

Jetzt griff sich plötzlich auch Gregor eine der Stangen und stieß sie in den Mergel. Vereinzelte Brocken fielen herab. Willi, Salvatore und Arnold stürzten sich auf ihn.

»Bist du wahnsinnig?«, brüllte Arnold. »Du bringst doch hier noch alles zum Einstürzen!«

Aber Gregor hörte nicht auf ihn und rastete völlig aus. Blind und taub gegen alles um sich herum schlug er auf den Mergel ein, bis sich die Männer auf ihn werfen mussten, um ihn zu bändigen. Ein weiterer Brocken löste sich aus der Decke und stürzte herunter – direkt auf Brunos Beine.

»Nein!«, schrie Franz auf und warf sich schützend über den Freund. »Aufhören! Passt auf!«

Voller Angst musterte er den Freund. Aber Bruno sah ihn nur irritiert an. Gregor beruhigte sich endlich und sank zitternd in einer Ecke zusammen. Bruno blickte an sich herab. Ein paar große Steine lagen auf seinen geschienten Beinen.

Verwundert sah er Franz an.

»Es tut gar nicht weh – ich spür sie nicht mehr«, sagte er.

Angst trat in Brunos Gesicht. Franz sah, dass Brunos Augäpfel eine hässliche, schmutziggelbe Farbe angenommen hatten

Ingo Kullmann lungerte vor dem Gasthof Schröder herum. Er hatte es sich angewöhnt, Schönfelder zu folgen wie ein junger Hund. Schönfelder war da, wo *er* hinwollte. Denn dieser Schönfelder war einer von den ganz Großen. Und jetzt witterte er eine große Sache – bei den Frauen der Verschütteten. Witwenschütteln nannte man das. Kullmann würde aufpassen und die Ohren aufhalten, und wenn es dann losging, war er ganz vorne mit dabei.

Denn noch einmal wollte er sich nicht blamieren. Er errötete jetzt noch tief vor Verlegenheit, als er an den großen Reinfall mit seinen Kanarienvögeln dachte, mit dem er eigentlich ganz groß hatte rauskommen wollen.

Durch das Fenster konnte er einen Reporter vom Fernsehen und die hübsche Kellnerin am Tisch sitzen sehen. Noch einmal würde ihm so etwas nicht passieren.

Renate hatte sich einen Weinbrand genehmigt. Schönfelder saß ihr still gegenüber und ließ sie erzählen.

»Ich wollte immer weg aus Lengede«, vertraute sie ihm an. »Wir wollten was sehen von der Welt, nach Kanada – ein Haus haben, ein besseres Leben.«

Sie nahm einen kleinen Schluck aus ihrem Glas. Ich rede, als ob Bruno schon tot wäre, dachte sie erschrocken. Was ist los mit mir?

»Ich bin jedoch sicher, die Männer werden gerettet«, sagte Schönfelder schlicht, »und dann *gehen* Sie auch nach Kanada.«

Renate sah auf.

»Jetzt will ich aber gar nicht mehr weg.«

Er musterte sie.

»Sind Sie verheiratet?«, fragte sie ihn.

Das könnte eine unverfängliche Frage sein, sie konnte aber auch viel Bedeutung haben.

»Nein, nicht mehr«, antwortete Schönfelder, »ich bin geschieden.«

Renate lächelte.

»Wissen Sie, die Kerle waren immer hinter mir her. Na ja«, sie lachte leise, »ist in Lengede vielleicht auch nicht so schwer wie in Hamburg.« Sie wurde wieder ernst. »Ich bin immer geliebt worden. Es war immer einer da, der mir seine Liebe geschenkt hat.« Sie schwieg, dann sah sie ihn offen an. »Aber jetzt, jetzt merk ich zum ersten Mal, was das heißt – zu lieben.« Sie sah ihm erneut offen in die Augen. Auch er erwiderte ihren Blick. Dann seufzte sie auf. »Das Unglück ist wie eine zweite Chance. Wenn ich nur den Bruno wieder krieg.«

»Wollen Sie mit ihm reden, Renate? – Jetzt?«

Doch zuerst hatte Renate Franz am Mikrophon. Die Gespräche liefen inzwischen immer nach demselben Schema ab, und da unten stellten sie sich dieselben Fragen, die sie auch hier oben an die Rettungsleute hatten.

»Warum geht das da oben nicht voran?«, wollte Franz müde wissen.

»Alles hängt jetzt an dem Kompressor, den sie für den Bohrer brauchen.« Renate hielt nichts davon, um den heißen Brei herumzureden.

Franz lachte ungläubig auf. Wenigstens Renate konnte ihm doch die Wahrheit sagen. Drei Tage waren vergangen, seitdem man sie gefunden hatte. Der Möhrenbrei schmeckte schon nicht mehr.

»Ein Kompressor in Deutschland. Der wird doch wohl noch aufzutreiben sein. Dem Bruno geht's nicht gut ...«

Er reichte das Mikro an den Freund weiter. Jeder hier unten lebte jetzt nur noch für die kurzen Momente, die er mit seiner Frau und den Kindern reden durfte – außerhalb der Übetragungszeiten.

»Bruno?«, fragte Renate.

»Renate, ich bin fertig. Ich schaff's nicht.«

Renate schluchzte auf, unterdrückte es aber schnell wieder.

»Sag so was nicht. Du musst durchhalten.«

Brunos Stimme wurde dringlicher.

»Geh zum Doktor und besorg mir was.«

Renate zuckte zusammen. Meinte er das, was sie verstanden hatte? Verzweiflung packte sie.

»Ich versteh nicht ...«, begann sie.

»Doch«, unterbrach er sie sofort, »du verstehst das.«

Und er hatte Recht. Natürlich verstand sie ihn. Wenn sie diejenige wäre, die jetzt da unten läge und bei lebendigem Leibe verfaulte, dann würde sie wahrscheinlich genau dasselbe von ihm verlangen.

»Du musst das für mich tun«, flüsterte er eindringlich.

»Nein, nein, ich weiß gar nicht, was du da redest!«

Renate machte eine abwehrende Handbewegung, obwohl er sie ja gar nicht sehen konnte.

»Du bist doch meine Frau, du musst mir doch helfen!«

Die Verbindung brach ab.

»Renate«, fragte Franz.

Renate sah erschüttert vor sich hin. Nie würde sie vergessen, wie Brunos Stimme eben geklungen hatte. Aber sie war eine gute Christin, versuchte wenigstens, es zu sein. Aber sie war auch eine gute Ehefrau ...

»Renate – du musst zum Grubendoktor! Der Gregor: ihm geht es auch ganz schlecht! Und du musst die Anneliese mitbringen!«

Renate kriegte keinen Ton heraus. Schönfelder griff zum Mikrophon.

»Hier ist Stefan Schönfelder, Herr Wolbert«, sagte der Reporter schnell, »ich werde mich sofort kümmern. Frau Reger hat sie eben nicht gehört.«

Der sonst so ruhige Dr. Schleip stürzte plötzlich aus dem Lazarettzelt, eine junge Frau in Schwesterntracht im Schlepp. Gemeinsam rannten sie auf den Ü-Wagen zu. Ingo Kullmann hatte es gesehen und folgte den beiden sofort. Denn da war unter Garantie etwas passiert. Schönfelder hielt den beiden die Tür auf.

Atemlos griff Schleip nach dem Mikrophon. Anneliese stand hinter ihm und wusste noch immer nicht, was sie im Übertragungswagen sollte. Franz' Stimme erklang: »Gregor ist am Durchdrehen, das Valium hilft nicht mehr.«

Er wandte sich um und warf Gregor einen Blick zu. Der hatte den Mund weit geöffnet, atmete keuchend und laut ein und aus, und der Schweiß stand ihm auf der Stirn. Irre wanderte sein Blick durch die Höhle. Er schien niemanden mehr zu erkennen.

»Gregor ist Kriegswaise«, sagte Dr. Schleip zu Anneliese. »Der hat doch niemanden mehr – der hatte den Hennes, der war sein Freund.«

Anneliese seufzte. Tränen schossen ihr in die Augen.

»Warten Sie, Herr Wolbert«, sagte der Grubenarzt, »lassen Sie ihn doch vielleicht mit Anneliese reden.«

Er trat vom Mikrophon zurück und schob die junge Frau ans Pult. Anneliese griff zaghaft nach dem Mikro. Schleip nickte ihr aufmunternd zu.

»Hallo?«, meldete sie sich leise und versuchte, dabei ein Schluchzen zu unterdrücken.

Der Grubenarzt zog sich zurück. Unten hielt Franz Gregor das Mikro hin.

»Gregor, da will dich jemand sprechen.«

Gregor wandte den Kopf und sah Franz an, als wenn er ihn nicht kennen würde. Langsam erwachte er aus seinem Dämmerzustand und starrte das Mikro an. Jemand wollte mit ihm reden? Dabei hatte er doch niemanden.

»Mich?«, fragte er.

»Hier ist Anneliese«, drang es da an sein Ohr, »Gregor, wie geht es dir?«

»Anneliese?«, wiederholte Gregor verwundert. Er kannte Anneliese. Das war doch die heimliche Freundin vom Hennes gewesen ...

»Es tut mir Leid wegen Hennes«, brach es aus ihm heraus. »Wir haben alles versucht, aber das Wasser war zu stark.«

»Ich weiß, Gregor.« Anneliese begann leise zu weinen. Sie konnte nicht mehr sprechen. So war das also gewesen. Schluchzend drückte sie das Mikro an ihre Brust.

Gregor sah Franz fragend an. Erleichtert bemerkte Franz, dass die Vernunft in seine Augen zurückgekehrt war. Er gab Gregor ein Zeichen, dass er weiter mit Anneliese reden sollte, und ging zurück zu Bruno.

Gregor lauschte wieder auf das Weinen. Er fühlte sich auf einmal völlig klar. Da war endlich jemand, den *er* trösten konnte. Endlich hatte auch er eine Aufgabe. Das gab ihm seine Kraft zurück.

»Du, Anneliese«, sagte er, »weißt du überhaupt, dass wir ... dass wir alle dem Hennes unser Leben verdanken?« Er hob den Kopf und sah zu Bruno hinüber. »Er hat einen Stempel über den Sturzbach gelegt, so dass wir rauf konnten aufs Band und nicht ... ertrunken sind.«

Das Weinen hörte auf. Anneliese hob den Kopf und lauschte seinen Worten. Ja, so war ihr Hennes gewesen, stark und voller Kameradschaft.

»Ohne ihn hätten wir es bestimmt nicht bis hier geschafft.«

Franz und Bruno beobachteten, wie Gregor bei seinem Gespräch mit Anneliese immer mehr aufblühte. Bruno sah seinen Freund stolz an.

»Na, war doch 'ne gute Idee?«, flüsterte er mit einer Stimme, die eigentlich nur noch ein Röcheln war.

Franz nickte lächelnd.

»Ja, wie damals die Damenwahl.«

»Wo ich das erste Mal mit Renate getanzt habe.«

»Sie mit dir«, verbesserte Franz. »Haste mir zu verdanken.«

»Dir?«

Kullmann, der an der offenen Tür des Ü-Wagens gestanden hatte, machte sich auf den Weg zu seinem Fahrrad. Das war die Geschichte, auf die er die ganze Zeit gewartet hatte. Auf die sein Textchef warten würde. Ein Blick auf seine Armbanduhr verriet ihm, dass er noch zwei Stunden Zeit hatte bis zum Redaktionsschluss.

Renate wich den Arbeitern aus, die alle um den großen Bohrer herumwieselten, und schlug die Plane des Lazarettzeltes zurück. Dr. Schleip saß an seinem Schreibtisch und machte sich Notizen. Überrascht sah er auf, als Renate hereinkam.

»Frau Reger – um diese Zeit!« Er sprang auf. »Was kann ich für Sie tun?«

Das war sein Problem als Arzt, dachte er. Er tat für die Leute, was er konnte, aber er musste immer wieder erleben, wie schnell er an seine Grenzen stieß.

Sie sah ihn zögernd an.

»Es geht um Bruno, Herr Doktor – er ist am Ende. Sie hatten wohl … Recht.«

»Ich würde alles tun, um Ihrem Mann zu helfen. Es sind keine sechzig Meter zu ihm, und doch ist es so weit.« Schleip sah sie voller Mitleid an.

»Er schickt mich zu Ihnen, weil er nicht mehr kann.«

»Er muss durchhalten«, erwiderte Schleip mechanisch.

»Nein.« Renate dachte, dass der Arzt nicht verstanden hatte, worum es ihr ging. »Er will was. Er will ein Mittel, um zu ...« Ihre Stimme stockte, als sie den Ärger in Schleips Gesicht bemerkte.

»Um was?«, fragte der Arzt.

Renate sah ihm mutig ins Gesicht.

»Bruno will sterben.« Dann verlor sie doch die Fassung, sank auf einen Hocker und kämpfte mit den Tränen.

Schleip sah sie mit versteinertem Gesicht an.

»Ich bin Arzt, Frau Reger.« Als Arzt war es seine Aufgabe, Leben zu erhalten, nicht zu zerstören, egal, wie hart die Bedingungen waren. Gleichzeitig wurde er ärgerlich, dass sie so etwas von ihm verlangte. »Da kann ich nichts für Sie tun. Sie müssen ihm weiter Mut machen.«

»Ich?«, stieß Renate hervor, »ich kann auch nicht mehr. Hat Bruno überhaupt noch eine Chance?«

»Die Rettung muss jetzt jedenfalls sehr schnell kommen!«, antwortete Schleip ernst.

Renate sprang auf und verließ das Sanitätszelt. Schönfelder hatte draußen gewartet und sah sie erwartungsvoll an. Er merkte, dass er immer wieder ihre Nähe suchte.

»Renate«, fragte er, aber sie ging stumm an ihm vorbei in Richtung des Ü-Wagens. Schönfelder begleitete sie. Den kurzen Weg über redete keiner von ihnen ein Wort. Im Übertragungswagen setzte sich Renate schweren Herzens an das Mikrophon. Zwei Minuten später hatte sie Bruno dran. Sie konnte seinen rasselnden Atem hören. Selbst über das Mikro war ihr klar, dass es mit ihm zu Ende ging. Sie musste jetzt um seinetwillen stark sein.

»Du musst mir was versprechen«, keuchte er in das Mikrophon.

»Bruno, nein«, wehrte sie ab. Sie wollte nicht daran denken, dass er sterben würde, so fern von ihr.

»Geh weg von Lengede«, stieß Bruno hervor. »Wegen mir sollst du nicht unglücklich sein.«

Renate schluchzte. »So was darfst du nicht sagen.«

»Nimm Lisa und geh fort«, drängte er. Seine Stimme wurde stärker.

»Wir gehen alle zusammen, Bruno, weit weg von diesem Loch – nach Kanada, weißt du noch?«

Ein Wimmern stieg in ihrer Kehle auf. Er konnte sie doch nicht alleine lassen.

»Kanada«, wiederholte Bruno und hustete.

»Bruno«, beschwor ihn Renate da, »du musst zurückkommen. Ich will doch deine Frau sein.«

Sie konnte ihre Tränen nicht mehr zurückhalten. Gerade sie, Renate, die in ihrer Beziehung immer die Stärkere gewesen war. Bruno hatte immer das Gefühl gehabt, dass er derjenige war, der mehr liebte. Deshalb war er immer der Schwächere gewesen und hatte immer Angst gehabt, sie zu verlieren. Sie war ja auch so schön. Alle Männer waren hinter ihr her gewesen. Aber ihn hatte sie genommen.

»Aber du bist doch meine Frau«, erwiderte er verblüfft.

»Aber jetzt, wo ich dich so liebe«, stieß sie hervor.

Bruno schloss die Augen.

»Du warst das Beste, was in meinem Leben passiert ist.«

Er legte das Mikro weg.

»Bruno, komm zurück«, weinte Renate.

Bruno griff nach seiner Uhr und drückte sie Franz in die Hand. »Pass gut drauf auf, Franz. Mein Alter wär mächtig böse, wenn der was passieren würde.«

Franz sah den Freund an und hielt die Tränen krampfhaft zurück.

»Bruno, nur noch ein paar Stunden«, beschwor er ihn und drückte seine Hand, als wenn er ihm etwas von seiner Lebensenergie abgeben könnte. »In ein paar Stunden ha'm wir es geschafft.«

Bruno schüttelte den Kopf. Er keuchte. Es war ein unheimliches

Atemgeräusch, eines, das Franz noch nie in seinem Leben gehört hatte.

»Ach, Franz, das is' doch anderswo längst entschieden.«

Bruno lächelte und hielt seinem Freund die Hand hin.

Franz griff langsam danach, drückte sie fest, drückte dann Bruno an sich.

»Bruno ...«, sagte er leise.

Doch dann sah er, dass Brunos Blick gebrochen war. Zärtlich drückte er ihm die Augen zu. Franz umarmte weinend seinen Freund, streichelte ihm durchs Haar, über das Gesicht und über die Hände. »Du warst der beste Kumpel der Welt«, heulte er. Die anderen, die bisher schweigend daneben gesessen hatten, nahmen ihre Helme ab. Sogar Erwin.

Als Renate blind vor Tränen den Ü-Wagen verließ, prasselte im selben Moment ein Blitzlichtgewitter los. Stefan Schönfelder fluchte leise und stürzte hinter ihr heraus. Einer der Fotografen hatte seine Birne verschossen und wechselte sie aus, während Renate starr und geblendet wie ein verschrecktes Kaninchen dastand und nicht reagierte. In dem Moment, als der Fotograf erneut abdrückte, hatte Schönfelder ihn jedoch erreicht und drehte den Blitz um, dass der Mann sich selber anleuchtete. Geblendet wandte sich der Fotograf ab und fluchte. Schönfelder hätte ihm am liebsten einen Faustschlag verpasst, aber dann betrachtete er den Kollegen nur mitleidig und beschämt zugleich. Denn so bin ich auch, dachte er.

Renate hatte die Gunst der Sekunde genutzt und war plötzlich in der Dunkelheit verschwunden.

Bergfelder schlug langsam das Kreuz als Zeichen dafür, dass der Trauergottesdienst am Bohrloch beendet war. Unten hatten die Kumpel den Worten des Pfarrers gelauscht, oben hatte Renate mit versteinerter Miene an der bewegenden Zeremonie teilgenommen. Um sie herum hatte sich fast die ganze Belegschaft der Zeche versammelt – sogar der Hüttendirektor. Helga war ihrer Freundin die ganze Zeit nicht von der Seite gewichen.

Doch jetzt musste sich Bergfelder zurückziehen und das Feld wieder den Arbeitern überlassen. Für Bruno konnte nichts mehr getan werden, aber Grabowski wartete nun darauf, den übrigen elf Eingeschlossenen da unten zu helfen.

»Starten«, rief er. Die Antriebsaggregate des 100-Tonnen-Bohrers begannen loszubrüllen wie ein Ersatz für Kirchenglocken. Dann senkte sich der riesige Bohrkopf mit seinen 60 Zentimetern Durchmesser auf den Boden und begann, sich rasend schnell voranzufressen.

Renate beobachtete, wie die Arbeiten vorangingen. Jetzt wurde etwas gemacht, aber jetzt war es für Bruno zu spät. Wenn der Bohrer die Eingeschlossenen wirklich erreichte, dann hatten die anderen ihre Männer wieder, aber für sie blieb nur ein Leichnam. Sie küsste Helga auf die Wangen, nahm ihre Kinder an die Hand, wandte sich ab und verließ den Bohrplatz.

Schon nach ein paar Schritten wurde sie von Schönfelder eingeholt. Schwarz verlieh ihr eine besondere Würde, dachte der Reporter. Es war nicht fair, dass ausgerechnet diese Frau, die mehr Mut und Energie gezeigt hatte als alle anderen, leer ausging.

»Frau Reger«, sprach er sie an. Sie sah ihn an. Ihre Augen waren tränenlos.

»Renate … ich wollte Ihnen sagen – wie Leid es mir tut. Für Bruno … für Sie!«

Sie nickte, schwieg aber.

»Wenn ich irgendwas für Sie tun kann?«

Sie schüttelte den Kopf. Wer sollte jetzt noch etwas für sie tun? Am Anfang, als sie ihn kennen lernte, hatte sie gedacht, Schönfelder könnte ihr sicherlich all das geben, wonach sie sich in ihrer Ehe mit Bruno immer wieder gesehnt hatte. Aber das stimmte nicht. Wenn ihr jemand Bruno wiedergegeben hätte, dann wäre es gut gewesen. Aber auch Schönfelder konnte ihr diesen Wunsch nicht erfüllen.

»Jetzt nicht.«

Sie sah ihn noch einmal an, lächelte traurig und ging dann mit ihren Kindern an der Hand ins Haus hinein.

Helga saß im Übertragungswagen. Sie hatte ihren Franz. Sie hatte ihn *noch*. Wenigstens am Mikrophon konnte sie mit ihm reden, auch wenn ihr die Angst inzwischen die Kehle zuschnürte.

»Und der Kompressor?«, fragte Franz ungeduldig. Er wollte hören, wie sie das technisch machten, wollte wissen, ob es funktionierte und ob sie eine Chance hatten.

»Sie arbeiten«, seufzte Helga. »Sie arbeiten Tag und Nacht, Franz, aber ich hab trotzdem solche Angst, dass wir's nicht schaffen.«

Franz schwieg und betrachtete seinen toten Freund, der schon gar nicht mehr nach Bruno aussah. Da lag nur noch eine Hülle. Sein graues Gesicht war zusätzlich mit Staub bedeckt, und die Kumpel stiegen über ihn hinweg wie über eine Holzbohle, die im Weg lag. Franz stellte sich vor, wie Bruno langsam zu Staub zerfallen und eins werden würde mit dem Berg.

»Wie geht es Renate?«, fragte Franz. Er musste lauter sprechen, denn der Bohrlärm drang jetzt in den Alten Mann und brachte die Wände zum Zittern. Hier und da lösten sich bereits vereinzelt Steine aus der Decke, Staub rieselte herab und bedeckte den Boden. Franz hielt sich ein Taschentuch vor den Mund.

»Renate ist tapfer, sie hatte so viel Liebe für den Bruno ...«, hörte er Helga sagen. Der Boden begann, unter seinen Füßen zu beben. Die ganze Höhle zitterte. Und er, Franz, hatte doch auch so viel Liebe für Helga: Aber er hatte es ihr bisher noch nicht genügend gezeigt.

Grabowski betrachtete misstrauisch den Bohrer, der auf vollen Touren arbeitete.

»Mehr Druck«, rief er und las das Manometer ab. Dann hob er die Hand und winkte einem Bohrtechniker.

In dem Moment trat Dietz auf die Plattform.

»Zweiundvierzig Meter«, brüllte Grabowski, »dann warten wir auf den Kompressor.«

»Es gibt keinen Kompressor«, sagte Dietz.

Grabowski regte sich nicht und hielt die Augen weiter auf die Bohrtiefenskala gerichtet.

Dietz betrachtete den unbeugsamen Rücken des Mannes vor sich. Allein seine Haltung verriet, dass er keine Kompromisse machen würde. Aber man musste Kompromisse machen, sonst kam man im Leben nicht weiter. Keiner konnte einfach wie ein Eisbrecher durchs Leben pflügen.

»Bohren Sie bis in den Alten Mann durch«, sagte der Bergwerksdirektor entschlossen.

Grabowski fuhr herum und fixierte Dietz.

»Finden Sie diesen verdammten Kompressor«, antwortete er.

»Einundvierzigeinhalb Meter«, ertönte der Ruf des Technikers.

Immer größere Mergelplatten lösten sich unter der Erschütterung des Bohrgestänges und prasselten in den Alten Mann. Franz achtete nicht darauf. Er wusste nur, dass er Helga ganz dringend sagen musste, was sie ihm bedeutete. Wenn er schon wie Bruno enden musste, sollte es in dem Bewusstsein geschehen, dass er ihr das Wichtigste gesagt hatte.

»Ich wollt dir auch noch was sagen«, schrie er gegen das Dröhnen an. Es war ihm egal, dass die anderen ihm zuhörten. »Etwas, was ich noch nie gesagt hab.« Seine Stimme stockte. »Ich war immer sehr glücklich mit dir«, stieß er hervor.

»Ich liebe dich, Franz«, antwortete Helga prompt.

Er wurde auf einen Schlag innerlich ganz ruhig. Jetzt hatte er es sagen können. Es gab eine neue Erschütterung, und er sah zur Decke. Im selben Moment schrie er vor Schreck auf. Genau über ihm löste sich eine Mergelplatte. Mit einem Satz sprang er zur Seite, aber die Platte krachte bereits herunter. Er spürte einen harten Schlag am Rücken und ließ das Mikrophon fallen, als er zu Boden stürzte. Staub wirbelte auf, es gab einen dumpfen Schlag, und die eingeschlossenen Männer schrien auf und brachten sich nach allen Seiten in Sicherheit. Nur Arnold blieb wie gelähmt in seinem Winkel hocken und umklammerte seinen Helm.

»Bohrer haaaalt!«, brüllte Grabowski.

Augenblicklich verharrte der Bohrer zitternd an der Stelle, zischend rauschte das Spülwasser nach oben, und mit einem Beben spannten sich die Seilzüge. Die mehreren tausend Menschen, die sich auf und vor dem Zechengelände versammelt hatten, verhielten sich völlig still.

Aus dem Übertragungswagen hörte man plötzlich Helga schreien.

»Franz!«, rief sie mit sich überschlagender Stimme. »Franz, was ist passiert? Antworte doch.« Sie sah sich panisch nach den Tontechnikern um. »Tun Sie doch was, holen Sie Hilfe!«

Aber noch während sie die Worte aussprach, wusste sie, wie unsinnig sie waren. Die Männer taten ja bereits alles, um zu helfen. Mit den Stimmen kamen sie zu den Eingeschlossenen, aber mit der bloßen Stimme konnte man nicht helfen.

Franz hatte gesagt, dass er glücklich mit ihr war.

Sie begann zu weinen.

Es hagelte jetzt Steine, aber sie waren nicht so groß wie die Platte, die Franz erwischt hatte. Alle versuchten, sich eine Ecke zu suchen, in der sie in Sicherheit waren, dabei war der Gedanke trügerisch. Hier konnte sich jetzt jede Ecke in eine tödliche Falle verwandeln.

Gregor dachte an Franz. Franz war ihr Anführer geworden. Ihr Leithammel. Und hatte sich um Bruno gekümmert, war fast immer ruhig geblieben, und er wusste nicht, wie er es ohne Franz' Stärke hier unten weiter aushalten sollte.

»Franz«, rief er heiser und tastete unter die Mergelplatte. »Franz.«

Keine Antwort. Er bückte sich, entdeckte den Körper von Franz und rief erneut. Erleichtert sah er, dass Franz noch atmete.

Aber Bruno hatte auch noch lange geatmet.

»Franz! Sag was! Sag doch was!«

»Mir ist kalt – so kalt«, stöhnte Franz.

Gregor sah sich wild um. Es war nicht kälter als sonst. Die Luft war staubig, und es stank hier unten wie die Pest, aber daran hatten sie sich längst gewöhnt. Körperlich waren sie hier unten, aber ihr Gehirn hatten sie vielleicht schon abgeschaltet. Das würden sie sicherlich erst wieder anknipsen, wenn sie draußen waren. Aber Franz musste doch dabei sein!

»Nein! Franz, Franz, du kannst mich doch hier nicht allein lassen! Franz!«, heulte Gregor auf.

»Was ist da unten los?«, klang Grabowskis Stimme aus dem Mikro und verhallte ungehört im Chaos. Er bekam keine Antwort. »Hört mich einer?«

Niemand antwortete. Aus der Tiefe kam nur Stille.

»Die Lage«, brüllte Grabowski ins Mikrophon. »Wie ist die Lage?«

Er wartete auf Franz' Stimme, die ihm immer zuverlässig geantwortet hatte. Aber er wartete vergebens.

»Und hievt!« Auf Stubbs Kommando hin strengten die Männer sich an, die Steinplatte von Franz' leblosem Körper zu heben, aber sie rührte sich nicht. Salvatore betete auf Italienisch um Hilfe, und Eberhard saß wie ein Kind in der Ecke und betrachtete mit staunenden Augen das Geschehen, ohne es zu begreifen. Er hatte sich ganz in sich zurückgezogen. Nichts kam mehr an ihn ran.

»Nein«, murmelte Walter wimmernd und schüttelte den Kopf. »Nein, nein, nein«, als wenn er das, was geschehen war, ungeschehen machen könnte.

Willi gab nicht auf. »Hievt an!«, befahl er erneut, aber sie schafften es nicht. Gregor sprang verzweifelt hin und her, versuchte, unter die Platte zu sehen, und schob sich auf einmal darunter. Willi begriff sofort, was Gregor vor hatte. Er reagierte sofort. Er wollte nie wieder eine Chance vertun, indem er zu langsam war.

»Hievt an!«, brüllte er. In seiner Stimme lag so viel Autorität, dass alle wie ein Mann gehorchten, während Gregor von unten seinen sehnigen Körper unter den Mergel stemmte.

Langsam, ganz langsam bewegte sich der schwere Stein. Das war ihre Chance! Mit einer raschen Bewegung bückten sich Arnold und Salvatore gleichzeitig und zogen den leblosen Franz hervor, und dann erst rollte sich Gregor rasch unter der Platte heraus in Sicherheit.

»Was ist los bei euch?«, klang es aus dem Mikrophon.

Immer noch keine Antwort. Dr. Schleip, Anneliese und ein paar Rotkreuzhelfer drängelten sich durch die Menge. Grabowski sah sie kommen, aber auch sie konnten ja nichts tun. Noch kam keiner an die eingeschlossenen Männer heran.

»Der Mergel hält nicht mehr lange. Wir verrohren und zementieren das Bohrloch. Los, Leute, zack, zack!« Dann griff er wieder zum Mikro. »Krieg ich jetzt endlich Meldung?«

Es rumorte in der Leitung. Dann, endlich, hörte er Willis müde Stimme: »Holt uns endlich hier raus, bevor alles zusammenbricht.«

»Bleibt ruhig, Leute!«, sagte Grabowski. Was hätte er auch anderes sagen sollen.

»Jürgen!«, hörte er plötzlich eine Stimme nach ihm rufen.

Der Bohrmeister sah an der Fassade des Verwaltungstraktes hoch und entdeckte den Markscheider am offenen Fenster seines Büros. Jetzt reckten sich Tausende von Köpfen – aber Hansen war es egal.

»Wir haben ihn!«, brüllte er atemlos, »Wir haben einen Kompressor aufgetrieben! Der macht 20 bar Druck – kommt aus Belgien. Ist in zwei Stunden da!«

Was er sonst noch sagen wollte, ging im Jubelgeschrei der Menge unter.

10. Kapitel **Fahrstuhl ins Leben**

Auch unter Tage brach Jubel aus. Arnold schwenkte seinen Helm, als wäre er ein Triumphfähnchen. Willi sank auf einen Stein und lachte und weinte zugleich vor Erleichterung. Die Männer machten ein Wechselbad der Gefühle durch, wie andere sie in einem ganzen Leben nicht erlebten, dachte Stubb. Er schnappte sich das Mikrophon.

»Mensch, Jürgen«, sagte er mit belegter Stimme. »Ich wusste, dass du es schaffst!«

Salvatore hob den Blick dankbar zu der Felsdecke und schlug ein Kreuz.

»Wovon soll ich bezahle die ganze Kerze, isch habe versprochen?«, lachte er und schüttelte den Kopf.

Auch Gregor strahlte. Begeistert betrachtete er die jubelnden Kumpel und sah dann zu Franz hinüber. Franz lebte, weil *er* ihm geholfen hatte. Gregor spürte, wie das Leben wieder von ihm Besitz ergriff. Es hatte ihn in dem Moment verlassen, als er sich gleich nach dem Wassereinbruch in die Hose gemacht hatte vor Angst. Vor Scham hatte er kaum noch ein Wort gesagt. Dass es den anderen nicht besser erging, hatte nichts an seinen Gefühlen ändern können. Aber jetzt hatte er sich wie ein Mann benommen. Es war ein gutes Gefühl, dass er etwas hatte tun können. Die verzweifelte Passivität, die ihn die ganze Zeit immer mehr in die Klauen bekommen hatte, hatte verloren. Er wollte leben und würde alles dafür tun.

Franz lächelte ihn an und verzog dann das Gesicht.

»Scheiße, meine Rippen, hört auf zu lachen, verdammt.« Dann lachte er jedoch selber los, bis sein Blick auf Bruno fiel und er im gleichen Augenblick auch an die anderen zehn dachte, die tot in ihrem alten Stollen lagen. Warum hatte Bruno das nicht mehr erleben dürfen? Warum er und nicht die anderen?

Es klapperte im Versorgungsrohr. Stubb sprang auf, um nachzusehen, was da von oben kam. Er zog Watte und ein Bündel Schutzbrillen aus der Versorgungsbombe heraus.

Willi war am Mikrophon und gab weiter, was Dr. Schleip ihm durchsagte: »Die Watte ist für die Ohren, um die Trommelfelle vor dem Knall zu schützen, wenn der Bohrer durch die Firste schlägt. Die Brillen sollen unsere Augen vor Steinschlag schützen. Außerdem sollen wir sie tragen, damit uns die Sonne nicht blendet, wenn wir rauskommen.« Seine Stimme brach bei dem Wort Sonne. Alle hier unten warteten sie nur auf diesen einen unvorstellbaren Moment. Dann besann er sich auf seine Aufgabe. »Versorgungsbombe ist leer«, meldete er nach oben. »Zieht hoch!« Sofort verschwand die Bombe wieder.

Willi wandte sich um und trat zu Franz, der neben Bruno am Boden hockte, um ihm seine Schutzbrille zu reichen.

Franz nahm sie und bemerkte dabei, dass Willis Hand zitterte. Mühsam richtete er sich auf. Sein Brustkorb brannte und schmerzte, aber es sah so aus, als hätte er sich nur die Rippen geprellt. Er bekam gut Luft, das war die Hauptsache. Aber Willi sah nicht gut aus.

»Kommst du klar?«, sah Franz zu ihm auf.

Willi wollte zuerst nicken und schüttelte dann den Kopf.

»Ich bin alle, Franz«, gestand er. »Kannst du nicht wieder ans Mikrophon?« Er betrachtete seine zitternden Hände. Die ganze Zeit war er stark gewesen. Er hatte Hennes sterben sehen, Otto und Moritz sterben sehen, Bruno sterben sehen und sechs andere seiner Kollegen, und wieder und wieder hatte er sich seinen eigenen Tod ausgemalt. Jetzt war die Rettung zum Greifen nahe. 16 Meter über ihnen war der Bohrmeißel. Aber auf einmal hatte er Angst, dass es ihn auch noch erwischen würde. Im letzten Moment. Kurz vor dem Tor zur Freiheit. Warum sollte er hier rauskommen? »Jetzt darf doch nichts mehr schief gehen!« Willi senkte beschämt den Kopf.

Willi sah mit der Brille und dem Bart steinalt aus. Franz hätte ihm gerne versprochen, dass jetzt alles gut ginge, aber das konnte er nicht. Sie alle kannten den Berg, den tückischen Alten Mann, und sie wussten, dass sie auf alles gefasst sein mussten.

»Schon gut, Willi«, sagte Franz leise. Mühsam stemmte er sich hoch, biss die Zähne zusammen und ging zum Mikro. Willi sah ihm dankbar nach.

Franz hob das Mikro an den Mund und ächzte.

»Grabowski? Hier Wolbert«, meldete er sich. »Wir können.«

»Stehen Sie das durch?«, erklang Grabowskis Stimme von oben.

»Solange mir kein Marsmännchen auf die Schulter klopft.« Franz lächelte grimmig.

Oben hörte er Grabowski lachen und drehte sich um. Seine Kumpel standen mit verschränkten Armen vor ihm. Die Kleider hingen ihnen in Fetzen vom Leib. Das, was noch hielt, war besudelt; ihre Gesichter waren grau vor Staub und Erschöpfung, und alle hatten sie an Gewicht verloren. Dazu kamen die Stoppelbärte und die Schutzbrillen, einigen ragte Watte aus den Ohren.

Franz nahm noch einmal das Mikrophon zur Hand.

»Mann, haben wir ein Glück, dass ihr uns nicht sehen könnt. Ihr würdet uns sonst glatt hier unten lassen – Glückauf!«

Das Licht ging gleißend an, und Schönfelder begann, in die Kamera zu sprechen. Es wurde ernst. Die Welt sollte zusehen, was geschehen würde. Auch vor Ort waren so viele Menschen wie noch nie eingetroffen. Alle hatten sie sich jetzt versammelt: die Schreiberlinge, die Leute vom Rundfunk, das Fernsehen. Schaulustige, Gaffer, Angehörige. Sie standen in einer kilometerlangen Schlange bis weit nach Lengede hinein, tranken Bier, aßen Würstchen vom Grill, hatten Transistorradios am Ohr.

Alle warteten nur auf den einen großen Moment: den Durchbruch des Bohrers – oder den Einsturz der Höhle.

Kampmann und Dietz standen neben Hansen und Dr. Schleip in der Menge, ganz in der Nähe des Bohrers. Sie starrten auf den Kompressor.

»Dietz, ich bin völlig fertig«, gestand Kampmann leise. Es war das erste Mal seit Tagen, dass er wieder etwas Menschliches von sich gegeben hatte.

»Wer nicht?«, fragte Dietz zurück.

Die Schlagzeilen der letzten Tage waren erbarmungslos gewesen. Irgendwie hatten alle Journalisten zusammengehalten. Hatten ganze Fässer von Jauche über dem Konzern, der Zeche und vor allem den Verantwortlichen ausgeschüttet: »Tumult gegen Direktion: Kumpel klagen an«, »Warum wurde so spät gebohrt?« und »Antworten Sie, Herr Direktor«, hatte es unter anderem geheißen. Kampmann war fuchsteufelswild geworden. Da halfen auch die besänftigenden Geschichten über die »Helden am Bohrloch« nichts. Der Hüttendirektor ahnte: Etwas von den Beschuldigungen würde wahrscheinlich immer hängen bleiben. Und so, wie es aussah, an ihm.

Grabowski gab das Handzeichen, als sich die Nadel des Kompressors bei den erforderlichen 18 atü einpendelte, und sprach ein lautloses Gebet. So viel Glück auf einmal hatten sie in den vergangenen zwei Tagen gehabt – da könnte doch noch ein dickes Ende kommen! Der Kompressor zum Beispiel war gerade erst in Oberhausen zusammengebaut worden und hatte sich schon auf dem Weg nach Belgien befunden, wo er bestellt worden war. Bis auf einen kurzen Probelauf in der Fabrik hatte er noch nichts geleistet. Es war der größte Kompressor, der jemals konstruiert worden war. Jetzt musste er zeigen, was er drauf hatte.

Grabowski nickte. Einer seiner Leute warf den Kompressor an. Die Pressluft fauchte los und wirbelte den Staub aus dem Bohrloch auf. Der Staub senkte sich wie ein feines, graues Tuch über diejenigen, die sich nahe an der Bohrstelle die Beine in den Bauch standen.

Der Lärm war höllisch. Die Männer unter Tage drängten sich dicht zusammen unter ihren armseligen Unterstand. Sie drückten ihre Helme auf die Köpfe. Sie wussten, dass ihnen ein Helm gegen Tonnen von Stein keinen Schutz bieten konnte, aber es war dennoch beruhigend zu wissen, dass sie einen aufhatten. Kein Bergmann ging je ohne Helm in den Berg. Franz sah nach oben, wo der Bohrer voraussichtlich durchbrechen würde. Neben ihm betete Salvatore laut, ohne sich um die anderen Männer zu kümmern. Wahrscheinlich beteten sie alle. Nur Gregor hatte die Lippen gespitzt und pfiff sich Mut zu. Dann gab es einen ohrenbetäubenden Knall, und es riss sie alle von den Beinen. Eine gigantische Staubwolke hüllte sie ein. Hustend warfen sich die Männer auf den Boden.

Der Knall war auch oben zu hören gewesen. Dietz ballte die Fäuste und grub sich die Fingernägel in die Handflächen. Grabowski reagierte sofort und gab ein Zeichen, dass der Bohrer stoppen sollte. »Druckabfall!«, brüllte er, und der Lärm erstarb zu einem regelmäßigen Tuckern. Der Bohrer zitterte und blieb stehen.

Grabowski griff zum Mikrophon.

»Herr Wolbert. Herr Wolbert, bitte melden.«

Er hielt den Atem an und wartete. Keine Antwort.

Helga sah gebannt auf das Mikrophon, aus dem sie eben noch Franz' Stimme gehört hatte. Bitte, dachte sie, bitte, bitte. Pfarrer Bergfelder betete stumm und schickte einen flehentlichen Blick gen Himmel.

Grabowski ging erneut ans Mikro.

»Franz Wolbert, bitte melden!«

Auf dem Platz herrschte atemlose Stille.

Er bemühte sich darum, ruhig zu sprechen, aber sein Herz klopfte. Verdammt, warum reagierten die nicht? War es zu viel gewesen? Er hob den Kopf und traf Dietz' Blick, der ihn angespannt ansah. Hansen machte ein besorgtes Gesicht. Aus der Tiefe kam nur Schweigen.

Helga hielt die Spannung nicht mehr aus. Schweigen konnte nur eines bedeuten. Sie schwankte, und ihre Schwiegermutter Helene, die neben ihr stand, legte ihr rasch stützend den Arm um die Schultern. Helga klammerte sich fest an Veronika, die sie auf dem Arm trug. Sie merkte, dass sie einfach immer nur weiter hoffte, seit sich das Unglück ereignet hatte. Sie hoffte und hoffte und betete.

Kampmann trat jetzt zu Grabowski.

»Ist das Mikro in Ordnung?«

Grabowski betrachtete das Gerät und sagte noch einmal eindringlich: »Herr Wolbert, bitte melden!«

Stille. Er ließ die Hand sinken, da krächzte es in der Leitung. Irgendjemand hustete. Es war ein grässliches Husten, eigentlich nur ein trockenes Bellen, aber für alle, die es mithörten, klang es in diesem Moment wie eine Fanfare des Triumphs.

Franz versuchte, den Staub in seinem Mund auszuspucken, aber er war inzwischen so ausgetrocknet, dass er kaum noch Speichel produzierte. Durch die Höhle waberte noch immer die dicke Staubwolke, sodass sie kaum Luft bekamen und abwechselnd husteten, spuckten und nach Atem rangen. Auch seine Ohren schrillten, trotz der Watte, und sein Kopf dröhnte. Er musste sich darauf besinnen, wo das Mikrophon war.

Mit zusammengekniffenen Augen sah er sich um, aber es war nichts zu erkennen. Der Staub legte sich nur langsam, und bis er sich durch den Dunst getastet hatte, verging eine Ewigkeit. Endlich bekam er das Mikrophon zu fassen und hob es an den Mund, aber er bekam keinen Ton heraus.

Er versuchte es noch einmal. Dann sagte er:

»Alles – alles in Ordnung.«

Helga stieß einen Schrei aus und sank zitternd gegen ihre Schwiegermutter. Helene hielt sie ganz fest und begann, glücklich zu lächeln. Da war ihr Junge. Sie hatte so sehr gehofft, dass sie ihn wieder sehen würde. Sie schluchzte auf.

Grabowski lauschte erschüttert auf Franz' Stimme, dann fielen

Dietz und er sich freudestrahlend in die Arme. Doch gleich darauf war er wieder am Mikrophon, denn noch war es nicht geschafft.

»Alles voller Staub, seh kaum was«, hörte er Franz' Stimme, immer noch von einem Husten unterbrochen. »Loch ist klein, schräg im Berg. Muss aufgebohrt werden – bohrt weiter!«

Grabowski nickte. »Wir lassen den Bohrer langsam rollen, ohne Luftspülung. Seien Sie vorsichtig, der Abraum geht in den Alten Mann. Wie sieht der denn aus?«

Franz robbte vorsichtig aus dem Unterstand und sah sich um. Vor ihm lag der eingebrochene Stollen.

»Der Alte Mann ist tot«, meldete er durch das Mikrophon.

Aber sie waren am Leben.

Grabowski winkte den Bohrtechnikern.

»Anrollen lassen! Langsam, wenig Druck!« Er lief zu den Technikern hinüber und betrachtete die Geräte. »Stell dir vor, das wär 'n Pudding, dem du die Haut killerst, ohne sie kaputtzumachen.«

Der Bohrtechniker nickte und ließ sanft den Bohrer anrollen.

Dietz griff nach dem Mikrophon.

»Herr Wolbert? Hier Dietz. Ich freue mich, dass es Ihnen gut geht.« Echte Freude klang in seiner Stimme mit. »Wir wollen jetzt die Reihenfolge festlegen, in der Sie ausfahren.«

Von unten hörte er Rufen und Tumult.

Franz drehte sich um. Albin deutete auf seine Brust und schrie: »Ich geh als Letzter!«

»Nein, ich«, überbrüllte ihn Richard.

»Kommt gar nicht in die Tüte. Also das seid ihr mir schuldig«, meldete Eberhard seine Ansprüche an.

»Wenn einer als Letzter ausfährt, dann ich«, bestimmte Walter.

Franz achtete nicht auf die Auseinandersetzung. Er beobachtete den Bohrer, der langsam mahlend das Gestein zerschrammte, und das Loch, das für sie alle den Weg in die Freiheit bedeutete, vergrößerte.

»He, Franz, sag du was zur Reihenfolge!«, forderte Willi ihn laut auf. Franz zuckte ratlos mit den Schultern. Dann hob er das Mikro:

»Herr Direktor? Können wir nicht alle als Letzte ausfahren?«

Dietz lachte. »Verstehe, wir machen die Liste.« Er spürte Stolz in sich aufkommen, Stolz auf die Männer da unten, »seine« Männer, die sich nicht kleinkriegen ließen. Er wandte sich hilfesuchend an Dr. Schleip:

»Doktor, können Sie nicht eine Liste …«

Noch während er sprach, zog der Arzt lächelnd einen Rezeptblock aus der Tasche und riss das oberste Blatt mit der fertigen Liste ab.

»Schon geschehen.« Er reichte sie dem verblüfften Dietz. Der warf einen Blick darauf und wandte sich an die Bergwerksmitarbeiter.

»Wer fährt freiwillig runter und hilft den Kumpel in die Dahlbusch-Bombe?«

Dutzende von Armen fuhren hoch, ohne ein Zögern.

»Die Grubenwehr hat Vorrang. Wer ist der Schichtälteste?«, bellte Dietz.

Jürgen Müller trat vor und nickte.

Es rauschte im Versorgungsrohr. Die Liste von Dr. Schleip kam herunter. Franz griff danach, überflog sie und lächelte.

»Ich geh zuletzt«, sagte er.

Dann standen sie da, sahen nach oben zum Loch und warteten. Mehr konnten sie jetzt sowieso nicht mehr tun.

Oben kletterte Müller in die Dahlbusch-Bombe und ließ sich festschnallen. Dazu musste er die Hände hochnehmen, wie beim Kopfsprung. Dass er die Kumpel von der Schicht auf diese Weise wieder sehen würde, hätte er sich nicht träumen lassen. Sein Schienbein war inzwischen fast verheilt. Aber eine Narbe würde es geben. Langsam wurde er in das Bohrloch gesenkt.

Es rauschte im Bohrloch, Staub wirbelte auf, und ein Rumpeln wurde immer lauter. Dann blitzte das Metall durch den Dreck und senkte sich langsam auf den Boden der Höhle. Franz sah die silberne Spitze zuerst. Die Männer standen ergriffen da. Sie bestaunten das Ding wie eine Erscheinung. Der Fahrstuhl ins Leben war bei ihnen angekommen. Doch sofort kam Bewegung in die zerlumpten Gestalten. Sie sprangen herbei, um den breiten Leinengurt zu öffnen. Müller krabbelte heraus und blieb wie erstarrt stehen. Denn was er hier unten jetzt sah, übertraf alles, was er sich hatte vorstellen können. Der erste Sinneseindruck war ein unerträglicher Gestank nach Fäulnis, nach Fäkalien und Verwesung, der sich ihm beklemmend auf die Lunge legte. Noch immer wirbelte Staub durch die enge Höhle, aber dennoch konnte er erkennen, dass die Männer in einem elenden Zustand waren. Auf dem Boden sah er einen Haufen Kleider und erkannte erst auf den zweiten Blick, dass es eine Leiche war, die da lag. Er guckte lieber nicht hin. Würgender Brechreiz überkam ihn, aber er kämpfte dagegen an. Jetzt mussten die Männer so schnell wie möglich raus.

Er sah in die abgezehrten Gesichter und brauchte eine Weile, um Franz zu erkennen. Sein Gesicht war hager und müde, die Wangen zerschrammt, und die Brille entstellte ihn zusätzlich. In dem mageren Gesicht wirkten seine Zähne doppelt so groß. Müller trat vorsichtig auf ihn zu und umarmte ihn. Dabei hielt er die Luft an, so furchtbar war der Gestank, der ihm entgegenschlug.

»Glückauf, Franz«, sagte er, und Tränen des Mitleids stiegen ihm in die Augen.

»Glückauf.«

Willi trat vor. Er stand als Erster auf der Liste und konnte es kaum mehr erwarten, dem elenden Kerker zu entkommen. Bis zuletzt hatte ihn die abergläubische Furcht verfolgt, dass noch etwas dazwischenkommen würde und er doch noch hier unten sterben könnte. Jetzt wollte er raus. Er setzte sich die Sonnenbrille auf und wurde von Franz und Müller festgeschnallt. Ein Klaps auf den Hintern – dann war er fertig.

»Glückauf!«, sagte Müller und schickte ihn los.

Langsam und ruckelnd rumpelte die Dahlbusch-Bombe ins Bohrloch hinein. Langsam fuhr sie durch die Dunkelheit nach oben, und Willi kam es vor, als würde er wiedergeboren, als er wenige Minuten später das Licht der Welt erblickte. Erst fiel es als hellgrauer Schimmer in den Schacht, dann wehte es ihm mit der zunehmend frischer werdenden Luft ins Gesicht, und schließlich schlug es ihm mit blendender Helligkeit als Sonnenlicht entgegen.

Er war gerettet.

Willi schloss die Augen und tat einen tiefen Atemzug. Dieses erste Luftholen war unvergleichlich. Er merkte gar nicht, dass die Retter ihn abschnallten und ihn aus dem Rettungstorpedo zogen. Erst als sie ihn die Treppe hinunterführen wollten, kam er zu sich und schüttelte den Kopf.

»Ich warte auf die anderen!«, sagte er und hielt sich mühsam am Geländer fest.

Einer nach dem anderen wurden sie nun aus dem Alten Mann geholt. Inzwischen war ein zweiter Steiger hinuntergefahren und half Müller, die Männer festzuschnallen. Ehe sie festgeschnallt wurden, warfen sie die Taschenlampen, bis vor kurzem noch ihr wertvollster Besitz, auf den Boden der Höhle. Jeder überflüssige Ballast störte nur. Die Steiger murmelten leise »Glückauf«, dann gingen auch sie auf die Reise nach oben.

Dann waren nur noch der lange Eberhard und Franz in der Höhle. Müller und der zweite Steiger mühten sich, Eberhard in das enge Gehäuse der Dahlbuschbombe zu schnallen. Der fluchte und stöhnte und versuchte einmal sogar wieder auszusteigen, aber Müller drückte ihn zurück.

»Ruhig, Eberhard«, sagte er beruhigend, »gleich bist du oben.«

Eberhard begann zu lächeln. Dann ging es auch für ihn zurück in die richtige Welt.

Dann war Franz an der Reihe. Als Letzter. Die Dahlbusch-Bombe kam zurück und wartete auf ihn. Aber so sehr er sich auch nach oben sehnte, er konnte noch nicht gehen. Franz warf Müller einen bittenden Blick zu.

»Ich will nochmal zum Bruno«, sagte er leise.

Müller nickte. Er kroch mit Franz zusammen in den oberen Teil der Höhle. Dort hatten sich Steine und Geröll zu einem großen Haufen getürmt, aus dem nur Brunos Gesicht und eine Hand hervorragten.

Müller betrachtete erschüttert den Kumpel und versuchte dann, ihn unter all dem Gestein hervorzuziehen, doch es gelang ihm nicht. Der Berg gab Bruno nicht mehr her, nicht einmal seinen Körper. Müller warf Franz einen Blick zu, der den Kopf schüttelte. Müller wandte sich ab und kroch wieder zurück. Franz aber nahm den Helm ab und kniete sich zu Bruno. Dann sprach er ein stummes Gebet und nahm endgültig Abschied von seinem toten Freund.

Als er an die Dahlbusch-Bombe herantrat, leerte auch er seine Taschen. Er warf seine Taschenlampe weg und hielt als Nächstes Brunos Taschenuhr in der Hand. Sein Blick wanderte zurück in die Höhle.

»Glückauf, Bruno«, murmelte er leise.

Er steckte die Uhr ein, setzte sich die Sonnenbrille auf und stieg als Letzter von ursprünglich 21 Kumpeln in die Dahlbusch-Bombe.

Es war eine Reise ins Licht. Hoch über sich erkannte Franz das Tageslicht als hellen Fleck im Rohr. Die Arme über den Kopf gestreckt, fuhr er dem Leben entgegen. Seine Augen ließen den Fleck nicht los, den er durch die schmalen Schlitze der Bombe sehen konnte. Es rauschte leise, als sich die Kapsel ihren Weg durch den Mergel suchte, dann hatte sie das Stahlrohr erreicht. Hier wehte schon ein leichter Wind, Franz spürte frische Luft und hörte ferne Geräusche. Diese Luft war das Herrlichste, was er je gekostet hatte. Nach dem tagelangen Gefängnis voller Gestank kam ihm die saubere Luft von oben vor wie ein Geschenk Gottes. Dann, als er an der Oberfläche war, spürte er sofort die Wärme, sah die Sonne mit voller Kraft auf sich herunterscheinen, riss sich die Sonnenbrille ab und lachte mit geschlossenen Augen sein Glück laut heraus.

Rettende Hände griffen zu und hoben ihn aus der Dahlbusch-Bombe. Plötzlich waren überall Hände: Dr. Schleip setzte ihm die schützende Sonnenbrille wieder auf; da waren die Hände der Kumpel, die ihn herzten und in den Arm nahmen.

»Mensch, Franz«, seufzte Willi, »wir haben's wirklich geschafft.«

Die Männer hoben die Köpfe und stiegen wie siegreiche Gladiatoren die Treppe vom Holzpodest hinunter.

Aber niemand jubelte. Niemand schrie, niemand juchzte oder brüllte sein Glück heraus. Das Einzige, was die Menge tat, war: sie applaudierte und sie schwieg. Sie applaudierte den ganzen Weg entlang, den die Krankenwagen nach Peine durch ein Spalier von Menschen ins Krankenhaus zurücklegten.

Dazu läuteten die Kirchenglocken. Sie läuteten auf der ganzen Welt.

Das war man den 29 Toten schuldig.

Helga schob sich durch die Menschenmenge am Bohrplatz. Bei jeder neuen Ankunft der Dahlbusch-Bombe hatte sie den Hals gereckt, um zu sehen, wen sie als Nächstes in die Freiheit entlassen würden, aber nie war es Franz gewesen. Sie hatte lange warten müssen, bis er nach oben geholt worden war. Doch dann hatten sich Leiber vor sie geschoben, und sie hatte ihn aus den Augen verloren. Helga aber wollte jetzt unbedingt zu ihm; wollte ihn berühren, herzen, umarmen und sich endlich selber davon überzeugen, dass es ihm gut ging.

Suchend blickte Helga sich um. Am Fuße des Holzpodests waren Krankenwagen vorgefahren, und sie erkannte Willi, Eberhard, Salvatore, Richard, Albin und die anderen Kumpel, die auf Tragen gelegt und in die Wagen gebracht wurden. Erwin bekam von einem der Retter eine Zigarette gereicht, doch er schob sie beiseite. Arnold hielt noch immer die Hand schützend über den Kopf.

Helga kam an einem der Krankenwagen vorbei und sah Gregor darin liegen. Anneliese war bei ihm und griff nach seiner Hand. Gregor lächelte.

»Nicht loslassen, bitte nicht loslassen«, hörte Helga ihn sagen.

Das Mädchen lächelte ihm zu, dann wurden die Türen des Wagens geschlossen, und Anneliese fuhr mit ihm ins Krankenhaus.

Helgas Blick suchte durch die Menge, aber sie konnte Franz nirgendwo entdecken. Dafür stand sie plötzlich vor Dietz. »Herr Dietz«, wandte sie sich atemlos an ihn, »wo ist Franz?«

Dietz deutete stumm auf einen der Krankenwagen. Helga wollte losrennen, besann sich dann aber und drückte Dietz rasch einen Kuss auf die Wange. Dann rannte sie los.

Vor dem Krankenwagen blieb sie stehen und betrachtete ihn mit klopfendem Herzen. Fast war es zu viel, jetzt noch die wenigen Schritte zu gehen, aber dann stieg sie in den Wagen. Franz lag auf einer Trage und blinzelte benommen und völlig überwältigt von seiner Rettung und den vielen Leuten an die Decke. Er trug noch immer seine Sonnenbrille. Franz spürte sofort, dass Helga gekommen war. Er wandte den Blick und versuchte sie anzusehen. Er wollte etwas sagen, aber es fiel ihm schwer. Er brachte kein Wort hervor. Da griff er stattdessen nach ihrer Hand, zog sie zu sich und legte sie an seine Wange. Zufrieden seufzte er auf, als er die sanfte Wärme spürte, ihren vertrauten Duft roch und nun endlich wusste, dass Helga wirklich bei ihm war.

Seine Frau betrachtete voller Glück und Erleichterung sein zerschundenes Gesicht. Mein Gott, er war so blass. Stoppeln sprossen auf seinen Wangen, und er war so dünn geworden, dass er ganz fremd aussah. Aber sie hätte überall ihren Franz erkannt.

Da bewegte Franz die Lippen. »Jetzt lassen wir uns nie mehr los«, murmelte er.

»Nein«, bestätigte Helga, »nie mehr.«

Dann sanken sie einander schluchzend in die Arme.

Grabowski stand vor den offenen Türen eines Krankenwagens, in dem Stubb versorgt wurde. Die Wagen formierten sich zur Abfahrt, um die Verschütteten ins Krankenhaus zu fahren. Stubb zog sein Kartenspiel aus der Tasche und winkte Grabowski damit zu.

»Na, Jürgen, wie wär's mit 'nem Spielchen?«

Grabowski lachte.

»Glückauf!«, rief er und warf die Tür des Krankenwagens zu. Er fuhr an, und Grabowski wandte sich an Hansen, der mit Dietz neben ihm stand. Der Markscheider war ihm sehr vertraut geworden in den über 330 Stunden, die sie gemeinsam getüftelt, gedacht und gerettet hatten.

»Danke, Herr Hansen«, sagte Grabowski und drückte ihm die Hand.

Hansen lächelte und nickte.

»Ich geb's weiter an meine Kollegen Sinus und Cosinus.«

Allmählich leerte sich der Bohrplatz. Die Fernsehleute bauten ihre Kameras ab und trugen Scheinwerfer und Kabelrollen zu den wartenden Lieferwagen. Grabowski und Dietz sahen über die weite Fläche.

Grabowski schüttelte den Kopf.

»Ein Wunder, dass wir sie gefunden haben.«

Dietz reichte ihm die Hand.

»Das ist Ihr Verdienst!«, sagte er.

»Aber Gott hat wohl auch ein bisschen mitgebohrt ...«, warf Grabowski ein.

»Er hat zumindest mitgeholfen!«

Dietz nickte und ging davon. Grabowski sah ihm hinterher. Er hatte sich offenbar ziemlich getäuscht in dem Mann. Aber dann verwarf er all seine Gedanken über die aufwendigste Rettungsaktion, die es im deutschen Bergbau jemals gegeben hatte. Das hatten jedenfalls die Zeitungen geschrieben. Nein, Grabowski dachte jetzt nur noch an eines: an eine heiße Dusche.

2. November 2003, 22 Uhr 15

Andächtig hielt Franz Brunos Uhr nach so vielen Jahren wieder in der Hand und betrachtete sie.

»Sie ist das Kostbarste, was ich besitze«, erklärte Renate, nahm Franz die Uhr aus der Hand und steckte sie wieder in ihre Handtasche.

Der Alleinunterhalter begann »Love Me Tender« zu spielen. Franz schnippte mit den Fingern den Takt mit.

»Wollen wir allmählich nicht mal tanzen?«, fragte er und erhob sich von Helgas Geburtstagstafel.

»Du willst tanzen?« Erstaunt sah Helga ihn an.

»Aber erst mit Renate!«

»Das war ja klar.«

Lachend standen sie auf, und Franz zog den Ehrengast seiner Frau vor allen Gästen auf die Tanzfläche. Helga staunte: Ihr Franz hatte nichts verlernt. Einmal Tänzer, immer Tänzer. Einmal Kumpel, immer Kumpel. Sie lächelte gerührt vor sich hin, als ein eleganter Mittsiebziger neben sie trat und sie höflich fragte, was sie denn so amüsieren würde.

»Vierzig Jahre hat mein Mann nicht mehr getanzt«, sagte Helga, ohne den Fremden richtig anzusehen, »seit damals hier das Unglück geschehen ist.«

»Darf ich dann vielleicht bitten?«, fragte der Herr, der ihr auf einmal zwar irgendwie bekannt vorkam, der aber, soweit sie sich erinnern konnte, bestimmt nicht auf der Gästeliste gestanden hatte.

Helga ließ sich von ihm aufs Parkett führen. Plötzlich stutzte sie.

»Sagen Sie mal – kennen wir uns nicht?«, fragte Helga, die auf einmal eine vage Erinnerung hatte.

»Stefan Schönfelder«, sagte er und neigte leicht den Kopf.

Helga fuhr zurück.

»Mein Gott! Sie sind das?«

Renate kam mit Franz herangetanzt.

»Sag ihm jetzt bitte nicht, er sei alt geworden!«, grinste sie.

»Nein, nein!«

Perplex schüttelte Helga den Kopf.

»Wenn du mich fragst, sehe ich hier überhaupt keine alten Leute. Nicht einen!«

Franz löste sich von Renate, übergab sie ihrem Mann und nahm Helga in die Arme.

»Herzlichen Glückwunsch zum Geburtstag! Mein Mädchen«, flüsterte er ihr zu.

Dann küsste er sie.

Epilog

Nach der Rettung der elf Bergleute aus 56 Metern Tiefe wurden noch drei weitere Suchbohrungen angesetzt, die jedoch alle ergebnislos verliefen. Daraufhin wurde die Suche nach weiteren Überlebenden eingestellt.

Die elf Kumpel, die nach insgesamt 227 Stunden völliger Dunkelheit und 109 Stunden Notbeleuchtung am 7. November 1963 nachmittags aus dem Alten Mann befreit wurden, erholten sich erstaunlich rasch von den fürchterlichen Strapazen. Nachdem sie aus dem Krankenhaus entlassen worden waren, durften sie sich auf Gewerkschaftskosten mit ihren Familien in Königswinter bei Bonn erholen. Die »Ilseder Hütte AG« zahlte ihren Lohn in vollem Umfang weiter – auch die 14 Tage unter der Erde.

Die Zeche »Mathilde« nahm Ende November 1963 ihre Produktion wieder auf. Dabei wurden im Laufe der Zeit mehrere Leichen entdeckt: 18 der 29 Toten konnten geborgen werden; bei zehn weiteren Leichen wäre die Bergung zu schwierig gewesen, ein Toter wurde überhaupt nicht gefunden. Spätere Untersuchungen sollen ergeben haben, dass einige der Bergleute wahrscheinlich noch länger als drei Wochen nach dem Unglück gelebt hatten.

Drei Jahre nach dem Unglück wurden die Ermittlungen der hannoverschen Staatsanwalt eingestellt. Es wurde niemand zur Verantwortung gezogen – als Ursache kam ausschließlich technisches Versagen in Frage.

Im Jahre 1968 kamen auf »Mathilde« 12 Bergleute beim Versuch, Sprengstoff umzulagern, durch eine Explosion ums Leben.

Im Jahre 1977 wurde die Eisenerzförderung in Lengede-Broistedt endgültig eingestellt. Heute ist das ehemalige Zechengelände ein beliebter Natur- und Erholungspark.

Besetzungsliste

Franz Wolbert	Heino Ferch
Bruno Reger	Jan Josef Liefers
Renate Reger	Heike Makatsch
Helga Wolbert	Nadja Uhl
Stefan Schönfelder	Thomas Heinze
Jürgen Grabowski	Armin Rhode
Dr. Heiner Dietz	Günther Maria Halmer
Hansen	Sylvester Groth
Pit Spieker	Klaus J. Behrendt
Karl	Waldemar Kobus
Willi	Jürgen Schornagel
Stubb Petersen	Uwe Rohde
Hennes	Mirko Lang
Otto	Martin Brambach
Moritz	Johann von Bülow
Gregor	Oliver Bröcker
Erwin	Axel Prahl
Salvatore	Benjamin Sadler
Walter	Frank Seppeler
Arnold	Steffen Schroeder
Richard	Klaus Zmorek
Albin	Christian Kahrmann
Eberhard	Andreas Schmidt
Dr. Schleip	Gustav Peter Wöhler
Anneliese Stegmeier	Katharina Wackernagel
Pfarrer Bergfelder	Gilbert von Sohlern
Müller	Jockel Tschiersch